藏獒

ㄗㄤˋ ㄠˊ

TIBETAN MASTIFF

楊志軍◎著

目錄

目錄

編者薦言

情失而求諸《藏獒》

陳曉林

這是一個既喧囂又寂寞的世界。喧囂來自於外界的擾攘與爭鬥，寂寞卻則映現了人們內心的荒涼與空虛。

追根究柢，外界的喧囂與內心的寂寞之所以令人難以承受，則是由於現代人大多精於理性算計，擅於保護自己，已喪失了彼此以真情相對的天賦本能之故。但這個世界雖日復一日地在見證著擾攘與爭鬥、荒涼與空虛，偶爾卻也會給世人提供某些耐人尋味的奇蹟，藉以觸動大家內心的情愫。

藏獒的存在，便可視為這樣的奇蹟之一。

六千年來，藏獒是青藏高原上遊牧民族最貼心的伙伴。身軀強壯威猛、戰力銳不可擋，連獅豹虎狼都要望風披靡的藏獒，卻是天生的至情至性之輩。牠們不但對自己的伴侶及同胞忠誠不二，生死以之；而且對飼主也終身以真情回報，為了捍衛飼主的草原、牧場、牛羊，藏獒時時不惜奮身赴難，一往無前。

牠們不但是英勇的戰士，也是溫柔的情狗，更是天生血統高貴、永遠盡忠職守的族群。現在，隨著世人重新掀起的一股「藏獒熱」，許多塵封已久的史實已告揭開。例如，一代天驕成吉思汗當年席捲歐亞大陸時，親自頒令徵調青藏高原上最為剽悍尚武、驍勇善戰的黨項族及他們所培養的五萬頭藏獒，作為猛犬兵團，直逼歐洲，鋪天蓋地，所向無敵，立下了彪炳千古的戰功。大汗曾慨嘆道：「巨獒身經百戰，雄雄當萬夫，有其方助，乃天之戰神助我也！」

猛犬兵團打到歐洲後，一部分隨曾黨項族人回到藏邊大雪山，一部分由蒙古人接管，留守在歐洲，

一直沒有返回老家。這些產於喜馬拉雅的純種藏獒，與當地的猛犬雜交繁殖出了著名的德國大丹犬、法國聖伯納犬，以及馬士提夫犬、羅特威爾犬等世界頂級的大型牧犬及軍犬。可以說，凡以英勇盡責見長的犬類，幾乎都出自藏獒的血統。

然而，論到令人印象深刻，則藏獒在歷史上的輝煌、血統上的高貴，與牠們那重情重義、至死不渝的淳樸天性相形之下，卻又只是背景或陪襯而已。

各種各樣藏獒英勇奮戰、犧牲護主的壯美故事，一直是青藏高原上各遊牧民族傳誦不已的民俗史話。由於歲月淹遠，證跡匱乏，我們現在已難以推斷藏人的宗教信仰，從早期的苯教、到後來的藏傳佛教、再到各宗的密教，一貫表現出無比虔誠、忘我、熱切、真誠的投入，最初之時，是否源於和天生真情重義的藏獒互動，以致受到感應。但可以確定的是：在關於藏族遠古英雄格薩爾的口傳故事中，那些執堅披銳、撼天震地的戰神，便多是藏獒。

不過，亙古流傳的史詩或傳奇誠然有其激動人心的魅力，畢竟離理性化、除魅化，因而也荒涼化、空虛化的現代世界已相當遙遠。現代人的內心如此寂寞，主要是由於喪失了表露真情、感受真情、也相信真情的意願。這個時候，活生生的藏獒事蹟可以帶來甚麼啓示呢？

禮失而求諸野，情失而求諸藏獒！藏獒的真情重義，藏獒對伴侶、對同儕、對飼主生死不渝的忠誠，是內心荒涼寂寞的現代人早已失落了的美德。《藏獒》此書的作者告訴我們：他僅僅餵了小藏獒一個月，十四年以後，那頭藏獒遇到他，還把他當作親人。事實上，你做了牠一天的主人，牠都會牢記你一輩子。

因此，誠如作者所言，雖然這部《藏獒》敘述了瑰奇壯麗的草原風雲與驚心動魄的獒王之鬥，但其實「一切都來源於懷念」。而懷念，則當然是來源於內心湧動不已的真情、至情、深情！

父親的藏獒（序）

一

一切都來源於懷念——對父親，也對藏獒。

在我七歲那年，父親從三江源的玉樹草原給我和哥哥帶來一隻小藏獒，父親說，藏獒是藏民的寶，什麼都能幹，你們把牠養大吧。

小藏獒對我們哥倆很冷漠，從來不會衝我們搖頭擺尾。我們也不喜歡牠，半個月以後用牠換了一隻哈巴狗。父親很生氣，卻沒有讓我們換回牠來。過了兩天，小藏獒自己跑回來了。父親咧嘴笑著對我們說：「我早就知道牠會回來。這就叫忠誠，知道嗎？」可惜我們依然不喜歡不會搖頭擺尾的小藏獒，父親歎歎氣，把牠帶回草原去了。

一晃就是十四年。十四年中，我當兵，復員，上大學，然後成了《青海日報》的一名記者。第一次下牧區採訪時，走近一處藏民的碉房，遠遠看到一隻碩大的黑色藏獒朝我撲來，四蹄敲打著地面，敲出了一陣殷天動地的鼓聲。黑獒身後嘩啦啦地拖著一根粗重的鐵鏈，鐵鏈的一頭連著一個木橛子，木橛子騰騰騰地蹦起又落下，眼看就要拔出地面。我嚇得不知所措，死僵僵地立著，連發抖也不會了。

但是，黑獒沒有把我撲倒在地，在離我兩步遠的地方突然停下，屁股一坐，一動不動地望著我。隨後跑來的藏民旦正嘉叔叔告訴我，黑獒是十四年前去過我家的小藏獒，牠認出我來了。我對藏獒的感情從此產生。你僅僅餵了牠一個月，十四年以後，牠還把你當作親人，你做了牠一天的主人，牠都會牢記你一輩子，就算牠是狗，也足以讓我肅然起敬。

黑獅子一樣威武雄壯的黑獒死後不久，我成了三江源的長駐記者，一駐就是六年。六年的草原生活，我遭遇過無數的藏獒，無論牠們多麼兇猛，第一眼見我，都不張牙舞爪，感覺和我已經是多年的故交。牠們的主人起初都奇怪，知道我的父親是誰以後，才恍然大悟：你身上有你父親的味道，牠們天生就認得你！

那六年裏，父親和一隻他從玉樹帶去的藏獒生活在城市裏，而在高原上的我，則生活在父親和藏獒的傳說中。父親在草原上生活了將近二十年，做過記者，辦過學校，搞過文學，也當過領導。草原上流傳著許多他和藏獒的故事，不完全像我在小說裏描寫的那樣，卻同樣傳奇迷人。

無論他做什麼，他總是在自己的住所餵養著幾隻藏獒，而且都是品貌優良的母獒。母獒們一窩一窩下著崽，他就不斷把小狗崽送給那些需要牠們和喜歡牠們的人。所以他認識和認識他的藏獒、跟他有過餵養關係的藏獒，遍佈三江源的許多草原。

有個藏民幹部對我說，「文革」中，他們這一派想揪鬥父親，研究了四個晚上沒敢動手，就是害怕父親的藏獒報復他們。我替父親慶幸，也替我自己慶幸，因爲正是這些靈性威武的藏獒，讓我發現了父親，也發現了我自己——我有父親的遺傳，我其實跟父親是一樣的。

在長駐三江源的六年裏，父親的遺傳一直發揮著作用，使我不由自主地像他那樣把自己完全融入了草原，完全像一個真正的藏民那樣生活著。我很少待在州委所在地的結古鎮，而是一頭扎在了對於城鎮來說更加邊遠的雜多草原、曲麻萊草原和康巴人的囊謙草原。

我有時住在父親住過的房東家，有時住在牧民的帳房裏，有時住在寺院的僧舍裏，我天天看到日見稀少的藏獒，並成爲牠們的朋友。我穿著藏袍，騎著大馬，參加所有的牧業生產活動、所有的節日活動和所有的佛事活動。我和牧民們混在一起，喝酒，吃肉，放牧，餵狗，議論他們的家長理短，幫助他們解決婆媳矛盾，鄰里糾紛。

那時候的記者，尤其是像我這樣生活在邊遠牧區的記者，工作任務是很輕的，一兩個月寫一篇報導就已經算得上敬業了。我有的是時間忘情地做我願意做的一切。常常是這樣：騎著馬，帶著房東或者寺院的藏獒，走向很遠很遠的草原，醉倒在牧人的帳房裏。我那個時候的理想就是：娶一個藏族姑娘，和父親一樣養一群藏獒，冬天在冬窩子裏吃肉，夏天在夏窩子裏放牧，偶爾再帶著藏獒去森林裏雪山上打打獵冒冒險。我好像一直在爲實現我的理想努力著，幾乎忘了自己是一個長駐記者。

有一次在曲麻萊喝多了青稞酒，醉得一塌糊塗，半夜起來解手，涼風一吹，吐了。守夜的藏獒跟過來，二話不說，就把我吐出來的東西舔得一乾二淨。結果牠也醉了，渾身癱軟地倒在了我身邊。我和牠互相摟抱著在帳房邊的草地上酣然睡去。第二天早晨迷迷糊糊醒來，摸著藏獒尋思：身邊是誰啊，是這家的主人戴吉東珠嗎？他身上怎麼長出毛來了？

這件事兒成了我的笑話，在草原上廣爲流傳。姑娘們見了我就吃吃地笑，孩子們見了我就衝

我喊：「長出毛來了，長出毛來了。」介紹我時，再也不說我是記者，而是說：「這就是與藏獒同醉，說戴吉東珠長出毛來了的那個人。」牧民們請我去他家做客，總是說：「走啊，去和我家的藏獒喝一杯。」

那時候的我是有請必去的。一年夏天，我去結隆鄉的牧民朵讓家做客，住了短短一個星期，他家那隻大黑獒對我的感情就深到一日不見就滿草原尋找的地步。使我常常猜想，牠是不是父親餵養過的藏獒。

幾年後，我要離開草原，正好從結隆鄉出發。大黑獒看我打起行裝，坐進了汽車，知道這是一次長別離，就對汽車又撲又咬，牙齒都咬出血來了。在牠的意識裏，我是迫不得已才離開牠的，而強迫我離開的，正是這輛裝進了我的該死的汽車。後來聽說，我走了以後，大黑獒一個星期不吃一口食不喝一口水，趴在地上死了一樣，好像所有的精氣神，包括活下去的意念都被我帶走了。

主人沒了辦法，就把一隻羊殺了，又從狼皮上薅下一些狼毛，沾在死羊身上，扔到牠面前，怒斥道：「你是怎麼看護羊群的？羊被狼咬死了你都不管，那我養你幹什麼？你看看，你看看，看到狼毛了吧？狼呢？還不趕快去找。」大黑獒大受刺激，草原上狼已經很少很少，牠都有一年沒咬過狼了，沒想到就在牠因感情受挫而一蹶不振的時候，狼會乘虛而入。牠立刻搖搖晃晃站起來，吃了一點，喝了一點，按照一隻藏獒天賦的職守，看護羊群牛群去了。

遺憾的是，以後我多次回到結隆鄉，再也沒有見到牧民朵讓和深深眷戀著我的大黑獒。聽說他們遷到別處去了，因爲這裏的草原已經退化，牛羊已經吃不飽了。

二

很不幸我結束了三江源的長駐生涯，回到了我不喜歡的城市。在思念草原、思念藏獒的日子裏，我總是一有機會就回去的。雪山、草原、駿馬、牧民、藏獒、奶茶，對我來說，這是藏區六寶，我在精神上一生都會依賴牠們。尤其是藏獒，我常常想，我是因爲父親才喜歡藏獒的，父親爲什麼喜歡藏獒呢？我問父親，父親不假思索說：「藏獒好啊，不像狼。」

父親的思維，是草原人的思維。在草原牧民的眼裏，狼是卑鄙無恥的盜賊，欺軟怕惡，忘恩負義，損人利己。藏獒則完全相反，精忠報主，見義勇爲，英勇無畏。狼一生都爲自己而戰，藏獒一生都爲別人而戰。狼以食爲天，牠的搏殺只爲苟活；藏獒以道爲天，牠們的戰鬥是爲忠誠，爲道義，爲職責。

狼與藏獒，不可同日而語。所以，每當父親評價那些喜歡整人的人、剝奪別人生存權利的人、窩裏鬥的人、陰險詭詐的人時，總是說：「那是一條狼。」在一本《公民道德準則》的小冊子上，他鄭重其事地批註了幾個字：藏獒的標準。父親對我說：「我們需要在藏獒的陪伴下從容不迫地生活，而不需要在一個狼視眈眈的環境裏提心吊膽地度日。」

所幸父親生前，世人還沒提倡狼性，還沒流行狼文化和狼崇拜，不然，父親該多麼的傷心。可惜父親生前，藏獒已經開始衰落，儘管有「藏獒精神」支撐著父親的一生，年邁的他，也只能蝸居在城市的水泥格子裏，懷想遠方的草原和遠方的藏獒。每次注視父親寂寞的身軀我就想，我一定要

寫一本關於藏獒的書，主角除了藏獒，就是「父親」。

藏獒是由一千多萬年前的喜馬拉雅巨型古鬣犬演變而來的高原犬種，是犬類世界唯一沒有被時間和環境所改變的古老的活化石。牠曾是青藏高原橫行四方的野獸，直到六千多年前才被馴化，開始了和人類相依爲命的生活。

作爲人類的朋友，藏獒得到了許多當之無愧的稱號，古人說牠是「龍狗」，乾隆皇帝說牠是「狗狀元」，藏民說牠是「森格」（獅子），藏獒研究者們說牠是「國寶」，是「東方神犬」，是「世界罕見的猛犬」，是「舉世公認的最古老、最稀有、最兇猛的大型犬種」，是「世界猛犬的祖先」。

西元一二七五年，義大利探險家馬可•波羅這樣描寫了他所看到的藏獒：「在西藏發現了一種從未見過的怪犬，牠體形巨大，如同驢子，兇猛聲壯，如同獅子。」

西元一二四〇年，成吉思汗橫掃歐洲，把跟著他南征北戰的猛犬軍團的一部分三萬多隻藏獒留在了歐洲，這些純種的喜馬拉雅藏獒在更加廣闊的地域雜交繁育出了世界著名的大型工作犬馬士提夫犬、羅特威爾犬、德國大丹犬、法國聖伯納犬、加拿大紐芬蘭犬、英國獒犬等等。這就是說，現存於歐亞兩陸的幾乎所有大型兇猛犬種的祖先都是藏獒。

父親把這些零零星星搜集來的藏獒知識抄寫在一個本子上，百看不厭。同時記在本子上的，還有一些他知道的傳說。這些傳說告訴我們，藏獒在青藏高原一直具有神的地位。古代傳說中神勇的猛獸「狻猊」，指的就是藏獒，因此藏獒也叫蒼猊。

在藏族英雄格薩爾的口傳故事裏，那些披堅執銳的戰神很多都是藏獒。藏獒也是金剛具力護法神的第一件神，是盛大骷髏鬼卒白梵天的變體，是厲神之主大自在天和厲神之後烏瑪女神的虎威神，是世界女王班達拉姆和暴風神金剛去魔的坐騎，是雅拉達澤山和采莫尼俄山的山神，是通天河草原的保護神。而曾經幫助二郎神勇戰齊天大聖孫悟空的哮天犬，也是一隻孔武有力的喜馬拉雅藏獒。

所有這些關於藏獒的知識和傳說，給了父親極大的安慰，他從玉樹草原帶回家的那隻藏獒老死以後，牠們便成了父親對藏獒感情的唯一寄託。我曾經從報紙上剪下一些關於藏獒集散地、藏獒繁殖基地、藏獒評比大會和藏獒展示會的消息，送給父親，希望能帶給他快樂，卻沒想到帶給他的卻是憂慮。父親說，那還是藏獒嗎？那都是寵物。

在父親的心中，藏獒已經不僅是家獸，不僅是動物，而是一種高素質的存在，是遊牧民族借以張揚遊牧精神的一種形式，藏獒不僅集中了草原的野獸和家獸應該具備的最好品質，而且集中了草原牧民應該具備的優秀品質。藏獒的風骨，不可能在人們無微不至的關懷中延續，只能在青藏高原的凌厲風土中磨礪。

如果不能讓牠們奔馳在缺氧至少百分之五十的高海拔原野，不能讓牠們嘯鳴於零下四十度的冰天雪地，不能讓牠們時刻警惕十里二十里之外的狼情和豹情，不能讓牠們把牧家的全部生活擔子扛壓在自己的肩膀上，牠們的敏捷、速度、力量和品行的退化，都將不可避免。所以，當城市中先富裕且閒暇起來的人們對藏獒的熱情日漸高漲之時，當藏獒的身價日漸昂貴之時，父親的孤獨也在日

漸加深。

我不時安慰父親說，至少青藏高原還在，高原上的藏獒也還在。我還說，如果在青藏高原上保護自然環境，建立藏獒基地，藏獒的純粹也可以得到保證。父親卻苦笑著說：「即便那樣，狼已經不多了。」

是的，狼已經少了，虎豹熊羆也都少了，少了敵人的藏獒和藏獒的天性又豈能不少？父親已經料到，他心中的藏獒，已經一去不復返了。幸好父親沒有料到，狼少了，狼性和狼的文化、狼的崇拜卻橫行起來。

三

就在對藏獒的無盡懷想中，父親去世了。

我和哥哥把父親關於藏獒知識的抄寫本和剪貼本一頁一頁撕下來，連同寫著「千金易得，一獒難求」八個字的封面，和著紙錢一起燒在了父親的骨灰盒前。我們希望，假如真有來世，能有藏獒陪伴著他。

第二年春天，我們的老朋友旦正嘉的兒子強巴來到我家，捧著一條哈達，裏裏外外找了一圈，才知道父親已經去世了。他把哈達獻給了父親的遺像，然後從旅行包裏拿出了他給父親的禮物。我們全家都驚呆了，那是四隻小藏獒。這個像藏獒一樣忠誠厚道的藏民，在偌大的三江源地區，千辛萬苦地尋找到了四隻品系純正的藏獒，想讓父親有一個充實愉快的晚年。可惜父親已經走了，再也享受不到藏獒帶給他的快樂和激動了。

四隻小藏獒是兩公兩母，兩隻是全身漆黑的，兩隻是黑背黃腿的。旦正嘉的兒子強巴說：「我已經想好了，牠們是兄妹配姐弟，就好比草原上的換親，妹妹給哥哥換來了媳婦。」說著，扮家家一樣，把小藏獒按照他安排好的夫妻一對一對放在了一起。

母親和我們趕緊把牠們抱在懷裏，喜歡得都忘了招待客人。我問強巴，已經有名字了嗎？他說還沒有。我們立刻就給牠們起名字，最強壯的那隻小公獒叫岡日森格，牠的妹妹叫那日。最小的那隻母獒叫果日，牠的比牠壯實的弟弟叫多吉來吧。這些都曾經是父親的藏獒的名字，我們照搬在了四隻小藏獒身上。而在寫這部小說的時候，我又用牠們命名了我的主角，也算是對父親和四隻小藏獒的紀念吧。

送來四隻小藏獒的這天，是父親去世以後我們家的第一個節日，讓我們在忘乎所以的喜悅中埋下了悲劇的種子。兩個星期後，我們家失竊了，什麼也沒丟，就丟了四隻小藏獒。

尋找是不遺餘力的，全家都出動了。我們就像丟失了自己的孩子，瘋了似的在城市的大街小巷一聲聲地呼喚著：「岡日森格，多吉來吧，果日，那日。」我們託人，我們報警，我們登報，我們懸賞，我們用盡了所能想到的一切辦法。整整兩年過去了，我們才願意承認，父親的，也是我們的四隻小藏獒恐怕已經找不到了。

偷狗的人一般是不養狗的，他們很可能是幾個狗販子，用損人利己的辦法把四隻小藏獒變成了錢。能夠掏錢買下小藏獒的，肯定也是喜歡藏獒的，他們不至於虐待牠們吧？他們會盡心盡力地餵養好牠們吧？就是不知道，四隻小藏獒是不是在一個主人家裏，或者牠們已經分開，天各一方，過著各自獨立的生活，完成各自獨立的使命去了？

現在，四隻小藏獒早該長大，該做爸爸媽媽了。我想告訴那些收養著牠們的人，請記住牠們的名字：岡日森格是雪山獅子的意思，多吉來吧是善金剛的意思，果日是草原人對以月亮為表證的勇健神母的稱呼，那日是他們對以烏雲為表證的獅面黑金護法的稱呼；另外，果日還是圓蛋，那日還是黑蛋，都是藏民給最親暱的孩子起乳名時常用的名字。

還請記住，要像高原牧民一樣對待牠們，千萬不要隨便給牠們配對。岡日森格、多吉來吧以及果日和那日，只有跟純正的喜馬拉雅獒種生兒育女，才能在延續血統、保持肉體高大魁偉的同時，也保持精神的偉大和品格的高尚，也才能使牠們一代又一代地威鎮群獸，卓逸不群，鐵鑄石雕，鍾靈毓秀，一代又一代地成為人類生活的一部分。

還請記住，牠們身上凝聚了草原藏民對父親的感情，還凝聚了一個兒子對父親的無盡懷念。

楔子

發生在青果阿媽草原的那場藏獒之戰，在當地的史志上，只是寥寥幾筆：民國二十七年，馬步芳所屬西寧羅家灣機場漢兵營移駐青果阿媽西部草原——西結古草原，號稱狗肉王的營長派兵大肆捕狗殺狗，引起當地頭人和牧民的不滿，隨即爆發了戰事。在牧馬鶴部落的軍事首領強盜嘉瑪措的率領下，數百藏獒個個奮勇爭先，迫使漢兵營棄營而走，逃離了西結古草原。

但是在草原人的口頭上，民國二十七年的藏獒之戰，既是英雄的禮讚，也是生命的悲歌，死亡的沉痛就像雪山對草原的澆灌，那麼冰涼地滲透在了人和藏獒的記憶裏。因為漢兵營的逃離並不意味著藏獒之戰的結束，甚至可以說戰事才剛剛開始。決不容忍草原民族有任何反抗舉動的馬步芳，派出一個騎兵團前來鎮壓所謂的叛亂。西結古草原一片兵荒馬亂。

前來血洗西結古草原的不光是馬步芳的騎兵團，還有歷史的冤家上阿媽草原的騎手。上阿媽草原的頭人們，服從頭人的騎手們，在馬步芳騎兵團的挑動利誘下，衝過了自祖先開始就有爭議的草原邊界，把古老的草場糾紛和部落矛盾迅速演變成了一場現實的戰爭。

那麼多人頭掉了，那麼多藏獒扒皮了，西結古草原的春天淋著血雨，長出了一片片黑紅色的牧草，那是無法再綠的牧草，那是春夏秋冬風霜雨雪洗不淨的牧草，那是一種連根連遺傳的基因都浸透了鮮血和仇恨的牧草。

第一章 藏獒相搏

穿過狼道峽，就看見青果阿媽西部草原了。護送父親的兩個軍人勒馬停了下來。一個軍人說：「我們只能送你到這裏，記者同志，青果阿媽西部草原的牧民和頭人對我們很友好，你不會有什麼危險。你朝著太陽落山的方向走，不到三個時辰就會看到一座寺院和一些石頭房子，那兒就是西結古，你要去的地方。」父親目送著兩個軍人走進了狼道峽，疲倦地從馬背上溜下來，牽著棗紅馬走了幾步，就仰躺在了草地上。

昨天晚上在多獼草原跟著牧人學藏話，很晚才睡，今天早晨又是天不亮就出發，父親想睡一會兒再趕路。他閉上了眼睛，突然覺得有點餓，便從纏在身上的乾糧袋裏抓出一把花生，一粒一粒往嘴裏送。

花生是帶殼的，那些黃色的殼就散落在他的身體兩側。他吃了一把，還想吃一把，第二把沒吃完就睡著了。等他醒來的時候，突然意識到自己已經十分危險，眼睛的餘光裏有些黑影包圍著他，不是馬的黑影，而是比馬更矮的黑影。他忽地坐了起來。

不是狼，是獅子，也不是獅子，是狗。一隻鬣毛颯爽的大黃狗虎視眈眈地蹲踞在他身邊。狗的主人是一群孩子，孩子們好奇的眼睛忽閃忽閃的。父親第一次這麼近地接觸這麼大的一隻藏狗，緊張地往後縮了縮，問道：「你們是哪裏的？想幹什麼？」

孩子們互相看了看，一個大腦門的孩子用生硬的漢話說：「上阿媽的。」

「上阿媽的？你們要是西結古的就好了。」父親看到所有的孩子手裏都拿著花生殼，有兩個正放在嘴邊一點一點咬著。再看看身邊，草地上的花生殼都被他們撿起來了。父親說：「扔掉吧，那東西不能吃。」說著，從乾糧袋裏抓出一把花生遞了過去。

孩子們搶著伸出了手。父親把乾糧袋裏的所有花生均勻地分給所有的孩子，最後剩下了兩顆。他把一顆丟給了大黃狗，討好地說：「千萬別咬我。」然後示範性地剝開一個花生殼，吃掉了花生米。孩子們學著他的樣子吃起來。

大黃狗懷疑地聞著花生，一副想吃又不敢吃的樣子。大腦門的孩子飛快地撿起狗嘴前的花生，就要往自己嘴裏塞。另一個臉上有刀疤的孩子一把搶過去說：「這是岡日森格的。」然後剝了殼，把花生米用手掌托到了大黃狗面前。大黃狗感激地望著刀疤，一伸舌頭舔了進去。

父親問道：「知道這是什麼？」大腦門的孩子說：「天堂果。」又用藏話說了一遍。幾個孩子都贊同地點了點頭。父親說：「大堂果？也可以這麼說，它的另一個名字叫花生。」大腦門的孩子說：「花生？」

父親站起來，看看天色，騎在了馬上。他朝孩子們和那隻令人敬畏的大黃狗擺擺手，策馬往前走去，走出去很遠，突然聽到後面有聲音，回頭一看，所有的孩子和那隻雄獅一樣的大黃狗都跟在身後。

父親停下了，用眼睛問道：「你們跟著我幹什麼？」孩子們也停下了，用眼睛問道：「你怎麼不走了？」父親繼續往前走，孩子們繼續往前跟。鷹在頭頂好奇地盤旋，牠看到草原夏天綠油油

的地平線上，一個漢人騎在馬上，一群七個衣袍襤褸的藏族孩子和一隻威風凜凜的黃色藏狗跟在後面。孩子們用赤腳踢踏著鬆軟的草地，走得十分來勁。

父親始終認爲，就是那些花生使他跟這七個孩子和那隻大黃狗有了聯繫。花生是離開西寧時，老金給他的。老金是報社記者部的主任，他女兒從河南老家帶來了一大包花生，他就恨不得全部讓父親拿走。

老金說：「這是專門帶給你的，咱們是老鄉，你就不要客氣。」父親當然不會全部拿走，只在乾糧袋裏裝了一些，一路走一路吃，等到青果阿媽草原時，就只剩下最後一點了。草原上的七個孩子和一隻名叫岡日森格的藏狗吃到了父親的最後一點花生，然後就跟在父親後面，一直跟到了西結古。

西結古是青果阿媽西部草原的中心，中心的標誌就是有一座寺院，有一些石頭的碉房。在不是中心的地方，草原只有四處漂移的帳房。寺院和碉房之間，到處都是高塔一樣的嘛呢堆，經杆林立，經石累累，七色的印有經文的風馬旗和彩繪著佛像的幡布獵獵飄舞。

父親到達西結古的時候已是傍晚，夕陽拉長了地上的陰影，依著山勢錯落高低的西結古寺和一片片碉房看上去是傾斜的。山腳的平地上，在森林和草原手拉手的地方，稀稀疏疏紮著一些黑色的牛毛帳房和白色的布帳房。六字箴言的彩色旗幟花邊一樣裝飾在帳房的四周。炊煙從房頂升上去，風一吹就和雲彩纏繞在了一起。雲很低很低，幾乎蹭著林木森然的山坡。

彷彿是雲彩發出的聲音，狗叫著，越來越多的狗叫著。草浪起伏的山腳下，一片唰唰唰的聲音。衝破雲層的狗影朝著父親狂奔而來。父親哎呀一聲，手忙腳亂地勒馬停下。他從來沒見過這麼多的狗，而且不少是身體壯碩的大狗，那些大狗幾乎不是狗，是虎豹獅熊一類的野獸。

父親後來才知道他見到的是藏獒，一大群幾百隻各式各樣的藏狗中，至少有三分之一是猛赳赳的藏獒。那時候草原上的藏獒絕對是正宗的，有兩個原因使這種以兇猛和智慧著稱的古老的喜馬拉雅獒犬保持了種的純粹：一是藏獒的發情期固定在秋天，而一般的藏狗都會把交配時間安排在冬天和夏天；在藏獒的發情期內，那些不是藏獒的母狗通常都是見獒就躲的，因為牠們經不起藏獒的重壓，就好比母羊經不起公牛的重壓一樣。

二是藏獒孤獨傲慢的天性，使牠們幾乎斷絕了和別的狗種保持更親密關係的可能，藏獒和一般的藏狗是同志，是鄰居，卻不可以是愛人；孤傲的公獒希望交配的，一般都是更加孤傲的母獒，一旦第一次交配成功，就很少更換伴侶，除非伴侶死掉。在極少數的情況下，死掉伴侶的公獒會因情慾的驅使，在藏獒之外尋求洩慾的對象。

但是如前所說，那些承受不起重壓的母狗會遠遠躲開，一旦躲不開，也是一壓就趴下，根本就無法實現那種天然銗合的生殖碰撞。還有一些更加優秀的藏獒，即使伴侶死掉，即使年年延宕了烈火般燃燒洪水般洶湧的情慾，也不會降低追求的標準。牠們是狗群中尊嚴的象徵，是高貴典雅的獒之王者，至少風範如此。

父親驚恐地掉轉馬頭，打馬就跑。

一個光著脊梁赤著腳的孩子不知從什麼地方冒了出來，一把拽住了父親的棗紅馬。棗紅馬驚得朝後一仰，差點把父親撂下來。孩子懸起身子穩住了馬，長長地吆喝了一聲，便把所有狂奔過來的藏狗堵擋在了五步之外。

狗群騷動著，卻沒有撲向父親。父親從馬背上滾了下來。光脊梁的孩子牽著父親的馬朝前走去。狗群不遠不近地跟在後面，敵意的眼光始終盯著父親。父親能用脊背感覺到這種眼光的威脅，禁不住一次次地寒顫著。

光脊梁的孩子帶著父親來到一座白牆上糊滿了黑牛糞的碉房前。碉房是兩層的，下面是敞開的馬圈，上面是人居。光脊梁翻著眼皮朝上指了指。

父親感謝地拍拍光脊梁的肩膀。光脊梁噌地跳開了，恐懼地望著父親，恰如父親恐懼地望著狗群。父親問道：「你怎麼了？」

光脊梁說：「仇神，仇神，我的肩膀上有仇神。」

沒有聽懂的父親不解地搖搖頭，從馬背上取下行李，又給馬卸了鞍子，摘了轡頭，讓牠去山坡上吃草，自己提著行李踏上石階，走到了碉房門口。

他在門前站了一會兒，正要敲門，就聽光脊梁的孩子一聲尖叫，驚得他倏地回過頭去。父親看到光脊梁的臉一下子變形了：夕陽照耀下的輪廓裏，每一道陰影都是仇恨，尤其是眼睛，父親從來沒見過孩子的眼睛會凸瞪出如此猛烈的怒火。

不遠處的草坡上，一溜兒站著跟隨父親來到西結古的七個孩子和那隻雄獅一樣的名叫岡日森格

的大黃狗。父親很快就會知道，「岡日森格」就是雪山獅子的意思，牠也是一隻藏獒，是一隻年輕力壯的獅頭公獒。

父親用半通不通的藏話對光脊梁的孩子說：「你怎麼了？他們是上阿媽的孩子。」光脊梁的孩子瞪了他一眼，用藏話瘋了一樣喊起來：「上阿媽的仇家，上阿媽的仇家，獒多吉，獒多吉。」藏狗們立刻咆哮起來，爭先恐後地飛撲過去。七個上阿媽的孩子落荒而逃，邊逃邊喊：「瑪哈噶喇奔森保，瑪哈噶喇奔森保。」

岡日森格掩護似的迎頭而上，轉眼就和一群西結古的狗撕咬成了一團。

父親驚呆了。他第一次看到狗類世界裏有如此激烈的衝撞，第一次發現狗類和人類一樣首先要排擠的是自己的同類而不是異類。所有的藏狗都放棄了對七個上阿媽的孩子的追咬，而把攻擊的矛頭對準了攔截牠們的岡日森格。

岡日森格知道局面對自己十分不利，只能採取速戰速決的辦法。牠迅速選準目標，迅速跳起來用整個身子夯過去，來不及狠咬一口就又去撲咬下一個目標。這種快節奏重體力的撲咬就像山崩，牠撲向誰，誰就立刻會滾翻在地。但西結古的藏狗似乎很願意自己被對方撲倒，每當岡日森格撲倒一隻，別的藏狗就會乘機在牠的屁股和腰肋上留下自己的牙印，牙印是冒著血的，迅速把岡日森格的屁股和腰肋染紅了。

更加嚴峻的現實是，岡日森格撲翻的所有藏狗，沒有一隻是身體壯碩的大狗，那些大狗，那些虎豹獅熊一類的野獸，站在狗群的外圍，連狂吠一聲的表示都沒有。牠們在觀戰，牠們似乎不屑於

這種一哄而上的群毆戰法，而保持著將軍般的冷靜，或者牠們意識到根本不需要自己出手，來犯者就會死無葬身之地，所以就傲慢地沉默著。

而對岡日森格來說，讓一群比自己矮小的藏狗和自己打鬥，幾乎就是恥辱。更加恥辱的是牠打敗了對方，而流血的卻是自己。這些藏狗不是靠勇武，而是靠投機、靠群集的力量，正在使牠一點點地耗盡力氣和流盡鮮血。

岡日森格改變戰法了。當又一隻藏狗被牠撲翻，而牠的屁股又一次被偷襲者戳了兩個血窟窿似的牙印之後，湧動在血管裏的恥辱，讓牠做出了一個幾乎喪失理智的決定：牠繞開了所有糾纏不休的藏狗，朝著那些身體壯碩的大狗衝了過去。

牠知道牠們跟自己屬於同一個狗種，那就是令狗類也令人類驕傲的喜馬拉雅獒種；知道喜馬拉雅獒種的這些驕子，才是西結古狗群的領袖，能跟自己決一死戰的應該是牠們，而決不是吠繞著自己的這些小嘍囉。

牠相信自己能夠殺死牠們，也相信自己很有可能被牠們殺死，但不管是殺死牠們還是被牠們殺死，牠所渴望的只應該是一種身份相當、勢力相當、榮辱相當的藏獒之戰。

西結古的藏獒沒想到岡日森格會直衝過來，而且一來就撞倒了一隻和來犯者一樣威風凜凜的獅頭金獒。藏獒們吃驚之餘，嘩地散開了，這是撲過去迎戰來犯者的前奏。但是牠們都沒有撲過去，牠們看到獅頭金獒已經翻身起來撲了過去，就仍然傲慢地保持著將軍般的冷靜。

岡日森格和獅頭金獒扭打在一起了，你咬著我的皮，我咬著你的肉，以兩顆碩大的獒頭爲中心，沿著半徑，轉過來轉過去。但顯然這不是一場勢均力敵的戰鬥，很快就有了分曉，獅頭金獒被壓倒在地了，半個脖子嵌進了岡日森格張開的大嘴。血從岡日森格的牙縫裏流了出來，那是獅頭金獒未能尊重一隻比牠更強大的同類而付出的代價。

這代價並不慘重，因爲岡日森格並沒有貪婪地咬住牠不放，直到把牠咬死。當牠很快扭動著滴血的脖子十分憤怒地站起來，想要齜牙回擊岡日森格時，發現對方已經丟開自己，衝向了另一隻離牠最近的藏獒。

這是一隻豎著眼睛挺著鼻子的兇狠的灰色老公獒。牠之所以站在離岡日森格最近的地方，是因爲早就預見了獅頭金獒的失敗，也早就做好了鏖戰岡日森格的準備。在岡日森格壓倒獅頭金獒的時候，牠就做出了一副隨時撲咬的樣子挑逗著對方，但等到岡日森格真的朝牠撲來時，牠又巧妙地閃開了。

這種還沒有較量就開始躲閃的舉動，在喜歡硬碰硬的藏獒中並不常見，只有那種和狼和豹子經過無數次打鬥的藏獒，才會從對手那裏學來這樣一種戰術。躲閃是爲了激怒對方，以便在對方怒不可遏失去章法的情況下，尋找進攻的機會，所以老公獒一而再再而三地躲閃著，讓憤怒的岡日森格更加憤怒了——當岡日森格那越來越狂猛的撲咬接二連三失敗之後，牠不禁發出了一聲藏獒在打鬥時本不應該發出的尖叫。

這說明灰色老公獒的目的正在達到，只要這樣的撲咬再持續幾次，就會大大挫傷岡日森格的銳氣，而挫傷銳氣對一隻年輕氣盛的公獒來說，幾乎等於喪失了一半攻擊的速度和力量。

然而老謀深算的灰色老公獒仍然低估了岡日森格的能力，岡日森格雖然由於求勝心切，有一些暴躁失態，可牠很快知道了老公獒的目的，也觀察到了對方躲閃的線路。牠依照最優秀的遺傳本能，立刻就明白對老公獒的撲咬是需要提前量的。牠用自己算計好的提前量撲咬了一次，儘管沒有成功，但立刻又明白，不僅要有提前量，而且要聲東擊西，讓對方在自己的計謀面前逃無可逃。

接下來的一次撲咬，牠大獲成功，也讓老公獒的自尊心大受傷害。灰色老公獒在閃開對方攻擊的一瞬間，噗嗤一聲趴在了地上，實實在在感到一種沉重的壓迫已經出現在脊背之上，與此同時，後頸上有了一陣灼燙的疼痛，岡日森格的利牙砉然撕開了牠的皮毛。牠回頭就咬，碰到的卻是岡日森格在呼嚕嚕的喉嚨深處向牠發出的低聲警告。

牠一聽這警告，就低下頭啞啞地叫起來，那是哭聲，那是相當於人類淒然而慟的哭聲。哭聲不是由於害怕，而是由於悲哀，牠知道自己已經老得不行了，老得都不能維護西結古草原藏獒的尊嚴了。牠現在唯一要做的，並不是掙扎著起來和對方扭成一團繼續撕咬，直到自己被咬成重傷或者被咬死，而是把本該自己消滅的敵人拱手讓給別的藏獒，然後痛苦地看著別的藏獒在打敗這個來犯者之後，是如何的趾高氣揚。

淒然而慟的哭聲讓岡日森格迅速離開了老公獒抽搐不止的灰色脊背。牠轉身撞翻了兩隻從後面躥過來試圖咬牠屁股的小嘍囉藏狗，然後面對一群一隻比一隻壯碩的喜馬拉雅獒種，用鼻子噗噗噗地噴灑著滿胸湧蕩的豪氣，一副威武不屈、剽悍不羈的樣子。

到了這種時候，按照獒類世界古老習俗的約定，該是由獒王出面迎戰來犯者的時候了。在青藏高地，草原深處，尤其是在青果阿媽草原，守護領地的藏獒群裏，大都會有一個處於領袖地位的獒王存在。牠一定是雄性，一定是十分強大十分兇悍的，一定在保護領地中建立過人和狗都能認同的巨大功勳——咬死過許多荒原狼和雪狼，咬死過許多金錢豹和雪豹，甚至咬傷或者咬死過藏馬熊和野犛牛。此外，牠們很可能就像咬死狐狸那樣咬死過人，咬死過那些敢於闖入領地挑釁主人的仇家。

和別的動物不一樣，獒王的誕生並不一定是藏獒與藏獒之間激烈打鬥、一決雌雄的結果，因爲在天長日久的耳鬢廝磨中，在共同的責任共同的敵人面前，誰是最勇武的，誰是最智慧的，誰是智勇雙全的，藏獒們心裏都有數，加上人類的認可，大家也就隨之認可主動稱臣了。只有一種情況會使獒王的產生演變成藏獒與藏獒之間你死我活的戰鬥，那就是人類的認可和藏獒們的認可出現誤差。

被人類認可或者指定的獒王一定要證明人類的選擇是正確的，而被藏獒們認可的獒王也一定要證明藏獒的選擇是正確的，於是打鬥就會頻繁出現，直到有一天其中的一隻被徹底征服。也有至死不服的，倔強的一隻被更倔強的一隻活活咬死。通常被征服或者被咬死的往往是人類認可的獒王，因爲在確定獒王的功勳和識別獒王的能力方面，藏獒比人更接近真實，更具有公正的評判。

現在，西結古草原藏獒群落中的獒王就要出現了，一旦出現，那差不多就是一場老虎鬥老虎、獅子咬獅子的重量級角鬥。所有的藏獒，所有的藏狗，包括那些興奮到不知死活的小狗，一下子都安靜了。等待著，連炊煙和雲彩，連傍晚和夕陽，都靜止不動地等待著。傾斜的西結古寺和一片片

碉房更加傾斜了，鳥瞰的陰影拉得更長更遠。

岡日森格揚頭掃視著獒群，幾乎把所有藏獒都看了一遍，然後死死盯住了一隻帶著微笑望著牠的虎頭雪獒。虎頭雪獒就是西結古草原的獒王，儘管牠現在所處的位置不在獒群的中央，儘管牠依然蹲踞著就好像面前的打鬥跟牠毫無關係，但岡日森格一眼就看出牠是獒王。牠身形偉岸，姿態優雅，一臉的王者之氣，顧盼之間，八面威風冉冉而來。

牠一隻眼睛含著王者必有的自信和豪邁，一隻眼睛含著鬥士必有的威嚴和殺氣，但行動卻是傲慢和遲緩的，充滿了對來犯者發自內心的蔑視。岡日森格不禁暗暗稱讚：好一個獒王，尊嚴的頭顱居然是紋絲不動的，彷彿每一根迎風抖動的雪白的獒毛，都在證明牠存在的偉大意義。

更重要的是，牠雖然閉著嘴，但尖長的虎牙卻不可遏止地伸出了肥厚的嘴唇，虎牙是六刃的，也就是說牠有六根虎牙，嘴的兩邊各有三根，而一般的藏獒一共只有四根，並且還沒有牠這般尖長。六刃的尖長虎牙明白如話地告訴對方牠是不可戰勝的，而大嘴闊鼻所形成的古老的喜馬拉雅獒種的經典之相貌，會讓任何人任何動物望一眼而頓生敬畏，那是凜然不可侵犯的生命的神聖威儀。

虎頭雪獒站了起來。西結古草原的獒王終於站了起來。岡日森格盯著牠的眼睛眨巴了一下，金燦燦的鬣毛奮然一抖。一場猛獒對猛獒的打鬥就要開始了。不，不是打鬥，是懲罰。在藏獒們和藏狗們看來，這是一次毫無懸念的懲罰性撕咬，爲了忠於職守和捍衛榮譽，西結古草原的獒王必須嚴厲懲罰一個洶洶然不自量力的來犯者。如果來犯者敢於反抗獒王的懲罰，那就是說牠不打算活下去了。

獒王虎頭雪獒走出獒群，來到岡日森格面前，嗓眼裏呼呼地響著，似乎在告訴對方：你現在還來得及撿回一條命，趕快逃跑吧，西結古草原不歡迎你。岡日森格聽懂了牠的話，卻沒有做出任何聽話的表示，而是挑釁地斜繃起前腿，把身子朝後傾了傾。獒王虎頭雪獒眯縫起眼睛，扮出一副笑模樣，大度地搖了搖尾巴：走吧！年輕人，你長得如此英俊健美，我實在不忍心殺死你。岡日森格不理對方的茬，聳起一稜一稜的脊毛，就要撲過去了。

但是且慢，有個聲音正在響起來，那是人的聲音，是那個光著脊梁赤著腳的孩子的聲音。孩子等不及了，他希望西結古的狗群儘快咬死岡日森格，然後跟著他去追逐七個上阿媽的仇家，所以就喊起來：「那日，那日。」他知道虎頭雪獒是西結古草原獒群裏的獒王，卻不知道越是獒王，就越不會心浮氣躁地出手，牠要端端架子，吊吊胃口，然後一撲成功，一口致命。

他既失望又吃驚地以為西結古草原的獒王不敢對這個年輕力壯、威儀堂堂的來犯者動手，就耐不住性子地喊起來：「那日，那日。」

被稱作那日的藏獒從獒群裏跳出來了，牠是一隻黑色的獅頭母獒。牠很小很小的時候，和同胞姐姐一起被光脊梁的孩子餵養過，只要餵養過的人就都應該是主人，所以聽他一叫，牠就跳出來了。跳出來後，才知道光脊梁的孩子要牠幹什麼。牠遲疑了一下，便按照光脊梁的手勢越過了獒王跟對手的對陣線，無所畏懼地撲向了岡日森格。

年輕的岡日森格沒想到，牠心驚膽戰地渴望著的這場勇者之戰，這場挑戰西結古獒王的狂妄之戰，在沒有實現之前就早早地結束了。牠愣愣地站著，直到被牛犢般大小的大黑獒那日三撞兩撞撞

翻在地，也沒有明白為什麼撲向自己的不是牠死死盯住的獒王，而是一隻自己從不招惹的母獒。牠從地上跳起來，像剛剛被牠打敗的那隻灰色老公獒一樣躲閃著對方的撕咬。

光脊梁的孩子又喊起來：「果日，果日。」

果日出現了。牠是大黑獒那日的同胞姐姐，也是一隻牛犢般大小的黑色獅頭母獒。岡日森格根本就沒看見牠是從哪裏跳出來的，甚至都沒有看清牠的面影，就被牠撞了個正著。趁著這個機會，大黑獒那日再次呼嘯著撲了過來。

岡日森格被撲翻在地上。這次牠沒有立刻站起來。牠身上壓著兩隻牛犢般大小的母性的大黑獒，使牠很難翻過身來用粗壯的四肢支撐住大地。牠本來可以用利牙的迅速切割擺脫兩隻大黑獒的壓迫和撕咬，但是牠沒有這樣。人類社會中「男不跟女鬥」的解嘲，在喜馬拉雅獒種世界裏，變成了一種恆定的規則，公獒是從來不跟母獒叫板的，況且是如此美麗的兩隻母獒，如果遇到母獒的攻擊，忍讓和退卻是公獒唯一的選擇。

岡日森格堅決信守著祖先遺傳的規則，卻使自己陷入了生命危機的泥淖。牠有些迷惘：怎麼西結古草原的藏獒是這樣的，好像牠們來自另一個世界，獒類社會那些天定的法律並沒有滲透到牠們的血液裏。牠不知道這是人類起了壞作用——人類一摻和，動物界的許多好規矩就會變成壞習慣。更不知道，牠所服從與鍾愛的人類（**此刻人類的代表就是那個光脊梁的孩子**）正在把更加危險的局面導入牠的命運之中。

光脊梁的孩子揮著胳膊喊起來：「獒多吉，獒多吉。」

他是要所有的狗都朝岡日森格撲去。藏獒們不安地跳動著，擁擠到了一起。只有作爲獒王的虎頭雪獒無動於衷地臥下了，並且衝著兩隻瘋狂撕咬的母性大黑獒不滿地叫喚著。

藏獒們看到牠們的王這樣，便漸漸安定下來。牠們是整個西結古草原的領地狗，牠們可以不聽任何來自個人的命令。而那些作爲小嘍囉的藏狗卻沒有這麼好的理性，牠們被「獒多吉獒多吉」的喊聲煽動得群情激憤，環繞著倒在地上的岡日森格一圈一圈地跑。

突然牠們衝了過去，當兩隻母性的大黑獒在獒王虎頭雪獒的叫聲中離開岡日森格時，幾乎所有的藏狗都撲向了一個點。藏狗們在這個點上一層一層地摞起來，都想用利牙痛痛快快地咬一口最下面的這隻外來的藏獒岡日森格。

岡日森格已經站不起來了，在兩隻母性大黑獒致命的撕咬之後，藏狗們的撕咬就變成了死神來臨的信號。這個信號無休無止地重複著，使牠身上的傷口差不多變成了一張魚網，那是名副其實的千瘡百孔。

漸漸安靜了，連嘈雜不休的藏狗也不再激動地叫喚了。安靜對藏在草岡後面遠遠地窺伺著這邊的七個上阿媽的孩子，無疑是一個不祥的徵兆。他們悄悄摸了回來，探頭探腦地想營救他們的岡日森格。光脊梁的孩子幾乎是用後背感覺到了仇家的到來，倏地轉過身去，鷹鷲般的眼光朝前一橫，便大喊起來：「上阿媽的仇家，上阿媽的仇家。」狗群騷動起來，包括藏獒在內的所有西結古的領地狗，都朝著七個上阿媽的孩子奔撲過去。

七個上阿媽的孩子轉身就跑，齊聲喊著：「瑪哈噶喇奔森保，瑪哈噶喇奔森保。」父親提著行李站在碉房門前觀望著，奇怪地發現，七個孩子的喊聲一響起來，狗群追攆的速度馬上就減慢了，甚至有些大狗（牠們是包括獒王虎頭雪獒在內的一些藏獒）乾脆放棄了追攆，搖頭擺尾地在原地打轉。

光脊梁的孩子同樣感到奇怪，朝前跑了幾步，喊道：「獒多吉，獒多吉。」父親已經知道這是攛掇狗群追攆的聲音，生怕七個上阿媽的孩子跑不及被狗群追上，朝光脊梁大喊一聲：「你要幹什麼？他們是跟我來的。」

話音剛落，父親身後的碉房門突然打開了，一隻手伸出來，一把將他拽了進去。

第二章 受傷的雪山獅子

碉房裏男男女女坐了十幾個人，有的是軍人，有的不是。不管是軍人還是地方上的人，都是西結古工作委員會的成員。成員們正在開會。拽他進來的軍人嚴厲地問道：「你是什麼人？胡喊什麼？」父親趕緊掏出介紹信遞了過去。那人看都不看，就交給了一個戴眼鏡的人。眼鏡仔細看了兩遍說：「白主任，他是記者。」

白主任也就是拽他進來的軍人，說：「記者？記者也得聽我們的。那幾個孩子是你帶來的？」

父親點點頭。白主任又說：「你不知道我們的紀律嗎？」

父親問道：「什麼紀律？」

白主任說：「坐下，你也參加我們的會。」

父親坐在了自己的行李上。白主任告訴他，青果阿媽草原一共有大小部落三十二個，分佈在西結古草原、東結古草原、上阿媽草原、下阿媽草原和多獮草原五個地方。西結古草原的部落和上阿媽草原的部落世代為仇，見面就是你死我活。而父親，居然把上阿媽草原的孩子帶到了西結古草原，又居然試圖阻止西結古人對上阿媽人的追打。

父親說：「他們只有七個人，很危險。」

白主任說：「這裏的人也只是攆他們走，真要是打起來，草原上的規矩是一對一，七個人只要個個厲害，也不會吃虧的。」

父親說：「那麼狗呢？狗是不懂一對一的。那麼多狗一擁而上，我怎麼能看著不管？」

白主任不理狗的事兒，教訓父親道：「你要明白，不介入部落之間的恩怨糾紛，這是一條嚴格的紀律。你還要明白，我們在西結古草原之所以受到了頭人和牧民群眾的歡迎，根本的原因就是對上阿媽草原採取了孤立的政策。上阿媽草原的幾個部落頭人過去都是投靠國民黨的，馬步芳在上阿媽草原駐紮過騎兵團，團長的小妾就是頭人的妹子。」

父親尋思：既然不介入矛盾，爲什麼又要孤立對方？但他沒來得及把自己的疑問說出來，思路就被一股奶茶的香味打斷了。奶茶是燉在房子中間的泥爐上的，一個姑娘倒了一碗遞給父親。姑娘藍衣藍褲，一副學生模樣，長得很好看，說話也好聽：「喝吧，路上辛苦了。」父親一口喝乾了一碗奶茶，站起來不放心地從窗戶裏朝外看去。

前面的草坡上，已經沒有了孩子們的身影，逃走的人和追打的人都已經跑遠了。剛剛結束了撕咬的一大群幾百隻各式各樣的領地狗正在迅速離開那裏。牠們的身後，是一堆隨風抖動的金黃色絨毛，在晚霞照耀的綠色中格外醒目。父親說：「牠肯定被咬死了，我去看看。」說著，抬腳就走。

父親來到草坡上，看到四處都是血跡，尤其是岡日森格的身邊，濃血漫漶著，把一片片青草壓塌了。他回憶著剛才狗打架的場面，獅子一樣雄壯的岡日森格被一大群西結古的藏狗活活咬死的場面，身子禁不住抖了一下。他蹲下來，摸了摸已不再蓬鬆的金黃的獒毛，手上頓時沾滿了血。他挑了一片無血的獒毛擦乾自己的手，正要離開，就見岡日森格的一條前腿痙攣似的動了一下，又動了一下。父親愣了：牠還沒有死？

天麻麻的，就要黑了。散了會的眼鏡來到草坡上對父親說：「白主任認爲你剛來，不懂規矩，應該跟他住在一起。」原來西結古工作委員會的人都散住在牧民的帳房裏，只有白主任和作爲文書的眼鏡住進了那座白牆上糊滿黑牛糞的碉房。碉房是野驢河部落的頭人索朗旺堆獻出來的，除了住人，還能開會，等於是工作委員會的會部。

父親說：「好啊，可是這狗怎麼辦？」

眼鏡說：「你想怎麼辦？」

父親說：「這是一條命，我要救活牠。」

眼鏡說：「恐怕不能吧，這是上阿媽的狗，你要犯錯誤的。」

父親回到了碉房裏。眼鏡從牆角搬過來一個木頭匣子放到地氈中央。匣子裏是青稞炒麵，用奶茶一拌，再加一點酥油，就成糌粑了。這就是晚飯。

吃飯的過程中，白主任抓緊時間給他講了不少草原的規矩，什麼在牧民的帳房裏不能背著佛壇就坐，因爲人的後腦勺上冒著人體的臭氣啦，不能朝著佛壇伸腳打噴嚏說髒話，因爲佛是喜歡體面和乾淨的啦，不能從嘛呢石經堆的左邊走過，因爲那是地神和青稞神的通道啦，不能打漁吃魚，因爲水葬的時候，魚是人的靈魂的使者，其地位僅次於天葬的禿鷲啦，不能吃油炒的食物，因爲那是對神賜食物的褻瀆啦，不能吃當天宰殺的肉，因爲牲畜的靈魂還沒有升天啦，不能打鳥打蛇打神畜，因爲那是你前世的親人啦，不能拍男人的肩膀，因爲肩膀上寄居著戰神或者仇神啦，不能在帳房上曬衣服，因爲吉祥的空行母就在上面飄蕩啦，不能走進門口有冒煙的濕牛糞的人家，因爲那是

家中有病人的信號啦，不能從火塘上跨過去，因爲那是得罪眾神的舉動啦，不能在畜圈裏大小便，因爲揹著疫病口袋的魔鬼，正是借助骯髒的東西發散毒氣的啦，不能幫助牧人打酥油，因爲酥油神是不喜歡陌生人的啦，不能打牧人的狗，也不能打流浪的狗，因爲狗是人的影子啦，甚至連在帳房裏不能放屁，因爲寶帳護法一聞到不潔淨的氣味就會離家出走這樣的事情也講到了。

最後說：「你一定要吸取教訓，不能和上阿媽草原的人有任何牽連。」父親又是點頭，又是稱是，心裏卻惦記著岡日森格。

就要打開行李睡覺的時候，父親藉口找馬，又來到草坡上，再次摸了摸血跡浸染的岡日森格。岡日森格好像知道有人在摸牠，動了一下，又動了一下，這次是耳朵，耳朵一直在動，像是求生的信號。父親跪在地上想抱起牠，使了半天勁才發現自己根本就抱不動，起身跑回碉房，對眼鏡說：「你幫我把那隻狗抬過來，牠死了，牠有很大很厚的一張狗皮。」眼鏡嚴肅地望著白主任。

白主任沉吟著說：「牠是上阿媽的狗，扒了牠的狗皮，我看是可以的。」

父親在碉房前的草窪裏找到還在吃草的棗紅馬，套上轡頭，拉牠來到草坡上，和眼鏡一起把岡日森格抱上了馬背。

眼鏡小聲說：「你怎麼敢欺騙白主任？」

父親說：「爲什麼不敢？」

他們來到碉房下面的馬圈裏，把岡日森格從馬背上抱下來。

父親問道：「你們西工委有沒有大夫？」

眼鏡說：「有啊，就住在山下面的帳房裏。」

父親說：「你能不能帶我去？」

眼鏡說：「白主任知道了會說我，再說我怕狗，這會兒天黑了，牧人的狗會咬人的。」

父親猶豫著，又仔細看了看岡日森格，對眼鏡說：「你回去吧，白主任問起來，就說我正在扒狗皮呢。」父親毅然朝山下走去。他其實也是非常怕狗的，尤其是當他看到雄獅一樣的岡日森格幾乎被咬死之後，就知道西結古草原的狗有多厲害。但他還是去了，他的同情心戰勝了他的怯懦，或者說，他天性中與動物，尤其是藏獒的某種神秘聯繫起了作用，使他變得像個獵人，越害怕就越想往前走。

打老遠帳房前的狗就叫起來，不是一隻，而是四五隻。父親停下了，喊道：「大夫，大夫。」狗叫聲淹沒了父親的叫聲，父親只好閉嘴，等到狗不叫了，突然又大喊：「大夫，大夫。」狗朝這邊跑來，黑影就像鬼蜮，形成一個半圓的包圍圈橫擋在了父親面前。

父親的心打鼓似的跳著，他知道這時候如果往前走，狗就會撲過來，如果往後退，狗也會撲過來，唯一的選擇就是原地不動。可他是來找大夫的，他必須往前走，原地不動算怎麼回事兒？他戰戰兢兢地說：「你們別咬我，千萬別咬我，我不是賊，我是個好人。」他邊說邊往前挪動，狗們果然沒有撲過來咬他，反而若無其事地朝後退去。

他有點納悶：莫非牠們真的聽懂了我的話？突然聽到身後有動靜，驚得出了一身冷汗，猛回頭，發現一個立起的黑色狗影就要撲過來。他哎喲一聲，正要奪路而逃，就聽有人咕咕地笑了，原

來那立起的黑影不是狗。一個孩子出現了，就是那個白天面對七個上阿媽的孩子眼睛凸瞪出猛烈怒火的孩子。夜涼如秋，但他依然光著脊梁赤著腳，似乎堆纏在腰裏的衣袍對他永遠是多餘的。他笑著往前走去，走了幾步又回身望著父親。父親趕緊跟了過去。

鬼蜮一樣的狗影突然消失了。光脊梁的孩子帶著父親來到一頂黑色的牛毛帳房前，停下來讓父親進去。父親覺得帳房裏面也有狗，站在那裏不敢動。光脊梁就自己掀開門簾鑽了進去，輕聲叫著：「梅朵拉姆，梅朵拉姆。」不一會兒，大夫梅朵拉姆提著藥箱出來了，原來就是那個白天給父親端過奶茶的姑娘。

父親說：「有碘酒嗎？」

梅朵拉姆問道：「怎麼了？」

父親說：「傷得太重了，渾身都是血。」

梅朵拉姆說：「在哪兒？讓我看看。」

父親說：「不是我，是岡日森格。」

梅朵拉姆說：「岡日森格是誰？」

父親說：「是狗。」

兩個人來到了碉房下面的馬圈裏。梅朵拉姆從藥箱裏拿出手電讓父親打著，自己把岡日森格的傷勢仔細察看了一遍說：「晚了，這麼深的傷口，血差不多已經流盡了。」

父親說：「可是牠並沒有死。」梅朵拉姆拿出酒精在岡日森格身上擦著，又撒了一層消炎粉，然後用紗布把受傷最重的脖子、右肋和後股包了起來。

梅朵拉姆說：「這叫安慰性治療，是在給你抹藥，如果你還不甘心，下次再用碘酒塗一遍，然後……」說著，給了父親一瓶碘酒。

父親問道：「然後怎麼辦？」

梅朵拉姆說：「然後就把牠揹到山上餵老鷹去。」

梅朵拉姆和父親一前一後走出了馬圈，突然看到兩個輪廓熟悉的黑影橫擋在他們面前——白主任和眼鏡出現了。幾乎在同時，父親看到不遠處佇立著另一個熟悉的黑影，那個黑影在月光下是光著脊梁赤著腳的，那個黑影的臉上每一道陰影，都是對岡日森格的仇恨。

父親的執拗是從娘肚子裏帶來的，連他自己也感到吃驚：我怎麼能這樣？白主任的訓斥越是嚴厲，他越是不願意聽。

白主任說：「我們來這裏的任務是瞭解民情，宣傳政策，聯絡上層，爭取民心，力求在最短的時間內站穩腳跟，你這樣做，會讓我們工作委員會在西結古草原失去立足之地的。你明天就給我回去，我們這裏不需要你這樣的人。」

父親說：「我是一個記者，我不歸你們管，用不著等到明天，我馬上就離開你們，從現在開始，我做什麼都跟西工委沒關係了。」說著，走上石階，從碉房裏抱出了自己的行李。

白主任氣得嘴唇不住地抖：「好，這樣也好，我就這樣給上級反映，會有人管你的。」說罷就

走。碉房的門砰一聲關上了。

梅朵拉姆對父親小聲說：「你怎麼能這樣？白主任說得也有道理，不能爲了一隻狗，影響工作。趕緊去認個錯吧。」

父親哼了一聲，什麼話也不說。他其實很後悔自己對白主任的頂撞，但既然已經頂撞了，就裝也要裝出一副天不怕地不怕的樣子。

梅朵拉姆搖搖頭，要走。眼鏡說：「我送妳回去吧，以後晚上妳不要出來。」

梅朵拉姆說：「我是個大夫，我得看病。」

眼鏡說：「晚上出來讓狗咬了怎麼辦？再說，妳是人的大夫，不是狗的大夫。」

這天晚上，父親就在馬圈裏待了一夜。他在站著睡覺的棗紅馬和昏迷不醒的岡日森格之間鋪開了自己的行李。躺下後，怎麼也睡不著，腦子裏亂哄哄的，想得最多的倒不是白主任，而是那個光脊梁的孩子。

他知道光脊梁的孩子一定不會放過岡日森格，岡日森格是活不成了，除非自己明天離開西結古時把牠帶走。可這麼大一隻半死的狗，自己怎麼帶啊。算了吧，不管牠了，自己走自己的吧。又一想，如果不管岡日森格，他還有必要明天就離開西結古嗎？還有必要針尖對麥芒，和白主任頂撞下去嗎？

天快亮的時候，父親睡著了，一睡就睡得很死。

第三章　鐵棒喇嘛與活佛

清晨，一個名叫頓嘎的老喇嘛從碉房山最高處的寺院裏走了出來。他揹著一皮袋牛羊的乾心肺，沿著小路盤行而下，路過工作委員會會部所在地的牛糞碉房時停下了。他立到馬圈前看了看蜷成一團酣睡著的父親和包紮著傷口的岡日森格，又回身望了望山下的野驢河，悄悄地離開了。

野驢河開闊的水灣裏，山下的帳房前，晨煙正在升起，牛群和羊群已經起來了，叫聲一片。牧家的狗分成了兩部分：休息了一夜的牧羊狗正準備隨著畜群出發，牠們興奮地跑前跑後，想儘快把畜群趕到預定的草場；一夜未眠的守夜狗離開畜群臥在了帳房門口，牠們在白天的任務是看家和睡覺。而在河灣一端鵝卵石和鵝冠草混雜的灘地上，一大群幾百隻各式各樣的領地狗正在翹首等待著老喇嘛的到來。生活如舊，一切跟昨天沒什麼兩樣，除了老喇嘛心裏的不安寧。

老喇嘛頓嘎心裏的不安寧，正是由於領地狗的存在。領地狗也是流浪狗，但牠們只在自己的領地流浪，當這個生生不息的龐大狗群按照人的意志，認爲以西結古爲中心的整個青果阿媽西部草原都是牠們的領地時，任何外來的狗就別想輕易在這片土地上找到生存的機會。也就是說，牧羊狗是守護畜群的，看家狗是守護帳房和碉房的，領地狗是守護整個西結古草原的。領地狗終生不會離開自己的草原，哪怕餓死，哪怕蛻變爲野生動物，哪怕變成人見人嫌的癩皮狗。因爲一旦離開自己守護和生存的草原，別處的領地狗就會把牠咬死吃掉，無論牠有多麼強大。

領地狗不是野狗，野狗是沒人餵的，而領地狗除了自己經常像野獸一樣在草原上捕捉活食外，

還會在固定的時間、固定的地方得到人給的食物。人給牠們食物的舉動，在表面上是出於宗教與世俗的善良，實際上是爲了從生存的依賴上加固牠們對人類的依附關係。儘管領地狗不屬於任何個人，但人的意志卻明確無誤地體現在牠們的一舉一動中。給牠們食物的除了牧家還有寺院，老喇嘛頓嘎就是西結古寺專門給領地狗拋散食物的人。

老喇嘛頓嘎來到野驢河的灘地上，拔出腰刀，在石板上割碎了牛羊的心肺，一點一點拋散給牠們。突然看到光脊梁的孩子沿著河邊的淺水劈哩啪啦地跑來，心裏不覺隱隱一沉，叫了一聲：「不好。」

光脊梁的孩子大聲喊著：「那日，那日。」牛犢般的大黑獒那日立刻跑了過來。光脊梁把手中的一隻肥嘟嘟的羊尾巴扔給了牠。

大黑獒那日跳起來一口叼住，一邊狼吞虎咽地吃著，一邊盯著光脊梁。牠預感到牠曾經的主人並不僅僅是來餵牠羊尾巴的，一定還有別的事兒，就像以往發生過的那樣，讓牠跟他去草原深處打獵，或者替牠去尋找一件他找不到的東西。再就是廝殺，就跟昨天似的，讓牠搶在獒王前面向著來犯的同類猛烈衝擊，然後瘋狂撕咬。牠知道主人的事情永遠比自己的吃喝更重要，嚼都沒嚼，連肉帶毛，把羊尾巴吞到了肚子裏。

這時，牠看到光脊梁的孩子奮力朝前跑去，跑了幾步又回身朝牠招手，喊著：「那日，那日。」大黑獒那日用四隻粗壯的腿騰騰地敲打著地面跟了過去。老喇嘛頓嘎望著人和狗消失在碉房與碉房之間的狹道裏，趕緊朝寺院走去。

在雙身佛雅布尤姆殿的大堂裏，老喇嘛頓嘎對西結古寺的住持丹增活佛說，他昨天晚上做了一個夢，一個獅子一樣漂亮雄偉的金色公獒請求他救自己一命。金色公獒說，牠前世是阿尼瑪卿雪山上的獅子，曾經保護過所有在雪山上修行的僧人。老喇嘛又說，他今天早晨在牛糞碉房的馬圈裏看到了一個陌生的漢人和一隻外來的受了重傷的金色獅頭公獒，又在野驢河邊看到光脊梁的孩子招走了大黑獒那日。

丹增活佛問道：「你是不是說，你夢見的雪山獅子就是你看見的獅頭公獒？」

老喇嘛頓嘎說：「是啊是啊，牠現在已經十分危險了，我們怎麼才能救牠一命呢？」

丹增活佛知道這個問題是很嚴重的，趕緊叫來另外幾個活佛商量，商量的結果是派三個鐵棒喇嘛前去保護前世是阿尼瑪卿雪山獅子的獅頭公獒和那個外來的漢人。

鐵棒喇嘛是西結古寺護法金剛的肉身體現，是草原法律和寺院意志的執行者，在整個青果阿媽西部草原，只有他們才可以代表神的意志，隨意懲罰包括藏獒在內的所有生靈。別人的懲罰雖然也是可以的，但卻不是神聖的。不是神聖的懲罰，自然也就不是替天行道而免遭報應的懲罰。

父親被一陣悶雷般的狗叫驚醒了。他忽地坐起來，就見一隻牛犢般大小的黑獒正朝著他身邊的岡日森格撲過來。他本能地掀起被子，迎著大黑獒蓋了過去。大黑獒那日來不及躲閃，獒頭一下子被蓋住了。牠戛然止步，咬住被子使勁甩著。父親抓住被子的一角，拔河似的把大黑獒那日拉出了馬圈。大黑獒那日突然意識到，牠的敵人並不僅僅是那隻將死而未死的公獒，還有獅頭公獒的主

人——一個陌生的漢人。牠鬆開被子可著嗓門吠叫起來，不是衝著父親，而是衝著碉房山前的野驢河。

父親後來說，大黑獒那日的吠叫就是藏獒的語言，牠肯定提到了岡日森格，提到了父親，還提到了棗紅馬。遠方的領地狗群一聽就明白了，「汪汪汪」地回應著狂奔起來，轉眼之間就從野驢河的灘灣裏來到了這裏。父親在心裏慘叫一聲：「完了。」趕緊用被子蓋住依舊奄奄一息的岡日森格，再從馬圈的牆角拽過和他同樣驚恐無度的棗紅馬，準備跳上去逃跑。

但是已經來不及了，領地狗群密密麻麻地擋在了馬圈前面，大黑獒那日和牠的同胞姐姐大黑獒果日，以及昨天被岡日森格打敗的灰色老公獒已經衝過來了，不是衝著人，而是衝著馬。

聰明的藏獒都知道，咬人先咬馬，馬一流血就不聽人的指揮，人也就無法逃脫了。棗紅馬忽地一下掉轉了身子，抬起屁股踢了過去，一下就踢在了大黑獒那日的左眼上。大黑獒那日尖叫一聲滾翻在地，立刻又爬起來，以十倍的瘋狂再次撲過去，尖利的虎牙哧地一聲扎在了棗紅馬的屁股上。

棗紅馬叫著，邊叫邊踢。父親清楚地看到，棗紅馬的鐵蹄好幾次踢在了大黑獒那日的肚子上，但大黑獒那日就是不鬆口，牠拚命拉轉棗紅馬的身子，讓牠的前胸和肚腹完全暴露在了前面。大黑獒果日和灰色老公獒同時跳起來，咬住了棗紅馬。棗紅馬轟然一聲栽倒在地。大黑獒那日跳過去，一口咬住了棗紅馬的喉嚨。

父親驚叫一聲，噌地跳向了牆角。本能告訴他，在牆角，他至少可以避免腹背受敵的危險。他渾身顫抖，絕望地瞪著面前的狗群。牠們有的沉默寡言，有的狂叫不止；沉默寡言的朝前撲著，狂叫不止的站在一邊助威。

在他和狗群之間，是用被子掩蓋著的岡日森格。領地狗群還沒有發現岡日森格。咬死了棗紅馬的大黑獒那日似乎忘了岡日森格，牠撲過來的唯一目的，就是像咬死棗紅馬那樣咬死父親。父親冷汗淋漓，他想到了死，也想到了不死，他不知道死會怎樣死，不死會怎樣不死，他只做了一件讓他終生都會懺悔的事情，那就是出賣。

他在狗群強大的攻擊面前，卑微地出賣了他一直都想保護的岡日森格——當傷痕累累的大黑獒那日和另外幾隻藏獒朝他血口大開的時候，他忽地一下掀掉了覆蓋著岡日森格的被子。所有的狗都愣了一下，除了大黑獒那日。左眼和肚子上沾滿了血的大黑獒那日一口咬住了父親手中的被子，被子曾經蓋住過牠，牠仇恨這被子甚至超過了仇恨岡日森格。被子刺啦刺啦地響著，爛了。被子一爛，大黑獒那日就認爲對被子的報復已經結束，自己應該全力對付的還是岡日森格和被子的主人。

牠衝著同伴呼呼地送著氣，父親以後會明白，這送氣的聲音就是牠對其他藏獒的吩咐：你們幾個咬死那隻狗，我來咬死這個人。另外幾隻藏獒還在猶豫，牠們認爲岡日森格昨天已經被狗群咬死了，現在面對著的不過是一具屍體，而牠們——正氣凜然的藏獒是從來不會咬噬同類的屍體的。大黑獒那日不耐煩地罵了一句同伴，然後一躍而起。

大黑獒那日的目標是父親的喉嚨，父親一躲，利牙噗嗤一聲陷進了肩膀。父親慘叫著，一聲聲地慘叫著。慘叫聲裏，大腿被牙刀割爛了，胸脯也被牙刀割爛了，然後就是面對死亡。

父親後來說，如果不是奇蹟出現，他那天肯定會死在大黑獒那日的牙刀下。奇蹟就是大黑獒那日突然不行了，牠的一隻眼睛和肚子正在流血，流到一定程度就有了天旋地轉的感覺，牠從父親的胸脯上滑落下來，身子擺了幾下，就癱軟在了地上。接著是另一個奇蹟的出現，岡日森格甦醒了。

一直昏迷不醒的岡日森格在父親最危險的時刻突然抽搐起來，一下，兩下，三下，然後睜開了眼睛，甚至還強掙著抬了一下頭。圍繞著牠的藏獒頓時悶叫起來，而緊跟在大黑獒那日後面正要撲向父親的大黑獒果日和灰色老公獒，突然改變主意撲向了岡日森格。因為在牠們的意識裏，仇視同類永遠比仇視人類更為迫切。

岡日森格危險了，牠的危險給父親贏得了幾秒鐘的保險。這關係人命也關係狗命的幾秒鐘，使父親避免了兩隻猛獒致命的撕咬，卻使岡日森格再一次受到了牙刀的宰割。

這時候，父親看到了白主任、眼鏡和梅朵拉姆。他們被領地狗群阻擋在碉房門口的石階上面。白主任拿了一把手槍威脅著狗群，卻不敢射出子彈來，他知道狗是不能打的，打死了狗，後果不堪設想。狗群咆哮著，牠們根據這三個人走路的姿態，就能判斷出他們是來解救父親的，便躥上石階逼他們朝後退去。

三個人很快退進了碉房。兩隻藏獒站在門口，用大頭碰撞著門板，警告裏面的人再不要出來多管閒事。父親再次絕望了。他看到五十步遠的地方有三個裹著紅氆氌的喇嘛正朝著馬圈走來，就衝他們慘兮兮地喊道：「快來救人哪。」

三個身材魁梧的喇嘛在狗群中跑起來，不停地喊叫著，揮舞手中的鐵棒打出一條路，來到了馬圈裏。那些不肯讓開的藏獒，那些還準備撲咬父親的藏獒，以及還在撕咬岡日森格的大黑獒果日和灰色老公獒，被三個喇嘛手中的鐵棒打得有點暈頭轉向，一時不知道如何是好。但牠們決不撤退，因為牠們是藏獒，牠們的祖先沒有給牠們遺傳在戰鬥中遇到阻止後立刻撤退的意識。

牠們朝著三個鐵棒喇嘛狂吠著，激憤地詢問：你們到底是什麼意思？難道這一狗一人兩個來犯者不應該受到懲罰？我們是領地狗，保衛領地是西結古人賦予我們的神聖職責。難道現在又要收回了嗎？三個鐵棒喇嘛不可能回答牠們的問題，回答問題的只能是那些更有頭腦的藏獒。

一直在一邊默然觀望著的獒王虎頭雪獒突然叫起來，叫聲很沉很穩，很粗很慢，但所有的藏獒，包括小嘍囉藏狗都聽到了，都明白了其中的含義，那就是牠要求牠們必須尊重鐵棒喇嘛的意志。一旦鐵棒喇嘛出面保護，闖入牠們領地的外來狗和外來狗的主人，就已經不是必須咬死的對象了。

先是大黑獒果日和灰色老公獒夾起了尾巴，低下頭默默離開了馬圈。接著，所有進入馬圈的藏獒紛紛離開了那裏。獒王虎頭雪獒高視闊步，朝著野驢河走去。藏獒們幾乎排著隊跟在了牠身後。小嘍囉藏狗們仍然不依不饒地叫囂著，但也只是叫囂而已，叫著叫著，也都慢慢地跟著藏獒們走了。

三個紅氆氌的鐵棒喇嘛站在馬圈前面目送著牠們。馬圈裏只剩下了活著的父親和死去的棗紅馬，還有兩隻藏獒，一隻是再次昏死過去的岡日森格，一隻是因失血過多癱軟在地的大黑獒那日。

父親長出一口氣，一屁股坐在了地上。光脊梁的孩子不知從什麼地方鑽出來躥進了馬圈。他

「那日那日」地叫著，撲到大黑獒那日身上，伸出舌頭舔著牠左眼上的血，舔著牠肚子上的血。他以為自己的舌頭跟藏獒的舌頭一樣也有消炎解毒的功能，甚至比藏獒的舌頭還要神奇，只要舔一舔，傷口立刻就會癒合。大黑獒那日吃力地搖搖尾巴，表示了牠對昔日主人的感激。

父親的傷勢很重，肩膀、胸脯和大腿上都被大黑獒那日的牙刀割爛了，裂口很深，血流不止。岡日森格情況更糟，舊傷加上新創，也不知死了還是活著。大黑獒那日還在呼呼喘氣，牠雖然站不起來了，雖然被棗紅馬踢傷的左眼還在流血，卻依然用仇恨的右眼一會兒盯著父親，一會兒盯著岡日森格。

一個身強力壯的鐵棒喇嘛揹起了父親，一個更加身強力壯的鐵棒喇嘛揹起了大黑獒那日，一個尤其身強力壯的鐵棒喇嘛揹起了岡日森格。他們排成一隊沿著小路，朝碉房山最高處的西結古寺走去。光脊梁的孩子跟在了後面。無論是仇恨岡日森格，還是牽掛大黑獒那日，他都有理由跟著三個鐵棒喇嘛到西結古寺去。

快到寺院時，他停下了，瞇起眼睛眺望著野驢河對岸的草原，突然發出了一聲尖叫，驚得三個鐵棒喇嘛回過身來看他。光脊梁的臉上正在誇張地表現著內心的仇恨，眼睛裏放射出的怒火猛烈得就像正在燃燒的牛糞火。

野驢河對岸的草原上，出現了七個小黑點。光脊梁的孩子一眼就認出，那是七個跟著父親來到西結古草原的上阿媽的孩子。他朝山下跑去，邊跑邊喊：「上阿媽的仇家，上阿媽的仇家。」

很快就有了狗叫聲。被鐵棒喇嘛揹著的父親能夠想像到，狗群是如何興奮地跟著光脊梁的孩子追了過去，好像他是將軍，而牠們都是些衝鋒陷陣的戰士。父親無奈地歎息著，真後悔自己的舉動：爲什麼要把花生散給那些孩子們呢？草原不生長花生，草原上的孩子都是第一次吃到花生，那種香噴噴的味道對他們來說是前所未有的。他們跟著父親，跟著前所未有的香噴噴的天堂果來到了西結古，結果就是災難。

七個孩子，怎麼能抵禦那麼多狗的攻擊？父親在揹著他的鐵棒喇嘛耳邊哀求道：「你們是寺院裏的喇嘛，是行善的人，你們應該救救那七個孩子。」

鐵棒喇嘛用漢話說：「你認識上阿媽的仇家？上阿媽的仇家是來找你的？」

父親說：「不，他們肯定是來找岡日森格的，岡日森格是他們的狗。」鐵棒喇嘛沒再說什麼，揹著他走進了赭牆和白牆高高聳起的寺院巷道。

光脊梁的孩子帶著領地狗群，涉過野驢河，追攆而去。

又是一次落荒而逃，七個上阿媽的孩子似乎都是逃跑的能手，只要撒開兩腿，西結古的人就永遠追不上。他們邊跑邊喊：「瑪哈噶喇奔森保，瑪哈噶喇奔森保。」好像是一種神秘的咒語，狗群一聽就放慢了追撲的速度，吠叫也變得軟弱無力，差不多成了多嘴多舌的催促：「快跑啊，快跑啊。」

第四章　西結古寺的奇蹟

西結古寺僧舍的炕上，父親慘烈的叫聲就像骨肉再一次被咬開了口子。咬他的不是利牙，而是猛藥。西結古寺的藏醫喇嘛尕宇陀從一隻圓鼓一樣的豹皮藥囊裏拿出一些白色粉末、黑色粉末和藍色粉末分別撒在了父親的肩膀、胸脯和大腿上，又用一種漿糊狀的液體在傷口上塗抹了一遍。

撒入粉末的一剎那，父親幾乎疼暈過去，等到包紮好以後，感覺立刻好多了。血已經止住，疼正在減輕，他這才意識到渾身被汗水濕透了，一陣乾渴突然襲來。他說：「有水嗎？給我一口水喝。」藏醫尕宇陀聽懂了，對一直守候在身邊的那個會說漢話的鐵棒喇嘛嘰咕了幾句。鐵棒喇嘛出去了，回來時，端著一木盆黑乎乎的草藥湯。藏醫尕宇陀朝著父親做了個喝的樣子，父親接過來就喝，頓時苦得眼淚都出來了。

在僧舍另一邊的地上，臥著昏迷不醒的岡日森格和即將昏迷的大黑獒那日。藏醫尕宇陀先是解開了昨天梅朵拉姆給岡日森格的包紮，給舊傷口和新傷口撒上不同顏色的粉末，又用漿糊狀的液體塗抹全身，把一隻狗耳朵捲起來，使勁捏了幾下，然後再去給大黑獒那日治療。

父親突然想起梅朵拉姆留給自己的那瓶碘酒，趕緊從身上摸出來遞了過去。藏醫尕宇陀接過來看了看，聞了聞，扔到了炕上。

父親拿起來詫異地問道：「這藥很好，你爲什麼不用？」

尕宇陀搖了搖頭，一把從他手裏奪過碘酒瓶，乾脆扔到了牆角落裏，用藏話衝著鐵棒喇嘛說了幾句什麼。鐵棒喇嘛對父親說：「反對，反對，你們的藥和我們的藥反對。」

即將昏迷的大黑獒那日在上藥時突然睜大了眼睛，渾身顫慄，痛苦地掙扎哀叫著。鐵棒喇嘛大力摁住了牠，等上完了藥，牠已經疼昏過去了。

藏醫尕宇陀讓鐵棒喇嘛掰開大黑獒那日的嘴，把父親喝剩下的草藥湯灌了進去，又出去親自端來半盆溫熱的草藥湯，灌給了岡日森格。他靜靜地望著父親和還在喘氣的岡日森格，實在慶幸父親和牠居然還能活下來。

門外有了一陣腳步聲，白主任、眼鏡和梅朵拉姆來了。一個面容清癯、神情嚴肅的僧人陪伴著他們。藏醫尕宇陀和鐵棒喇嘛一見那僧人就恭敬地彎下了腰。

白主任說：「傷的怎麼樣？你可把我們嚇壞了。」

父親有點冷淡地說：「可能死不了吧，反正傷口這會兒已經不疼了。」

白主任說：「應該感謝西結古寺的佛爺喇嘛，是他們救了你。」又指著面容清癯的僧人說，「你還沒見過這佛爺吧，這就是西結古寺的住持丹增活佛。」

父親趕緊雙手合十，欠起腰來，象徵性地拜了拜。丹增活佛跨前一步，伸出手去，掃塵一樣柔和地摸了摸父親的頭頂。父親知道這就是活佛的摸頂，是草原的祝福，感激地俯下身去，再次拜了拜。

丹增活佛來到岡日森格跟前，蹲了下去，輕輕撫摩著塗了藥液的絨毛。藏醫尕宇陀不安地說：「牠可能活不了，牠的靈魂正在離去。」

丹增活佛站起來說：「怎麼會呢？牠是托了夢的，夢裏頭沒說牠要死啊。牠請求我們救牠一命，我們就能夠救牠一命。牠是阿尼瑪卿雪山獅子的轉世，牠保護過所有在雪山上修行的僧人，牠還會來保護我們，牠不會死，這麼重的傷，要死的話早就死了。好好服侍吧，救治人世的病痛者，你會有十三級功德，救治神界的病痛者，你會有二十六級功德，而救治一個保護過許多苦修僧人的雪山護法的世間化身，你就會有三十九級功德。還有，這個把雪山獅子的化身帶到西結古草原來的漢人是個吉祥的人，你們一定要好好對待他，他的傷就是你們自己的傷。」

藏醫尕宇陀和鐵棒喇嘛「呀呀呀」地答應著。

來青果阿媽草原之前，眼鏡在西寧參加過一個藏語學習班，他差不多聽懂了丹增活佛的話，趕緊翻譯給白主任和梅朵拉姆聽。

白主任很高興，朝著父親伸出大拇指說：「好啊好啊，這樣就好，你爲我們在西結古草原取得當地人的信任做出了貢獻，我一定要給上級反映。」又指著梅朵拉姆和眼鏡說，「記者同志身上有一種捨生忘死的精神，你們要好好向他學習。丹增活佛說他是個吉祥的人，吉祥就是扎西，扎西德勒，扎西德勒。」

鐵棒喇嘛認真地對父親說：「你是漢扎西，我是藏扎西，我們兩個都是扎西。」原來他也叫扎西，而丹增活佛說父親是個吉祥的人，就等於給父親賜了一個稱呼，不管父親願意不願意，草原上的人，從此就會叫他「漢扎西」。

又說了一些話，大家都走了。梅朵拉姆留下來小聲對父親說：「我看看，他們給你上了什麼藥。」

父親說：「我的傷口包紮住了，妳去看狗吧，狗身上抹什麼藥，我身上就抹什麼藥。」

梅朵拉姆驚叫道：「那怎麼行，你又不是狗。」說著，走過去蹲到岡日森格跟前看了看，沒看出什麼名堂，一擺頭瞅見了丟在牆角的那瓶碘酒。她撿起來說：「我帶來的藥不多，你怎麼把它扔了？」

父親用鐵棒喇嘛的口氣說：「反對，反對，妳的藥和喇嘛的藥反對。」

梅朵拉姆把碘酒裝進藥箱說：「但願他們的藥能起作用。我現在最擔心的倒不是傷口感染，而是傳染上狂犬病。」

父親問道：「傳染上狂犬病會怎麼樣？」

梅朵拉姆睜大美麗的眼睛，一臉驚恐地說：「那就會變成神經病，趴著走路，見狗就叫，見人就咬，不敢喝水，最後肌肉萎縮、全身癱瘓而死。」

父親說：「這麼可怕，那我不就變成一隻瘋狗了？」說著瞪起眼睛，衝她齜了齜牙，「汪」地喊了一聲。梅朵拉姆尖叫一聲，轉身就跑。

僧舍裏安靜下來。父親躺平了身子，想睡一會兒。鐵棒喇嘛藏扎西走進來，把一碗拌好的糌粑和一碗酥油茶放在了矮小的炕桌上。父親搖搖頭，表示不想吃。藏扎西說：「你一定要吃，糌粑是丹增佛爺念過經的，吃了傷口很快就會長出新肉來。」說著把父親扶起來，守著他吃完了糌粑，喝光了酥油茶。

就這樣，父親住進了西結古寺，而且和兩隻受傷的藏獒住在一起。大黑獒那日當天下午就甦醒了。牠一甦醒，就用一隻眼睛陰沉地瞪著身邊的岡日森格，威脅地露出了利牙。見岡日森格一動不動，又把黑黝黝的眼光和白花花的利牙朝向了父親。

父親躺在炕上，看牠醒了，就一瘸一拐地走了過去。

大黑獒那日警惕地想站起來，但左眼和肚子上的傷口不允許牠這樣，只好忍著強烈的憤怒，聽任父親一點點地接近牠。牠覺得父親接近牠的速度本身就是陰謀的一部分：他為什麼不能一下子衝過來，而要慢慢地挪動呢？牠吃力地揚起大頭用一隻眼睛瞪著父親的手，看他到底拿著鞭子還是棍子或者刀子和槍，這些人類用來制服對手的工具，牠都是非常熟悉的。

大黑獒那日發現對方手裏什麼也沒有，便更加疑惑了：他怎麼可以空著手呢？難道他的手不借助任何工具就能產生出乎意料的力量？

父親來到大黑獒那日身邊，蹲下來愣愣地望著牠，突然想到了一個大黑獒那日正在想的問題：他這麼快地來到牠跟前，他想幹什麼？他是不是不希望牠醒過來？可是事實上牠已經醒了，他應該怎麼辦？牠無疑是一隻惡狗，牠咬慘了他，牠是岡日森格的最大威脅，牠最好的去處就是死掉。

父親這麼想著，看了看自己的雙手。這雙手是完好無損的，牠雖然沒有牛力馬力狗力，但掐死毫無反抗能力的大黑獒那日還是綽綽有餘的。

大黑獒那日似乎明白父親在想什麼，衝著他的手低低地叫了一聲。

父親搖了搖手，同時咬了咬牙，好像馬上就要動手了，但是突然又沒有了力氣和勇氣。沒有力氣和勇氣的原因，是父親發現自己一點也不恨牠，父親天生是個喜歡動物，尤其是狗的人，他不能像報復人那樣報復一隻狗。父親放鬆了咬緊的牙關，搓著兩隻手，坐在了地上。

大黑獒那日立刻明白了父親心理的變化，揚起的大頭沉重地低下去，噗然一聲耷拉在伸直的前腿上，疲倦地喘著粗氣，躺歪了身子。父親望著牠，內心不期然而然地升起一絲柔情，手不由自主地伸向大黑獒那日蓬蓬鬆鬆的鬣毛。

大黑獒那日再次揚起大頭，費勁地扭動著想咬那隻手，咬不著手，牠就撕扯父親的衣服。父親不理牠。他把全部的注意力集中在了自己的手上，手在鬣毛裏滑動著，開始是在毛浪裏輕柔地撫摩，慢慢地變成了撓。他在牠的脖子上不停地撓著，撓得不癢的地方癢起來，癢的地方舒服起來。脖子的舒服就像湧出的泉水一樣擴散著，擴散到了全身，擴散到了內心，而舒服一進入內心，就變成了另一種東西，那就是好感。

藏獒是很容易產生好感的那種動物，牠們有老虎獅子的野蠻兇猛，卻很早就被人類馴化，甘願爲人類服務，就是因爲牠們有著老虎獅子沒有的接收感情和表達感情的神經系統，牠們的潛質裏最活躍的，便是對人類產生好感的那部分因子。

不知不覺的，大黑獒那日的大頭不再費勁扭動了，牙齒也不再撕扯父親的衣服。牠感到一種癢癢的溫暖正在升起，一種忍受傷痛時來自人類的慰問正在升起，突然意識到，面前的這個人也許並不一定是個面目可憎需要提防的陰謀家，至少在此刻，他並不想報復性地加害牠，而是想討好牠。

牠不喜歡他的手接觸牠的皮毛，卻非常喜歡這樣的接觸演變成一種舒適的享受和討好，尤其是陌生人的討好、仇人的討好，這是牠戰勝了他的證明。牠把頭放在了伸展的前肢上，靜靜享受著暖洋洋的撫摩，那隻沒有受傷的眼睛和那隻傷得很重的眼睛漸漸蘊涵了非常複雜的內容：容忍你但並不一定接受你，不咬你但並不一定喜歡你。牠是西結古草原的領地狗，牠唯一忠於的只能是西結古的土地和人。可是你，你是什麼人？

老喇嘛頓嘎進來了。大黑獒那日朝他搖了搖尾巴。老喇嘛頓嘎一看大黑獒那日醒了，而且在父親的愛撫下顯得非常安靜，高興得甚至給父親鞠了一個躬。他轉身出去，拿來了一些切成碎條的乾牛肺交給父親，做了一個吃的動作。父親拿起一條牛肺就往自己嘴裏塞。頓嘎擺擺手，指了指大黑獒那日。父親明白了，這乾牛肺是餵狗的，就一條一條往狗嘴裏塞去。大黑獒那日吃著，顯得有點費勁，但仍然貪饞地吃著。

老喇嘛頓嘎出去了。他是西結古寺專門給領地狗拋散食物的，他愛護領地狗就像愛護自己的孩子一樣。他高興地離開了僧舍裏的大黑獒那日和父親，把自己的想法迅速散佈到寺院的各個角落：那個客居在西結古寺的漢扎西，是個肚量很大的、心地善良的、喜歡藏獒的不加害仇狗的人，這樣的人帶著雪山獅子的化身，來到了青果阿媽西部草原，美好的事情就一定要發生了。

而且漢扎西居然想吃乾牛肺，草原人自己從來不享用牛肺羊肺，牛肺羊肺是專門用來餵養狗的。他想吃牛肺，說明他前世也是一隻狗，一隻大狗好狗，一隻靈性的獅子一樣雄偉的藏獒。藏獒吃了牛肺羊肺，就會長出堅硬的骨頭、龐大的體格和一顆絕對忠誠主人的心，這顆心是真正的藏獒所擁有的金子一樣的心。

此時此刻，漢扎西就坐在大黑獒那日的身邊，正在給牠一點一點餵著乾牛肺，說明漢扎西想和大黑獒那日做朋友，想成為大黑獒那日的主人。一個喜歡領地狗的人，一個即使咬了自己也不改變愛狗之心的人，必然是一個有功德的人。

這樣的說法一傳十，十傳百，整個西結古寺都變得喜氣洋洋了。

鐵棒喇嘛藏扎西聽了以後說：「藏民喜歡的東西他喜歡，說明他跟藏民是一條心。」說罷就走出寺院，到山下的帳房裏化緣去了。

這天晚上，鐵棒喇嘛藏扎西給父親拿來了他化緣的肉食：「這一塊是犛牛肩胛上的肉，這一塊是綿羊胸脯上的肉，這一塊是山羊後腿上的肉，你吃啊，你為什麼不吃？你要知道，在草原上是吃什麼補什麼的，你的傷口在肩膀上、胸脯上和大腿上，你就得天天吃這些東西，連續吃上七天，你長出來的筋肉就比原來的筋肉還要結實。」

父親非常感動，他已經意識到，你對狗好，寺院的喇嘛就會對你好。他趕緊說：「既然吃什麼補什麼，大黑獒那日是不是應該吃掉牛的眼睛、羊的肚子呢？至於遍體鱗傷的岡日森格，要是牠甦醒過來，是不是應該吃掉一整頭牛或一整隻羊呢？」

藏扎西說：「對啊對啊，你說得對啊。不過藏獒的命有七條，人的命只有一條，藏獒比人能活能長，藏獒不吃牛眼睛也能長好眼睛，不吃整個牛也能長好整個身子。」

父親只吃了一半藏扎西拿來的犛牛的肩肉、綿羊的胸肉、山羊的腿肉，剩下的一半拿給了大黑獒那日。大黑獒那日的眼睛裏依然充滿了疑慮：你到底是幹什麼的？我咬了你，你為什麼還要給我

肉吃？你不是西結古草原的人，你為什麼對我這樣好？牠知道這是人的食物，是喇嘛送給父親的食物，而父親卻把一半留給了牠。一種受人尊重被人重視的榮幸，一種與人共享的自豪，油然而生。

牠有滋有味地吃著很少吃到的熟食，覺得鹹鹹的，軟軟的，爽爽的，感覺就像父親在牠脖子上抓撓一樣舒服酥麻。牠想到了自己的尾巴，並且把一股力氣運在了尾巴的根部，但終於還是沒有搖起來。安靜的尾巴傳遞給父親的還是深深的疑慮：你是誰？你帶著一隻獅頭公獒來我們西結古草原幹什麼？

一連五天，父親和大黑獒那日每天都能吃到丹增活佛念過經的糌粑和鐵棒喇嘛藏扎西化緣的肉食——犛牛的肩肉、綿羊的胸肉、山羊的腿肉。有一次，他們甚至吃到了寺院頭一天專門為他們繩殺（用繩子纏在嘴鼻上窒息而死）的新鮮牛肩肉、羊胸肉和腿肉，味道的鮮美讓父親終身難忘。

飲食加上每天一次的換藥，他和大黑獒那日的傷迅速好起來，他可以到處走一走，大黑獒那日也能夠站起來往前挪幾步了。

可以走動以後，父親就經常走出僧舍，從右邊繞過照壁似的嘛呢石經牆，好奇地轉悠在寺院的大經堂、密宗殿、護法神殿、雙身佛雅布尤姆殿和別的一些殿堂僧院裏。喇嘛們見了他，都會友好地露出笑臉來，父親就雙手合十，朝他們低低頭彎彎腰。如果是狹道相逢，喇嘛們必然要側身讓開，請父親先過。

父親是乖巧的，你越是讓他先過，他就越要讓你先過，禮多人不怪，喇嘛們都覺得父親是個好人。更重要的是，父親見佛就拜，他拜了密教的大日如來和蓮花生以及大荒神坤納耶迦，拜了顯教的三世佛和八大菩薩，拜了苯教祖師辛饒米沃且和威爾瑪戰神、十二丹瑪女神，這樣的禮拜在別的漢人那裏是沒有的，西結古工作委員會的人就從來不拜佛。喇嘛們覺得父親跟別的漢人不一樣，父親是可親可近的，所有在佛與神面前有著虔敬態度的人，都是可親可近的。

一天上午，父親正在護法神殿的臺階上，跟著鐵棒喇嘛藏扎西學說六字箴言，剛把「唵嘛呢叭咪吽」的「吽」（hong）字念對，突然聽到一陣沉悶的狗叫。儘管寺院裏還有不少別的狗，但他一聽就知道那是大黑獒那日的聲音。他心裏一驚，轉身就跑，跑啊跑，實際上不是跑，是一瘸一拐地走，只不過是在心裏使勁跑。

他跌跌撞撞地繞過嘛呢石經牆，跑進了僧舍，面前的情形完全證實了他的猜測：岡日森格醒了，牠在昏死了五天之後突然甦醒了。

大黑獒那日的叫聲就是衝著突然醒過來的岡日森格的：你不是死了嗎，怎麼又活了？牠站在睜開了眼睛的岡日森格身邊憤怒地叫著，但也只是叫著，並沒有把利牙對準毫無反抗能力的岡日森格，畢竟牠們都是同屬於一個祖先的藏獒，牠們在一起身貼身地待了這麼些日子。

更重要的是，大黑獒那日意識到，這個被自己堅決仇恨著並且一再撕咬過的藏獒，這個懵頭懵腦闖入自己領地的來犯者，是一隻年輕英俊的獅頭公獒，而牠大黑獒那日，是一隻母獒，一隻正值青春妙齡，眼看就要發情的獅頭母獒。

這時，藏扎西跟了進來，一看岡日森格的眼睛撲騰撲騰忽閃著，驚喜地叫了一聲，轉身就走。

藏扎西叫來了西結古寺的住持丹增活佛，叫來了藏醫尕宇陀和老喇嘛頓嘎。藏醫尕宇陀對著丹增活佛彎下腰說：「神聖的佛爺你說對了，牠是阿尼瑪卿雪山獅子的轉世，偉大的山神保佑著牠，牠是死不了的。」

丹增活佛說：「你救治了一個雪山獅子的化身，你的三十九級功德已經記錄在佛菩薩的手印上了，祝福你啊，尕宇陀。」

尕宇陀說：「不，佛爺，不是我的功德，是西結古寺的功德，需要祝福的應該是我們光明的西結古寺。」

藏醫尕宇陀俯下身去，仔細驗看著岡日森格的傷勢和眼睛，突然站起來說：「牠的血已經流盡了，牠現在需要補充最好的血，不然牠還會暈過去的。」

藏扎西問道：「什麼血是最好的血，我這就去找。」

尕宇陀說：「最好的血不是牛血和羊血，是藏獒的血和人血，你不用去找了，你快去拿一個乾淨的木盆來。」

父親沒想到，藏醫尕宇陀會放出自己的血救狗一命。他從圓鼓一樣的豹皮藥囊裏拿出一個拇指大的金色寶瓶，滴了一滴藥在自己的手腕上，消毒以後，又拿出一把六寸長的形狀像麻雀羽毛的解剖刀，割開了自己左手腕的靜脈。血嘩啦啦地流進了乾淨的木盆。差不多流了有半碗，丹增活佛一把將尕宇陀的左手腕攥住了，然後伸出了自己的胳膊。

藏醫尕宇陀說：「佛爺，你的血是聖血，你的血哪怕只有一滴，對雪山獅子也能起到起死回生的作用。」說著，用寶瓶裏的藥水在丹增活佛的手腕上消了毒，用刀輕輕劃了一下。血湧出來了，鮮豔得耀紅了整個僧舍。

接著是藏扎西的血。接著是老喇嘛頓嘎的血。最後父親走過去，捋起袖子，把胳膊亮在了藏醫尕宇陀面前。尕宇陀搖搖頭說：「不行啊不行，你也是受過傷流過血的，你也需要血。」

藏扎西翻譯道：「藥王喇嘛說，漢扎西，你就算了吧，雪山獅子用牠明亮的眼睛告訴我們，牠不需要你的血。」

父親說：「爲什麼？難道漢人的血和藏民的血是不一樣的？」

藏扎西把父親的話翻譯了出來。丹增活佛說：「人和人只要心一樣，血就是一樣的，不一樣的只有邪惡人和善良人的血。」又對尕宇陀說：「你就成全了他的好心吧，少放一點血，一滴血的恩情和一碗血的恩情是一樣的。」

父親的血流進了木盆。木盆裏是四個藏族僧人和一個漢族俗人的血，它們混合在一起，就要流進岡日森格饑渴的喉嚨了。

岡日森格知道爲什麼要給牠灌血，也知道血的重要和看到了血的來源，感激地想搖搖尾巴。可是牠渾身乏力，怎麼也搖不起來，只好睜大眼睛，那麼深情地望著他們，淚水便出來了。岡日森格把殘存在體內的液體全部變成了淚水，一股股地流淌著。淚水感動了在場的人，父親的眼睛也禁不住濕潤了。

一直站在一旁觀望著的大黑獒那日看看岡日森格的眼淚，又看看父親的眼淚，安靜地臥了下來。有一種力量正在強烈地感動著牠，使牠的尾巴突然有了一種違背牠的意願的衝動：翹起來了，慢慢地翹起來了，而且搖擺著，一次次地搖擺著，彷彿尾巴要代替牠表達整個獒類世界的感激。

牠回頭用一隻眼睛望著尾巴，似乎連牠自己也奇怪，牠的尾巴怎麼會這樣？領地狗的原則呢？作為一隻藏獒必須具有的對來犯者神聖的怒吼和威逼呢？怎麼一眨眼就讓自己的尾巴掃蕩乾淨了？大黑獒那日突然變得非常沮喪，因為牠比誰都清楚，尾巴是表達感情的工具，藏獒的尾巴就是藏獒內心世界的外化。牠的心變了，已經不再是堅硬如鐵的殺手之心，不再是尖銳如錐的仇恨之心了。

灌完了血，又給岡日森格換藥。岡日森格忍受著疼痛，任由藏醫尕宇陀把那些刀子一樣刺激著傷口的各色藥粉撒遍了全身。兩個小時後，牠在父親的幫助下喝下了一盆藏寶湯，那是用晶瑩的雪山聖水加上熱泉裏的邊緣石和深山裏的藏紅花熬製成的牛骨頭湯。而大黑獒那日吃到的除了牛骨頭湯，還有藏扎西拿來的牛的眼睛和羊的肋條。

第五章　花一樣的草原仙子

梅朵拉姆和眼鏡來了。這幾天，他們兩個天天都來，代表白主任來看望父親。父親已經知道梅朵拉姆原來叫張冬梅，因爲恰好在藏族的語言裏，鮮花稱作梅朵，她的房東尼瑪爺爺就自作主張把她的名字改成了「梅朵拉姆」，意思是花朵一樣的仙女。

眼鏡知道了以後說：「梅朵拉姆多好聽啊，意思也好，比妳的張冬梅好多了，冬天的梅花，又孤獨又冷清，多可憐。」

梅朵拉姆說：「冬梅的意思是傲霜鬥雪，不畏寒冷，我挺喜歡的。不過草原上的人喜歡叫我梅朵拉姆，我也不能不讓他們叫，一個人有兩個名字挺好的。」

眼鏡說：「這也是爲了和當地藏民打成一片嘛。我也給我起了個新名字，是漢藏結合的，叫李尼瑪。」

梅朵拉姆說：「我知道尼瑪是太陽的意思，我的房東爺爺就叫尼瑪。」

李尼瑪說：「對啊，尼瑪不錯，尼瑪是永遠不落的。」

父親還知道李尼瑪和梅朵拉姆互相是有點意思的，是那種男人對女人、女人對男人的意思，就像兩塊磁石，正好處在互相吸引的那一面。在整個西結古工作委員會裏，女的裏頭就數梅朵拉姆漂亮，男的裏頭就數李尼瑪英俊且有文化，郎才女貌，看上去也是天生的一對，地配的一雙。

梅朵拉姆一進父親養傷的僧舍就吃驚地叫起來：「牠活啦？居然活啦？我還尋思不是今天就是

明天，你就該把牠揹上山去餵老鷹了。」

李尼瑪對她說：「看樣子，妳得學點藏醫，藏醫的醫術真是神了。」

父親坐在地上，一手摸著大黑獒那日，一手摸著岡日森格說：「我聽喇嘛們說，牠前世是一隻阿尼瑪卿雪山上的神獅子，保護過許多在雪山上修行的僧人，牠死不了，永遠都死不了，佛會保佑牠的。」父親說這話時，天真得像個孩子。

梅朵拉姆更加天真地說：「原來是這樣啊。」

李尼瑪說：「我覺得是迷信。」

他們蹲在父親身邊，說著話，一會兒動動大黑獒那日，一會兒動動岡日森格。兩隻碩大的藏獒靜靜地臥著，牠們知道這個美麗的姑娘和這個四隻眼的青年男子是父親的友好，而父親，在牠們眼裏，已經是很親很親的人了。

說了一會兒話，李尼瑪和梅朵拉姆就用眼神互相提醒著，站了起來。父親送他們出門說：「快回去吧，你們有你們的事兒，我好著呢，不需要你們天天來看我。」

實際上，李尼瑪和梅朵拉姆並不是想回去，而是想到曠野裏去。每次從西結古寺看望父親回去，他們都會從碉房山的另一邊繞到荒野裏。雪山高聳，草原遼闊，河水清澈，了無人跡。坦坦蕩蕩的綠原上只有他們兩個人。兩個人開始說著話，後來就什麼話也不說了，他就把她捉住了。

先是捉住她的手，再是捉住她的臉和嘴，然後就捉住了她的身子。當他把她的整個身子緊緊抱在懷裏，試圖壓倒在草地上時，她突然一陣顫抖，使勁推開了他。梅朵拉姆緋紅了臉說：「別這樣，我們還早著呢。」

李尼瑪遺憾地說：「這裏這麼安靜，誰也看不見我們。」

儘管她不由自主地推開了他，但兩個人都不能否認，在每天去西結古寺看望父親的日子裏，他們的關係迅速地密切起來，溫馨起來。這大概就是最初的愛情吧。

見證了他們最初愛情的有老鷹和禿鷲，有藏羚羊和藏野驢，有馬麝和白唇鹿。牠們在很近的地方看到了李尼瑪和梅朵拉姆，一點也不害怕，不僅不躲開，反而好奇地走過來，就像孩子面對大人那樣天真地望著他們。李尼瑪說：「太美妙了，簡直就是童話。」

組成童話的還有七八隻領地狗。領地狗中的藏獒，確切地說，是獒王虎頭雪獒和跟牠關係特別密切的大黑獒果日、灰色老公獒，以及另外幾隻藏獒，始終不遠不近地跟著他們。

李尼瑪說：「討厭，他們跟著我們幹什麼？」

梅朵拉姆說：「牠們用鼻子一聞就知道你不是好人，跟過來防止你欺負我。」

李尼瑪說：「我就欺負了，咋了？咋了？」說著，又一次抱住了她。藏獒們轉過了身去，牠們對於他和她互相間的這種「欺負」，似乎跟人一樣羞於窺視。

梅朵拉姆說：「放開，放開，你別再這樣了好不好，連狗都知道害羞了。」

人對動物的猜測向來不及動物對人的猜測，尤其是那些不在草原上土生土長的人，面對藏獒的時候，總是不能善解人家的意思。獒王虎頭雪獒之所以帶著幾個親密夥伴一直跟蹤著他們，是因為牠們對危險的預感比人類探測天空的雷達還要敏銳而準確。雷達是同一時間感應，而牠們是超時空預知。

當這一對男女第一次出現在曠野裏，牠們第一次看到他和她手捉手、嘴捉嘴的時候，牠們尤其是獒王虎頭雪獒，就明確無誤地感覺到一種危險，就像美麗的光環一樣懸浮在他們的頭頂，隨時都會套住他們。但牠們又說不好什麼時候會套住，所以就跟了過來，遠遠地監視著那個人類永遠看不見摸不著、而牠們一眼就能望見、一鼻子就能聞到的東西。

是的，牠們跟上了危險，而不是跟上了人。因爲牠們是領地狗中的藏獒，沒有必要親近或者巴結任何一個人，卻必須履行解除任何一個人的危險的職責。只要是在西結古草原生活的人，不管是富人還是窮人，不管是藏民還是漢人，一旦遇到危險而不能立刻解救，那就是藏獒的恥辱，而藏獒是不會生活在恥辱之中的。牠們最最敏感也最最需要的，是忠誠與犧牲，是那種能夠保證牠們凌駕於一切動物之上的榮譽，是維護人類生命及其財產的勇敢。

牠們不遠不近地跟了幾天。獒王虎頭雪獒帶著牠的夥伴突然靠近了李尼瑪和梅朵拉姆，因爲牠們感覺到危險更加靠近了。而被危險包圍著的李尼瑪和梅朵拉姆卻試圖擺脫牠們的跟蹤。

李尼瑪說：「討厭，牠們跟野生動物不一樣，見到牠們，我就像見到了熟人。」

梅朵拉姆說：「那還不好，可以讓你老實一點。」

李尼瑪說：「走，咱們離開這裏，讓牠們找不到我們。」他拉著她的手跑起來，一直跑得看不見藏獒的影子爲止。

但是李尼瑪沒想到，在這裏，他對她的愛情遇到了真正的見證，一個他和梅朵拉姆都認識的光脊梁的孩子，比藏獒更加討厭地出現在了他們面前。

那一刻，李尼瑪照例捉住了梅朵拉姆的手，然後捉住了她的臉和嘴，就在他把她抱在懷裏，又一次試圖壓倒在草地上的時候，那孩子一聲尖叫，從灌木叢裏跳了出來。他和她愣住了，迅速分開了。

梅朵拉姆吃驚地說：「你怎麼在這兒？」

光脊梁的孩子額頭上頂著一個又青又紫的大包，用一種古怪的眼神看著他們，赤腳踢了一下面前的草墩子。

梅朵拉姆走近他，用大夫本能的關切問道：「你怎麼了？疼不疼？快跟我回去，我給你包紮一下。」

她沒帶藥箱，只要是去看望父親，她都不會帶著藥箱，因為用不著。她作為一個大夫，在神奇的藏醫喇嘛面前很是自慚形穢，也就不想把那個漢人大夫的標誌挎在肩膀上晃來晃去了。

光脊梁的孩子站著不動。梅朵拉姆一把拉起他的手問道：「到底怎麼了？是誰打了你還是你自己絆倒了？」

光脊梁的孩子猜測到她在問什麼，用藏話說：「上阿媽的仇家，上阿媽的仇家。」

梅朵拉姆一臉困惑。

李尼瑪過來說：「他是說，他額頭上的大包是上阿媽的仇家留給他的。」

梅朵拉姆說：「上阿媽的仇家？不就是漢扎西帶來的那七個小孩嗎？他們怎麼打你了？」

光脊梁用撲騰的大眼睛疑惑地望著梅朵拉姆同樣撲騰的大眼睛，從腰裏解下了一個兩米長的牛毛繩「烏朵」。他撿起一塊橢圓的石頭，兜在「烏朵」的氈兜裏，用大拇指扣住牛毛繩一端的繩孔，把尖細的另一端攥在手心裏，揮動胳膊，嗚嗚嗚地甩起來。突然，他把尖細的一端鬆開了，只聽嗡的一聲，石頭飛了出去，在一百多米的地方砰然落地。

梅朵拉姆驚詫地說：「他們就是用這個打你的？你可要小心點，石頭飛過來會打死人的。以後你不要一個人在草原上遊蕩，多叫幾個夥伴。」

光脊梁的孩子似乎對她的話有一種非凡的理解能力，撲騰著黑暗的大眼睛，點點頭，轉身跑開了，跑到更野更遠的草原上去了。

獒王虎頭雪獒已經意識到這一對男女不喜歡牠們遊蕩在他們的視野裏，就知趣地隱藏了起來。但隱藏並不等於放棄跟蹤，恰恰相反，牠們離他們更近了。牠們就隱藏在離他們只有五十步遠的草窪裏，靜靜地等待著。

這就叫埋伏，牠們埋伏在危險就要出現的道路上。而這個時候，危險也在跟蹤著這一對男女，已經很近很近，近得只剩下幾秒鐘的路程了。

危險來自金錢豹。這是一個一公兩母的組合，這樣的組合，說明牠們對人類的襲擊絕對不是為了獵食。很可能兩隻母豹的孩子都被獵人抓走或者打死，迫使牠們認為，只要是兩條腿走路的，就都是殘害了小豹子的人。

牠們是生性兇殘的金錢豹，無休無止地進行更加兇殘的報復是牠們唯一的選擇。爲了實現報復，牠們可以幾天幾夜不吃飯，耐心地跟蹤目標，也更加耐心地培養饑餓，因爲只有饑餓才能使牠們瘋狂，而瘋狂是百倍兇殘的前提。如果不能瘋狂，如果沒有百倍的兇殘，牠們在對付人類時就會猶豫不決——金錢豹的祖先並沒有給牠的後代遺傳仇視人類的基因。

一公兩母三隻金錢豹幾乎在同時一躍而起。但是沒有聲音，如果按照牠們這時候的速度和力量實現牠們的計劃，恐怕李尼瑪和梅朵拉姆脖子斷了還不知道是誰搞斷的呢。李尼瑪和梅朵拉姆只感覺有一陣風從後面吹來，草原上到處都是風，後面的風沒什麼奇怪的，只不過更強勁一些罷了，再強勁的風也是不咬人的，有什麼可怕的？可怕的倒是前面。

前面的草窪裏，突然跳起了幾隻藏獒，就是這幾天一直跟蹤著他們的那幾隻藏獒。牠們在一隻虎頭雪獒的帶領下，朝著他們狂奔而來。他們驚呆了，突然意識到牠們在跟蹤了幾天之後，終於要對他們動手了。

牠們的體魄是猛獸的體魄，性情也是猛獸的性情，牠們利牙猙獰，血口大開，牠們吃掉他們就像風吹掉樹葉一樣容易。他們軟了，李尼瑪哎喲一聲，一屁股坐在了地上。梅朵拉姆雙手捂著咚咚跳蕩的胸脯，驚怕得眼淚奪眶而出，心說：今天完了，今天要死在這裏了。

七八隻野蠻的藏獒跳起來了，但牠們並沒有撲到他們身上，而是一撲而過，撲到他們身後去了。只聽身後一陣咆哮，有藏獒的，也有別的動物的。梅朵拉姆突然反應過來，趕緊回頭，頓時驚得大叫一聲。她看到了三隻矯健的金錢豹，看到這三隻偷襲而來的金錢豹就在離他們五步遠的地方

被藏獒攔住了。為首的虎頭雪獒已經和為首的豹子扭打在一起，另外幾隻暴怒的藏獒正在撲向另外兩隻豹子，也已經是頭碰頭牙對牙了。

轉眼就是血，洇在了獒王虎頭雪獒潔白的身體上，也洇在了金錢豹美麗的皮毛上，不知道是誰在流血，也看不出誰勝誰敗，就像一場勢均力敵的拳擊賽，外行人很難判斷誰的點數多，誰的點數少，直到裁判舉起一個人的手，觀眾才知道那個老是抱著人家不出手的，卻原來是個狠狠出擊的贏家。

獒王虎頭雪獒就是這樣一個贏家，牠並沒有這裏咬一口，那裏咬一口，而是一張口就把牙齒插進了對方的脖子，然後拔出長牙讓對方的鮮血汩汩流淌。這之後，牠就很少進攻，打鬥並不激烈。牠把主要精力放在防禦上，耐心地用力氣壓住對方，不讓對方咬住自己的要害，等到性情暴躁的金錢豹亂撲亂咬露出破綻時，牠就第二次把利牙對準了對方的脖子。

這次不是插入而是切割，牠割破了對方脖子上的大血管。當血一下子滋出來噴了牠一臉時，牠後腿一彎，跳到了一邊。金錢豹撲了過來。獒王虎頭雪獒以硬碰硬的姿態迎了過去，突然側身倒地，露出虎牙，利用金錢豹撲過來的慣性劃破了對方柔軟的肚子，然後馬上跳起來，穩穩地站在了那裏。

獒王虎頭雪獒知道自己已經把這隻金錢豹打敗了，牠可以繼續撕咬讓對方迅速死掉，也可以不再撕咬讓對方慢慢死掉。牠選擇了後者，因為牠痛惜著對方的雄壯和漂亮，想讓牠多活一會兒。

在獒王虎頭雪獒的眼裏，金錢豹在草原上的地位，遠遠超過了其他野生動物，這種皮毛美麗的野獸雖然是敵手，但卻是高貴而值得尊敬的敵手。更重要的是，獒王虎頭雪獒始終認為，藏獒尤其是牠自己的許多打鬥技巧，比如快速地曲線奔跑，計算出提前量然後靈活撲跳，假裝咬屁股，等對方一掉頭立刻改變方向咬住脖子的戰術等等，都是從金錢豹和雪豹那裏學來的。

金錢豹又撲了一次，又撲了一次。獒王虎頭雪獒漫不經心地躲閃著，眼睜睜地看著對方掉出了腸子，悲哀地趴在血淋淋的草地上，再也起不來了。

獒王虎頭雪獒憑弔似的望了望就要死去的金錢豹，又抬頭看了看那邊。那邊的打鬥早就結束，兩隻金錢豹都已經死去，獒王滿意地叫了幾聲。大黑獒果日和灰色老公獒以及另外幾隻藏獒走過來，簇擁到了牠的身邊。牠們互相查看著傷勢，互相舔乾了身上的血，看都沒看一眼被牠們用生命從豹子嘴邊救下來的一男一女，就快快離開了那裏。

危險已經解除了，這一對男女就跟牠們沒關係了。牠們沒想過人應該記住並感謝牠們的恩德，反而總希望自己記住並報答人的恩德，這就是藏獒。或者說，有恩不報不是藏獒，施恩圖報也不是藏獒。藏獒就是這樣一種猛獸：把職守看得比生命更重要。永遠不想著自己，只想著使命；不想著得到，只想著付出；不想著受恩，只想著忠誠。牠們是品德高尚的畜生，是人和一切動物無可挑剔的楷模。牧人們形容一個壞蛋，就說他壞得像惡狼，形容一個好人，就說他好得像藏獒。

李尼瑪站起來，到處走動著，仔細觀察著死掉的三隻金錢豹，小聲說：「這麼好的豹子皮，丟在這裏多可惜啊。」

梅朵拉姆矚望著離去的七八隻藏獒，大顆大顆地落著感激的眼淚，突然說：「真威風，牠要是

一個男人就好了。」

她指的是虎頭雪獒。她並不知道虎頭雪獒是西結古草原的獒王，只覺得牠的威猛駭人比起老虎獅子來，有過之而無不及，牠是一種頂天立地的形象，是一個英雄般的存在，恰到好處地吻合了她想像中的那種勇毅偉岸的男人風格。

生怕再遇上豹子或者其他野獸，李尼瑪和梅朵拉姆沿著野驢河快快地走著。就要到達西結古時，他們看到光脊梁的孩子又一次出現了。他挺立在不遠處高高在上的灌木叢裏，把皮袍搖搖欲墜地堆纏在腰裏，背襯著藍天，神情肅穆地俯視著他們。和剛才不一樣的是，他身邊密密麻麻簇擁著一大片領地狗。李尼瑪和梅朵拉姆一眼就看到，剛才救了他們的虎頭雪獒和另外幾隻藏獒混雜在狗群裏，一副若無其事的樣子。

梅朵拉姆愣愣地望著他，突然朝他揚了揚手。光脊梁的孩子穿過灌木叢跑了過來，一大群幾百隻各式各樣的領地狗跟在後面跑了過來。幾隻頑皮的小狗繞開李尼瑪，使勁朝梅朵拉姆腿上撲著，牠們天生就知道誰是可以跟牠們玩的。

梅朵拉姆彎下腰逗著小狗，一擺頭，看見了光脊梁的孩子流著血的赤腳，便大驚小怪地叫起來，「你怎麼是赤著腳的？灌木叢裏儘是刺，劃破了會感染的。你應該穿雙靴子，靴子。」說著，用手在自己的膝蓋上砍了一下。

光脊梁的孩子知道她是在關心自己，也明白她說到了靴子，繃緊的臉上露出一個憨笑來，抬起右腳擦了擦左腳面上的血，突然轉身，對著領地狗群揮手大喊幾聲：「獒多吉，獒多吉。」領地狗們立刻興奮起來，朝著野草深處狂奔而去，一邊跑一邊叫，用一個形容人類的辭彙，就是沸反盈天。

低飛的老鷹升高了，不遠處的一群白唇鹿首先奔跑起來，牠們一跑，河對岸的藏羚羊和藏野驢也都按捺不住了，可著勁兒跑，轉著圈兒跑。

其實牠們並不是害怕這些領地狗，領地狗從來沒有傷害過牠們，牠們就是想找一個藉口跑，因爲牠們本來就是一些善於奔跑的動物。更重要的是，牠們一跑，那些潛藏在四周覬覦著牠們的荒原狼、藏馬熊、金錢豹和雪豹，就不可能繼續潛藏下去了，牠們也會跑起來，一跑就會暴露在狗群面前。而在草原上，能讓領地狗，尤其是藏獒群起而攻之的，除了荒原狼，再就是比狼更兇猛的藏馬熊、金錢豹和雪豹了。

「獒多吉，獒多吉。」光脊梁的孩子跟在狗群後面拼命地喊著跑著。他是想讓狗群轟起幾匹荒原狼和幾隻豹子，或者一頭獨往獨來的藏馬熊，一旦轟起來，領地狗尤其是藏獒，是不咬死牠們不罷休的。咬死了就好，就有了狼皮，或者豹皮，或者熊皮。他要把皮子帶回去，帶到青果阿媽草原中部狼道峽那邊的多獼草原上去。

多獼草原上有市場，市場上有靴子，什麼樣的靴子都有。他可以賣了皮子再買靴子，也可以直接交換，用一張皮子換一雙靴子。因爲美麗的仙女梅朵拉姆說了：「你應該穿雙靴子。」

「獒多吉，獒多吉。」光脊梁的孩子聲嘶力竭地驅趕著領地狗群，領地狗群還在瘋狂地奔跑。

期待中的荒原狼出現了，颼颼颼地在草叢裏穿行。期待中的藏馬熊出現了，站在草窪裏愣愣地望了一會兒率先奔襲而來的藏獒和跑在最前面的獒王虎頭雪獒，轉身就逃。

期待中的金錢豹和雪豹沒有出現，藏獒們知道，牠們不會出現了，至少十天半月，牠們不會再來這片被碉房山俯瞰著的草原，牠們已經嗅到了三隻死豹子的氣息，這會兒全都奔喪去了。

「獒多吉，獒多吉。」奇怪的是，光脊梁的喊聲突然失去了力量，跑在前面的藏獒並沒有朝著已經出現的荒原狼和藏馬熊包抄過去。牠們先是放慢了速度，接著就散散亂亂地停下了。牠們被另一種能夠銷蝕群體意志的神秘聲音阻擋在了一片草丘之前：「瑪哈噶喇奔森保，瑪哈噶喇奔森保。」

七個上阿媽的孩子出現了。

光脊梁的孩子停了下來，憤怒地望著前面，使出吃奶的力氣，伸長脖子喊著：「獒多吉，獒多吉。」然而，這畢竟只是一個人的聲音，抵制不了七個人的聲音，當上阿媽的仇家齊聲喊起來時，領地狗們就只能聽見「瑪哈噶喇奔森保」了。

聽見了就必須服從，誰也說不清兇猛的所向無敵的藏獒，爲什麼會服從這樣一種莫名其妙的聲音。領地狗們此起彼伏地吠叫著，卻沒有一隻跳起來撲過去。獒王虎頭雪獒望著逃跑的藏馬熊，猶豫不決地來回走動著。

光脊梁的孩子稜角分明的臉上，每一條肌肉都是仇恨，他仇恨著七個上阿媽的孩子，也仇恨著一聽到對方古怪的喊叫就放棄追攆的領地狗。他在仇恨的時候，從來就是奮不顧身的，他迎著仇家跑了過去，全然沒有想到好漢不吃眼前虧。

但是七個上阿媽的孩子並不想讓光脊梁靠近自己，因爲一旦靠近，就必然是一對一的打鬥：摔跤，拼拳，或者動刀子。受傷的、死掉的，未必就不是自己。他們不想受傷，更不想死掉，也不願意違背青果阿媽草原的規矩群起而上——群起而上是藏狗的風格，不是人的作爲，甚至也不是藏獒對藏獒的戰法。他們一個個從腰裏解下拋石頭的「烏朵」，嗚兒嗚兒地甩起來。

石頭落在了光脊梁面前，咚咚咚地夯進了草地。光脊梁愣了一下，站住了，驀然回頭看了一眼遠處的仙女梅朵拉姆。

梅朵拉姆正在朝他招手，喊著：「你回來，小男孩你快回來。」光脊梁彷彿天生就能領悟她的意思，雖然聽不懂她的話，但卻照著做了。他轉身往回走，一直走到了梅朵拉姆跟前。七個上阿媽的孩子甩過來的烏朵石消失了，在零零星星的「瑪哈噶喇奔森保」的喊聲中，一大群領地狗在獒王虎頭雪獒的帶動下，迅速回到了光脊梁身邊。

梅朵拉姆說：「多危險哪，石頭是不長眼睛的。剛才一喊你，我才發現我還不知道你的名字呢，你叫什麼？」

光脊梁眨巴著眼睛不回答。她又說：「就是名字，比如尼瑪、扎西、梅朵拉姆。」

光脊梁明白了，大聲說：「秋珠。」

梅朵拉姆說：「秋珠？秋天的秋？珍珠的珠？多漂亮的名字。」

李尼瑪說：「漂亮什麼？秋珠是小狗的意思。」說著，指了指兩個正在扭架的小狗。

光脊梁點了點頭。

李尼瑪又說：「肯定是他阿爸阿媽很窮，希望他胡亂吃點什麼就長大，不要讓閻羅殿的厲鬼勾走了魂，就給他起了這麼一個名字。小狗多容易活啊，狗命是最硬的。或者他阿爸阿媽是赤貧的流浪塔娃，覺得狗命比人命富貴，就給他起了一個更有希望的名字──『小狗』。反正，有這個名字的，肯定是貧苦牧民家的孩子。」

梅朵拉姆說：「小狗也不錯，草原上的狗都是英雄好漢，秋珠也是英雄好漢，敢於一個人衝鋒陷陣。」

李尼瑪說：「那他就叫巴俄好了，巴俄，你就叫巴俄。」

孩子知道「巴俄」是英雄的意思，但他並不願意叫這個吉祥的名字，固執地說：「秋珠。」

梅朵拉姆摸了摸光脊梁的頭說：「那就把兩個名字合起來，叫巴俄秋珠，英雄的小狗。」光脊梁的孩子望著她，點點頭，笑了。

梅朵拉姆叫道：「巴俄秋珠。」光脊梁響亮地答應了一聲：「呀。」

巴俄秋珠很快離開了那裏，因爲他發現梅朵拉姆又一次看了看他受傷的腳。他把腳朝草叢裏藏去，一看藏不住，就趕緊離開了。他走向草野深處，登上一座針茅草叢生的高岡，朝著剛才七個上阿媽的孩子朝他拋打烏朵石的方向嗚哩哇啦喊起來。

梅朵拉姆問李尼瑪：「他在喊什麼？」

李尼瑪「噓」了一聲，側過耳朵聽了半天說：「他好像說，上阿媽的仇家你們聽著，我是英雄秋珠，我命令你們馬上離開西結古草原，你們要是不馬上離開，今天晚上，你們上阿媽草原的七個狼屎蛋，就會統統死在我們西結古草原的七個英雄好漢手裏。等著瞧，決一死戰的時刻就要來到了。」

梅朵拉姆說：「這孩子，說他是英雄，他就真以爲自己是英雄了，咱們不能讓他去，打架沒輕重，傷了死了怎麼辦？」

然而已經來不及阻攔了。巴俄秋珠喊著喊著，就飛下高岡朝著碉房山跑去。獒王虎頭雪獒似乎已經猜到了巴俄秋珠的用意，帶頭跟了過去。所有的領地狗都跟了過去，剎那間，野驢河裏有了嘩嘩嘩的聲音，草原上有了唰唰唰的聲音。任憑梅朵拉姆喊破嗓子讓巴俄秋珠回來，巴俄秋珠也聽不見了。

李尼瑪和梅朵拉姆回到西結古的時候，已是黃昏。白主任等在牛糞碉房前面的草坡上，問他們漢扎西到底怎麼樣了，他們怎麼去了這麼長時間。李尼瑪就說，漢扎西好著呢，岡日森格已經醒了，他們陪著漢扎西和岡日森格，還有已經能夠站起來挪動幾步的大黑獒那日多坐了一會兒。

白主任說：「好，你們這樣做是對的，漢扎西的做法已經證明，狗是藏民的寶，你對狗好，藏民就會對你好。」

梅朵拉姆說：「這我已經知道了，我現在和房東家的狗關係也不錯。」

白主任說：「這樣就好。我聽說在上阿媽草原和其他一些地方，直到現在，喇嘛們都還不允許工作委員會的男男女女走到寺院裏去。而在我們這裏，通過對一隻狗岡、岡、岡日森格的愛護，已經突破了這道難關。不僅漢扎西住進了寺院，連女同志也能夠隨隨便便進出寺院了。這就證明，我們前一階段瞭解民情，聯絡上層，爭取民心，站穩腳跟的工作任務完成得不錯。

當然不能驕傲，還需要深入，以後你們到了寺院裏，不光要和漢扎西接觸，不光要把岡日森格和大黑獒那日當人看待，還要和喇嘛們接觸，要投其所好，需要的話，也可以拜拜佛嘛。如果讓他們感覺到他們信仰的也是我們尊敬的，那在感情上就成一家人了。

還有一件事情需要表揚，就是我們到了西結古草原之後，很多同志都給自己起了一個藏族名字，比如你叫李尼瑪，妳叫梅朵拉姆，這是一個很好的做法，我發現只要名字一變，藏民們就會把你當成自己人看待。我今天下午去了野驢河部落的頭人索朗旺堆的帳房，在那裏碰到丹增活佛，我讓他也給我起一個藏族名字。丹增活佛和索朗旺堆頭人都高興地又是給我端茶又是給我敬酒。我就說，酒先不喝，起了名字再喝。丹增活佛就給我起了一個名字，非常好，連我的姓也包括進去了，叫白瑪烏金，白瑪烏金是誰？白瑪烏金就是蓮花生，蓮花生是誰？蓮花生就是喇嘛教裏頭密宗的祖師。這麼偉大的一個名字起給了我，說明人家對我們是真心實意的。」

梅朵拉姆說：「丹增活佛給你起了名字，你就激動得差點把自己喝醉。」

白主任白瑪烏金說：「對啊，妳怎麼知道？」

梅朵拉姆和李尼瑪一起說：「我們聞到酒味了。」又說了一些話，李尼瑪跟隨白主任回到碉房裏去了。梅朵拉姆匆匆走向自己居住的帳房。

正是牧歸的時候，一整天都在草原上奔忙的牧羊狗已經跟著畜群回來了，加上留在家裏的看家狗，五隻大藏獒齊刷刷地立在帳房門前的平場上。平場上還有三隻小狗，打老遠看見了漢姑娘梅朵拉姆，便和七歲的小主人諾布一起互相追逐著朝她跑來。梅朵拉姆高興地叫著孩子和小狗的名字：「諾布，嘎嘎，格桑，普姆。」一彎腰抱起了一隻小狗，又摟了摟諾布的頭。另外兩隻小狗頑皮地撲到她的腿上撕扯她的褲子。

她放下這隻小狗，又抱起那隻小狗，最後乾脆將牠們都抱了起來。牠們是大體格的喜馬拉雅獒種，才兩個月就已經有五六公斤重了。她吃力地抱著牠們往前走。大狗們看她這麼喜歡小狗，統統朝她搖起了尾巴。

小狗的阿媽一隻後腿有點瘸的黑色的看家狗坐在了地上，笑眯眯地望著她。瘸腿阿媽的丈夫，那隻一天沒見梅朵拉姆的白色的牧羊狗嘎保森格，走過來舔了舔她的手。她知道這是什麼意思，就說：「餓了吧？你們等著，馬上就給你們開飯。」她放下小狗，一掀簾子鑽進了帳房。

帳房裏，尼瑪爺爺正在準備狗食，他從一個羊皮口袋裏抓出一些剁碎的牛肺和牛腿肉，放進了一個盛著半盆肉湯的大木盆裏，又從牆角的木箱裏挖出一些青稞炒麵放了進去。梅朵拉姆蹲在大木盆旁，接過尼瑪爺爺手裏的木勺使勁拌了幾下，和七歲的諾布一起抬著大木盆來到了門外。

自從漢扎西因爲保護岡日森格，受到西結古寺僧眾的愛戴以後，房東家的狗每天就都是由梅朵拉姆餵食了。她發現只要她餵牠們，尼瑪爺爺一家就特別高興，總是笑呵呵地望著她。不知不覺，帳房裏佛龕前的酥油燈多了一盞，淨水碗多了一個，那是代表漢姑娘梅朵拉姆給神佛的獻供，尼瑪爺爺一家已經把她看成自家人了。

餵了幾次狗，梅朵拉姆就發現這種被草原人稱作藏獒的狗不是一般的狗，牠們除了不會說話，什麼都懂，尤其是在理解人的語言方面，比人還要有靈性。一般來說，漢人說話藏民聽不懂，藏民說話漢人聽不懂，可是藏獒就不一樣了，漢話的意思和藏話的意思牠們都能理解。你用藏話說：「你去把諾布叫過來。」牠去了。你用漢話說：「你去把諾布叫過來。」牠也去了。好像牠們理解人的語言不是憑了聽覺，而是憑了心靈感應，牠們聽到的不是你的聲音，而是你的心靈和思想。

梅朵拉姆一邊看著藏獒們吃飯，一邊和尼瑪爺爺的兒子——牧羊回來的班覺說話。她說：「秋珠？秋珠？」

班覺知道她是想瞭解秋珠這個人，就比畫著說，他是一個失去了阿爸阿媽的人，他的阿爸在十二年前的那場藏獒之戰中，被上阿媽草原的人打死了。阿爸死後，阿媽嫁給了他的叔叔，他非常崇拜他的叔叔，因爲叔叔立志要給他阿爸報仇，結果他叔叔去報仇的時候，又被上阿媽草原的人打死了。

叔叔死後，他的阿媽，一個性情陰鬱的女人嫁給了人見人怕的送鬼人達赤。女人知道，如果指望自己的兒子去報仇，兒子的結局就只有一個，那就是死掉。她不想讓兒子去送死，就把報仇的希望寄託在了送鬼人達赤身上。

嚐到了愛情滋味的送鬼人達赤當著女人的面，向八仇凶神的班達拉姆、大黑天神、白梵天神和閻羅敵發了毒誓，要是他不能爲女人的前兩個丈夫報仇，他此生之後的無數次輪迴都只能是個餓癆鬼、疫死鬼和病殃鬼，還要受到屍陀林主的無情折磨，在火刑和冰刑的困厄中死去活來。

遺憾的是，女人並沒有等來他給她報仇的那一天，嫁給他兩年之後，她就病死了。女人死後不久，送鬼人達赤就離開西結古，搬到西結古草原南端黨項大雪山的山麓原野上去了。秋珠認爲阿媽是沾上了送鬼人達赤的鬼氣才死掉的，就不跟他去，也不認他做自己的阿爸。

送鬼人達赤很失望，走的時候對秋珠說，你不能一輩子做一個無家可歸的塔娃，你還是跟我走吧，去做西結古草原富有的送鬼繼承人吧，只要你叫我一聲阿爸，我就給你一頭牛，叫我十聲阿爸，我就給你十頭牛，叫我一百聲阿爸，我就給你一群牛。

秋珠不叫，秋珠說我沒有阿爸，我的阿爸死掉了。秋珠一個人留在了西結古，四處流浪。牧民

們可憐這個死去了三個親人的孩子，經常接濟一些吃的給他。他是個心地善良的孩子，給他的食物他總是只吃一半，一半留給領地狗。

梅朵拉姆邊聽邊點著頭。其實大部分話她都沒有聽懂，似乎也用不著聽懂，她只想搞清楚這會兒能在什麼地方找到秋珠，好去阻止今天晚上將要發生的西結古草原的「七個英雄好漢」對上阿媽草原的「七個狗屎蛋」的決一死戰。

梅朵拉姆問道：「領地狗？你說到了領地狗？你是不是說哪兒有領地狗，哪兒就能找到秋珠？」

班覺一臉迷茫，拿不準自己是否聽懂了梅朵拉姆的話。梅朵拉姆著急地喊起來：「秋珠，秋珠，哪兒能找到秋珠？」

埋頭吃飯的五隻大藏獒和三隻小狗一個個揚起了頭，望著梅朵拉姆。梅朵拉姆又說了一句：「哪兒能找到秋珠？」

這次是直接衝著藏獒說的，五隻大藏獒互相看了看。白色的牧羊狗嘎保森格首先掉轉身子往前跑去，接著，兩隻黑色的牧羊狗薩傑森格和瓊保森格也掉轉身子往前跑去。另外一隻名叫斯毛的大藏獒也想跟上，突然意識到自己是看家狗，晚上還有一整夜護圈巡邏的任務，就停下來嗡嗡地叫著。

小狗們活躍起來，似乎理解了父輩們的意思，飛快地跑出去，又飛快地跑回來，圍著大木盆和瘸腿阿媽兜著圈子，轉眼就扭打成一團了。

班覺朝梅朵拉姆揮著手說：「去吧，去吧，牠們知道秋珠在哪裏。」梅朵拉姆聽明白了，抬腳就跑，邊跑邊喊著一白二黑三隻大牧狗的名字：「嘎保森格，薩傑森格，瓊保森格，等等我。」以後的日子裏她會明白：嘎保森格是白獅子的意思；薩傑森格是新獅子的意思；瓊保森格是鷹獅子的意思。

班覺走進帳房，坐下來喝茶。尼瑪爺爺對兒子說：「天黑了，你還是跟去看看吧。」正在鍋灶上準備晚飯的班覺的老婆拉珍也說：「你去把她叫回來，要吃飯了。」班覺說：「阿爸，你什麼時候見過吃人的野獸出沒在碉房山上？再說，還有我們家的三隻大牧狗引導著她，保護著她呢。拉珍妳聽著，人家是遠遠的地方來的漢人，有頂頂重要的事情要做，我怎麼能把人家叫回來？妳不要怕麻煩，她什麼時候回來，妳什麼時候把熱騰騰的奶茶和手抓端給她。」

這時，帳房外面的瘸腿阿媽和牠的姐妹，那隻名叫斯毛的看家狗叫起來，聲音不高，像是說話，溫和中帶有提醒。班覺聽了聽，知道不是什麼危險來臨的信號，就沒有在乎。但是他沒想到，瘸腿阿媽和藏獒斯毛的提醒雖然不那麼激烈，但也並非完全和危險不沾邊，就像一個大人正在語重心長地叮囑自己的孩子：「晚上不要出門，萬一遇到壞人怎麼辦？」這是親情的表達，內心的憂患以及緣於經驗和閱歷的關切溢於言表。牠們關切的是班覺的兒子，七歲的諾布。

諾布這時已經離開帳房，追隨著漂亮的阿姐梅朵拉姆走到深不可測的黑夜裏去了。諾布本來在帳房門口站著，聽阿媽說要吃飯了，就在心裏說：「阿爸阿媽，我去把梅朵拉姆阿姐叫回來。」然後就走了。等到踏上碉房山的盤山小路，聽到山上隱隱有狗叫聲傳來時，諾布就把「叫回來」的初衷忘得一乾二淨了。

這天晚上，西結古寺的僧舍裏，父親照例睡得很早，天一黑就躺到了炕上。但是他睡不著，心想：自己是個記者，一來青果阿媽草原就成了傷員，什麼東西也沒採訪，即使報社不著急，自己也不能再這樣晃悠下去了。明天怎麼著也得離開寺院，到草原上去，到頭人的部落裏去，到牧民的帳房裏去。他覺得自己已經得到了寺院僧眾的信任，又跟著鐵棒喇嘛藏扎西學了不少藏話，也懂得了一些草原的宗教，接下來的工作就好做多了。

這麼想著的時候，他聽到地上有了一陣響動，點起酥油燈一看，不禁叫了一聲：「那日。」昨天還只能站起來往前挪幾步的大黑獒那日，這會兒居然可以滿屋子走動了。

大黑獒那日看他坐了起來，就歪起頭用那隻沒有受傷的右眼望著他，走過來用嘴蹭了蹭他的腿，然後來到門口，不停地用頭頂著門扇。

父親溜下炕去，撫弄著牠的鬣毛說：「你要幹什麼？是不是想出去？」

牠啞啞地叫了一聲，算是回答。父親打開了門。大黑獒那日小心翼翼地越過了門檻，站到門口的臺階上，汪汪汪地叫起來。因為肚子不能用勁，牠的叫聲很小，但附近的狗都聽到了，都跟著叫起來。牠們一叫，整個寺院的狗就都叫起來。好像是一種招呼、一種協商、一種暗語。招呼打完了，一切又歸於寧靜。

大黑獒那日回望了一眼父親，往前走了幾步，疲倦地臥在了漆黑的夜色裏照壁似的嘛呢石經牆下。

父親走過去說：「怎麼了，爲什麼要臥在這裏？」他現在還不明白，大黑獒那日作爲一隻領地狗，只要能夠走動，就決不會待在屋子裏。這是本能，是對職守的忠誠。草原上所有的領地狗，所有的藏獒，都是習慣了高風大夜，習慣了奔騰叫囂的野漢子。

父親回到僧舍，看到岡日森格的頭揚起著，一副想掙扎著起來又起不來的樣子。他蹲到牠身邊，問牠想幹什麼。牠眨巴著眼睛，像個小狗似的嗚嗚叫著，頭揚得更高了。父親審視著牠，突然意識到，岡日森格是想讓他把牠扶起來。他挪過去，從後面抱住了牠的身子，使勁往上抬著。起來了，牠起來了，牠的四肢終於支撐到地面上了。父親試探著鬆開了手，岡日森格身子一歪，噗然一聲倒了下去。

父親說：「不行啊，老老實實臥著，你還站不起來，還得將息些日子。」岡日森格不聽他的，頭依然高高揚起，望著父親的眼睛裏充滿了求助的信任以及催促和鼓勵。父親只好再一次把牠抱住，抬著，使勁抬著，四肢終於站住了。父親再也不敢鬆手，一直扶著牠。

岡日森格抬起一隻前腿彎了彎，抬起另一隻前腿彎了彎，接著輪番抬起後腿，彎了又彎。好著呢，骨頭沒斷。牠似乎明白了，一點一點地叉開了前腿，又一點一點地叉開了後腿。父親一看就知道，岡日森格是想自己站住。

「你行不行呢？」父親不信任地問著，一隻手慢慢離開了牠，另一隻手也慢慢離開了牠。岡日

森格站著，依然站著，站著就是沒有再次倒下，沒有倒下就可以往前走，就是繼續雄強勇健的第一步了。

岡日森格永遠不會忘記，這第一步是父親幫助牠走出去的。牠望著父親，感激的眼睛裏濕汪汪的。

父親再次抱住了牠，又推動著牠。牠邁開了步子，很小，又一次邁開了步子，還是很小。接下來的步子一直很小，但卻是牠自己邁出去的，父親悄悄鬆開了手，不再抱牠也不再推動牠。牠走著，偌大的身軀緩緩移動著。父親說：「對，就這樣，一直往前走。」說著，他迅速朝後退去，一屁股坐到了炕上。

失去了心理依託的岡日森格猛地一陣搖晃，眼看就要倒下了。父親喊起來：「堅持住，雪山獅子，你要堅持住。」岡日森格聽明白了，使勁繃直了四肢，平衡著晃動的身子，沒有倒下，終於沒有倒下，幾秒鐘過去了，幾分鐘過去了，依然沒有倒下，依然威風凜凜地站著。

不再倒下的岡日森格一直站著，偶爾會走一走，但主要是站著，一聲不吭地站著。直到後半夜，父親朦朦朧朧睡著以後，牠突然叫起來，嗚嗚嗚的，像小孩哭泣一樣，哭著哭著就把自己的身子靠在了門邊的牆上。

這時，父親聽到門外的大黑獒那日汪汪汪地叫起來，叫聲依然很小，但還是得到了別的狗的響應。很快，寺院裏所有的狗都叫起來。

父親下了炕，來到門口，伸出頭去看了看漆黑的夜色，輕聲喊道：「那日，那日。」大黑獒那日回頭用叫聲答應著他。他說：「你叫什麼？別吵得喇嘛們睡不成覺，喇嘛們明天還要念經呢。」

住在西結古寺的這些日子裏，他還是第一次半夜三更聽到這麼多狗叫。大黑獒那日不聽他的，固執地叫著，只是越叫越啞，越叫越沒有力氣了。父親回到炕上，再也睡不著，愣愣地坐著。

漸漸的，聽不到了大黑獒那日的叫聲，別的狗也好像累了，叫聲稀落下來。一個壓低了嗓門的聲音如同詭譎的咒語，神秘地出現在輕悠悠的夜風裏：「瑪哈噶喇奔森保，瑪哈噶喇奔森保。」酥油燈欲滅還明的光亮裏，父親看到自己的黑影抖了一下，岡日森格的黑影抖了一下。接著就是嗚嗚嗚的哭泣，依然靠在門邊牆上的岡日森格用嗚嗚嗚的哭泣，讓「瑪哈噶喇奔森保」聲音再次出現了。

父親突然想起來，就在他剛來西結古的那天，七個上阿媽的孩子落荒而逃時，發出的就是這種聲音：「瑪哈噶喇奔森保，瑪哈噶喇奔森保。」父親心裏不知爲什麼激盪了一下，咚地跳到了炕下，從窗戶裏朝外望去，看到一串兒低低的黑影正在繞過照壁似的嘛呢石經牆，朝僧舍走來。

梅朵拉姆跟著三隻大牧狗來到了尼瑪爺爺的鄰居工布家的帳房前，又跟著牠們沿著盤山小道走向了山坡上的碉房群。她和牠們在六座碉房前停留了六次，每一次梅朵拉姆都會喊起來：「巴俄秋珠，巴俄秋珠。」她這麼喊著，三隻大牧狗便知道她是非找到巴俄秋珠不可的，又帶著她從另一條山道走下來，走到了草原上。

這樣的路線讓梅朵拉姆明白過來，巴俄秋珠已經召集了六個孩子，加上他一共七個，去實現他

的諾言了：讓上阿媽草原的七個狗屎蛋統統死在西結古草原的七個英雄好漢面前。一對一的決一死戰就要開始，或者已經開始了。

她說：「嘎保森格，薩傑森格，瓊保森格，你們說怎麼辦？」三隻大牧狗的回答，就是繼續快速往前走，只要梅朵拉姆不讓牠們回去，牠們就會一直找下去。

梅朵拉姆跟在三隻大牧狗的後面，走得氣喘吁吁，不停地喊著：「等等我，等等我。」終於牠們停下了。梅朵拉姆發現，牠們帶著她來到了白天七個上阿媽的孩子朝巴俄秋珠拋打過烏朵石的地方。

梅朵拉姆不禁打了個激靈，突然就感到非常害怕，也非常後悔，自己幹麼要深更半夜來這裏？她想起了白天的事情：三隻兇猛的金錢豹偷襲而來，要不是以虎頭雪獒爲首的幾隻藏獒捨命相救，她和李尼瑪早就沒命了。她尋找依靠似的摸了摸身邊的三隻大牧狗，對牠們說：「咱們回吧？」

三隻大牧狗站在河邊扯開嗓子，朝著對岸吠叫著。牠們知道這個地方沒有巴俄秋珠，巴俄秋珠走到野驢河那邊去了，和巴俄秋珠在一起的還有六個人，還有一群領地狗，他們過了河是因爲他們追蹤的目標過了河。但是他們肯定還要原路返回，因爲風告訴三隻大牧狗，巴俄秋珠他們追蹤的目標——七個上阿媽的孩子並沒有遠去，過了河的目標又過了同一條河，也就是說，七個上阿媽的孩子又回來了，回到西結古的碉房山上去了。

三隻大牧狗邊叫邊看著梅朵拉姆。梅朵拉姆又一次說：「咱們回吧，咱們不找巴俄秋珠了。」看牠們固執地站著不動，就又說，「那就趕快找，找到了趕快回，這裏很危險。」說著，彎下腰摸了摸在黑暗中翻滾的河水，吃不準自己敢不敢過河，能不能過河。

一般來說，野驢河是可以涉水而過的，但是這裏呢？這裏的水是不是也和別處一樣，只有沒膝深呢？她心說，不如留下一隻狗和我一起在這邊等著，讓另外兩隻狗過去尋找巴俄秋珠，狗比她強，狗是會游水的。她相信，兩隻聰明的藏獒會把她正在尋找他的意思準確傳達給他，也相信只要巴俄秋珠看到尼瑪爺爺家的大牧狗，就會想到是她梅朵拉姆找他來了，他應該趕快回來。

她揮著手說：「薩傑森格，瓊保森格，你們過去，我和嘎保森格在這兒等你們。」薩傑森格和瓊保森格不聽她的，不僅沒有過河，反而繞到她身後，警惕地望著黑黢黢的草原。

她俯下身子推了推牠們，哪裏能推得動，生氣地說：「你們怎麼不聽我的話？」牠們的回答是一陣狂猛的叫囂，三隻大牧狗都叫了，朝著同一個方向，用藏獒最有威懾力的粗大雄壯的叫聲，叫得整個草原的夜色都動盪起來。

一聲淒厲的狼嗥破空而來，就像石頭落在了梅朵拉姆的頭上。她的頭不禁搖晃了一下，心裏猛然一揪：危險又來了，白天是豹子，晚上是狼。狼是什麼？狼的概念就是吃人，是比豹子更有血腥味的吃人。

自從來到西結古草原，她不止一次地聽到過狼嗥，有時候半夜在帳房裏睡不著，聽著遠方的狼嗥就像尖厲的哭聲，竟有些被深深打動的感覺。但她從來沒有一個人在夜深人靜的曠野裏聽到過狼嗥，現在聽到了，就再也不是打動，而是不寒而慄了。

梅朵拉姆身子抖抖地蹲下來，害怕地瞪著前面，抱住了嘎保森格這隻她最鍾愛也最信賴的大牧

狗。但白獅子一樣的嘎保森格，並不喜歡她在這個時候有這樣的舉動，掙脫她的摟抱，朝前走了幾步，繼續著牠的叫囂。

突然白獅子嘎保森格跑起來，圍繞著梅朵拉姆跑了一圈，然後箭鏃般直直地朝前飛去。接著是新獅子薩傑森格，接著是鷹獅子瓊保森格，牠們都朝前跑去，一跑起來就都像利箭，唰唰兩下就不見了。

等梅朵拉姆反應過來時，她看見的只是草原厚重的黑暗和可怕的孤遠。狗呢？大牧狗呢？三隻引導著她又保護著她的大藏獒呢？她喊起來：「嘎保森格，薩傑森格，瓊保森格。」喊了幾聲就明白，喊破嗓門也是白喊，風是從迎面衝來的，一吹就把她的聲音吹落在了身後的野驢河裏。

梅朵拉姆戰戰兢兢朝著傳來狗叫的地方走去，就像迷路的人尋找星光那樣，在黑暗中深一腳淺一腳地探摸著，很快就發現迎接自己的不是希望，而是觸及靈魂的恐怖。

恐怖是因爲她聽不到了三隻大牧狗的叫聲，更是因爲她看見了燈光，那是鬼火一樣藍幽幽的燈光。燈光在朝她移動，開始是兩盞，後來是四盞，再後來就是六盞、八盞、十二盞了。

梅朵拉姆沒見過黯夜裏的狼，也沒見過飄盪在草原黯夜裏的藍幽幽的鬼火一樣的狼眼，但是她本能地意識到：狼來了，而且是一群，至少有六匹。她大喊一聲：「救命啊。」

這天晚上，首先發現了三隻大牧狗和一個姑娘的是五匹壯狼和三匹小狼，這是一支以母狼爲頭狼的狼家族。牠們非常奇怪：這個時候居然有一個不是牧人的姑娘和三隻大牧狗出現在草原上，她和牠們半夜三更要去幹什麼？似乎並不是爲了滿足對食物的慾望，而僅僅是一種好奇催動著這個母狼家族遠遠地跟上了姑娘和三隻大牧狗。

差不多跟了兩個時辰，牠們才停下來，畢竟饑餓比好奇更能主宰牠們的行動。牠們知道一個姑娘自然是無力對付牠們的，但如果再加上三隻純粹的喜馬拉雅獒種的大牧狗，那就決不是牠們這個五匹壯狼三匹小狼的母狼家族所能對付得了的。牠們目送著姑娘和三隻大牧狗，告別似的嗥叫了幾聲，轉身走開了。

就在這時，牠們意外地發現，遠遠跟著姑娘和三隻大牧狗的還有一個人，是個小孩。小孩是唾手可得的。唾手可得的小孩已經被另一支以公狼爲頭狼的狼家族盯上了。

兩支狼家族是互相認識的，冬天食物缺少的時候，牠們會在一個狼群裏混飯吃，到了夏天就以家族爲單位分開行動了。分開不是絕對的，有時候也會有聯合，比如今天晚上。兩支狼家族心照不宣地會合到了一起，磨合了一會兒，又很快在家族頭狼的帶領下分開了。現在，一直跟蹤著孩子的這支四匹壯狼兩匹小狼的公狼家族繞開孩子，斜斜地插到前面去了。一直跟蹤著姑娘和三隻大牧狗的母狼家族悄悄地圍住了孩子。

這孩子就是班覺的兒子七歲的諾布。他以為自己是個男子漢，是男子漢，就必須像藏獒一樣勇敢無畏地鑽進草原凶險的黑夜裏，保護他的阿姐梅朵拉姆。他悄悄地跟著，一直跟著，從家裏跟到了碉房山，又從碉房山跟到了這裏。這裏是阿爸帶著他牧羊牧牛的草野，是狼群出沒的地方。

現在他已經看到狼群了，狼群星星一樣的眼睛閃爍成了一溜兒，他知道狼的眼睛也已經看到了他。他停了下來，愣愣地望著，不知道自己該怎麼辦。

母狼家族沒有馬上撲過來咬倒諾布。因為兩群狼商量的結果是，不光要吃掉孩子，也要吃掉那個姑娘，不然狼多肉少，狼群就會互相打起來。牠們的計謀是利用孩子把三隻大牧狗引過來，等大牧狗一到，這邊的母狼家族就用嗥叫通知那邊的公狼家族立刻撲咬那姑娘。姑娘一定會喊起來，一喊就又把三隻大牧狗拽回去了。大牧狗回去後，看到的就只能是姑娘的屍體。這時候，母狼家族再對孩子下手。三隻大牧狗肯定還會來到這裏，動作快的話，牠們會看到孩子的屍體，動作慢的話，看到的就僅僅是血跡了。

母狼家族的八匹狼警惕地望著四周，等待著三隻大牧狗的到來。

草原上能夠對荒原狼造成威脅的只有藏獒。藏狗的優勢是個體的威猛強悍，如果像人一樣一對一地抗衡，即使狼群中最兇惡的頭狼，也不是普通藏獒的對手。而且藏獒一個個都是視死如歸的，面對狼群的時候，從來就不知道什麼叫忍讓和逃跑。荒原狼的優勢則表現在群體奮發時的凝聚力和威懾力上，一旦和藏獒打起來，總是一群對付一隻或幾隻。

更重要的是，牠們對付敵手的狡詐陰險和保護自己的智慧，遠遠超過了一般藏獒的理解能力。就比如現在，當牠們試圖利用孩子把三隻作爲大牧狗的藏獒引過來時，三隻大牧狗果然就奔騰而至了。母狼家族一邊後退一邊嗥叫，通知那邊的公狼家族立刻對姑娘下手。

三隻大牧狗遠遠地就聞到了狼的味道和小主人諾布的味道。兩種味道在空氣中的混合，說明狼群和諾布已經很近很近，危險即刻就要發生。牠們用叫聲威脅著狼群狂奔而來，慶幸地發現小主人安然無恙，便直撲狼群。

五匹壯狼和三匹小狼的母狼家族加快了撤退的速度，隊形由三匹小狼在前，五匹壯狼斷後，變成了一匹壯狼在前，三匹小狼居中，四匹壯狼斷後。在前面領先撤退的那匹壯狼，就是這支母狼家族的母性頭狼，牠在前面掌握著速度，既不能跑得太快，離開獵物太遠，徒然消耗了體力，也不能讓大牧狗很快追上，形成一種面對面搏殺的局面。

作爲狼，牠們的意識始終是明確的：自己的目的永遠是食物而不是搏殺，而獲取食物的目的又是爲了保存自己。爲了「保存自己」這個最根本的目的，牠們能不搏殺就不搏殺，尤其是面對藏獒的時候，牠們的態度變得格外功利而務實，決不會離開對食物的貪婪和算計，而有任何虛妄的舉動。

可是藏獒就不一樣了，藏獒的生存意義永遠超越著包括食物在內的任何功利目的，牠們和狼群搏殺，和陌生人搏殺，和一切野獸搏殺，完全不是爲了吃掉牠們和他們，甚至根本與自己的生存以及溫飽沒有任何關係，而是爲了對人類（**確切地說是主人**）的忠誠和仗義，是爲了帳房和領地的安

全，就跟一個國家的軍隊那樣。所以對藏獒來說，搏殺並且奪取勝利就是唯一的目的。

三隻大牧狗的窮追不捨，使牠們和母狼家族之間的距離漸漸縮短了。母狼家族的隊形又發生了變化，前面領跑的換成了另一匹母狼，頭狼從領跑的位置換到了三匹小狼後面，牠作爲三匹小狼的母親現在的主要任務，是保護並督促小狼快跑。頭狼的身後是三匹公狼，牠們排成一線，隨時準備迎接藏獒的撕咬。整個母狼家族奔逃的速度明顯加快了。

然而，距離還是在縮小，白獅子嘎保森格彈性的四肢使牠像風一樣席捲而去，右翼的新獅子薩傑森格如同磅礴的黑夜無聲地籠罩而去，左翼的鷹獅子瓊保森格變成了一隻真正的雄鷹飛翔而去。母狼家族因爲三匹小狼的存在，只能容忍距離的縮小。

這樣的容忍，幾乎就是對強大的藏獒天性的挑釁，三隻大牧狗火冒三丈，眼看狗牙就要碰到狼尾巴了。殿後的三匹公狼突然扭轉了身子，引導著追擊者跑向了一邊，越跑越快，越跑越快，頭狼和三匹小狼頓時安全了。

終於，按照荒原狼的設想，姑娘喊起來了：「救命啊。」三隻大牧狗愣了一下，追擊的速度不由得放慢了。狗慢了，狼也慢了。在荒原狼的想像中，只要姑娘一喊，三隻大牧狗就一定會丟下孩子急轉折回，那孩子轉眼就會落入牠們的魔口。逃跑的狼一個個回頭看著大牧狗，等待著對方放棄追擊的那一刻。然而沒有，狼們的聲東擊西並沒有得逞，三隻大牧狗很快又把追擊的速度調整到了快。

狼們有些吃驚，居然藏獒變得比自己狡猾了。牠們沒想到追擊自己的大牧狗中，有一隻是特別優秀的藏獒，牠叫白獅子嘎保森格。牠是一隻年輕的公獒，牠除了勇敢和耳鼻的靈敏，還有足夠聰明的大腦，這樣的大腦能夠準確判斷戰場的局勢，及時識破敵手的陰謀。更重要的是，大腦的經驗儲存和知識儲存以及遺傳的記憶，使這隻藏獒具備了優越的思維能力。

當牠意識到這種優越的能力超拔在獒群之上時，牠就按照天性的啓示，自然而然變成了一隻表現慾特別強烈的野心勃勃的藏獒。牠以爲包括這次追狼在內的任何一次跟野獸的打鬥，都不過是一個表現自己的機會，而一隻具有領袖素質的藏獒，是決不會放過這種機會的。牠告訴自己一定要咬住對方，一定要一口斃命，不然就連自己這一身雪白的獒毛也對不起了。

牠清楚自己是一隻漂亮的白色獅頭公獒，而在西結古草原，領地狗中的獒王好幾代都是白色的，這是神祇的安排，神祇對白色的藏獒特別關照，對牠自然也不會例外。既然如此，那牠就要試一試了，不是現在，而是將來，牠幻想，不，已經不是幻想，而是希望，牠希望獒王虎頭雪獒在智慧和勇敢方面都被牠打敗，希望有朝一日自己成爲一隻自由的領地狗，成爲西結古草原威鎭四方的新一代獒王。

野心勃勃的白獅子嘎保森格首先追了上去，大頭一頂，一下子頂翻了被自己追逐的這匹健壯的公狼。等公狼起身再跑時，嘎保森格已經重重地壓在了牠身上。公狼回頭就咬，嘎保森格用自己的虎牙迎接著狼的虎牙，犬牙交錯的瞬間，嘎巴一聲響，牙斷了，是堅硬的荒原狼的牙，而不是更加堅硬的藏獒的牙。斷了牙的狼就好比失去了槍的槍手，被悍烈的白獅子嘎保森格一口咬住了後頸。

據說荒原狼的後頸上寄住著護狼神瓦恰，只要在荒原狼的後頸上咬出一個血洞，護狼神瓦恰就會少一根頭髮，等到頭髮全部失去，護狼神就會死掉，到那個時候，草原上就沒有狼了；據說荒原狼的後頸是牠的靈魂逃離軀殼的地方，一旦靈魂逃離，就會把狼的敗運帶給藏獒和養了藏獒的人，人和藏獒就都要倒楣了，而咬住荒原狼的後頸，牠的靈魂就無處可逃，就會憋死在軀殼裏，楣運就永遠屬於荒原狼了。所以草原上的藏獒在撕咬荒原狼的時候，總會把致命的一口留在對方的後頸上。荒原狼的後頸，是狼血泉湧的地方。

現在，白獅子嘎保森格一口咬住了公狼的後頸，公狼別無選擇地迎來了死亡。對方的死亡就是戰鬥的結束，藏獒是不貪吃的，即使狼肉很香很香。嘎保森格丟開死狼飛快地往前跑去。牠追上了新獅子薩傑森格，追上了另一匹公狼，但牠並沒有親自實施屠殺。牠和公狼並肩跑了一會兒，然後超過對方半個身子，回頭一攔，張嘴假裝咬了一下。公狼趕快朝一邊躲去，逃跑的速度頓時慢了下來。

就在這個時候，新獅子薩傑森格追了上來，一口咬住了公狼的後頸。嘎保森格戛然停下，高興得叫了一聲好。薩傑森格同樣是高興的，一邊把牙齒埋進狼肉享受著狼血溫暖的浸泡，一邊不失時機地朝牠搖了搖感激的尾巴。嘎保森格叫了一聲，告訴牠：「這沒什麼。」然後又朝前跑去。

嘎保森格知道一隻具有領袖素質的藏獒，不僅自己要勇猛廝殺，還要幫助同伴成就屬於牠們的業績。如果你以為自己比別的藏獒高明，搶在別的藏獒之前殺了人家一直追攆的獵物，別的藏獒就會深深嫉恨你。因為自尊和自強是所有藏獒的天然稟賦，是藏獒活著的權利，是藏獒在草原上立於不敗之地的個性特徵。你損害了對方的這種權利，也就等於損害了你自己的威信。對方雖然不可能戰勝你，但牠決不會追隨你。而一隻渾身充滿了領袖慾的藏獒，即使強大到無與倫比，也不可能拋棄自己的追隨者。

藏獒代代相傳的古老而純粹的血液，先知一樣告訴了白獅子嘎保森格：追隨是領袖的基礎，培養追隨者是做領袖之前必不可少的功課，獒王的地位有一半是依靠自己的力量，有一半是依靠眾藏獒甚至小嘍囉藏狗們的擁戴。

白獅子嘎保森格全力奔跑著，跑到了最後一匹公狼的前面，掉轉身子迫使公狼改變了逃跑的方向。在後面緊追不捨的鷹獅子瓊保森格呼嘯而來，用肩膀撞翻了公狼，然後一口咬住了對方的後頸。一眨眼工夫，三匹荒原狼就被三隻作為大牧狗的藏獒活活咬死了。

逃離危險的兩匹母狼和三匹小狼沒看見三匹公狼的斃命，但是牠們知道三匹公狼（**其中包括了母狼的丈夫和小狼的父親**）都已經離開了這個世界。牠們站在高高的草岡上，拼命地淒號著，很久很久。尤其是那匹母性的頭狼，淒號裏充滿了失算後的懊悔和疑問：為什麼，三隻大牧狗在聽到姑娘的喊聲後沒有轉回去救她？難道因為那姑娘是外來的，跟牠們沒有主人和僕從的關係，牠們就可以放任不管？

但是很快，母性的頭狼就明白並不是這麼回事。前去包圍那姑娘的荒原狼聽到淒號來到了這裏，這個四匹壯狼兩匹小狼的公狼家族因為逃跑及時，而沒有損兵折將。牠們告訴哀慟中的母狼家族，就在牠們迫使姑娘發出恐懼的喊聲並打算立刻咬死她的時候，一群黑壓壓的領地狗突然出現

了。牠們在一個叫做巴俄秋珠的孩子和他的六個夥伴的帶領下，從野驢河那邊奔跑而來。

六匹狼的公狼家族哪裏是一群領地狗的對手，除了拚命逃跑還能做什麼？事實上，領地狗還沒有過河牠們就已經逃跑了，不然肯定沒有好下場，整個家族的全體滅亡在領地狗的掃蕩中，往往是一瞬間的事情。

遺憾的是，這邊的母狼家族沒有聽到也沒有聞到突然出現的這群領地狗，牠們按照事先的計謀繼續吸引著三隻大牧狗，而三隻大牧狗，尤其是白獅子嘎保森格，卻很快聞到了野驢河邊的變化。牠們的嗅覺比荒原狼靈得多，不僅聞到了領地狗，也聞到了巴俄秋珠和他的六個夥伴的氣息。白獅子嘎保森格立刻告訴自己的兩個同伴：領地狗的氣息已經出現，獒王虎頭雪獒是所向無敵的，我們沒有必要再爲漢姑娘梅朵拉姆擔憂了。

深夜的草原上，母狼家族的倖存者和公狼家族的成員全體嗥叫著，爲死去的三匹公狼悲憤地致哀。遠方的狼群聽到了，也此起彼伏地發出了同樣的嗥叫。到處都是淒告，是哭聲。護狼神瓦恰變成了風，嗚嗚地吹。

漢姑娘梅朵拉姆得救了。她一天兩次死裏逃生，身體和心靈都有點支撐不住了。她在見到領地狗群以及巴俄秋珠和他的六個夥伴的一瞬間，兩腿突然一軟，坐在了地上，雙手捂著臉，無聲地哭起來。巴俄秋珠一直守在她身邊。他知道美麗的仙女梅朵拉姆是爲他而來的，她爲他差一點被狼吃掉。他很感動，感動得都有些發抖，也很內疚，內疚得恨不得一頭撞到岩石上去，但臉上卻毫無表情，像個什麼也不懂的傻子。

這樣過了很久，梅朵拉姆站起來說：「走吧。」突然又沒好氣地喊起來，「你怎麼還沒穿靴子？腳上都劃出血來了，傷口感染了怎麼辦？得了破傷風怎麼辦？」

巴俄秋珠愣了一下，轉身就跑，用藏話喊道：「上阿媽的仇家，上阿媽的仇家。」他的六個夥伴和一群領地狗呼啦一下跟了過去。

很快，他們見到了諾布和保護著諾布寸步不離的三隻大牧狗。他們停留了一會兒，狗和狗說著話，人和人說著話。

白獅子嘎保森格在見到獒王虎頭雪獒的一剎那，恭敬地豎起了尾巴，然後走過去，謙卑地聞了聞獒王尊貴而雪白的獒毛。獒王虎頭雪獒伸出舌頭舔了牠一下，以表示自己對牠的厚愛。而對新獅子薩傑森格和鷹獅子瓊保森格，獒王只是用眼睛問候了一聲：「好長時間沒見了，你們好啊。」薩傑森格和瓊保森格走過來，在五步之外停下，敬畏地朝牠低下頭，用鼻子沙沙沙地噴著地上的草。獒王有禮貌地回噴了一鼻子氣，然後扭頭望著嘎保森格的嘴，矜持而讚賞地眨了眨眼睛。

白獅子嘎保森格知道自己的嘴邊有一些殘留的狼血，這是一種光榮的印記，儘管這樣的光榮印記對一隻身經百戰的藏獒來說，如同舔了一口涼水一樣平常，但牠還是故意顯露在了獒王虎頭雪獒的面前。

獒王知道牠是故意的，也知道這隻跟自己同樣聖潔雪白的藏獒，有著非凡的勇力和過人（狗）的聰明才智，是個天生我才必有用的角色。所以牠給足了牠面子，即使面對把狼血留在嘴邊作為炫

耀這樣淺薄的舉動，牠也沒有不屑一顧。

作爲一隻獒王，牠本能地欣賞有能耐的同類，就像大王欣賞英勇頑強的將軍一樣。爲了這種欣賞，牠大度地原諒了牠，隱隱感覺到的貌似謙卑的嘎保森格從骨子裏透出來的傲慢和自負。牠以爲有一技之長且不成熟的藏獒都這樣，況且白獅子嘎保森格還不是一技之長，而是多技之長。

牠這樣想，是因爲牠很自信，牠簡直太自信了，太覺得自己的智慧和勇力無獒能敵了。所以當牠身邊的灰色老公獒提醒牠，嘎保森格也是一身雪白，你看牠嘴上留狼血的樣子，簡直就沒有把你放在眼裏時，獒王虎頭雪獒只是笑了笑，似乎是說：嘎保森格一身雪白又怎麼樣，我已經有預感，牠的存在永遠不會是對我作爲獒王的挑戰。

獒王虎頭雪獒率先離開了那裏。全體領地狗和三隻大牧狗都跟了過去。牠們毫不猶豫地認爲，七個上阿媽的孩子已經去了碉房山，西結古的碉房山於今夜恥辱地遭到了上阿媽的仇家的侵略。牠們恨得咬牙切齒，引導著以巴俄秋珠爲首的七個西結古草原的孩子，像水流漫漶的野驢河，嘩啦啦地衝破了越來越厚重的夜色。

梅朵拉姆追上了巴俄秋珠，嚴肅地說：「你不能去打架，你和他們都是貧苦牧民的孩子，互相打壞了怎麼辦？再說，你雖然叫巴俄秋珠，但你還不是真正的巴俄（英雄），你沒有權力命令他們離開西結古草原，草原是大家的，不是你一個人的。」

巴俄秋珠的黑眼睛一閃一閃的，他能猜到她的意思，但不知道如何反應，只能一聲不吭，把所有的話憋在腦子裏：阿爸被上阿媽草原的人打死了，立志報仇的叔叔也被上阿媽草原的人打死了。

阿媽嫁給了送鬼人達赤，送鬼人達赤是不吉利的，不吉利的人不能給阿爸和叔叔報仇，能報仇的就只有他了。他一定要報仇，不報仇就不是男人，就要被頭人拋棄、被牧民嗤笑、被姑娘們瞧不起了，草原的規矩就是這樣。

巴俄秋珠朝前跑去，轉眼就把他眼裏的仙女漢姑娘梅朵拉姆落在了後面。梅朵拉姆回顧身後，發現連諾布和三隻大牧狗也被巴俄秋珠裹挾而去了。她不禁打了個哆嗦，連連呼喚著諾布和三隻大牧狗，快步跟了過去。

走著走著就發現，黑暗中的碉房山已經被自己踩在腳下了，就好像碉房山突然倒塌了似的。到處都是遊竄的狗影和炸響的狗叫。她喊著：「諾布你在哪裏？嘎保森格，薩傑森格，瓊保森格，你們在哪裏？」

第八章　岡日森格與七孤兒

岡日森格一直嗚嗚嗚地哭著，邊哭邊朝門口挪動了幾步。父親來到牠身邊，撫摩著牠，吱扭一下推開了門。就跟他想到的一樣，黑色的背景上出現了七個黑色的輪廓，那是被父親帶到西結古的七個上阿媽的孩子。

他們來了，他們看到岡日森格站在門裏，就不顧一切地撲進來，爭先恐後地抱住了牠。岡日森格嗚嗚嗚地哭著，是悲傷，也是激動。父親吃驚地問道：「你們居然還沒有離開西結古？你們怎麼知道牠在這裏？」

大腦門的孩子嘿嘿地笑著。他一笑，別的孩子也笑了。臉上有刀疤的孩子撫摩著岡日森格的頭比畫了一下。大腦門立刻伸出了手：「天堂果。」

父親說：「我知道你們跟我來西結古，是因爲我給了你們幾顆天堂果。那不是什麼天堂果，那就是花生，是長在土裏的東西。在我的老家，遍地都是，想吃多少有多少。但是在這裏，我沒辦法給你們，我帶來的花生已經吃完了。你們還是走吧，這裏不是你們待的地方。」

大腦門把父親的話翻譯給別的孩子聽。刀疤站起來指了指岡日森格。大腦門點點頭，對父親說：「我們要和牠一起走。」

父親說：「岡日森格的傷還沒好，現在走不了。」

刀疤猜到父親說的是什麼，用藏話說：「那我們也不走了。」大腦門點點頭，所有的孩子甚至連岡日森格都點了點頭。

父親說：「你們只有七個人，而且都是孩子，你們不怕這裏的人這裏的狗？快走吧，回到你們上阿媽草原去吧。」

大腦門說：「我們不回上阿媽草原了，永遠不回去了，一輩子兩輩子三輩子不回去了。」

父親吃驚地問道：「爲什麼？難道上阿媽草原不好？」

大腦門和刀疤說了幾句什麼，然後告訴父親：「上阿媽草原骷髏鬼多多的有哩，吃心魔多多的有哩，奪魂女多多的有哩。」

父親說：「不回上阿媽草原，你們想去哪裏？」

刀疤又一次猜到父親說的是什麼，用藏話說：「岡金措吉，岡金措吉。」大腦門對父親說：「額彌陀岡日。」

父親說：「什麼叫額彌陀岡日？」

大腦門又說：「就是海裏長出來的大雪山，就是無量山。」

父親問道：「無量山在哪裏？」

大腦門搖搖頭，望了望夜色籠罩的遠方。所有的孩子都望了望遠方。遠方是山，是無窮無際的大雪山，是四季冰清的莽莽大雪山。

父親說：「你們去那裏幹什麼？」沒有人回答。

大黑獒那日來到了門口，歪著頭，把那隻腫脹未消的眼睛瞇起來，望著七個上阿媽的孩子。牠知道他們是岡日森格的主人，看在岡日森格的面子上，牠不能對他們怎麼樣。再說，他們是喊著「瑪哈噶喇奔森保」來到這裏的，瑪哈噶喇奔森保，這來自遠古祖先的玄遠幽秘的聲音，彷彿代表了獒類對人類最早馴服和人類對獒類最早調教的某種信號，是所有靈性的藏獒不期而遇的軟化劑，一聽到它，牠們桀驁不馴的性情就再也狂野不起來了。

大黑獒那日臥在了門口。牠的眼睛和肚子都還有點疼，很想閉著眼睛睡一會兒，但忠於職守的稟性使牠無法安然入睡。牠把下巴支在前肢上，靜靜地望著前面。很快，牠就變得焦躁不安了，扇著耳朵站起來，輕輕叫喚了幾聲。發達的嗅覺和聽覺告訴牠：危險就要來臨了。

讓牠深感憂慮的是，岡日森格還不能自由行動，那個給牠餵食、伴牠療傷的漢扎西也無法保護他自己，七個上阿媽的孩子不合時宜地來到了這裏——儘管他們可以憑著「瑪哈噶喇奔森保」的神秘咒語阻止領地狗的進攻，但對前來復仇的西結古的孩子，那神秘咒語是不起作用的。

如果他們打起來，自己到底應該怎麼辦？偏向岡日森格，按照牠的願望，保護牠的主人七個上阿媽的孩子？這是絕對不可能的，因爲保護他們，就意味著撕咬西結古草原的人和狗，這是要了命也不能幹的事情。

或者做出相反的舉動，遵從西結古的孩子的旨意，撕咬七個上阿媽的孩子？那也是不可能的，因爲他們是「瑪哈噶喇奔森保」的佈道者，是岡日森格的主人。而岡日森格是多麼有魅力的一隻雄性藏獒啊，年輕漂亮，器宇軒昂，是所有美麗大方、慾望強烈的母性藏獒熱戀的對象。

大黑獒那日離開門口朝前走去，走過了僧舍前照壁似的嘛呢石經牆，銜著黑夜低低地叫喚著。牠已經看到牠們了，那些和牠朝夕相處的領地狗，那些被領地狗攛掇而來的寺院狗和牧羊狗，正在悄悄地走來。牠們知道目標正在接近，這時候不需要聲音，所有的偷襲都不需要聲音，所以就輕輕地走來。

西結古寺突然寂靜了，整個西結古草原突然寂靜了。只有大黑獒那日的聲音柔柔地迴蕩著，那是一種問候、一種消解：你們怎麼都來了？有什麼事兒嗎？牠悠悠然搖著尾巴，儘量使自己顯得氣定神閒，逍遙自在。

狗們有些疑惑：這不是大黑獒那日嗎？這裏明明瀰漫著生人生狗的氣息，牠怎麼沒事兒似的。牠們在獒王虎頭雪獒的帶領下停在了離牠二十步遠的地方，一個個回應似的搖著尾巴，等待著大黑獒那日的解釋。

大黑獒那日步履滯重地走了過去。憑著牠和獒王虎頭雪獒之間比較親密（**是夥伴的親密而不是雌雄的親密**）的關係，憑著牠在領地狗群中的威望，牠相信牠的解釋不可能一點效果也沒有。牠的解釋就是讓牠們看到牠身上正在癒合的傷口，聞到牠身上瀰散不去的漢扎西的味道和岡日森格的味道，讓牠們知道牠跟漢扎西跟岡日森格已經是親密無間了。至於七個上阿媽的孩子，他們是岡日森格的主人，親近岡日森格就必然要親近牠的主人，這難道不是常識嗎？

許多領地狗明白了大黑獒那日的意思，恍恍惚惚覺得牠的選擇也應該是牠們的選擇，可以不必劍拔弩張了，回吧，回吧，去野驢河邊睡覺去吧。牠的同胞姐姐大黑獒果日走過來憐愛地舔了舔牠的傷口，然後就「回吧回吧」地叫起來。

但是寺院狗和三隻大牧狗並不買牠的賬，牠們既不認同大黑獒那日的威望，也不像大黑獒那日那樣存有「愛江山更愛美男」的私念，靜悄悄的狗群裏突然響起了一陣蒼朗朗的鳴叫，這是噓聲，是對大黑獒那日的責備。

大黑獒那日嗚嗚嗚地回應著，意思是說：看在西結古草原的面子上，你們就聽我一次吧。領地狗和寺院狗以及三隻大牧狗你一聲我一聲地叫著，都把目光投向了獒王虎頭雪獒。牠們知道，到了這種時候，是進是退的決定權應該在獒王手裏，獒王怎麼說，大家就會怎麼做。

獒王虎頭雪獒一直盯著大黑獒那日。大黑獒那日乞求著來到了獒王跟前。獒王聞了聞牠的鼻子，看了看牠身上的傷口，又舔了舔牠受傷的眼睛，然後奮然一抖，把渾身雪白的獒毛抖得嘩啦啦響。這就是說，牠不想走，至少不想馬上就走，因為還有人類，人類才是這次行動的主宰。在這樣的主宰面前，藏獒能夠選擇的並不是進退，而是聽話。最兇猛的藏獒往往也是最聽話的走狗。

大黑獒那日明白了獒王的意思，沮喪地離開牠，穿行在領地狗的中間，哀哀地訴說著：聞聞我身上的味道吧，那是漢扎西和岡日森格的味道，我跟這一人一狗已是彼此信賴的朋友了，你們就饒了他們吧，七個上阿媽的孩子是岡日森格的主人，你們也饒了他們吧。

不會有狗聽牠的了，連同情牠的那些領地狗也立刻改變了主意，因為巴俄秋珠和他的夥伴攆了上來。他們一起喊著：「獒多吉，獒多吉。」喊得狗們一個個亢奮起來，然後又喊著：「上阿媽的仇家，上阿媽的仇家。」狗叫突然爆響了，狗群就像決堤的潮水，朝著僧舍洶湧而去。

大黑獒那日望著狗群，渾身抖了一下，突然跟著牠們跑起來。牠吃驚自己居然跑起來了，而且速度也不慢。牠的傷口還沒好，左眼和肚子讓牠難受得又是咬牙又是吸氣，但是牠畢竟可以四肢靈活地跑動了。牠跑到了僧舍門口，堵擋在臺階上，衝著黑暗的天空，憋足力氣叫了一聲。

父親的動作太慢了，他沒有來得及關上門，野心勃勃的、表現慾極強的牧羊狗白獅子嘎保森格就首先撲進了僧舍，接著是新獅子薩傑森格和鷹獅子瓊保森格，接著是灰色老公獒和大黑獒果日等幾隻兇猛的領地狗。七個上阿媽的孩子猛乍乍地喊起來：「瑪哈噶喇奔森保，瑪哈噶喇奔森保。」

一也是白獅子嘎保森格，首先愣了，牠幾乎撲到了站在前面保護著岡日森格的刀疤身上，但卻沒有下口咬住他。那個聲音太奇怪了，奇怪得讓牠感到彷彿聽到了遙遠的主人隱秘的呼喚。可面前的這個人牠明明不熟悉，氣味和形貌都不熟悉，怎麼會發出記憶深處那個遠古主人的聲音呢？

牠用幾乎和對面的刀疤一樣高的身體橫擋在孩子們跟前，呼呼地悶叫著，但已經不是撕咬前的恐嚇與威逼，而是詢問了：你們是誰啊？難道是我最早的主人，是我上一輩子的主人，是我父親母親或者祖父祖母的主人？回答牠的依然是「瑪哈噶喇奔森保」。

所有撲過來的藏獒都愣著，都情不自禁地朝後退去。趁著這個機會，父親跳到門口，把大黑獒那日連抱帶拉地弄進了僧舍。在他的意識裏，對手的朋友也應該是對手，大黑獒那日已經是岡日森格的朋友了，自然也就是領地狗群的對手，難免不遭對方的攻擊。大黑獒那日掙扎著，牠似乎並不願意接受父親的呵護，更希望自己在這個非常時刻保持中立的姿態，只對著天空不偏不倚地叫囂。

「那日，那日。」狗不叫了，人開始叫。巴俄秋珠的聲音讓大黑獒那日的耳朵猛然一扇，牠掙脫了父親的拉扯，奮力朝外跑去。黑暗中，巴俄秋珠滿懷抱住了牠，伸出舌頭舔了舔牠的眼睛，又趴在地上舔了舔牠的肚子。就像久別重逢的親人，大黑獒那日的尾巴使勁搖著，差不多就要搖斷了。

父親擔憂地喊起來：「那日，那日，那日快進來。」但是來到父親面前的不是大黑獒那日，而是裹著紅氆氌的鐵棒喇嘛藏扎西。藏扎西一手舉著火把，一手拿著鐵棒，一進門就把七個上阿媽的孩子撥拉到了門口，然後用自己魁梧的身子擋住父親和岡日森格，口氣平和地說：「你們已經跑不掉了，還是出去吧，一對一是不可避免的，一定要使勁啊，你們的命運就掌握在你們自己手裏。」

七個上阿媽的孩子出去了，藏扎西緊跟著也出去了。僧舍外面，在門口的臺階和嘛呢石經牆之間的空地上，擠滿了狗影和人影。西結古寺的十幾個鐵棒喇嘛和十來個聞訊趕來的牧人舉著火把，鶴立雞群地矗立在一群狗和一群孩子之上。加上諾布一共八個西結古的孩子，憤怒地面對著七個上阿媽的孩子。

狗群又開始狂叫了，但並沒有撲過去，牠們似乎已經意識到，只要撲過去，就又會被密咒似的「瑪哈噶喇奔森保」的聲音擋回來。

彷彿是故意說給父親聽的，鐵棒喇嘛藏扎西大聲用漢話說：「我們按照規矩辦，孩子對孩子，七個對七個，大人不算數，狗也不算數。上阿媽的要是輸了，一人留下一隻手，滾出西結古草原，上阿媽的要是贏了，我們一人送你一隻羊，囫圇身子滾出西結古草原。」

他剛說完，就有喇嘛和牧人舉起了手，鐵棒嗡嗡嗡地響，火把嘩啦啦地流。父親來到了門外，看到火把照耀下的西結古草原的孩子一個個像一團燃燒的火，每一張臉都是金剛怒目的樣子；看到火光裏鶴立雞群的並不都是鐵棒喇嘛和牧人，還有梅朵拉姆。

梅朵拉姆，三更半夜，妳跑到這裏來幹什麼？父親喊了她一聲，但她沒有聽見。她也在喊人，她喊的是巴俄秋珠，她要阻止這場打鬥，就想把巴俄秋珠喊到自己身邊來。但巴俄秋珠沒聽見，美麗仙女的聲音他居然沒聽見。

梅朵拉姆又喊諾布，喊了諾布又喊嘎保森格、薩傑森格、瓊保森格。諾布過來了，接著，新獅子薩傑森格和鷹獅子瓊保森格也過來了。最後過來的是白獅子嘎保森格，牠慢騰騰的，不斷地回頭張望著，顯得極不情願。

但牠明白自己必須聽從梅朵拉姆的，因爲牠是跟她出來的，她雖然只是家中的客人，但從尼瑪爺爺一家對她的態度中牠知道，她也應該是牠的主人，更何況還有諾布。作爲一隻家養的藏獒，牠掂得出輕重，守在諾布和梅朵拉姆跟前，保護他們的安全才是最最重要的。

梅朵拉姆拽住諾布說：「咱們走，咱們回家去，再不回去，爺爺和阿爸阿媽會著急的，巴俄秋珠的事兒咱們不管了。」

話雖這麼說，梅朵拉姆並沒有馬上就離開，因爲她看到岡日森格搖搖晃晃地走出了僧舍，站到了牠的主人七個上阿媽的孩子跟前。狗群更加粗野地狂叫著，忽地湧過去，眼看就要撲到岡日森格身上，臉上有刀疤的孩子趕緊跳起來護住了牠，又大喊一聲「瑪哈噶喇奔森保」。狗群朝後退去，

岡日森格從刀疤身後鑽出來，無所畏懼地擋在了刀疤和巴俄秋珠之間。

巴俄秋珠朝前推了推自己身邊的大黑獒那日，喊起來：「那日，那日，上。」在他看來，既然岡日森格是負了傷的，讓別的狗去撕咬顯然是勝之不武的，公平合理的辦法就是讓同樣負了傷的大黑獒那日去戰勝牠。但是他沒有想到，大黑獒那日已經不能了，在對待岡日森格的問題上，牠早已成了西結古草原的叛徒。

大黑獒那日望著巴俄秋珠，朝後縮了縮。巴俄秋珠奇怪地掃了牠一眼，突然推開牠，喊了一句什麼，跳起來抱住了面前的刀疤。

西結古的孩子們紛紛跳了過去。就像事先安排好的一場摔跤比賽，七個西結古的孩子和七個上阿媽的孩子按照祖先的規則抱在了一起。

狗群雷鳴般地叫著，但沒有一隻狗撲過去幫忙。岡日森格揚起了頭嗚嗚地叫著，也沒有過去幫忙。好像有一種默契，只要主人們一對一地抱在一起，狗們就只能這樣用叫聲助威，除非主人發出進攻的信號。但是，信守規則的主人，是不會借助狗來戰勝對手的，那樣的勝利只能是恥辱而不是光榮。

巴俄秋珠和刀疤的摔跤最先有了結果，刀疤倒地了。巴俄秋珠舉起了勝利的雙手，喊道：「那日，那日，上。」他希望大黑獒那日在這個時候衝向岡日森格，一爪撲倒牠，然後咬死牠。

大黑獒那日身體後傾著，做出要前撲的樣子。父親趕緊過去，蹲在地上抱住岡日森格的脖子，警惕地望著大黑獒那日說：「你可千萬不能背信棄義。」靈性的大黑獒那日頓時搖了搖尾巴，側過

身去，一連後退了幾步。

巴俄秋珠突然明白過來：大黑獒那日已經有貳心了。但他越是明白，就越想讓牠回心轉意，就越要讓牠撲過去撕咬岡日森格。他是大黑獒那日小時候的主人，他自信他的話是最有權威的。「那日，那日，上。」他更加激烈地喊起來。大黑獒那日再一次做出了前撲的樣子。

還在摔跤的孩子陸續倒地了，倒地的六個孩子中三個是上阿媽的孩子，三個是西結古的孩子。這就是說，摔跤以四比三結束，上阿媽的孩子輸了。鐵棒喇嘛藏扎西望了一眼父親，又望了一眼漢姑娘梅朵拉姆，大聲用漢話說：「輸了，輸了，上阿媽的輸了，先關起來，明天一人砍掉一隻手，再趕出西結古草原。」說罷，招呼幾個牧人，拽起七個上阿媽的孩子就走。

父親鬆開岡日森格，追到嘛呢石經牆跟前說：「你們要幹什麼？你們真的要砍掉他們的手？我求求你們放了他們，他們是我帶到西結古來的。」

藏扎西假裝沒聽懂他的話，彎腰扛起一個孩子，又用胳膊夾起一個孩子，大步走去。

岡日森格過來了，嗤嗤地叫著，想跳起來阻止一個牧人對刀疤的拽拉，身子突然一歪，噗通一聲倒在了牆邊。

巴俄秋珠朝著嘛呢石經牆，使勁推搡著大黑獒那日：「那日，那日，上。」大黑獒那日跑過去了，但不是撕咬岡日森格，而是和岡日森格一起趴在了地上。牠心疼地舔著岡日森格的臉，不顧一切地用牠的全部柔情安慰著這隻受了傷的雄壯公獒。

巴俄秋珠生氣地罵了一句，一蹦子跳過去，撕住大黑獒那日的耳朵，把牠拉到一旁，又指著牆

邊的岡日森格，衝狗群喊道：「獒多吉，獒多吉，咬死牠，咬死牠。」

狗群頓時分成了兩部分，一部分衝過去了，他們是領地狗中喜歡湊熱鬧的小嘍囉藏狗和一些寺院狗；另一部分原地不動，牠們是領地狗中威嚴傲慢的藏獒。牠們原地不動的原因是獒王虎頭雪獒沒有動。獒王以極其冷靜和超然的態度觀察著面前的一切，對身邊的灰色老公獒和大黑獒果日說：「牠好像離我們遠去了。我們要等等看，看牠到底會怎麼樣，到底會走多遠。」獒王說的「牠」，就是大黑獒那日。

大黑獒那日衝著和自己朝夕相處的狗群汪地一聲。巴俄秋珠滿臉怒火，用懲罰叛徒的狠惡，猛踢了大黑獒那日一腳。大黑獒那日痛苦地嗚咽了一聲，絕望地趴在了地上。

父親衝巴俄秋珠大吼一聲：「你胡來，你瘋啦？」

突然，大黑獒那日站了起來，嗚嗚地叫著，用牠此刻所能發出的最大聲音乞告狗群：別呀，你們別對岡日森格下手。橫衝過去的狗群驀地停下了，連吠聲也沒有了。巴俄秋珠不依不饒地喊著：「獒多吉，獒多吉，咬死牠，咬死牠。」

父親後來知道，「獒多吉」是猛犬金剛的意思，是西結古人對藏狗殺性的鼓動，就好比漢人「衝衝衝殺殺殺」的吶喊。不論是領地狗，還是看家狗和牧羊狗以及寺院狗，一聽到這種聲音，就都知道人需要牠們奮力向前，拼死一搏的時刻來到了。

狗群再次動盪起來，吠聲又起。火光中，照壁似的嘛呢石經牆把黑影拉到天上去了。大黑獒那日乞求地望著巴俄秋珠，正要過去保護岡日森格，被巴俄秋珠一腳踢在了鼻子上。這一腳雖然踢得不重，卻代表了不可違拗的主人的意志。大黑獒那日徹底絕望了，悲號了一聲，狂猛地朝前跑去。大黑獒那日跑向了嘛呢石經牆。嘛呢石經牆堅硬而高大。一聲巨大的碎了的響聲砉然而起，接著就是血肉噴濺。當大黑獒那日在血色中火光裏轟然倒地的時候，盯著牠的人和狗才恍然明白發生了什麼事情——在服從神聖主人的威逼和服從性與愛的驅使之間，大黑獒那日選擇了第三條道路：撞牆自殺。

獒王虎頭雪獒大叫了一聲。大黑獒那日的姐姐大黑獒果日大叫了一聲。灰色老公獒和所有近旁的藏獒都大叫了好幾聲。但牠們大叫的意思略有不同，在獒王虎頭雪獒是被深深刺痛後的悲憤之嚎：「牠真的已經離我們遠去了，不能啊，大黑獒那日，美麗無比的大黑獒那日，青春激盪的大黑獒那日，你不能就這樣離我們遠去。」

在大黑獒果日是悲痛欲絕：「妹妹死了，妹妹死了。」在別的藏獒是吃驚和惋惜：「牠怎麼死了？牠怎麼就這樣自殺了？」轉眼就是沉默。

獒王虎頭雪獒走過去，聞了聞大黑獒那日，又默默地走回來，走到黑暗的獒群裏去了。就在這走來走去的時候，獒王突然做出了一個牠終其一生都不會改變的決定：一定要趕走或者咬死岡日森格。因為正是這隻外來的年輕力壯的獅頭公獒勾引了大黑獒那日，又直接導致了牠的死亡。

牠記得自己對大黑獒那日是不錯的，這種不錯，完全有可能發展成雌雄之間的那種親熱、那種甜蜜。大黑獒那日對獒王虎頭雪獒的態度也是蜜蜜綿綿、羞羞答答的，只是還沒有來得及發展到允

許獒王跟牠交配的那一步，因爲大黑獒那日不能忽視獒王對姐姐大黑獒果日的態度。在獒王虎頭雪獒眼裏，大黑獒果日同樣也是美麗無比、青春激盪的，牠作爲獒王，既喜歡妹妹那日，又喜歡姐姐果日，所以牠一直都在選擇，天天都是舉棋不定。

舉棋不定的時候，妹妹那日死了。爲了保護或者爲了不能保護岡日森格，大黑獒那日居然如此悲烈地了斷了自己。該死的獅頭公獒，一堆金黃色的應該迅速爛掉的皮毛，我要是對你不管不問，我就不是獒王了。滿腹的悲痛加上隱隱的嫉妒，獒王虎頭雪獒迅速醞釀著自己的仇恨，悄悄地朝前走去。

牠是走向岡日森格的，牠要即刻實現自己的決定：趕走或者咬死岡日森格。雪白的身影移動著，眼看就要靠近岡日森格了。這時，突然從旁邊凌亂的狗影中冒出了另一個雪白的身影，橫擋在了牠面前。獒王虎頭雪獒停下了，牠等待著對方給牠讓路，牠覺得對方這是不小心堵在了牠前面，牠沒有必要發怒，只要對方馬上讓開。但是對方沒有馬上讓開的意思，對方是白獅子嘎保森格。

嘎保森格用無法抑制的大膽舉動，明確無誤地表示了牠對獒王虎頭雪獒的不尊重，那生硬的態度彷彿在說：獒群裏怎麼能出這樣一個叛徒呢？你是獒王，你爲什麼要容忍一個西結古藏獒的敗類生活在你身邊呢？

獒王虎頭雪獒不習慣這樣的態度，衝白獅子嘎保森格吼了一聲。嘎保森格居然也朝獒王吼了一聲。獒王吃了一驚，然後就是憤怒，本來牠就是憤怒的，現在更加憤怒了，憤怒得都有點不分青紅皂白了。牠撲了過去。嘎保森格用肩膀頂了一下，試了試獒王的力量，等獒王再次撲來時，牠迅速閃開了。

畢竟嘎保森格是一隻成熟的公獒，牠深知現在還不到正式挑戰獒王的時候，牠得繼續忍耐，得把更多的力量和智謀蓄積在年輕的身體中和更加年輕的大腦裏，得用很長一段時間來韜光養晦，尋找機會，也等待機會來尋找自己。牠豎起尾巴，假裝認錯地搖了搖。恰好這時梅朵拉姆又開始高一聲低一聲地喊牠了，牠轉身跑了過去。

獒王虎頭雪獒覺得白獅子嘎保森格今天的舉動有點蹊蹺，氣恨而又疑惑地望著牠的背影直到消失，再回過神來尋找岡日森格時，岡日森格已經不見了。牠遺憾地甩甩頭，沿著氣味趕緊尋找，又一陣猛叫。

父親是機敏的，就在狗群和七個西結古的孩子注目大黑獒那日、獒王虎頭雪獒和白獅子嘎保森格發生摩擦的時候，他迅速扶起岡日森格，拽著牠的鬣毛，快步走向了僧舍。等獒王虎頭雪獒反應過來，帶領狗群再次蜂擁而至時，僧舍的門已經被父親從裏面牢牢閂死了。岡日森格知道父親又一次救了牠，嗚嗚地叫著，用下巴蹭著父親的腿，感激地哭了。

父親顧不上和岡日森格交流感情，從窗戶裏望過去，想知道大黑獒那日到底怎麼樣了，就見嘛呢石經牆前，簇擁著幾個孩子和幾個打著火把的牧人。巴俄秋珠趴在地上悲切地叫著：「那日，那日。」

梅朵拉姆牽著七歲的諾布，帶著三隻大牧狗，沿著碉房山的小路，匆匆走下山去。他們先來到

西結古工作委員會的會部牛糞碉房的門前，敲出了白主任白瑪烏金和眼鏡李尼瑪，告訴他們，七個上阿媽的孩子打架打輸了，西結古草原的人已經把他們抓起來，準備明天一人砍掉一隻手，然後趕出西結古草原。

她說：「趕快啊，白主任，工作委員會得出面干涉了，要不然七個上阿媽的孩子就會一人丟掉一隻手，人是不能沒有手的，白主任。」

白主任說：「是啊，是啊，沒有了手，他們將來怎麼做一個自食其力的牧民。不過，這件事兒並不那麼簡單，如果我們出面干涉，七個孩子的手是不是就能保得住呢？更讓我擔心的是，一旦我們出了面，就說明我們是同情七個上阿媽的孩子的。這七個孩子值得同情嗎？當然值得，因爲一看他們破衣爛衫的樣子，就知道他們是貧苦牧民的後代。問題是西結古草原各部落和上阿媽草原各部落的仇恨是不共戴天的，如果我們恩怨不明，立場不穩，就會影響在整個青果阿媽草原孤立上阿媽草原各部落的策略。我聽過上級的傳達，上阿媽草原的部落頭人壞得很吶，過去都是投靠馬步芳的，送金子，送銀子，送勞役，送小妾，幫著馬步芳的騎兵團殺害西結古草原的藏民和藏獒，這樣的事情是不能饒恕的。我們工作委員會的主要任務是了解民情，聯絡上層，爭取民心，站穩腳跟，現在基本上做到了。萬一因爲這件事情，引起西結古草原的頭人和牧民對我們的反感，那不就前功盡棄了？」

梅朵拉姆跺著腳說：「可我們總不能見死不救吧？」

白主任說：「誰說見死不救了？我是說我們得有一個萬全之策，既要堅決制止事態的發展，又不能魯莽行事。」

梅朵拉姆問道：「有什麼萬全之策？」

白主任沉吟著說：「這事兒我來處理吧，妳趕快回去睡覺，都這麼晚了。」又對身邊的李尼瑪說，「你送送她，不要讓她再亂跑了，夜裏一個人出來，很不安全。」

回帳房的路上，梅朵拉姆一直皺著眉頭低著首。諾布走累了，趴在了白獅子嘎保森格身上。嘎保森格馱著他，不緊不慢地跟在梅朵拉姆身後。新獅子薩傑森格和鷹獅子瓊保森格警惕地望著四周，不時地吠叫一聲。

李尼瑪忍不住說：「妳以後不要這樣。」

梅朵拉姆沒好氣地說：「不要哪樣？」

李尼瑪說：「不要到處亂跑，也不要操心太多，妳是一個大夫，看好病就行了。」

梅朵拉姆說：「這是我分內的事兒，我作爲一個大夫，不能看著他們把人致殘而不管吧？」

李尼瑪說：「妳能有什麼辦法，西結古草原和上阿媽草原的矛盾是歷史造成的，很深很深，深得都說不清誰是誰非了。我告訴妳，部落戰爭是草原生活最基本的形態，草原的歷史就是部落之間互相打仗的歷史，沒有打仗就沒有部落，也沒有草原，砍手，砍腳，割耳，割鼻，甚至扒皮，殺頭，這種事兒多了，在過去根本就不算什麼。」

梅朵拉姆說：「可現在不是過去，現在就是現在，過去我沒來，現在我來了。」

李尼瑪吃驚地望著她說：「人家叫妳梅朵拉姆（**花朵一樣的仙女**），妳真的就有花朵綻放、女

神降臨的感覺啦？」

梅朵拉姆說：「你少挖苦人，回去吧，不需要你送。」

李尼瑪看到離尼瑪爺爺家的帳房已經不遠，便停下來目送她走了過去，然後轉身走了。

梅朵拉姆加快腳步，來到尼瑪爺爺家的帳房前，從白獅子嘎保森格身上抱起已經睡著的諾布，正要鑽進帳房，就聽不遠處有人騰騰地走來，說：「你們回來了？我去寺裏找你們，說你們已經離開了。」

是尼瑪爺爺的兒子班覺。三隻大牧狗爭相迎了過去。班覺過來，把半個身子探進帳房，拿出一個羊皮口袋，倒了一些風乾肉在大木盆裏，對三隻大牧狗說：「吃吧吃吧，都跑了大半夜了，吃了趕緊睡，天一亮還要跟著畜群出牧呢。」

班覺的老婆拉珍聽到動靜，趕緊從被窩裏鑽出來，要給梅朵拉姆和諾布燒奶茶，熱手抓。梅朵拉姆把諾布放到緊挨著自己的氈鋪上說：「別忙活了，睡吧，過一會兒妳就要起來做早飯了。」

拉珍不聽梅朵拉姆的，她只聽丈夫的話，丈夫說了：梅朵拉姆什麼時候回來，妳什麼時候把熱騰騰的奶茶和手抓端給她。

三隻大牧狗迅速吞咽了一些風乾肉，臥在門口很快睡著了。牠們比人更清楚，自己必須保持足夠的精力，只要天一亮，只要跟著羊群和牛群走向野獸出沒的草原，就一個盹兒也不能打了。

第九章　大黑獒的靈魂

照壁似的嘛呢石經牆前，傳來了巴俄秋珠的哭聲。這哭聲告訴別人：大黑獒那日死了。牠躺在地上紋絲不動，頭撞開了一個口子，鼻樑撞斷了，原來就有傷的左眼再次迸裂，血流了一頭一地。這樣一副情狀，誰看了都會唏噓不已。有個牧人唏噓完了，又朝巴俄秋珠厲聲呵斥道：「哭什麼？你要害了那日嗎？你一哭，那日的靈魂就會留在你的哭聲裏，就不能飛到遠遠的地方去轉世了。」

巴俄秋珠趕緊止住了哭聲，呆愣了一會兒，覺得後面有動靜，回頭一看，發現牧人們已經走了，和自己一起奔波了大半夜的六個孩子也準備帶著所有的領地狗和寺院狗離開。他知道這是對的，自己也必須和他們一起走。這裏現在需要安靜，需要驅散活人和活狗的氣息，讓大黑獒那日的靈魂儘快擺脫塵世的羈絆，在經聲梵語的烘托下，乘著嫋嫋的桑煙飛升而去。

寺院裏的桑煙、大經堂裏的酥油燈、護法神殿裏的火焰塔都是徹夜不熄的。守夜的喇嘛經聲不斷，金剛鈴清脆的聲音如同空谷滴水。風把殿頂的寶幢和法輪拍得嗡嗡響。經幡悄悄地擺動著，彷彿那些美麗的經文排著無盡無止的隊伍，腳步沙沙地走上了天路，走到佛的耳朵裏去了。

比夜色還要沉黑的嘛呢石經牆的暗影下，大黑獒那日靜靜地躺著，死了。人們沒有去把藏醫尕宇陀喊來治療，就證明牠已經死了。

然而父親卻認爲牠還活著。他不懂這裏的規矩，覺得人們沒有把牠拋出寺院挖坑埋掉或者餵老鷹，就證明牠還沒有死。他心說這些人真是不像話，人家都傷成這個樣子了，他們說走就走了。尤其是光脊梁的巴俄秋珠，只知道利用大黑獒那日打仗，只知道喊什麼「那日那日上」，或者「獒多吉獒多吉」，那日一倒下他就不管了，就權當牠死了，這就好比一個沒有良心的將軍，把不能戰鬥的戰士都看成了死人。大黑獒那日是怎麼傷的？還不是他逼的。

父親打開門，悄悄地走過去，蹲在大黑獒那日身邊仔細看著。

父親什麼也沒有看到，夜色是黑的，獒毛是黑的，血跡也是黑的。他只是在心裏看到了，大黑獒那日傷得很重，需要馬上急救。怎麼急救？他不是大夫，既沒有藥物也不懂技術，只知道嘴對嘴地呼吸就是急救。他展展地趴在了地上，用自己的嘴對準了耷拉在地上的大黑獒那日的嘴，使勁地吸一口，又狠狠地呼出去。

不知道這樣到底有沒有效果，反正他心裏覺得是有效果的，大黑獒那日就要好起來了。嘴對嘴呼吸了差不多二十分鐘，父親站了起來，回到僧舍裏，端來了酥油燈。他想知道大黑獒那日的新傷口在哪裏，是不是還在流血，如果流血不止，就應該先把血口子紮住，再去把藏醫尕宇陀叫來。

酥油燈往地上一放，父親就看到了血。血其實已經不流了，但他看到的卻是流，燈光一閃，不流的血就流起來了。他說：「哎喲媽呀，就像泉眼子一樣往外冒呢。」他趕緊包紮，手頭沒有紗布，就只好撕扯自己的衣服。他撕下了半個前襟和一隻袖子，把大黑獒那日的頭嚴嚴實實包了起來。

包紮完了，父親坐在地上愣愣地想：這大黑獒那日真是了不起，巴俄秋珠讓牠咬岡日森格，牠偏不咬，牠說，你讓我咬，我就死給你看，於是牠就英勇地撞到了嘛呢石經牆上。嘛呢石經牆是什麼牆？是祈福的牆，保平安的牆，再硬也是軟的，大黑獒那日怎麼會撞死呢？

藏扎西說了，藏獒的命有七條，也就是說，牠死七次才能真正死掉，現在才死了幾次？最多兩次。牠不會死，牠就是撞傷了。傷不怕，人和狗都是吃什麼補什麼的，牠傷在頭上，明天就讓藏扎西找一個羊頭或者牛頭來，牠吃了羊頭牛頭，就什麼都能長好了。再說，寺院裏還有藏醫尕宇陀，醫尕宇陀就是藏族的華佗，「妙手回春」這個詞，說的就是他們兩個。

父親亂七八糟想著的時候，有一雙眼睛在黑暗中看著他。這雙眼睛屬於那個專門給領地狗拋散食物的老喇嘛頓嘎。

老喇嘛頓嘎其實早就來了，躲在嘛呢石經牆後面於心不忍地偷看著就要靈肉分家的大黑獒那日，但他沒有看到那日的靈魂升天，卻看到了父親的一舉一動。他感動得老淚縱橫，又覺得父親這個時候不該出現在這裏，就忍不住從嘛呢石經牆後面走出來，給父親小聲說著什麼，又比畫著什麼。意思是你趕快離開這裏，靈魂升天是需要安靜的，再也不要嘴對嘴地呼吸了，你會把大黑獒那日的靈魂吸走的，你吸走了大黑獒的靈魂，下一輩子你就是一隻大黑獒。

依照父親的性格，他要是完全聽懂了老喇嘛頓嘎的話，就一定會說：「做個大黑獒有什麼不好？勇敢善戰，視死如歸，忠誠可靠，義重如山，是狗中的義士，動物裏的君子。」可惜他沒有完全聽懂，只搞明白了一點，那就是讓他趕快離開這裏。

父親站起來說：「好啊，我馬上就走。你幫幫我，把那日抬到僧舍裏去，臥在這裏露水會打濕傷口的。」說著，就要抱住大黑獒那日的頭。老喇嘛頓嘎一聲驚叫，死死地按住了他的手。

父親愣了一下，沒來得及搞明白頓嘎的意思，頓嘎又是一聲驚叫。這一聲驚叫比前一聲驚叫還要驚人，因為頓嘎突然聽到了大黑獒那日的聲音。

大黑獒那日呻喚著，聲氣小小的，小小的，差不多就跟空氣的流動一樣小，但老喇嘛頓嘎敏感地捕捉到了。他驚喜地說：「那日活了。」說罷，就噗通一聲跪在了父親面前，咚咚咚地磕起頭來，「覺阿漢扎西，覺阿漢扎西。」意思是稱讚漢扎西是個佛。

在他看來，大黑獒那日原本是死了的，是父親救活了牠。父親幾天前救活了前世是阿尼瑪卿雪山獅子的岡日森格，現在又救活了大黑獒那日，如果不是佛爺轉世，怎麼能夠創造讓死掉的生命活過來的奇蹟呢？

可是父親並不清楚老喇嘛頓嘎的想法，他四下裏看了看說：「你給誰磕頭呢？」說著趕緊和老喇嘛並排跪下，也磕起了頭。他以為面前的黑暗裏一定出現了一個老喇嘛頓嘎看得見他卻看不見的神或者鬼，所以頓嘎才顯得如此緊張如此恭敬。

頓嘎膝蓋一轉，再次對著父親磕了一個頭。父親這才有一點明白，趕緊拉他起來問道：「怎麼了，怎麼了，我怎麼了？」

這天晚上，天快要亮的時候，父親和老喇嘛頓嘎把大黑獒那日抬進了僧舍。父親蹲在大黑獒那日身邊對老喇嘛頓嘎說：「快去啊，你把藏醫尕宇陀叫來。」

頓嘎聽到父親的漢話裏有「尕宇陀」這個藏話的詞兒，轉身就走。

這時一直注視著父親的岡日森格走了過來，用牙齒拽了拽父親的衣服，來到了門口，看父親並沒有跟牠走的意思，就又回來拽了拽父親的頭髮。父親被拽疼了，喊道：「你怎麼咬我？」岡日森格搖著尾巴再次走向了門口。

這次父親明白了，憂鬱地說：「我知道你的心思，你要去找七個上阿媽的孩子，阻止西結古人砍掉他們的手是不是？可是我們去哪裏找他們呢？找到了又能怎麼樣，西結古人會聽我們的？」說完了突然意識到，找到七個上阿媽的孩子也許並不難，因爲有岡日森格，阻止西結古人砍手也不是沒有希望，把自己和岡日森格的命搭上，西結古人難道還會無動於衷？父親想著，倏地站了起來。

父親就是這樣一個人，他有時候會有一些大膽的想法，一有想法就會馬上行動起來。而無論怎樣冒險的行動放在父親身上，都不會有那種瞻前顧後的沉重。他總是一往無前的。這就跟岡日森格一樣，岡日森格衝鋒陷陣的時候，決不會想到逢危當棄啦，遇險自保啦，硬弓弦先斷啦，鋼刀口易傷啦等等這些了不起的人生哲學。

父親後來說：「我前世肯定是一隻藏獒，要不然我怎麼那麼喜歡狗，尤其是藏獒，狗想做的我都想做。我和狗是互相欣賞的，我覺得狗有人性，狗覺得我有狗性。到底狗性偉大，還是人性偉大，我看一樣偉大。」

父親和岡日森格出發了，把大黑獒那日託付給了匆匆趕來的藏醫尕宇陀和老喇嘛頓嘎。

岡日森格的傷還沒有很俐索，只能慢慢走，等父親跟著牠穿過十幾條窄窄的巷道，曲裏拐彎地

走到西結古寺最高處的密宗札倉明王殿的時候，天已經亮了。

天是從遠方亮起來的，遠方是雪山。雪山承接著最初的曙色，也用自己的冰白之光播散著大地最初的黎明。父親和岡日森格都停下來，翹首望著越來越明亮的雪山，深深呼吸著草原夏天涼爽的雪山氣息。再次開路的時候，岡日森格領著父親來到了明王殿後面山坡上能看到降閻魔洞的地方。

洞前的懸崖平臺上，站著十幾個人。父親和岡日森格只認識其中的鐵棒喇嘛藏扎西。藏扎西守在洞門口，正在和別人說著什麼。氣氛有點不祥，岡日森格感覺到了，輕聲而費力地叫起來。父親搶到岡日森格前面，快快地走了過去。

藏扎西一見父親，就大聲用漢話問道：「漢扎西，你來這裏幹什麼？」

父親說：「你不用問我，你看看我身後的雪山獅子岡日森格，就知道我們是來幹什麼的。」

岡日森格停下了，這是個岔路口，牠憑著靈敏的嗅覺已經知道自己的主人七個上阿媽的孩子雖然來過這裏，但現在並不在這裏。可是父親不知道。父親走上平臺問道：「你把那七個孩子弄到哪裏去了？」說著就要推開降閻魔洞的門進去。

藏扎西把鐵棒一橫說：「降閻魔洞裏除了降閻魔尊和十八尊護法地獄主，再就是大五色曼荼羅和守洞的喇嘛了，你要找的人不在這裏。」

這時，一個戴著高筒沿帽，裹著獐皮藏袍，穿著牛鼻靴，脖子上掛著一串紅色大瑪瑙的中年人用漢話說：「你就是漢扎西？聽說你救了雪山獅子的命，草原上的人都說你是個遠來的漢菩薩，是來給西結古草原謀幸福的。」

父親審視著中年人說：「請問大叔你是誰？」

中年人說：「我是野驢河部落的頭人索朗旺堆老爺家的管家齊美，我們老爺說了，在上阿媽的仇家殺傷殺死的人中，我們野驢河部落的最多，砍掉仇家手的應該是我們。我剛才已經去護法神殿向吉祥天母請示過啦，吉祥天母把她的批准灑到了天上，灑成了一串清脆悅耳的金剛鈴聲。可是鐵棒喇嘛不相信我的話，他說空中的金剛鈴聲是吉祥天母送給所有人的祝福，硬是不讓我把七個上阿媽的仇家帶走。」

父親說：「你先別爭這個，先應該找到七個上阿媽的孩子，他們現在在哪裏？」

齊美管家說：「他們讓鐵棒喇嘛藏起來了。」

鐵棒喇嘛藏扎西說：「天已經亮了，太陽就要照到寺院裏來了，光明的山上沒有罪惡的陰影，七個孩子又不是七隻螞蟻，我能藏到哪裏去？上阿媽的仇家是讓別人搶走的，這時候說不定已經砍了手，正在返回上阿媽草原的路上。」

齊美管家不客氣地說：「我不相信，誰能從你鐵棒喇嘛手裏搶走人呢，你還是閃開，讓我們進到降閻魔洞裏搜一搜。」

藏扎西歎了一口氣，身子一側，把手中的鐵棒收進了懷裏。齊美管家忽地一聲趴下，朝著洞門磕了一個等身長頭，跳起來推開門走了進去。父親趕緊照著他的樣子也磕了一個長頭，起身就要跟進去，卻被藏扎西一把拽住了。

藏扎西小聲道：「你們西工委的白主任白瑪烏金怎麼沒有來啊？頭人的耳朵裏現在只有西工委

的話才是有分量的。」

父親說：「他沒來我來了，我就是來阻止你們胡亂砍手的。」

藏扎西搖了搖頭，望著降閻魔洞下面通向草原的小路上走走停停的岡日森格，神情黯然地說：「你走吧，跟著雪山獅子一直走，你就能找到七個上阿媽的孩子了。」

父親說：「他們真的走了？」藏扎西一言不發。

七個上阿媽的仇家開始是被鐵棒喇嘛藏扎西和幾個牧人帶到降閻魔洞裏關起來的。這些牧人來自好幾個部落，好幾個部落的人都想由本部落來執行這次砍手的刑罰，因爲幾乎所有西結古草原的部落都有人死在上阿媽人的手裏。

鐵棒喇嘛藏扎西說：「這七個上阿媽的仇家是在寺院裏抓住的，按照規矩，應該由我來決定把他們交給哪個部落，但明擺著，我的決定會引起大家的爭執，所以我打算把決定權交給草原威嚴的護法。你們現在趕快回去，請你們的頭人或者管家去護法神殿向吉祥天母上香請求，吉祥天母批准哪個部落成爲復仇的先鋒，哪個部落才能把人帶走。」

牧人們很快離去了。幾分鐘後，鐵棒喇嘛藏扎西打開了降閻魔洞的門，急促而緊張地說：「快跑啊，你們給我快跑，趕緊回到該死的上阿媽草原去，再也不要來西結古草原搗亂了。」七個上阿媽的孩子一擁而出。

但是現在，藏扎西有點後悔了，後悔自己放跑了七個上阿媽的仇家。他知道西結古草原的部落頭人們是不會原諒他這種背叛行為的，因為草原的鐵律之一，便是懲戒仇家和叛徒，他作為一個草原法律的執行者，放跑仇家就意味著執法犯法。如果工作委員會不出面為他開脫，他就會受到叛徒應該受到的懲罰，輕則被西結古寺逐出寺門，永世取消他做喇嘛的資格，重則砍掉他的手，而且是雙手，讓他一輩子失去生活的能力。

草原像夢裏的波浪，柔柔地漂動著，無極地漂動著。岡日森格帶著父親來到了和雪山一樣清涼的早晨的陽光裏。陽光就像雪粉，結成透明的晶體曼舞在藍綠色的空氣裏，這樣的空氣是令生命歡欣鼓舞的。可父親和岡日森格一點也歡欣不起來，夜晚的折騰已經使他們筋疲力盡。

尤其是岡日森格，牠不得不臥下來休息一會兒再走，牠很累，也很痛苦，未癒的傷口和見不到主人的痛苦，使牠一路走來一路哭，嗚嗚嗚的。父親也止不住潸然淚下了。

但不管岡日森格怎樣苦累不堪，牠追尋主人的意念始終不變。牠堅定地走著，開始是向著東邊的雪山，後來是向著南邊的雪山，最後又改變方向朝著西邊的雪山。父親奇怪了，繞了一大圈，七個上阿媽的孩子怎麼又回去了？是不是岡日森格的嗅覺出了錯，把過去的味道當成了主人今天走過的路線？

就在父親滿腹狐疑的時候，岡日森格突然變得狂躁不安起來，想吠又吠不出足夠大的聲音，只好一再地齜著牙，連牙根都齜出來了。牠伸長脖子往前走，拼命想加快腳步，但實際上，牠是越走越慢，幾乎是原地踏步了。

父親說：「歇會兒吧，你走不動了。」說著一屁股坐在地上，拍著岡日森格要牠臥下。

岡日森格沒有臥下，朝前低低地吼了一聲。與此同時，父親聽到了一陣馬蹄的驟響，抬頭一看，熱陽氾濫的地平線上已是騎影飛馳了。

騎影從右前方的大草窪裏翻上來，正要穿過左前方的一座大草岡。平滑的草岡之上，一溜兒騎影就像天刀剪出來的，剪出來了七個馬影，剪出來了十四個人影。也就是說，每一匹馬上騎著兩個人，一個大人，一個小人。岡日森格鼻子聞著，眼睛望著，比父親先搞懂了剪影的意思：牠的主人七個上阿媽的孩子被騎手們抓起來了。

第十章　行刑台上

是牧馬鶴部落的軍事首領強盜嘉瑪措帶著騎手，把七個上阿媽的仇家抓回來的。

牧馬鶴部落的頭人大格列一聽說鐵棒喇嘛藏扎西規定各個部落的頭人或者管家必須去護法神殿向吉祥天母上香請求，吉祥天母批准哪個部落行刑，哪個部落才能把人帶走，就知道藏扎西肯定要給這七個上阿媽的仇家放行了。

道理很簡單：如果藏扎西真心要讓西結古人的復仇得逞，把七個孩子分開，讓各個部落都有行刑的機會不就可以了，何必要去打攪吉祥天母呢？大護法吉祥天母是仁慈和寬愛的，如果不能證明七個上阿媽的孩子是仇家草原派來的魔鬼，她怎麼會允許西結古人去砍掉他們的手呢？儘管它是仇家的手。

當然，即使得不到吉祥天母的明示，部落也可以跟保護部落的山神和戰神商量，儘量使砍手變得名正言順。但現在需要面對的並不是名不正言不順，而是即使得到了神靈的批准，你也會無手可砍，因爲時間正在過去，再不抓緊，七個上阿媽的仇家恐怕就會逃離西結古草原了。

牧馬鶴部落聰明的頭人大格列一邊派人去礱寶雪山祭告部落的黑頸鶴山神，去礱寶澤草原祭告部落的黑頸鶴戰神，一邊派強盜嘉瑪措帶領騎手前去攔截七個上阿媽的仇家。

消息很快傳遍了草原：七個上阿媽的仇家被鐵棒喇嘛藏扎西放跑了。

消息再次傳遍了草原：在礱寶山神和礱寶澤戰神的幫助下，牧馬鶴部落的強盜嘉瑪措一個不落

地抓到了七個上阿媽的仇家。

還有一個消息傳得更快：砍手的刑罰將在碉房山下野驢河邊執行。

能來的牧民都來了，尤其是牧馬鶴部落的人。

牧馬鶴部落的駐牧地在礱寶雪山下的礱寶澤草原，他們之所以紛紛攘攘來到碉房山下執行刑罰，是因爲碉房山是所有部落的碉房山。大約在一百多年前，爲了抵禦包括上阿媽草原的騎手在內的入侵者和保衛神聖的西結古寺以及更加神聖的佛法僧三寶，也爲了部落頭人及其家眷的安全，所有部落的頭人都以部落的名義在這裏建起了碉房。從此便有了慣例，只要是與抵抗外敵有關的活動——行賞、懲罰、祭祀、出征等等，無論是哪個部落，就都在碉房山下舉行。

碉房山下的行刑台前突然熱鬧起來。人多狗也多，小狗們追逐嬉鬧，情狗們碰鼻子舔毛，熟狗們彼此問好，生狗們互相致意。

和別處的狗不一樣，這裏的狗不管是生狗還是熟狗，都不會橫眉冷對甚至打起來，因爲氣味會告訴對方：我們都屬於西結古草原。對藏狗，尤其是藏獒來說，西結古草原有一種特殊的氣息，絕對和外面的草原不一樣，這一點連父親也感覺到了。父親後來說：這裏是獒高原，這裏連空氣也是獒臊味的，是那種你熟悉了就覺得很好聞的鹹鹹的獒臊味，差不多就跟大海裏散發著的魚蝦的鹹腥味一樣。

父親和岡日森格艱難趲行到碉房山下，遠遠望見行刑台時，砍手的刑罰快要開始了。

行刑台是用石頭壘起來的，上面立著一溜兒原木的支架，支架上吊著一排鐵環和一些繩索，一看就知道那是綁人吊人的。支架的前後都是厚重的木案，既能躺人，也能坐人和砍人。七個上阿媽的孩子已經被七個彪形大漢拽到了臺上，兩個戴著獒頭面具的操刀手威武地立著，把砍手的骷髏刀緊緊抱在懷裏，讓他們的胸懷在正午的陽光下閃出一片耀眼的銀雪之光。

七個牧馬鶴部落的紅帽咒師，一人拿著一把金燦燦的除逆戟槊，高聲誦讀著什麼；另外七個黑帽神漢一人拿著一面人頭鼓，緩慢而沉重地敲著；還有七個黃帽女巫揮舞斷魔錫杖，環繞著行刑台邊唱邊走。

父親停下了，岡日森格也停下了，遠遠地望著，都意識到他們不能就這樣走上前去。人群可以穿過，狗群呢？西結古草原的藏狗，尤其是藏獒，會把上阿媽草原的獅頭公獒岡日森格撕得粉碎，然後讓老鷹和禿鷲一滴不剩地吃掉。人和狗都愣怔著，不知道怎麼辦好。

岡日森格吃力地翹起了頭，神情哀哀地看著行刑臺上的七個上阿媽的孩子，意識到自己已經無能為力，便四肢一軟，噗通一聲倒在了地上。父親俯身抱住了牠，看著牠淚汪汪的眼睛說：「你是不是不行了？你別這樣，咱們再想想辦法。」

他求援似的四下裏看了看，看到不遠處有一頂帳房，帳房前的草地上鋪著幾張曬得半乾的牛皮，幾隻百靈鳥在牛皮上啁啁啾啾地啄食。他琢磨了一下，突然就又是高興又是憂慮地說：「現在就看你的了，岡日森格，只要你能走得動，我們說不定就能走過去。」

岡日森格的理解能力讓父親吃驚，他把一張大牛皮拉過來，示範似的剛一披到自己身上，岡日森格立刻就搖晃著身子站了起來。父親把牛皮從自己身上取下來，嚴嚴實實蓋住了岡日森格，只給

牠的眼睛留出了一條縫。

父親說：「你行嗎？」岡日森格用行動告訴父親：「行。」他們開始往前走，父親在前，牠在後，牠低頭盯著父親的腳後跟，慢慢地走著。乍一看，尤其是讓狗們乍一看，那黑色的皮毛絕對是一頭牛的移動。

狗們有點奇怪：怎麼這牛身上還混雜著異地狗的味道？是不是被外來的狗咬傷了？不，不是咬傷了，而是咬掉了頭，這個沒有頭的牛怎麼還能走路呢？

謝天謝地，岡日森格一直走著。牠沒有倒下，牠本來是要倒下的，孱弱的身體讓牠覺得連自己那一身濃密的黃毛都成了累贅，怎麼還能披得動一張沉甸甸的牛皮呢？但是牠堅持住了，硬是沒有倒下，前面需要救命的主人七個上阿媽的孩子讓牠奇蹟般地不僅一直立著，而且一直走著。

牠跟著父親安全穿過了包括許多聰明的藏獒在內的狗群，也安全穿過了更加聰明的人群。人當然能看明白那不是一頭牛而是一隻狗，但他們不明白狗爲什麼要披著牛皮走路，還以爲砍掉仇家手的慶典需要這樣一個環節、這樣一種裝扮。

行刑台越來越近了，最危險的時刻也就來臨了。不知爲什麼，幾隻碩大的藏獒從領地狗群中分離了出來，正好橫擋在他們前去的路上，其中就有白晃晃的獒王虎頭雪獒。父親抖了一下，岡日森格也抖了一下，一前一後行走的速度明顯地慢了。好在披著牛皮的岡日森格沒有在顫抖中倒下，牠用出乎自己意料的堅韌依然如故地緩緩移動著，就像所有受到狗保護的牛一樣，朝著攔路的藏獒毫無顧忌地走了過去。

獒王虎頭雪獒認出了父親，他就是昨天晚上把岡日森格救進僧舍的那個外來人。這個人是可惡的，但又是了不起的。從大黑獒那日對他的態度中，獒王已經知道自己不能撕咬這個人，這個人沒有報復曾經咬死過他的馬、咬傷過他本人的大黑獒那日，反而贏得了對方的心，可見這個人天生就是藏獒的理想主人。

牠看到這個藏獒的理想主人，突然衝牠笑了笑，接著就唱起來，跳起來，又是揮手，又是踢腿。獒王虎頭雪獒好奇地看著，牠身邊的大黑獒果日和灰色老公獒以及另外幾隻藏獒，比牠還要好奇地看著。父親越唱越瘋，越跳越狂了。

就這樣，在可怕的攔路藏獒忘乎所以的好奇中，在父親手舞足蹈的表演中，岡日森格靠近了牠們，牠披著牛皮緩慢而緊張地靠近了牠們。獒王虎頭雪獒和所有的藏獒都沒有在乎牠，因為牛是牠們時時刻刻都能看到的東西，乏味了，多看一眼都不想了。

牠們的眼睛朝上瞅著，上面是父親高高舉起的手，手在舞動，在變著花樣舞動，最後甚至舞起了衣服，忽忽地響，嘩嘩地響，自始至終吸引著牠們的眼球。等那個人、那雙手不再舞動的時候，岡日森格已經從牠們身邊走過去了，距離迅速拉大，威脅正在消除，獒王和牠的夥伴已經不可能看清那是移動的牛皮，而不是真正的牛了。

父親和岡日森格終於走到了行刑台下。這兒沒有狗只有人，這兒的人沉浸在砍手的莊嚴裏，臉上沒有表情，哪怕是一絲驚訝的表情。父親掀掉了岡日森格的牛皮，雙手托著牠的肚子，連推帶抱地讓牠登上了行刑台。

獒王虎頭雪獒遠遠地看著，愣了。所有剛才注意過那頭牛的藏獒以及小嘍囉藏狗都愣了，接著就是一片吠聲。

獒王沒有吠，牠回憶著剛才父親和岡日森格通過的情形，一絲隱憂像饑餓的感覺在身心各處嫋嫋升起。牠並不認爲這是人的鬼主意，牠覺得岡日森格居然能夠在牠的眼皮底下蒙混過關，完全是靠了一隻優秀藏獒不凡的素質和稟性——超常的機靈和超常的膽略。

牠喜歡這樣的藏獒，同時又警惕著這樣的藏獒。如果這樣的藏獒屬於自己終身廝守的這片草原，那就是一員殺伐野獸、保護人類及其財產的幹將；如果牠來自一片敵對的草原，那就壞了，那肯定就是一種不能讓西結古草原平安寧靜的強大威脅，一定要毫不客氣地趕走牠。

不，不能趕走牠，應該咬死牠，必須咬死牠。獒王虎頭雪獒恨恨地想著，多少有點失態地從嗓子眼裏呼出了幾口粗重的悶氣。

一上行刑台，岡日森格就逕直走向七個上阿媽的孩子，確切地說，是走向那個臉上有刀疤的孩子。

「岡日森格？」孩子們異口同聲地喊起來。

岡日森格朝孩子們搖了搖尾巴，瞪起眼睛望著那些死拽著主人的彪形大漢。但是牠沒有發出叫聲，甚至也沒有齜出虎牙來嚇唬嚇唬他們。牠知道現在不是對抗的時候，一個莊嚴肅穆的儀式就要舉行，一個不是狗（**哪怕牠是氣高膽壯的藏獒**）所能抗拒的人的整體意志正在出現；更知道牠自己現在的狀況——牠正在傷痛之中，已經沒有對抗任何敵手的能力了。牠唯一能做的，就是找到自己

的主人，然後和他們一起接受被人宰割的命運。

牠臥在刀疤身邊，和主人一樣面對著用來砍手的木案和兩個戴著犛頭面具的操刀手。

父親跟在岡日森格後面，走向了七個上阿媽的孩子，笑著問道：「你們叫牠岡日森格，我也叫牠岡日森格，岡日森格是什麼意思？」

大腦門的孩子用下巴蹭著彪形大漢揪住自己肩膀的手，使勁側過頭來，看了看刀疤說：「雪山獅子。」

父親問道：「岡日森格就是雪山獅子？你們怎麼知道？」

大腦門一臉懵懂，不知道父親爲什麼這樣問。

父親大聲說：「我告訴你們吧，西結古寺的丹增活佛說了，岡日森格是阿尼瑪卿雪山獅子的轉世，牠前世保護過所有在雪山上修行的僧人，牠是一隻多情多義的神狗，誰也不能欺負牠。你們現在把我的話重複一遍，用藏話重複，大聲重複，讓這裏的人都聽到。」

刀疤問大腦門：「他在說什麼？」

大腦門把父親的話告訴了他，跟岡日森格一樣機靈的刀疤立刻明白了父親的意思，幾乎是喊著用藏話說起來。

然後，父親若無其事地走向了一個戴著犛頭面具的操刀手，蹺起大拇指笑著說：「你的刀真漂亮，我從來沒見過裝飾得這麼華麗的刀。」

操刀手看父親一身漢裝，知道是西結古工作委員會的人，也從面具後面笑了笑。

父親感覺到他是友好的，也不管他能不能聽懂自己的話，就把手伸了過去：「能看看你的刀嗎？」

操刀手搞不懂父親要幹什麼，不知所措地搖了搖頭。父親乾脆把手伸向他的懷抱，抓住了骷髏刀的刀柄。操刀手猶豫了一下，居然鬆開了手。父親拿過刀來，在正午陽光的照耀下，從刀柄一直欣賞到刀尖。

行刑台下響起了一陣喧嘩。狗們叫起來。父親抬起頭，看到七個紅帽咒師正在把金燦燦的除逆戟槊舉起來，七個黑帽神漢正在把斑斑斕斕的人頭鼓舉起來，七個黃帽女巫正在把環佩叮噹的斷魔錫杖舉起來，三七二十一個部落靈異者在舉起法器的同時，都把頭扭向了一條人群自動讓開的通道。

通道上走來一群衣著華貴的人，兩邊的牧人都靜靜地彎下了腰，個個都是畢恭畢敬的樣子，甚至連狗也知道肅靜，再也不叫了，哪怕是歡快的吠叫。

父親望著他們，發現早晨見過的齊美管家也混雜在裏頭，便知道這是些什麼身份的人了。但是他仍然沒有想到，西結古草原所有部落的頭人和管家都來了，包括前面提到的野驢河部落的頭人索朗旺堆和牧馬鶴部落的頭人大格列。

頭人和管家們迅速走來，停留在行刑台下一片專門爲他們留出來的空地上。這就是說，儀式的主人大格列和被邀請的各個部落的貴客都已經到了，行刑馬上就要開始。操刀手朝著父親禮貌地彎了彎腰，意思是說：「還我的刀來。」父親冷冷地笑著，突然朝後一跳，衝過去一把揪住了岡日森格綿長的鬣毛。岡日森格嚇了一跳，側頭不安地望著父親。

父親扯開嗓門喊起來：「聽著，聽著，底下的人都聽著。今天你們大家都來了，你們來這裏幹什麼？是來看砍手的，還是來看我和岡日森格的？我今天不活了，岡日森格也不活了，我們今天豁出去了。」

行刑台下一片騷動。吠聲再次響起。大部分人沒有聽懂父親的話，只是覺得父親的形象十分可怕：一手舉著閃閃發光的骷髏刀，一手拽著絲毫不做反抗的岡日森格，面孔猙獰，聲嘶力竭，差不多就是個鎮壓邪祟的大威德布威金剛了。

父親等狗叫停止了又喊道：「岡日森格是什麼狗？我不說你們也知道，牠是雪山獅子，是來自阿尼瑪卿雪山的神，牠前世保護過所有在雪山上修行的僧人，現在又來保護西結古草原了，你們不會不管牠的死活吧？至於我，我是什麼人，你們不知道是不是？西結古寺的丹增活佛說了，我是個吉祥的漢人，所有的喇嘛都要像對待自己一樣對待我，因為是我把雪山獅子的化身帶到西結古草原來的。我告訴你們，我是狗的朋友，是狗的恩人，我救了岡日森格的命，還救了大黑獒那日的命，草原上的人都說我是遠來的漢菩薩，是來給西結古草原謀幸福的。我現在鄭重宣佈，你們誰要是砍了這七個孩子的手，我就砍死岡日森格，然後再去西結古寺砍死大黑獒那日，最後砍死我這個漢菩薩。」

父親喊叫著，拉著岡日森格過去，把碩大的獒頭摁在了木案上。岡日森格聽到父親叫了好幾聲自己的名字，便知道父親的用意了，順從地一動不動，只是用眨巴的眼睛問著父親：你真的想砍了

我嗎？

行刑台下，狗群吆喝著朝前湧過來。牠們看著父親舉刀摁頭的樣子，以爲父親真要殺了岡日森格，便助威似的吠叫起來。只有獒王虎頭雪獒一聲不吭。牠側耳聽著父親的話，研究著父親的表情，雖然沒有聽懂，也沒有研究明白，但卻準確地得出了一個結論：這個一直都在充當藏獒的保護者的漢人，是不可能殺死岡日森格的，所有的人，包括西結古草原的人，都不可能殺了這隻外來的雪山獅子，要殺了牠的，只能是西結古草原的藏獒，確切地說，是牠——西結古草原的獒王虎頭雪獒。

獒王隨著狗群朝前跑去，快到行刑台時牠停下了。牠用聲音和眼色阻止了領地狗的湧動，然後就靜靜地觀察著臺上的一切，也觀察著機會的出現。沒有，沒有，沒有機會。牠不停地遺憾著，知道在這種人聲嘈雜狗影氾濫的地方，自己很難實現殺死岡日森格的計劃，甚至連咬牠一口，吠牠一聲的機會也沒有。

牠有點沮喪地後退了幾步，突然不滿起來：岡日森格是一個來犯者，牠的主人是上阿媽的仇家，怎麼不見西結古草原的人跳到臺上對牠表示一下自己的憤怒呢？難道他們也像大黑獒那日一樣，喜歡上了這隻漂亮英俊的獅頭公獒？不，這是不允許的，老天不允許，祖先不允許，我們藏獒堅決不允許。咬死牠，咬死牠，儘快咬死牠。獒王虎頭雪獒越想越覺得自己必須親自咬死牠。

而在人群裏，懂漢話的齊美管家一遍遍地把父親的話翻譯給一些聽不懂漢話的頭人和管家們聽。野驢河部落的頭人索朗旺堆說：「我也聽說丹增活佛說過這樣的話，丹增活佛沒看錯人吧？」

牧馬鶴部落的頭人大格列說：「我佩服不怕死的漢人，更佩服能夠救活藏獒性命的漢人。但是他不該保護七個上阿媽的仇家，他一保護他們，就不是我們西結古草原的漢菩薩，而是上阿媽草原的漢菩薩了。」

父親揮著骷髏刀繼續喊叫著：「你們誰是管事兒的？快過來呀，把這七個孩子放了，要不然我就要砍了，真的砍了。」

父親的這種舉動，在以後的人看來完全像個「二杆子」，卻的確起到了延緩乃至阻攔砍手事件發生的作用，沒有人不認真對待。

組織這次砍手儀式的牧馬鶴部落的強盜嘉瑪措，拽著野驢河部落的齊美管家，跑上了行刑台。齊美管家喊道：「漢菩薩，漢菩薩，你不要這樣，你不知道原因，上阿媽草原的人欠了我們的血，欠了我們的命。」

只會說一點點漢話的強盜嘉瑪措一下一下地揚著手說：「遠遠的原因，多多地欠了。」

齊美管家說：「對，他們欠了我們許許多多的人命和藏獒的命，就是砍了這七個仇家的頭，也是還不完的。」

父親說：「誰欠了你們的命你們找誰去，你們的命不是這七個孩子欠的。」

齊美管家把父親的話翻譯給嘉瑪措聽，作爲牧馬鶴部落軍事首領的強盜嘉瑪措一臉慍色，紅堂堂的就像染了顏色，嗚哩哇啦地說著什麼。

齊美管家說：「部落欠的命，部落的所有人都有份；上阿媽欠的命，上阿媽的所有人都要還，

這是草原的規矩。」

父親說：「不要給我說這些，我不聽。我漢菩薩有漢菩薩的規矩，放人，趕快放人，不放我就砍了。」

強盜嘉瑪措意識到說得再多也沒用，便朝著失去了刀的操刀手一陣訓斥。父親聽不明白，但他覺得應該是這樣的：「廢物，怎麼搞的，連自己的骷髏刀都拿不住，部落養你這樣的操刀手有什麼用？還不趕快搶過來。」

戴著獒頭面具的操刀手撲向了父親手中的骷髏刀。父親把刀高高舉起，大吼一聲：「你別過來，你過來我就砍了，先砍死岡日森格，再砍死我。」

操刀手一愣，還要往前撲。父親說：「哎喲媽呀，他跟我一樣不要命。」說著一刀砍了下去。一片驚叫。在別人看來，他砍在了岡日森格的頭上，只有他自己和岡日森格知道，他砍在了自己摁著岡日森格的左手上。

岡日森格不禁顫抖了一下，牠很痛，牠是一隻和人類心心相印的出色藏獒，牠立刻感覺到了周身的疼痛，好像父親的身子就是牠的身子，父親的神經就是牠的神經，當傷口在父親手上產生疼痛感覺的時候，真正受到折磨的卻是牠。岡日森格嗚嗚地叫著，這是哭聲，是牠從人類那裏學來的發自肺腑的哭聲。

操刀手一看這陣勢，嚇壞了，望著強盜嘉瑪措朝後退去。強盜嘉瑪措朝操刀手不屑地揮了揮手，擺開架勢準備親自撲上去奪刀。齊美管家一把拽住了他：「你可不要逼這個漢人，逼出了人命或者藏獒的命，誰擔待得起？」

流血了。父親揚起流血的手，揮舞著說：「看啊，看啊，流血了，這是漢菩薩的血，流在西結古草原上了。」

血花飛濺而去，誰也不知道落在了哪裏，只有一滴是知道的，牠落在了行刑台下一個姑娘的臉上。這姑娘用手背一擦，看到手背上出現了一個紅色的彗星，突然就一激動，跳了起來。姑娘旋風般來到行刑臺上，喊道：「也算我一個，你們誰要砍了七個孩子的手，就先砍了我的手。」

父親一看，是梅朵拉姆，就說：「妳來湊什麼熱鬧？誰在乎妳啊。」又說，「也好，把手放在案子上，我要砍了。」

梅朵拉姆吸了一口涼氣，真的把手放在了案子上。

父親又說：「我砍了？」

她咬著牙說：「你砍吧。」然後閉上了眼睛。

父親忽地舉起了骷髏刀，但那不過是一個造型，一個冒充的嗜殺如命者的殺人造型。刀並沒有落下來，因爲他意識到，梅朵拉姆的美麗也包括了她白嫩的手，如果一定要砍，他砍爛的肯定還是自己的肉，砍下的肯定是自己的手或者頭。

他悲憤地質問梅朵拉姆：「白主任怎麼沒有來？他是不是不知道？是不是知道了以後故意躲起來了？」

這時候，父親最希望看到的一是西結古工作委員會的白主任，二是西結古寺的住持丹增活佛。

他覺得他們兩個人中的任何一個人，都有可能制止這種殘酷的砍手儀式。但是直到現在，他們誰也沒有出現，他們真是太超脫、太逍遙了。

父親很沮喪，覺得今天真是倒楣，自己非死在這裏不可了。他好像並不擔心自己拿骷髏刀砍向自己的脖子時會不會怯懦，他擔心的是：即使他死了，也未必能保住七個上阿媽的孩子的手。

父親呆愣著，這一刻的呆愣，讓他變成了一個受刑者。他已經陷入騎虎難下的境地，除了考慮自殺，好像再也想不出別的辦法了。

觀看的人群和狗群雖然騷動不寧，但儀式還在舉行。沉默了片刻之後，七個拿著金色除逆戟槊的紅帽咒師又開始高聲誦讀著什麼，七個拿著人頭鼓的黑帽神漢又開始緩慢而沉重地敲起來，七個揮舞斷魔錫杖的黃帽女巫又開始環繞行刑台邊唱邊走，好像行刑臺上發生的一切跟他們沒有任何關係。

他們怎麼這麼麻木啊，我就要死在他們的麻木之中了。父親扔掉了骷髏刀，突然流下了眼淚。他後來說，我怎麼會在那種時候流淚呢？我怎麼不是一個堅強而悍烈的藏獒呢？我怎麼這麼軟弱，軟弱得有點可恥，軟弱得都不是男子漢了。我要是一個密宗法師或者是一個苯教咒師就不會軟弱了，我就可以用最偉大的咒語，搞亂所有藏獒的敵我界限，然後調動牠們都來營救七個上阿媽的孩子。遺憾的是我不是，我既沒有催破魔障的本領，也沒有差遣非人、猛咒詛詈的法力。我真是一點辦法也沒有了。

父親一流淚，七個上阿媽的孩子便知道自己的手必砍無疑了，哇哇地哭起來，梅朵拉姆也哇哇地哭起來。岡日森格的眼淚無聲地流在了木案上，木案上一片濕潤。

不遠處的狗群裏，獒王虎頭雪獒突然振作起來。機會？也許這就是一個機會：以雷轟電掣之勢跑上行刑台，在岡日森格和牠身邊的人沉浸在悲傷之中來不及反應的時候，一口咬死牠。就一口，不多咬，一口咬不死牠，我就不做獒王了。獒王虎頭雪獒禁不住輕輕吼起來，示威似的來回走了走，讓雪白的獒毛迎風飄舞著，四腿一彈，忽地跑了起來。

岡日森格渾身抖了一下，鼻子一聞，耳朵一扇，抬頭警覺地看了看遠方。牠不哭了，舔了舔木案上自己的眼淚，然後來到行刑台的邊沿，朝著下面沙啞地叫起來。牠是在威脅那些生殺予奪的頭人和管家，還是在威脅那些看熱鬧的藏狗以及那隻飛速跑來的雪白的藏獒？

不，父親擦了一把眼淚就發現，岡日森格不是威脅，是歡迎和期待。牠歡迎著一個熟人的到來，這個熟人便是西結古寺的鐵棒喇嘛藏扎西。

藏扎西帶著十幾個鐵棒喇嘛和一大群寺院狗從碉房山奔跑而來。寺院狗肆無忌憚的叫聲吸引了所有人和所有狗的注意。

獒王虎頭雪獒戛然止步。牠知道鐵棒喇嘛是草原法律和寺院意志的執行者，在整個青果阿媽西部草原，只有他們才可以隨意懲罰包括藏獒，自然也包括牠獒王在內的所有生靈，所以牠知趣地停下了。

牠停下的地方離行刑台只有兩三步，離岡日森格只有七八步，也就是說，僅僅晚了幾秒鐘，岡日森格就依然活著了。岡日森格痛苦地活著，獒王虎頭雪獒卻因爲岡日森格的活著而痛恨地活著。

其實父親期待中的那兩個大人物——丹增活佛和白主任白瑪烏金，在父親闖上行刑台要死要活的時候，並沒有閒著。他們已經通過各自的管道知道了西結古草原上正在發生著什麼，照現在的說法，就是他們正在進行緊急磋商，地點是西結古寺的護法神殿。

白主任說：「草原上的麻煩是我們的漢扎西惹出來的，現在只有佛爺你出面才能夠解決了。」

丹增活佛說：「其實這種時候，你們不應該迴避，應該迎著魔鬼的陷阱奮勇而上。」

白主任說：「我們不行，我們一出面，頭人們和牧民們就會誤解我們的意思，以為我們的屁股坐到了上阿媽草原一邊，今後的工作就不好開展了。」

丹增活佛理解地點了點頭說：「可是，可是我也不便親自出面哪。」

白主任說：「如果佛爺實在不願意出面，那我就只好去一趟了，但恐怕頭人們不聽我的話，救人的目的達不到，去了也是白去。」

他們的磋商是由眼鏡李尼瑪翻譯的，差不多就是由白主任和李尼瑪兩個人想盡一切理由來說服丹增活佛。

丹增活佛本來就很嚴肅的神情更加嚴肅了，他知道事不宜遲，再這樣說來說去，七個完整的生命就會殘廢，七隻孩子的手就會成為血淋淋的狼食。他派人叫來了鐵棒喇嘛藏扎西，吩咐他立刻帶人去制止碉房山下牧馬鶴部落正在舉行的砍手儀式。

藏扎西把鐵棒朝地上杵了一下，轉身就走。丹增活佛又問道：「鐵棒喇嘛，你真的要去了？」

藏扎西回身說：「是啊，我聽佛爺的吩咐，我要去了。」

丹增活佛搖搖頭說：「不是我的吩咐，是你自己的主意。」藏扎西似懂非懂地站著不走。

丹增活佛說：「我是說，是你把七個上阿媽的仇家救下來了，不是寺院救下來了。救了仇家就會得罪各個部落，是你得罪了部落，不是寺院得罪了部落。」

藏扎西想了想說：「我明白了。」

丹增活佛說：「你還要明白，得罪部落是要付出代價的。你作為草原法律的執行者，昨天晚上盡數放跑了仇家，就已經是叛逆行徑了，應該被西結古寺逐出寺門，永世不得再做喇嘛。現在你又要帶人去把仇家從砍手的刀口下營救出來，按照古老的習慣，那就是罪上加罪，一旦抓住你，就一定會砍掉你的雙手。」

藏扎西呆愣著。

丹增活佛又說：「對我們草原來說，習慣就是法律，我也不能違背。你要想得遠一點，一旦你救了仇家，你失去的很可能不僅僅是雙手，還有部落、人群、足夠生活的牲畜，你也許只能是個乞丐，是個流浪的塔娃，是個孤魂野鬼。」

藏扎西不禁打了個寒顫，突然把鐵棒一丟，咚地跪在地上，朝著護法神殿正前方怒髮衝冠的吉祥天母磕了一個頭，又朝著丹增活佛磕了一個頭說：「祈願佛和護法幫助我躲過所有的苦難，戰勝一切魔障，我只能去了，因為一個喇嘛不是為了自己才活著，就好比一隻藏獒不是為了自己才去戰

鬥。」

丹增活佛說：「是啊，你是爲了西結古寺才不得不這樣做的，神聖的吉祥天母和所有的佛僧法僧都會保佑你，趕快去吧，再不去就來不及了。」

藏扎西站起來，拿著鐵棒，大步走去。

這些都是父親後來才知道的。父親後來還知道，西結古寺是西結古草原各個部落頭人的前輩劃地捐資建起來的，從古到今，寺院僧眾的所有生活開銷，都來自部落的供給和信徒的佈施。既然如此，寺院眾部落服務就成了順理成章的事情。這種服務最重要的是，寺院必須體現包括復仇在內的部落意志，滿足部落以信仰和習慣的名義提出的各種要求。

如果寺院違背草原的習慣和部落的意志，各個部落就會召開聯盟會議，做出懲罰寺院的決定：斷其供給，或者把不聽話的活佛和喇嘛請出寺院，再從別處請進聽話的活佛和喇嘛，成爲西結古寺掌管佛法的新僧寶。

丹增活佛顯然不想走到這一步，但又意識到，不援救七個無辜的上阿媽的孩子是有違佛旨佛意的，只好出此下策，讓鐵棒喇嘛藏扎西以個人的名義代替寺院承擔全部責任。

鐵棒喇嘛藏扎西帶著西結古寺的所有鐵棒喇嘛和所有寺院狗，跑步趕到了行刑台上。他們從七個彪形大漢手裏搶到了七個上阿媽的孩子，又把父親漢扎西和岡日森格以及漢姑娘梅朵拉姆用身體保護了起來，然後由藏扎西大聲念起了《剎利善天母咒》。這就意味著他藏扎西作爲鐵棒喇嘛，是奉了護法神吉祥天母的密令來劫持七個上阿媽的孩子的。他們作爲孩子，是不是應該當作仇家來對待，還得恭請吉祥天母最後裁定。

沒有人敢於阻攔他，儘管他對《剎利善天母咒》的念誦很快就會被證明是矯佛之命，但在此時此刻，所有人都相信他的舉動沒有半點虛假，都相信疾風般席捲而來的，不僅僅是以藏扎西爲首的鐵棒喇嘛和一群寺院狗，更是在眾生的心靈深處被推向至尊至崇的一種力量和被敬畏被服從的一種符號。

行刑台上，骷髏刀已不再閃耀銀雪之光，兩個戴著獒頭面具的操刀手和七個彪形大漢入定了似的立著。牧馬鶴部落的軍事首領強盜嘉瑪措銜著藏扎西喊了一句什麼，被野驢河部落的齊美管家立刻用手勢制止了。

行刑台下，七個高聲誦讀著什麼的紅帽咒師沉默了，七個敲打著人頭鼓的黑帽神漢安靜了，七個環繞行刑台邊唱邊走的黃帽女巫愣住了。他們作爲靈異的神職人員，對十幾個來自西結古寺的鐵棒喇嘛毫無辦法，因爲他們屬於牧馬鶴部落，而鐵棒喇嘛則屬於比牧馬鶴部落大得多的整個西結古草原。更因爲他們是古老苯教的修煉者，而西結古草原的苯教在那個時候已經完全失去了獨立性，早就歸屬西結古寺的佛教了。

後來父親漸漸知道，佛教之所以在草原上具有統治一切宗教的地位，最根本的原因，還在於佛教受到了歷代朝廷以及中央政府的認可和冊封，而苯教沒有，苯教從來沒有在中央政府中獲得過任何尊崇的地位。再從宗教本身的作爲來講，苯教是祛除邪祟的，佛教是追求光明的。追求光明的佛

教聰明而大度，在進入草原之後，把原始苯教祛除邪祟的所有神祇都吸納到了自己門下，不僅使自己也具有了祛除邪祟的能力，更使得苯教完全變成了自己的一部分。

雖然各個部落在信仰的儀式、遵守的規矩和養成的習慣上，和苯教的要求沒什麼兩樣，但心理的歸屬和靈魂的依託卻發生了很大的變化。這種變化就是，生民們很快意識到自己信仰的已不再是原始的苯教而是現代的佛教，因爲當他們來到西結古寺的時候，發現所有他們崇拜著的祖先和畏懼著的苯教神靈，都在西結古寺輝煌的佛殿裏找到了自己的位置，而且都是佛跡的追隨者、佛理的佈道者和佛教的護法神。

疾風般席捲而來的，流水般漫蕩而去了。當鐵棒喇嘛藏扎西離開夭折了的行刑儀式時，他身後緊跟著岡日森格和七個上阿媽的孩子以及父親和漢姑娘梅朵拉姆。十幾個鐵棒喇嘛，一大群寺院狗在兩側和後面保護著他們。寺院狗當然知道岡日森格是個該死的來犯者，但牠們更知道鐵棒喇嘛藏扎西的意圖，牠們只能保護，不能撕咬，萬一周圍的領地狗撲過來撕咬，牠們還必須反撕咬，哪怕傷了自家兄弟姐妹的和氣。

西結古草原的領地狗以及別的藏狗跟寺院狗一樣不笨，就像俗世的牧人崇敬著寺裏的喇嘛一樣，牠們也崇敬著寺院狗，一看到寺院狗都在保護岡日森格，牠們也就悄悄地不做聲了，再憤怒的心情也得壓抑，再兇悍的性情也要克制。獒王虎頭雪獒就是最憤怒的一個，又是最克制的一個，牠友善地朝著寺院狗打著招呼，走過去，靠近岡日森格使勁聞了聞。

這一聞，就把岡日森格的氣味深刻地烙印在了記憶裏，一輩子也忘不掉，出現什麼情況也忘不掉了。牠心說，狡猾的傢伙，無論你以後披上牛皮羊皮還是豹皮熊皮，我都不會上當受騙了。牠以獒王的矜持朝著寺院狗們笑了笑，大搖大擺地離開了那裏。不離左右的灰色老公獒和大黑獒果日趕緊跟了過去。

鐵棒喇嘛藏扎西一行走得並不快，因爲要照顧走得很慢的岡日森格。走著走著就停下了，他們看到，岡日森格再也走不動了。岡日森格傷口未癒，體能已經越過了極限，加上神經高度緊張，終於支撐不住了。牠昏迷過去，牠不是一倒下就昏迷過去的，而是還沒倒下就昏迷過去了。

父親知道自己揹不動，但還是俯下身去想揹牠。藏扎西推開他，招呼另外兩個鐵棒喇嘛把岡日森格抬起來放在了自己背上。他們行走的速度頓時加快了，越來越快，風一樣呼呼地響著，把人群和狗群很快甩在後面，消失了。

一堆穿戴華美的頭人和管家沉默著。所有的人和所有的狗都沉默著。

突然，就像打鼓一樣，牧馬鶴部落的頭人大格列朗聲說：「寺裏怎麼能這樣做？丹增活佛完全錯了，怎麼能這樣處理七個上阿媽的仇家？怎麼能如此放縱那個自稱救了狗命的漢菩薩呢？還有那隻獅頭公獒，誰能證明牠前世真的就是阿尼瑪卿的雪山獅子？各位頭人你們說，是不是應該召開一次部落聯盟會議了？我們牧馬鶴部落丟了臉不要緊，壞了草原的規矩就麻煩了。」

野驢河部落的頭人索朗旺堆搖了搖頭，卻沒有把搖頭的意思說出來。

狗叫了，牠們比人更快地知道了嚴肅的儀式已經結束。小狗們又開始追逐嬉鬧，情狗們又開始碰鼻子舔毛，熟狗們又開始彼此問好，生狗們又開始互相致意，亂紛紛，鬧哄哄的。

部落的頭人和管家們很快離開了那裏。接著人散了，狗也散了。行刑台前，一片曠古的寧靜。禿鷲在空中盤旋，越旋越低，剛落下，就來了一群雪狼。禿鷲和雪狼都很失望，牠們在行刑台上什麼也沒有找到。

正在失望的時候，禿鷲和雪狼看到從迷濛的草色嵐光裏走來一個人。這個人頭上盤著粗辮子，辮子上綴著毒絲帶和巨大的琥珀球，琥珀球上雕刻著羅剎女神蛙頭血眼的半身像。他身穿大紅氆氌袍，紮著綴有一串兒牛骨鬼卒骷髏頭的熊皮閻羅帶，胸前掛著一面有墓葬主造型的鏡子，走起路來閃閃發亮。禿鷲和雪狼一見他，就像見了活閻羅，掉頭就走，能飛的趕快飛遠了，能跑的迅速跑掉了。

碉房山歪歪斜斜的路上，父親和梅朵拉姆被眼鏡李尼瑪攔住了。李尼瑪說：「白主任要你們去一下。」

父親說：「等一會兒我會去找他的，我先去藏醫尕宇陀那兒包紮一下手。」

李尼瑪指著梅朵拉姆說：「就讓她給你包紮吧，你不去，我給白主任怎麼交代？白主任都氣癱了。」說著，埋怨地瞪了一眼梅朵拉姆。

梅朵拉姆不理他，轉身朝尼瑪爺爺家走去，突然看到不遠處的一座碉房後面，光脊梁的巴俄秋珠正在探頭探腦，便停下來喊了一聲，想讓他幫她去拿藥箱。

巴俄秋珠朝她跑來，突然意識到自己還赤著腳，還沒有穿上靴子，又拐了個彎兒，倏忽一閃不見了。梅朵拉姆尋思，真是有些古怪，這個小男孩，不知道他心裏想什麼呢。

父親跟著李尼瑪來到了工作委員會的牛糞碉房裏。白主任白瑪烏金正躺在床上呼呼吹氣，一見他就忽地坐了起來，鐵青著臉吼道：「你給我回去，今天就回去，如果你不回去，就請你告訴草原上的人，你不是漢人，更不是西結古工作委員會的人，免得人家把賬算到我們頭上。」

父親笑了，非常得意的樣子，好像他剛剛從一場勝利了的遊戲中下來。他爽快地說：「好，我明天就去說，我是一個藏民，是一個上阿媽草原的藏民，我帶著七個孩子和岡日森格來到了這裏，這裏是美麗的西結古草原。」

白主任氣得一仰身又躺下了，還沒有躺穩，又詐屍一樣躬起了腰，對李尼瑪吼道：「張冬梅呢？」李尼瑪愣怔著，好像他壓根不知道張冬梅是誰。白主任又吼了一聲：「梅朵拉姆呢？」李尼瑪有點緊張，張著嘴半天說不出話來。

父親不懷好意地說：「她拿藥箱去了，就來給你治病，李尼瑪說你氣成癱子了。」

這時梅朵拉姆走了進來，不敢看白主任似的低著頭，打開藥箱，給父親包紮那隻他自己砍傷的左手，突然笑了，說：「你挺會砍的，血流了那麼多，但傷口並不深。」

父親說：「我自己的手我能使勁砍？」

梅朵拉姆說：「對了，我問你，你當時爲什麼不砍我的手？」

父親說：「捨不得，要是李尼瑪的手，我一定砍下來。」說著哈哈大笑。

包紮好了傷口，父親就要離去。白主任白瑪烏金喘了一口氣說：「你們把我氣死了，都給我坐

下，我有話給你們說。」

父親說：「可是我餓了。」

一進入西結古寺，十幾個鐵棒喇嘛和所有的寺院狗就散去了。藏扎西揹著岡日森格來到父親居住的僧舍，把牠和大黑獒那日放在了一起，然後就去丹增活佛跟前覆命。他跪在丹增活佛面前，悲傷地說：「神聖的佛爺，使命已經完成了，我該走了。」

丹增活佛說：「你是說你要離開寺院嗎？不要這麼著急，你先回到你的住處去，等一會兒我叫你。」

藏扎西又去找到藏醫尕宇陀，憂急萬分地說：「仁慈的藥王喇嘛，快去救命啊，雪山獅子不行了。」

藏醫尕宇陀說：「你的事情我已經知道了，他們真的會砍了你的手嗎？常常念誦大醫王佛的法號東方藥師琉璃光如來吧，祂會解除你心靈和肉體的所有痛苦。」

藏扎西虔誠地答應著，磕了一個頭，轉身走了。

等藏醫尕宇陀來到父親居住的僧舍時，丹增活佛已經果斷地做出了這樣的決定：派人把七個上阿媽的孩子和昏迷不醒的岡日森格以及奄奄一息的大黑獒那日揹到「日朝巴」（**雪山裏的修行人**）修行的昂拉雪山密靈洞裏藏起來。

這在他有兩種考慮：一是七個上阿媽的孩子和岡日森格必須得到保護，不能讓他們再落到部落

人的手裏；二是大黑獒那日和岡日森格都有重傷在身，必須由藏醫尕宇陀治療。如果牠們兩個不在一起，尕宇陀就會在西結古寺和密靈洞之間來回奔走。怕的不是天天奔走的辛苦，而是被人發現。一旦部落的人發現七個上阿媽的孩子和岡日森格藏在昂拉雪山的密靈洞裏，派幾個操刀手私自砍了他們的手甚至暗殺了都有可能。所以他把尕宇陀派到密靈洞裏去，和兩隻受傷的藏獒以及七個上阿媽的孩子住在一起，等治療差不多了再下來。

藏醫尕宇陀點頭稱是，草草地看了看岡日森格，從豹皮藥囊裏拿出一粒紅色的藥丸塞進了還在昏迷的岡日森格嘴裏，又在牠脖子上使勁扯了扯讓牠咽了下去，然後說：「佛爺，我先走一步了，我走得慢。」

半個時辰後，另一撥人馬離開了西結古寺。七個上阿媽的孩子一人揹著一個牛肚，裏面裝滿了酥油和青稞炒麵。兩個年輕力壯的鐵棒喇嘛揹起了岡日森格和大黑獒那日。另外兩個鐵棒喇嘛，一人揹著一個沉重的牛皮口袋，裏面是風乾肉、乾奶皮、茯茶、乾牛肺和碎羊骨。牛皮口袋上綁著一隻燒奶茶的銅壺，鋥亮地反射著比陽光還要強烈的陽光。

一送走他們，丹增活佛就來到自己的僧舍裏，派人傳話，讓藏扎西快來見他。他想對這位忠誠於自己和寺院的鐵棒喇嘛說，你也可以躲到昂拉雪山的密靈洞裏去，對外，我就說你帶著七個上阿媽的孩子逃跑了，不知道跑到什麼地方去了。這樣雖然你還是不能回到西結古寺裏來繼續做喇嘛，但至少可以保住你的雙手。以後的草原還不知道是什麼樣兒呢，躲過了這一陣，說不定你就安然無恙了。

但是丹增活佛沒有來得及把這個突然冒出來的大膽想法告訴藏扎西，派去傳話的人回來說，藏扎西已經走了，他解掉了象徵地位的紅氆氌，放下了代表草原法律和寺院意志的鐵棒，只帶著很早以前在他被選拔爲鐵棒喇嘛後，丹增活佛賜給他的金剛杵，悄悄地走了。

通往昂拉雪山的山道上，光脊梁的巴俄秋珠靈巧地躲開七個上阿媽的孩子和四個鐵棒喇嘛的視線，遠遠地跟了過去。

通往昂拉雪山的另一條山道上，準備翻越昂拉雪山流浪遠方的藏扎西看到了七個上阿媽的孩子和四個鐵棒喇嘛，同時也發現了遠遠跟蹤著他們的巴俄秋珠。他心裏不免一驚，加快腳步，風風火火地走了過去。

半個時辰後，藏扎西立在了雪線上巴俄秋珠的面前，嚴厲地說：「你要去幹什麼？你是一個俗人，又是一個孩子，你不怕昂拉山神沒有調教好的兒子化成惡梟啄掉你的眼珠子？」巴俄秋珠停下了，愣了一會兒，轉身就跑，像一頭受驚的白唇鹿，順著雪坡，一溜煙滑向了溝底。雪塵紛紛揚起。

藏扎西追了過去，也想順著雪坡滑向溝底，突然看到溝底站著一個人。這個人的標誌是：粗辮子、毒絲帶、琥珀球、氆氌袍、閻羅帶、骷髏頭，身上還有羅剎女神蛙頭血眼的半身像、映現三世所有事件鏡和墓葬主手捧飲血頭蓋骨碗的全身像。他打了個愣怔，「哎喲」一聲，轉身就走。

父親和梅朵拉姆坐在了白主任對面李尼瑪的床沿上。李尼瑪從泥爐上提起銅壺，給每人倒了一碗奶茶，又把裝著青稞炒麵的木箱子放在了父親身邊，自己委屈地坐在了白主任床下的地氈上，像一隻聽話的小狗仰起面孔認真地望著白主任。

白主任說：「你們知道嗎，不說遠的，就說最近二十年裏，上阿媽草原的人打死了多少西結古草原各部落的人？」他停頓了一下又說，「告訴你們，有好幾百呢。」

父親說：「這恐怕是雙方的吧？雙方都死了人。」

白主任說：「不，二十年前是雙方的，爲了佔領一些說不清歸屬的草山，糾紛來糾紛去，年年都有戰爭，年年都要死人，那是互相的，區別也就在於你死了八個，我死了九個。以後，也就是從民國二十七年開始，情況就不一樣了。馬步芳的一個漢兵營進駐到了西結古草原，要求各個部落供給牛羊肉和狗肉。牛羊肉當然是可以的，要活的送活的，要死的送死的，但狗肉萬萬不可。藏民們說，狗不能吃，吃狗就跟吃人一樣，你們的兄弟姐妹是你們吃掉的嗎？你們要吃我們的狗，就先把我們吃掉。號稱狗肉王的漢兵營營長說，你們知道槍桿子是幹什麼的？一是打藏狗，二是打不讓吃藏狗的人。但是狗肉王營長沒想到，西結古草原的藏民也是有槍的，打狗的開始也就是反抗的開始，不僅藏民反抗，藏狗尤其是藏獒，也百倍兇猛地進行了反抗。這就是發生在青果阿媽草原的著名的藏獒之戰，你們知道不知道？」

父親大口吃著自己拌的糌粑說：「打死了多少人，你剛才已經說了，打死了多少藏獒，你還沒說。」

白主任揮了一下手，就把父親的問題揮出了談話之外，繼續說：「兩個月以後，漢兵營就堅持不住了，邊打邊退，一直退出了狼道峽。後來青海省主席馬步芳派了一個騎兵團來到青果阿媽草原鎮壓叛亂，團部和大部隊就駐紮在上阿媽草原。上阿媽草原的各個部落又是奉送金銀，又是供給吃喝，阿媽河部落的頭人甲巴多還把自己的妹子送給了團長做小妾，更嚴重的是，騎兵團的三次血洗西結古草原都有上阿媽草原的騎手參加，這些騎手也和馬步芳的騎兵一樣，不僅打人也打狗，已經完全不像草原人了，所以西結古草原的人對他們的仇恨超過了對馬步芳的仇恨。這些歷史背景你們知道不知道？」

父親吃下最後一口糌粑，往裏挪了挪，靠到李尼瑪的被子上，打了一個哈欠說：「我一到這裏你就對我說了，但是不詳細。」

白主任說：「今天我又不厭其煩地說了這麼多，意思就是要讓你們明白問題的嚴重性。對上阿媽草原採取孤立政策是站穩立場的需要，不能有一絲一毫的懷疑。但七個上阿媽的孩子又不能不救，救了他們，我們就得付出代價，這個代價就是漢扎西同志明天必須離開西結古草原，免得這裏的人因爲不理解而產生仇恨，又因爲仇恨而產生意外。聽明白了沒有？」

白主任看父親閉著眼睛不回答，就又說，「不管你的行動招沒招來仇恨，爲了你的安全，我必須派人把你送到青果阿媽草原工作委員會多獼總部去。」

突然有了鼾聲，父親睡著了。他昨天一宿沒有好好睡覺，今天又勞累了一天，實在撐不住了。

為了不讓前來觀看砍手刑罰的部落頭人和管家們掃興，牧馬鶴部落的頭人大格列把大家請進了野驢河邊的寬大彩帳，又親自騎馬去西結古寺請來了丹增活佛。喝茶吃肉的時候，西結古草原的部落聯盟會議也就開始了。

丹增活佛說：「寺院出了一個忤逆的喇嘛，帶人擅闖行刑台，劫持走了七個上阿媽的仇家和岡日森格，真是叫我無法面對各位尊敬的上人。為了向大家請罪，我已經把這個違背寺規的鐵棒喇嘛開除出了寺門，罰他永世不得再做喇嘛。」

盤腿坐在彩帳右邊地毯上的頭人們互相看了看。

野驢河部落的頭人索朗旺堆首先說：「原來那個胡鬧的喇嘛不是寺裏派出來的？那我們就放心了。佛爺真是明斷，那樣的喇嘛是不應該再待在寺院裏的。」

牧馬鶴部落的頭人大格列說：「我說嘛，寺裏怎麼能這樣做呢？原來和丹增活佛本人沒有關係，那就好辦了，入侵者必須按照草原的規矩付出代價，既然七個上阿媽的仇家在一對一的摔跤中輸了，就一定要砍掉他們的手，然後趕出西結古草原。上阿媽的人統統都是跟著馬步芳跑的，馬步芳是屍林魔，跟著屍林魔跑的就是屍林鬼，砍掉屍林鬼的手，他們就不能禍害我們西結古草原的人了。還有那隻叫做岡日森格的獅頭公獒，如果牠真的是雪山獅子的轉世，那首先應該得到藏獒們的承認，可是我們西結古草原的藏獒承認不承認呢？至於對那個自稱救了兩條狗命的漢菩薩，我以為我們應該公開提出質疑：他是不是上阿媽草原派來的？他怎麼能夠登上行刑台干涉我們西結古草原部落的事情呢？」

大家點著頭，都覺得索朗旺堆頭人和大格列頭人的話說得不錯。

丹增活佛說：「阿尼瑪卿山神托夢給了老喇嘛頓嘎，說岡日森格有生命危險，你們一定要救牠一命，因為牠前世是阿尼瑪卿雪山上的獅子，保護過所有在雪山上修行的僧人。這一點是千真萬確的，老喇嘛頓嘎從來不會對本佛說半句謊話。這樣一隻與佛有緣的寶狗跟著一個漢人來到了我們西結古草原，難道這個漢人是魔鬼的化身，是上阿媽的奸細？不，他是一個吉祥的人，他豁出命來保護了岡日森格，又用神奇的力量使我們西結古草原的一隻領地狗死而復生，而這隻被他救活的領地狗，正是差一點把他咬死的大黑獒那日。我們偉大的先聖米拉日巴說過，對草原的態度就是對牲畜的態度，對狗的態度就是對人的態度。這個智慧的法言讓我想到，漢人對藏狗的態度就是對我們藏民的態度，難道我們要像對待仇家那樣對待我們的朋友嗎？我請求各位上人相信我的話，菩薩以行善為本，以慈悲為懷，這個漢人的做法就是菩薩的做法，為了西結古草原的將來，我們一定要接受他。」

大家點著頭，都覺得丹增活佛的話說得不錯。

每個人都表明了自己的態度，最後部落聯盟會議做出了三個決定：一是堅決不放過七個上阿媽的仇家，必須執行砍手刑罰，然後趕出西結古草原；二是找到已經被逐出寺門的藏扎西，砍掉他的雙手，把他貶為哪個部落都不准接受的流浪塔娃；三是岡日森格養好傷以後，必須用自己的兇猛和智慧證明牠的確是一隻了不起的雪山獅子，否則就不能活著待在西結古草原。至於那個漢人，就聽丹增活佛的，承認他是漢菩薩，但是他最好不要再管草原的事和部落的事。

這就是說，不僅要砍手，而且要打仗了，是岡日森格和西結古草原最優秀的藏獒之間的戰鬥。因爲幾乎所有的頭人都認爲，既然岡日森格是雪山獅子，那就應該是戰無不勝的。在草原上，沒有哪一個人哪一隻藏獒可以不經過肉體或精神的征服，就享受榮譽，就獲得尊崇的地位。

從部落聯盟會議回到西結古寺時天已經黑了，丹增活佛來到寺院最高處的密宗札倉明王殿裏打坐念經，一直念的是《八面黑敵閻摩德迦調伏諸魔經》。他爲雪山獅子祈禱，期望岡日森格儘快痊癒，並在痊癒以後的戰鬥中獲勝，因爲草原的規矩就是這樣，只有勝利者才會被人，也被藏獒接納。

第十二章　獒王追蹤鍥而不捨

睡醒了的父親發現自己躺在李尼瑪的床上，碉房裏除了他沒有別人。門和窗戶都開著，黎明的景色在狹小的門窗外面招搖，偌大的草原和綿延的雪山濃縮在一抹白玉般的晴朗裏奔湧而來。父親猛吸了一口草腥味兒醇厚的空氣，忽地一下坐起來，穿上鞋，亢奮地來到了門外。

碉房門外的石階下，白主任白瑪烏金和李尼瑪正在說著什麼，離他們不遠的馬圈前，兩個軍人牽著三匹馬立在那裏。

父親說：「我怎麼睡在這兒？我走了，我得去寺院看看七個上阿媽的孩子和岡日森格，還有大黑獒那日。」

白主任使勁拽住他說：「你不能再去寺院了，你今天必須離開西結古草原。」

父親愣了，半晌才想起昨天白主任的談話。他看了看馬圈前兩個揹著槍的軍人說：「我要是不離開呢？」

白主任說：「那我們就把你綁起來，押解到多獼總部去。」

父親歎口氣，妥協地說：「我總得去告別一聲吧？我在寺院裏養傷養了這麼久，走時連聲招呼都不打，人家會說我們漢人怎麼一點情誼都不講。」

白主任說：「你走了以後我會親自去寺院，代表我們西工委，向丹增活佛表示感謝。」

父親耍賴地說：「就算我同意離開西結古草原，那也得吃早飯吧。」

白主任說：「路上吃，他們帶了很多，有糌粑，有酥油，還有奶皮子，夠你吃的。」

父親沒轍了，大聲說：「我覺得你們對我的態度是錯誤的。」

白主任說：「告訴你，這事兒要是發生在我身上，我也不會走，但要是發生在別人身上，我就一定要送他走，因爲我必須對來這裏的每一個人的安全負責，保證他們絕對不出事兒。」

父親說：「我都是漢菩薩了，能出什麼事兒？」

白主任說：「萬一呢？你已經參與了部落矛盾，誰能保證沒有人仇恨你？」說罷，朝著馬圈前兩個揹著槍的軍人招了招手說：「趕快出發吧，路上小心，到了多獼，一定要把他交給總部的領導。」

太陽出來了，東邊的雪山變成了金山，西邊的雪山就顯得更加白亮。草原也是一半金草一半銀草，金草和銀草比賽著起伏，就像風中的絲綢，在無盡地飄蕩。

父親騎在一匹大灰馬上，後面跟著兩個軍人，軍人騎的都是棗紅馬。棗紅馬是軍馬，是工作委員會進駐西結古草原時帶來的。大灰馬是草原馬，是爲了送走父親從部落裏借來的。野驢河部落的頭人索朗旺堆一聽說是父親，也就是漢扎西漢菩薩要騎馬，就在自己的坐騎中挑了一匹老實一點的牽給了來借馬的李尼瑪，一再地說：「什麼借不借的，漢扎西的馬被西結古的領地狗大黑獒那日咬死了，理應由西結古草原賠償，這匹馬就讓他留著吧，不要還了，千萬不要還了。」

李尼瑪沒有告訴父親這些，所以父親並不知道他騎的是一匹索朗旺堆頭人騎過的好馬。他只

是有點奇怪：沿途遇到的所有領地狗，怎麼都對大灰馬保持了足夠的敬意？遠遠看見了就會飛奔而來，站在十步遠的地方恭敬地搖著尾巴。

看著大灰馬走遠了，一大群領地狗中便分出了七八隻，在一隻虎頭雪獒的帶領下，保鏢似的跟了過來。不錯，牠們就是保鏢，牠們在護送他們。牠們比人和馬更清楚，寂寥的草原上，不定哪個草壩後面，就埋伏著一隻襲擊人的猛獸，狼，或者熊，或者豹。

父親當時並不知道，護送他們的那隻領頭的虎頭雪獒，就是西結古草原的獒王，更不知道獒王之所以要親自護送他們而不是讓別的領地狗例行公事，除了像敬重頭人那樣敬重著頭人的坐騎大灰馬之外，還有一個原因，那就是牠想知道岡日森格的下落。昨天夜裏，牠帶著灰色老公獒和大黑獒果日去了西結古寺，出乎意料的是，牠們在寺院的任何地方都沒有聞到岡日森格的味道。

牠們擴大了尋找的範圍，結果發現在整個碉房山都沒有岡日森格的蹤跡。獒王虎頭雪獒有點奇怪，更奇怪今天早晨看到父親時，父親居然騎上了索朗旺堆頭人的大灰馬。他騎著索朗旺堆頭人的大灰馬要去幹什麼？他差不多就是岡日森格的主人，他是不是已經丟失了牠，是不是也要去尋找牠？

獒王虎頭雪獒本能地覺得跟著父親或許就能找到岡日森格。牠用堅定的步伐告訴同伴：這個人要保護好，這個人是我們找到岡日森格的唯一線索。而在父親看來，藏獒們敬重大灰馬，自然也要敬重騎在馬上的人，牠們對他的殷勤保護是領地狗的職分。

他們一直沿著野驢河往前走。大灰馬不停地蹚進水中，讓走熱的蹄子在冰涼的水中感受舒服。

走著走著，獒王虎頭雪獒突然猛吼了一聲，告訴大灰馬趕緊上岸，牠聞到了水裏的陰謀。驕傲的大灰馬不聽牠的，繼續往前走，沒走幾步就一蹄子踏進了水獺洞。牠頓時失去了平衡，身子一歪，把父親掀進了河裏。獒王虎頭雪獒驚叫一聲，第一個撲了過去。接著別的藏獒也紛紛撲向河水，撕住了父親的衣服。

水獺的洞穴本來應該在岸上，夏天水漲了，就把洞穴淹到河裏去了。對草原上的馬來說，這是最最可惡的陷阱。好在洞不深，沒有跌斷馬腿。大灰馬拔出腿，站直了身子，也和藏獒們一起，用牙撕著父親的衣服，把他拖向了對岸。父親很感動，雖然河水並不深，再加上他是會游水的，淹不死他，但他仍然覺得這是救了他的命。

而狗和馬似乎也這樣認為，水雖然不深卻很急，人一倒在水裏就是石頭掉進了水裏，只有沉底的份，因為牠們在草原上從來沒見過會游水的人。七八隻藏獒和一匹馬慶幸地喘著氣，笑望著父親，祝賀他揀回了一條命。

跟在父親後面渡河的兩個軍人奇怪了，一個問道：「你認識這些狗？」

父親說：「不認識。」

另一個問道：「那麼馬呢？你騎過這匹馬？」

父親說：「這是你們的馬，我哪裏騎過牠。」

軍人說：「這不是我們的馬，我們的馬是軍馬，軍馬都是棗紅馬，這是從部落頭人那裏借來的。」

父親明白了：大灰馬是一匹有靈性、耐力好、速度快的馬，一旦跑起來，外來的軍馬絕對不是牠的對手。

一個念頭隨著大灰馬的一聲長嘶進入了父親的腦海：我是不是可以騎著快馬逃跑呢？跑回西結古寺怎麼樣？我總得知道七個上阿媽的孩子、岡日森格和大黑獒那日現在到底怎麼樣了吧？

父親的大膽想法又來了，並且再次延續了他那一有想法就行動的習慣。正如他自己所認爲的，他就是一隻藏獒，瞻前顧後不是他的本能，他總是一往無前的，就像那時候的流行歌曲所唱的：「向前，向前，向前，我們的隊伍向太陽。」父親正是向著太陽奔跑而去的，跑了大約一刻鐘，就把兩個軍人和作爲保鏢的七八隻藏獒甩在了身後看不見的地方。然後他拐了彎，緊貼著一座草樑的坡腳朝回疾馳，很快到達了自己剛才掉進河水的那個地方。

父親驚奇地看到，獒王虎頭雪獒和牠的同伴居然在這裏等著他，好像牠們是父親肚子裏的蛔蟲，早就知道父親的詭計。其實這是風的功勞。草原的風有時候並不是東風或者西風，而是亂風，從草樑上刮來的西風到了草窪裏就會變成東風。東南西北風都可以在同一時段裏變換方向。而且風是跟人的，你朝哪裏走，它就朝哪裏刮。

追攆父親的藏獒追著追著就不追了，因爲風中的氣味告訴牠們，父親已經在回來的路上了。只有兩個軍人還在追，一直追到他們認爲父親失蹤了的時候。

父親騎著大灰馬在獒王虎頭雪獒及其同伴的簇擁下原路返回，走了不到一個時辰，就見一彪人馬由南而來，朝著遠方的雪山飛奔而去。他心說：他們是哪個部落的，是去幹什麼的？這彪人馬消失了不多一會兒，就見草潮線上一個人影大步流星地走來。他尋思這個人是幹什麼的，怎麼跟鐵棒喇嘛藏扎西一模一樣？

父親和那個人會合而去，走近了才發現，他就是藏扎西，不過他手裏拿的已不是象徵草原法律和寺院意志的鐵棒，而是一根流浪漢的木頭打狗棒。父親吃驚地跳下了馬背。

藏扎西掩飾不住悲傷地拉住父親的手說：「終於又見到你了，我知道我會見到你，所以就一路找來。」

他用流暢的漢話讓父親知道了七個上阿媽的孩子和岡日森格以及大黑獒那日的去向，又說：「那個被漢姑娘梅朵拉姆稱作巴俄秋珠的孩子，已經把七個上阿媽的仇家藏在昂拉雪山的秘密，告訴了牧馬鶴部落的強盜嘉瑪措。我敢斷定，用不了多久，七個上阿媽的孩子就會再次落到牧馬鶴部落的手裏。這七個孩子是你帶到西結古草原的，你可千萬不能丟下不管。」

獒王虎頭雪獒聽著藏扎西的話，突然輕輕地叫了幾聲。

父親說：「這個巴俄秋珠，簡直是個小魔鬼，事情都壞在他身上。」

藏扎西說：「巴俄秋珠按照草原的規矩，要給他的親人報仇，但草原的規矩還有一條，那就是人命有價仇有盡。一個牧人的命價是二十個元寶，他家裏被打死了兩個人，加起來是四十個元寶，一個元寶是七十塊銀元，四十個元寶就是兩千八百塊銀元。一個家裏有了這麼多銀元，就能過上頂頂好的日子了。爲什麼頂頂好的日子不要，而要你死我活地報仇呢？報了仇，巴俄秋珠還是個窮光蛋，這有什麼好？況且砍了七個上阿媽的孩子的手也不能算是報仇，因爲並不是這七個孩子的阿爸打死了巴俄秋珠的阿爸和叔叔。仁慈的人發怒會驅散餓鬼，邪惡的人發怒會招來餓鬼，他是要招來餓鬼的呀。

餓鬼是沒有手的，餓鬼的手要飯時被人砍掉了，他要尋找替身就必須砍掉別人的手。你剛才看見了吧，有一隊騎手朝著西邊飛奔而去了，那裏頭就有餓鬼附身的人。他們遵從大格列頭人和強盜嘉瑪措的命令，要把七個上阿媽的孩子從昂拉雪山裏搜出來，抓到牧馬鶴部落的駐牧地礱寶澤草原，以部落山神的名義自行處置。那肯定是凶多吉少，砍了手的孩子沒有藏醫尕宇陀的治療，就會一個個死掉。幸虧這些騎手不認識我，還衝我打聽去昂拉雪山有沒有近便的路呢，如果認識我，我的手這會兒肯定已經不在我的胳膊上了。」

父親皺著眉頭說：「草原的王法呢，在哪裏？難道他們就是？」

藏扎西說：「還有岡日森格，牠在昂拉雪山能不能養好自己的傷？養好傷以後，牠到底能不能用兇猛和智慧證明自己是一隻名副其實的雪山獅子？我沒有這個把握，我不知道牠會不會死掉，我想避免所有對岡日森格嚴重不利的打鬥，但是我一點辦法也沒有，我連我自己都保不住了。說實在的，漢扎西，我不想失去我的雙手，在草原上，沒有手的人就是犯了罪的人，連磕頭都沒有人理睬。漢扎西，你聽我說，你不能就這樣走掉，你是有辦法的，你讓工作委員會的白主任白瑪烏金站出來，理直氣壯地爲七個上阿媽的孩子和岡日森格還有我說句好話，我們的命運就不會像現在這樣悲慘了。」

獒王虎頭雪獒又莫名其妙地叫了幾聲。

父親說：「我明白了，藏扎西，你不要再說了，我得走了。我本來是要去西結古寺看看七個上阿媽的孩子，看看岡日森格和大黑獒那日的，但是現在我不去了，我要去多獼草原，越快越好。再見了，藏扎西，你要多保重啊，最好遠遠地走掉，最好藏起來，千萬不要讓部落的人抓住你。」

藏扎西說：「你先別急著走，我還要告訴你一件事情，我見到送鬼人達赤了。這個人藏在黨項大雪山已經很久很久，他在那裏磨礪著復仇的毒誓黑願，誰也不知道這毒誓黑願最終會變成什麼，只知道他就要把毒誓黑願變成行動了。我非常害怕，他突然出現在西結古不是一件好事情，你可要小心提防他。」

父親翻身上馬，毅然丟下滿眼祈望的流浪漢藏扎西，朝著多獼草原的方向打馬而去，很快就把依然護送著他的七八隻藏獒甩在身後了。

獒王虎頭雪獒帶領著牠的同伴，聞著父親的氣味追蹤而去。直到穿過狼道峽，多獼草原闊海似的草潮一輪一輪撲來眼底的時候，牠們才停下來。

根據多獼草原的領地狗用尿漬留下的氣息，牠們知道已經到了一片陌生草原的邊界，再往前走就不符合牠們的行爲習慣了。潛伏在記憶中的古老規則牢固地制約著牠們，使牠們總是忘不了自己作爲領地狗的職責：守衛自己的領地，不侵入別人的領地。除非主人帶著牠們進去，就像七個上阿媽的孩子帶著岡日森格來到西結古草原那樣。而父親不是牠們的主人，他在西結古草原不過是個親近著主人和被主人親近著的客人，這一點，作爲領地狗的藏獒和作爲獒王的虎頭雪獒完全明白。

第十三章　白獅子挑戰獒王

返回的路上，獒王虎頭雪獒一聲不吭。牠一直在琢磨已經淪落爲流浪漢的藏扎西給父親說過的話。那些話牠當然聽不懂，但有幾個敏感的辭彙牠是知道的，比如昂拉雪山，比如七個上阿媽的孩子，比如岡日森格。這些曾經聽人說起的詞彙，在牠腦子裏已經形成了一個個固定的形象。牠現在把這幾個形象連接起來，就準確地排列出了這樣一個邏輯：昂拉雪山——七個上阿媽的孩子——岡日森格。

牠不時地抬頭眺望著昂拉雪山，看到山的聳立無邊無際，白色的起伏就像水的運動浩浩蕩蕩，寥廓的峰巒、深奧的遠方、神秘的所在，統統變成敵意的誘惑了。岡日森格，牠決心一口咬死的岡日森格，就在冰山雪嶺的一角，神態安詳地等待著牠。

獒王加快了腳步，緊跟在牠身後的灰色老公獒和大黑獒果日似乎看出了牠的心思，不停地發出幾聲興奮的咆哮，彷彿昂拉山群就在跟前，岡日森格就在跟前。

黃昏了，碉房山遙遙在望。一天沒有進食的獒王虎頭雪獒突然停了下來，揚起寬大的鼻子聞著四周的空氣。身後的同伴走過來圍在牠身邊，和牠一樣使勁聞著。然後就是商量。牠們聞到了旱獺和鼠兔的氣息，聞到了猞猁和藏馬熊的氣息，牠們要商量一下，現在吃什麼是最合適的。

牠們沒有發出聲音，只用臉部的表情和形體的動作商量著複雜的問題。灰色老公獒以爲牠現在最想吃的是旱獺，因爲旱獺又肥又嫩，而且容易抓到，牠跑了一天，累了，不想爲食物花更多的力氣了。

大黑獒果日以爲牠現在最想吃的是猞猁，猞猁的肉是最有營養的，而且血是甜的，牠作爲一隻母獒，喜歡那種加了蜜糖似的血腥味。別的藏獒有想吃鼠兔的，有想吃旱獺的。大家誰也說服不了誰，就把眼光投向了獒王虎頭雪獒。獒王用最舒服的姿勢坐到地上，伸出舌頭一遍遍地舔著牙齒，那意思是說：你們沒有誰想吃熊肉嗎？可我想吃熊肉了。

獒王的話其實就是最後的決定。大家都不發表意見了，熊肉就熊肉，一頭熊有多少肉多少血啊，可以開懷大吃大飲了，只不過可能會費點事，熊畢竟是熊，熊是草原上除了野牛之外，最有力氣的野獸。

獒王虎頭雪獒忽地站起來，朝著牠認定的藏馬熊藏身的地方快速走去。另外幾隻藏獒趕緊跟上，在這種時候，誰也不想落在後面，因爲就要搏鬥了。對藏獒來說，吃飯是本能，而搏鬥則是本能之中的本能。爲了忠於本能之中的本能，牠們寧可不在乎吃飯。現在，只是純粹的搏鬥了，夏天的草原上那些很容易得到的食物，已經被牠們忽略不計了。

獒王虎頭雪獒和白獅子嘎保森格都沒有想到會在這裏遇到對方。四目相視的一刹那，嘎保森格差一點氣憤地叫起來：憑什麼你要干涉我的狩獵生活？這頭藏馬熊多次接近過我家的羊群，我已經盯了很長時間，牠是屬於我的，應該由我來咬死牠。但是嘎保森格馬上抑制住了自己的怒氣，畢竟牠看到的是西結古草原的現任獒王，牠不能說怒就怒，當著獒王的崇拜者冒犯了人家的尊嚴。尤其

是當牠意識到自己的野心儘管天天都在膨脹，但取而代之的時機還遠遠沒有到來時，就更不能露出任何蛛絲馬跡了。

白獅子嘎保森格朝著獒王恭順地翹起了尾巴，獒王滿意地用尾巴回應著，然後盯住了不遠處那頭已經發現了藏獒的藏馬熊。

嘎保森格殷勤地用彈性十足的四腿跑過來，和獒王虎頭雪獒肩並肩站在了一起。獒王側頭看了一眼，發現對方的肩膀跟自己的肩膀居然是不分前後的，頓時有些不高興了。沒有哪隻藏獒敢於這樣，尤其是面對強大敵手的時候，所有藏獒的位置都不得超過獒王的屁股，除非獒王允許牠們靠前。

獒王虎頭雪獒撮了撮鼻子，告訴牠在這個位置上是相當危險的，你應該朝後一點。白獅子嘎保森格愣了一下，吃驚自己居然會站到這個不該站的位置上，牠是不經意的，也就是說，牠在不經意中顯露了要和獒王平起平坐的野心。

牠有些忐忑，但牠並沒有馬上退到後面去，似乎覺得既然錯了，就沒有必要糾正了。牠氣昂昂地站著，盯著前面的藏馬熊，又用眼睛的餘光看著獒王虎頭雪獒。獒王知道自會有藏獒出面教訓這個無知的僭越者，便不再跟嘎保森格計較，眼角掛著冷笑，假裝無所謂地晃動著碩大的頭顱。

果然就有藏獒從後面躥上來，用肩膀狠狠頂了一下白獅子嘎保森格。牠就是灰色老公獒，牠萬萬沒想到，在西結古草原居然還有對獒王虎頭雪獒如此不恭的藏獒，牠的憤怒比獒王本人還要強烈，看到自己第一下並沒有把白獅子嘎保森格頂到牠該去的地方，便第二次撲了過去。

這次灰色老公獒動用了虎牙，牠想讓這個不懂禮貌的年輕人從此記住僭越的罪過就是流血的代名詞。但牠沒想到，牠所要懲罰的對象絕不是一個等閒之輩，敢於和獒王肩並肩的白獅子嘎保森格對牠這隻灰色老公獒有著十二分的輕蔑。

就在灰色老公獒第一次從後面躥上來，狠狠頂了牠一下後，白獅子嘎保森格就已經知道老公獒完全不是自己的對手。老公獒用肩膀頂牠，差不多就是頂在了岩石上，受傷的只能是牠自己。所以當灰色老公獒第二次撲過去時，白獅子嘎保森格採取了一個讓包括獒王在內的所有藏獒大吃一驚的舉動，那就是一躍而起，從撲過來的灰色老公獒的頭頂一閃而過，落地的同時，忽地轉過身來，一口咬住了老公獒的尾巴，用力一拽，便把老公獒拽得趔趄了身子。

灰色老公獒狂叫一聲，彎過腰來就咬。白獅子嘎保森格旋風一般又把身子轉了回去，再一次一躍而起。這一次牠是躍向前方的，前方是牠們共同的敵手藏馬熊。整個過程簡練、流暢、機智、兇狠，一點多餘的動作也沒有，每一個環節的銜接都恰到好處，尤其是兩次躍起和兩次轉身，簡直就是爐火純青的撲殺表演。

獒王看著大為驚歎，心說：這個白獅子嘎保森格怪不得有些驕傲，原來牠有如此不凡的身手。牠想衝著嘎保森格發出一聲讚美的喊叫，有一種隱秘的力量阻止了牠，至於那是一種什麼力量，牠並不知道，或者說暫時不知道。牠看著白獅子嘎保森格已經撲到了藏馬熊跟前，趕緊助威似的邊吼邊跑了過去。

這是一頭棕色的大公熊。大公熊一看到藏獒，本能的反應就是逃跑，因為藏獒是草原上唯一

能夠對抗甚至殺死熊這種龐然大物的四腳動物。但是現在牠跑不了了，一隻白獅子一樣的藏獒已經撲到眼前，擋住了牠的去路，另外幾隻藏獒正從四面八方朝牠包抄而來。牠惱怒地吼叫著，人立而起，朝著白獅子嘎保森格一掌扇了過去。

嘎保森格躲開了，牠知道這一掌的分量，一旦挨上，那就別想站著離開這個地方，尖利的指甲會劃得你皮開肉綻，猛烈的力量會打得你筋斷骨折。扇不著對方的大公熊狂怒而嘯，就像山體倒塌那樣撲了過來。白獅子嘎保森格朝後一跳，再一次成功地閃開了。

但躲閃不是白獅子嘎保森格撲過來的目的，牠的目的是要在獒王虎頭雪獒和牠的夥伴面前表現自己，所以牠必須攻擊，而且要一擊得逞。沒有機會，大公熊保護著自己最容易受到傷害的柔軟的肚腹，舉起兩隻沉重的前掌，左一掌，右一掌，搞得嘎保森格只能把自己的撲咬限制在離對方一米遠的地方。

如果在平時，牠獨自面對藏馬熊，或者跟自己的牧羊夥伴新獅子薩傑森格和鷹獅子瓊保森格共同面對藏馬熊，牠就不會爲不能馬上接近對方而焦灼不安。因爲和藏馬熊的對抗並不是比速度，而是比耐力。只要你能堅持撲咬，不停地撲咬，藏馬熊在扇打不著的情況下，就會漸漸煩躁起來，一煩躁就沒有章法了，就會露出破綻而讓你的撲咬變得名副其實。但是現在不行，現在不是耐力比賽而是速度比賽，因爲跟你比賽的已不是藏馬熊，而是自己的同類，是自己向來不服氣的獒王虎頭雪獒和牠的同伴。

白獅子嘎保森格著急地左奔右跳，引誘得大公熊更加著急地左撲右扇。雙方都在浪費精力和時

間，嘎保森格仍然沒有機會用牙刀豁開大公熊的肚子，拉出裏面的腸子，大公熊也沒有機會接觸到對方的身體，哪怕撕下一撮雪白的獒毛。打鬥一下子進入了膠著狀態，似乎再也不會激烈起來了。

一直環繞在大公熊身後的獒王虎頭雪獒和牠的同伴互相看了看。灰色老公獒和大黑獒果日有點按捺不住了，想從後面撲上去。獒王用喊聲制止了牠們，然後把大尾巴一墊，悠閒地坐在了地上。牠想見識見識白獅子嘎保森格的身手，自己並不急著發威，因爲對牠來說，並不需要用單獨咬死一頭藏馬熊的做法來證明自己什麼，牠已經單獨咬死過許多藏馬熊了。

白獅子嘎保森格的身手在大公熊面前似乎變得僵硬了，單調了，都不如一般的藏獒了。甚至有幾次，牠都顯出了牠這種藏獒不該有的膽怯，因爲當躲閃的策略換不來進攻的機會時，躲閃本身就成了目的，這種目的造就的只能是狼狽、無能和氣急敗壞。

還是膠著，似乎永遠都是膠著。獒王虎頭雪獒站了起來，牠尋思自己的作用當然不是站在大公熊的身後防止牠轉身逃跑，既然你拿不下來，那就看我的了。牠吼了一聲，以獒王威武有力的步態走了過去。

按照牠的想法，牠要走過去用這種步態告訴白獅子嘎保森格：請你讓開，看我和大公熊單打獨鬥，一刻鐘，絕對不超過一刻鐘，大公熊滾燙的血就會淹沒我冷颼颼的牙齒，到時候你也來喝幾口啊。但讓獒王虎頭雪獒失望的是，牠的想法並沒有實現，不等牠走過去，局勢突然就發生了變化。

當白獅子嘎保森格再次撲過去，暴躁的大公熊再次人立而起，用厚重的熊掌猛扇了一下後，嘎保森格用更快的速度退了回來。牠沒有像前幾次那樣等到對方四肢著地之後再行撲咬，也沒有像前

幾次那樣退回來後穩站在地上，看著厚重的熊掌扇出第二下第三下，而是四腿猛然一彈，再次撲了過去。

這次牠用足了力氣，如同一支射出去的箭鏃，寒光一閃，便嗡然中的。牠一口掏進了大公熊的肚子，牙刀的深度足以切斷最隱蔽的腸子。大公熊的大掌扇過來了，忽地掀起一股風，風到掌到，眼看就要扇到嘎保森格的腰上了。忽地一下，也是風起腰走，嘎保森格流水一樣把自己柔韌的身子扭得跟大公熊平行了起來。

可怕的熊掌扇在了嘎保森格雪白的尾巴上，雪白的尾巴這時候變成了真正的雪，蓬鬆而柔軟，飄起來化解了熊掌飛刀一樣的鋒刃和強大的力量。接著，白獅子嘎保森格縱身朝後一跳，離開了大公熊，用虎牙勾出來的腸子灑了一地，從肚子裏冒出來的血水灑了一地。

大公熊吼叫著，反抗著，山影一樣高大的身軀一次次立起來，一次次趴下去。白獅子嘎保森格遠遠地躲開了牠，所有的藏獒都遠遠地躲開了牠。牠們知道，再也沒有必要浪費精力去和牠對峙了。牠們愣愣地看著，直到牠躺下而不是趴下，直到牠吼喘著再也起不來了。

白獅子嘎保森格在獒王虎頭雪獒和牠的夥伴們面前得意地走了幾個來回，然後昂然邁著方步走向了正在死去的大公熊。獒王望著牠，什麼表示也沒有。而在過去，在牠看到別的藏獒顯露不凡身手的時候，總是要高叫著讚美幾聲的，如果關係比較近，牠還會走過去碰碰鼻子，以示祝賀。

獒王的沉默影響了牠的夥伴，灰色老公獒和大黑獒果日以及別的幾隻藏獒冷冷地看著，謹慎地和白獅子嘎保森格保持著身體和心靈上的距離。獒王虎頭雪獒似乎覺得氣氛太沉悶了，便用張開鼻孔伸伸舌頭的表情告訴夥伴：白獅子嘎保森格的身手是不錯的，但不是最好的，因爲相持的時間太長了，最好的藏獒，無論遇到什麼樣的對手，都必須在二十分鐘內結束戰鬥。

灰色老公獒馬上用舔舔獒王屁股的動作表示：就像獒王你一樣。大黑獒果日則用聳動額毛的樣子告訴大家：嘎保森格永遠不能跟我們的獒王相提並論。

以獒王虎頭雪獒爲首的七八隻藏獒和白獅子嘎保森格，一起圍著一頭咬死的藏馬熊，酣暢淋漓地吃喝起來。

按照慣例，只要獒王在場，獵物的心臟是要獻給獒王的，心臟幾乎是一包血，那是獵物身上最溫暖最甘美的地方。但是這次是個例外，白獅子嘎保森格搶在獒王前面，兩口就把大公熊的心臟吞掉了。

獒王的幾個夥伴埋頭自己的吃喝，沒看見心臟的去向。獒王虎頭雪獒看見了，不免有些吃驚。牠表面上極力裝出一副大度寬容的樣子，整個神情沉浸在大吃大喝的痛快中，可內心卻是難以平靜的，強烈的不滿幾乎使牠把大公熊的肉當成嘎保森格的肉。

獒王虎頭雪獒以爲，和這次嘎保森格對牠的不恭相比，此前發生的所有不恭都是可以一笑了之的。但是這次不能，因爲牠發現白獅子嘎保森格在吃掉心臟之前，頗有深意地望了牠一眼，這就證明對方是故意的，是在向牠的權威發出挑釁而不是忽略了禮節。既然如此，對方吃掉的就不僅僅是不該牠吃的心臟了，而是獒王的尊嚴和存在。而所有敢於蔑視獒王尊嚴和敢於忽略獒王存在的藏獒都只有一種心態，那就是牠覺得自己比獒王能耐，自己在勇武和智慧方面都已經超過了獒王或者即

將超過獒王。面對這樣一隻自視其高的藏獒，獒王唯一的選擇就是打掉牠的氣焰，消除牠覬覦王位的野心。除非獒王已經老了，老得都不想把尊嚴和權力當回事兒了。

然而獒王虎頭雪獒並沒有老，牠正處在藏獒身強力壯、意氣風發的黃金年齡階段，絕對不允許任何一隻藏獒威脅到牠的權力和地位。如果像白獅子嘎保森格這樣，以爲自己多麼了不起，而無視獒王享受獵物心臟的權力，那牠得到的就只能是來自獒王的嚴厲懲罰。

是的，是懲罰，對白獅子嘎保森格的懲罰是遲早的事，但不是現在。獒王虎頭雪獒以爲，現在最最要緊的還應該是儘快解決雪山獅子岡日森格的問題。牠必須吃飽肚子，按照牠從流浪漢藏扎西的話裏獲取的訊息，進入昂拉雪山，追蹤岡日森格和七個上阿媽的孩子。牠始終認爲，岡日森格，牠決心一口咬死的同類仇敵岡日森格，就在冰山雪嶺的一角，神態安詳地等待著牠。

獒王虎頭雪獒帶著牠的同伴很快離開了那塊饕餮之地。白獅子嘎保森格用戲謔的吠聲送別著牠們。獒王挺胸昂首，沒有做出任何理睬的表示。獒王的幾個夥伴同樣也採取了不予理睬的態度。於是白獅子嘎保森格知道，牠已經把獒王虎頭雪獒徹底得罪了。

第十四章　小白獒的噩運

尼瑪爺爺家要遷徙了，是頭人索朗旺堆讓他們這樣做的。

索朗旺堆說：「今年春天雨水多，夏天的草長得好，雪線下的地面都綠了。你們應該到遠遠的山上去放牧，讓野驢河兩岸草原上的草長得高高的，留給冬天，也留給明年，明年的草就沒有今年好了。丹增活佛說過，草原是一年一盛的，自然也是一年一敗的。」

梅朵拉姆當然不能跟著他們走，她得住到別的牧人家裏去了，真是戀戀不捨。她向尼瑪爺爺道別，向班覺和拉珍兩口子道別，又抱著七歲的諾布，把他的臉蛋親了個通紅，然後就是向藏獒們道別了。

小狗們不諳世事，依然頑皮地活蹦亂跳著，一點也不受長輩情緒的影響。牠們的長輩三隻大牧狗和兩隻看家狗可都知道遷徙是怎麼回事兒，遷徙就是分別，跟熟悉的草原和野驢河分別，跟一些捨不得離開的人和狗分別。而在這個早晨，最主要的分別對象，顯然就是腳邊放著行李的漢姑娘梅朵拉姆了。五隻大藏獒憂傷地望著梅朵拉姆，滯重而緩慢地搖著尾巴。

梅朵拉姆給這個捋捋毛，給那個拍拍土，用自己美麗的眼睛告訴牠們：這是最後一次了，至少在整個夏天和秋天，我不可能再給你們捋毛拍土了。她當然對白獅子嘎保森格格外動情，捋著牠的毛，從脖子一直捋到尾巴，突然就傷心地哭了，眼淚嘩嘩的。嘎保森格安靜地依偎在她懷裏，舔著她的手和腿，眼睛裏也是濕濕的。

最後是向三隻小狗道別。她說：「嘎嘎、格桑、普姆，過來呀。讓我最後抱你們一次，等你們下次回來的時候，我就抱不動你們了，你們就是大狗了。到那個時候，你們還認識我嗎？」

格桑和普姆過去了，小白狗嘎嘎不過去，牠的瘸腿阿媽和牠的阿爸白獅子嘎保森格就用鼻子輪番把牠拱了過來。梅朵拉姆蹲在地上把三隻小狗抱在懷裏，輪換著讓牠們咬自己的手。牠們假裝使勁咬著，但和以往一樣沒有咬疼她。

馱著帳房的犛牛已經出發，在前面帶路的班覺早就騎馬離開，羊群和牛群開始上路，忠於職守的三隻大牧狗白獅子嘎保森格、新獅子薩傑森格和鷹獅子瓊保森格向她最後搖了一下尾巴，毅然轉身，跟著畜群走了。梅朵拉姆知道，該是鬆手讓三隻小狗離開的時候了。但是她猶豫著，怎麼也不忍心鬆手，她覺得一鬆手就什麼也沒有了，人情和狗情都沒有了。

這時，站在她面前的尼瑪爺爺說了一句什麼，接著，拉珍也說了一句同樣的話。他們的話，漢姑娘梅朵拉姆沒有聽懂。拉珍對站在自己身邊的瘸腿阿媽和那隻名叫斯毛的看家狗揮揮手說：「快走吧，快走吧，再不走就跟不上了。」等牠們一走，拉珍就從梅朵拉姆懷裏抱起一隻小黑狗交給了尼瑪爺爺，又抱起另一隻小黑狗自己摟著，然後說：「再見了，姑娘。」

這句話梅朵拉姆聽懂了。她站起來，要把自己懷裏的小白狗嘎嘎還給拉珍，卻見拉珍擺擺手，從自己身上扯下一塊做手巾的熟羊皮蒙在了嘎嘎頭上，梅朵拉姆這才明白尼瑪爺爺和拉珍的意思：妳這麼喜歡我們家的狗，妳就留下一隻吧。

她愣住了，不知道自己該不該接受這禮物。尼瑪爺爺笑了笑，走了。拉珍也笑了笑，走了。等她回過神來，激動地說了一聲「謝謝」，又說了一聲「可是我不能要」，但他們已經聽不見她的聲音了。

爲什麼不能要呢？拒絕人家的禮物是不禮貌的，況且這禮物是這麼可愛這麼寶貝。這時候，梅朵拉姆完全沒有想到小白狗嘎嘎在突然失去了哥哥妹妹和阿媽阿爸後會怎麼樣。被羊皮手巾蒙住了頭的小白狗嘎嘎也沒有意識到有什麼不對，還在黑暗中，在她溫暖的懷抱裏又拱又舔，又抓又咬。

眼鏡李尼瑪來了，他是來幫梅朵拉姆搬家的。梅朵拉姆的新家就是尼瑪爺爺的鄰居工布家的帳房。工布一家本來也要按照頭人索朗旺堆的吩咐，到遠遠的山上去放牧，但是他們家的一隻最兇猛的牧羊藏獒，前天被五隻雪豹咬死吃掉了，還有一隻牧羊藏獒被雪豹抓破了肚子，眼看就要咽氣。遠遠的山上有許多的猛獸，就憑他們家現在的兩隻看家藏獒，是遠遠不夠的。索朗旺堆頭人說：「那就算了吧，工布家現在最要緊的是在領地狗群裏挑幾隻小狗，趕快用最好的牛羊肉催大，要不然，畜群就連野驢河對岸的草原也不敢去了。」

梅朵拉姆和李尼瑪來到了工布家的門口，兩隻看家狗警惕地叫起來，工布和老婆以及兩個女兒趕緊出來把客人請進了帳房。因爲常去尼瑪爺爺家串門，兩個女兒和漢姑娘梅朵拉姆早就是熟人了，她們嘻嘻哈哈從李尼瑪手裏接過行李放在了帳腳，一個拉著梅朵拉姆坐在左邊的地氈上，比比畫畫說著什麼，一個幫著阿媽先給李尼瑪端茶，再給梅朵拉姆端茶。

小白狗嘎嘎掀掉蒙在頭上的羊皮手巾，跳出了梅朵拉姆的懷抱，四下裏看了看，毫不猶豫地朝帳房外面跑去。牠是要去找哥哥妹妹玩的。出去一看，才發現這裏沒有哥哥妹妹，也看不見阿媽阿

爸，有的只是被牠叫做叔叔嬸嬸的工布家的兩隻看家狗。

叔叔和嬸嬸走過來，友好地用鼻子聞著牠。牠學著大狗的樣子煩躁地搖搖頭，轉身走開了。牠不想理睬牠們，在牠的印象中，叔叔和嬸嬸總是一本正經的，一點也不好玩。牠用稚嫩的嗓子汪汪汪地叫著，希望得到哥哥妹妹或者阿媽阿爸的回音。但是沒有，呼呼的順風和更加呼呼的逆風裏都沒有。牠開始奔跑，先是繞著工布家的帳房跑了兩圈，斷定自己的親人並不是在這裏跟牠捉迷藏後，就朝尼瑪爺爺家跑去。

沒有了，什麼也沒有了。地上沒有了帳房牠是知道的，帳房跑到犛牛背上去了。可是犛牛呢？犛牛跑到哪裏去了？主人和羊群跑到哪裏去了？哥哥妹妹、阿媽阿爸以及所有年長的藏獒都跑到哪裏去了？牠喊著牠們的名字，爬上冰涼的鍋灶，翹首望著遠方。

遠方是一片蒼茫的未知，是牠從來沒有去過的地方。牠想起曾經有一天，牠和哥哥妹妹打算走過去，看看遠方的未知裏到底潛藏著什麼，還沒有走到河水流淌的地方，就聽到了瘸腿阿媽嚴厲的吼聲：「回來，回來。」牠們不聽阿媽的，阿媽就讓牠的好姐妹斯毛阿姨飛奔而來，一爪打翻了哥哥，又一鼻子拱翻了妹妹，然後一口叼起了牠。

斯毛阿姨跑回帳房門口，把牠交給了阿媽。阿媽張大嘴好一陣炸雷般的訓斥，差一點把虎牙攮到牠的屁股上。從此牠知道，作爲小狗，是萬萬不能因爲遠方的誘惑，而離開大狗，離開主人的帳房的。

可是現在，人和狗都到遠方去了，就把牠一個丟下了。遠方到底有什麼？他們爲什麼要丟下

我？牠嗚嗚嗚地哭起來，淚眼模糊了，什麼也看不見了，也忘了自己是站在鍋灶上的，屁股朝後一坐，噗通一聲滾了下來。牠在地上滾了好幾滾，哼哼唧唧就像撒嬌一樣，突然覺得一股強烈的異味撲鼻而來，身子一挺，碰到一隻毛烘烘的爪子上。牠趕緊爬起來，甩掉眼淚一看，發現面前站著三隻像狗但絕對不是狗的東西。牠愣了，接著就驚叫一聲，渾身的白毛頓時豎了起來。

狼？小白狗嘎嘎知道這是狼。雖然迄今為止，牠是第一次見到狼，但祖祖輩輩遺傳的記憶讓牠一降生就知道狼是什麼味兒的。牠稚氣地叫起來，四肢拼命朝後繃著，做出要撲過去的樣子。牠是藏獒的後代，儘管牠很小，小得不夠三匹狼吃一頓的，心裏也很害怕，害怕得尾巴都僵硬了，但牠卻不知道什麼叫逃跑和乞求，因為在牠幼稚的骨子裏，沒有對狼示弱的基因，狼來了的意義對牠來說，就是誘發牠的撲咬和殺性。

三匹狼望著牠，覺得牠這個樣子十分可笑，就流著口水用了一點時間和耐心來欣賞牠的可笑。但就是這一點時間，突然讓站在後面的一匹母狼改變了主意。牠看到自己的丈夫用一隻爪子猛地摁住小狗，就要一口咬下去，便迅速一跳，用肩膀頂開了丈夫。母狼張嘴把小白狗嘎嘎叼了起來，就像叼住自己的孩子那樣用力用得恰到好處，既沒有傷著小白狗的皮肉，也不至於使牠掉下來。

母狼朝前跑去。牠的丈夫和另外一匹公狼追上去，想從牠嘴裏把食物搶過來，卻被牠用從胸腔裏發出的低低的吼聲阻止在了一米之外。在接下來的時間裏，母狼堅定地拒絕兩匹公狼的靠近。牠警惕地看著牠們，選擇最便捷的道路，朝著昂拉雪山小跑而去。

草原連接著昂拉雪山的灌木林，光脊梁的巴俄秋珠跳了出來，望著叼在狼嘴上的小白狗，吃驚

地叫了一聲：「雪狼。」三匹雪狼陡然加快了奔跑的速度。雪狼是荒原狼的一種，牠們因爲毛厚怕熱，居住在寒冷的雪線之上。和雪線上的許多動物比如雪兔、雪鼠、雪狐一樣，牠們也長著一身能夠把自己混同於冰天雪地的雪白的絨毛。毛色加上隱蔽的行蹤，使牠們顯得非常詭秘，雪線上的霸王藏馬熊和雪豹很少能傷害到牠們。

雪狼以狡猾和陰險著稱草原，牧人們要是形容一個人不老實，就說你奸得就像一匹雪狼。雪狼是很少通過搏殺獲取食物的一種狼，牠們總是挑選最沒有危險、最容易混飽肚子的時候出現在草原上。比如現在，當牧人剛剛搬家，草地上殘留著許多人居痕跡的時候，牠們甚至比烏鴉更及時地來到了這裏，想看看有沒有遺棄的腐肉、骨頭或者一塊皮子、半截皮繩。

讓牠們喜出望外的是，一隻懵懂無知的小白狗出現在了牠們面前。這是一小堆活生生的鮮嫩無比的食物，招惹得牠們口水直流。但是母雪狼卻把口水咽了回去，出於一種暫時誰也不知道的原因，牠由一個獵食者迅速變成了食物的保護者。

昂拉雪山面對草原的第一個積雪的衝擊扇很快出現了。母雪狼加快速度和兩匹公雪狼拉開了距離，然後停下來，用一隻前爪踩住小白狗，呼哧呼哧喘著氣。小白狗汪汪汪地反抗著，好幾次都咬住了母雪狼的爪子。母雪狼用帶刺的舌頭狠狠舔了牠一下，舔得小白狗有點發暈，眼睛裏頓時滲出了酸澀的淚水。這時，兩匹公雪狼已經追了上來，母雪狼叼起小白狗就跑，一直跑過開闊的衝擊扇，跑進了昂拉雪山冰白的山谷。

一座雪丘後面，帶領幾個同伴埋伏已久的獒王虎頭雪獒悄悄地探出頭來，用一種霧濛濛的眼光望著三匹雪狼。牠身邊的灰色老公獒和大黑獒果日顯然已經等得不耐煩了，就要跳起來衝過去。獒王用嚴厲的眼神和前爪刨雪的動作制止著牠們，繼續用霧濛濛的眼光望著三匹越來越近的雪狼。

牠看到一匹母雪狼跑在前面，兩匹公雪狼跑在後面，母雪狼的嘴裏叼著一隻小白狗，便用只有獒王才會有的寬厚的鼻子使勁聞了聞，聞出小白狗身上散發著藏獒的氣息，並且這氣息跟白獅子嘎保森格的氣息是一模一樣的。獒王虎頭雪獒意識到，牠就是尼瑪爺爺家的小狗，牠的母親是一隻瘸腿藏獒，父親就是白獅子嘎保森格。

白獅子嘎保森格？一想起這個名字，獒王虎頭雪獒的心尖就倏然一抖。嘎保森格真是了不起啊，連自己的孩子都保護不好，怎麼還能指望牠保護牧人家的羊群和牛群呢？獒王沒有出擊，從來就是見狼就衝的獒王虎頭雪獒這一次沒有出擊。牠眼看著三匹雪狼叼著一隻小白狗，從自己眼皮底下快速走過，而沒有履行一隻藏獒的職責。

藏獒的職責，在心靈深處那個聲音的告誡下悄然隱退了，那個聲音是此刻牠諦聽到的唯一的聲音：在整個西結古草原，只有白獅子嘎保森格敢於挑戰你的權力，蔑視你的存在，你是決定要懲罰牠的，懲罰的日子不是已經來到了嗎？用自己的利牙打擊牠，和用失去孩子的痛苦打擊牠其實是一樣的，前者體現的是你的勇氣，後者體現的是你的智慧，無論勇氣還是智慧，都是獒王必不可少的武器。

就在獒王這麼想著的時候，三匹雪狼已經不見了，漫漫起伏的冰山雪嶺消隱了牠們矯健的身

影。獒王虎頭雪獒惡狠狠地叫了一聲，意思是說：算你們命大，遲早我要吃了你們。夥伴們望著獒王，有的理解，有的不理解，但不管是理解的還是不理解的，都表示了絕對的服從。

獒王虎頭雪獒猛然跳上雪丘，眺望著白茫茫的山影，堅定地朝前走去。牠用這個舉動告訴牠的夥伴：找下去，找下去，繼續找下去，找不到目標，我們決不出山。

已經有十多天了，牠們轉悠在昂拉山群裏，尋找可惡的來犯者。岡日森格在哪裏？七個上阿媽的孩子在哪裏？開始是有資訊的，空氣中有岡日森格的氣味，雪地上有七個上阿媽的孩子的氣味。聰明的獒王知道，雪地上沒有岡日森格的氣味，是因爲人把牠揹進了昂拉雪山，還知道人和狗是在一起的，只要聞著空氣找到岡日森格，就能找到七個上阿媽的孩子；只要聞著積雪找到七個上阿媽的孩子，就能找到岡日森格。

但是後來，風把岡日森格的氣味吹散了，又捲起雪粉，把七個上阿媽的孩子的氣味覆蓋了。當什麼也聞不到了的時候，牠們就開始四處轉悠，一個山谷一個山谷地尋找。牠們沒有找到執意要找的，倒是一連兩天碰到了兩頭藏馬熊。牠們把藏馬熊當作晚飯吃掉了；後來又兩次碰到了三隻雪豹，牠們又把雪豹當作午飯吃掉了；還有一次，牠們圍攻致死了一頭雄健的野犛牛，野犛牛轟然倒下的時候，震得近旁的雪山發生了雪崩，牠們撒腿就跑，轉眼之間，野犛牛就被崩下來的冰石雪塊掩埋了。

吃不上野犛牛肉就去吃雪狼肉，雪狼肉是濃膻濃膻的。獒王虎頭雪獒和牠的夥伴最喜歡吃的就是這種膻膻的雪狼肉。但是今天，牠們放過了最不該放過的三匹雪狼。

牠們忍著饑餓，走向一座牠們從未到過的高大雪峰，用牠們銳利的眼睛、聰靈的耳朵和敏感的鼻子，繼續在冰天雪地裏尋找西結古藏獒的仇敵岡日森格，和西結古人的仇家七個上阿媽的孩子，同時也尋找可以果腹的野獸。

牠們喜歡吃食肉動物，越是兇猛的野獸，就越會成爲牠們奔逐獵食的對象。牠們從來不吃那些柔弱溫順的動物，不吃羊，盤羊、岩羊、藏羚羊都不吃，也不吃野驢和野駱駝，更不吃麋鹿、白唇鹿、梅花鹿、馬麝和四不像。有時候餓極了，累極了，牠們也會拿唾手可得的旱獺和野兔充饑，但是不經常，也不會一頓吃飽。牠們總是把自己餓著，用尋找食物時超量的運動來加強腸胃的蠕動，用腸胃的蠕動來製造難以忍受的饑餓感，用難以忍受的饑餓感來催動牠們挑戰野獸的勇氣和習慣。

大概正是這種喜食猛獸血肉的習慣，才使牠們成了草原上能夠吃掉所有野獸的野獸。換一種說法：所有的野獸總是挑選那些比自己弱小好欺的動物當作捕食對象，唯獨藏獒總喜歡吃掉比自己更兇殘更毒辣的殺手、比自己更強大更瘋狂的嗜血者，於是，牠們就成了草原上所向無敵的第一殺手、第一嗜血者。

這一天，獒王虎頭雪獒和牠的夥伴仍然沒有找到岡日森格和七個上阿媽的孩子。牠們找到了一對猞猁，自然是抓住了，咬死了，吃掉了；又碰到了一隻雪狐，自然又是抓住了，咬死了，吃掉了。夜晚來臨的時候，牠們還在找，和人相比，牠們從來不知道什麼叫氣餒和沮喪；也沒有過於明確的時間概念——已經找了多長時間？還要尋找多長時間？這些問題統統不存在，只要沒找到，就要找下去，哪一天找到，哪一天算完。

第十五章　仙女與巴俄秋珠的靴子

當梅朵拉姆和李尼瑪在草原上尋找小白狗嘎嘎的時候，光脊梁的巴俄秋珠一直待在草原連接著昂拉雪山的灌木林裏。灌木林深處有幾頂帳房，那是繪飾著八寶吉祥圖的彩帳，是野驢河部落的頭人索朗旺堆一家消暑度夏的地方。頭人的兒子們和侍女們常常在這裏唱歌跳舞，唱歌跳舞的時候穿著靴子，不唱歌跳舞的時候就不穿靴子。

不穿靴子的時候，靴子就和衣服帽子一起亂扔在草地上。你悄悄地走過去，他們不知道，你悄悄地拿走一雙靴子，他們也不知道。他們是燠夏原野上的乾柴烈火，哪裏有時間瞻前顧後。

可是今天他們一直在唱歌，唱累了就吃喝，吃好了再唱歌，似乎知道巴俄秋珠的眼睛盯上了靴子，任你怎麼盼望，他們也不肯把靴子脫下來扔到地上。所以巴俄秋珠就一直沒有離開灌木林，儘管他看到了草原上梅朵拉姆和李尼瑪的身影，也聽到他們一遍又一遍地叫著嘎嘎的名字，但是他沒有及時走過去告訴他們自己看到的那一幕：一匹母雪狼叼著小白狗嘎嘎，在兩匹公雪狼的追隨下，跑進了昂拉雪山。

巴俄秋珠尋思：仙女梅朵拉姆說了「你應該穿雙靴子」，我還沒有靴子，我怎麼走到梅朵拉姆跟前去?不過已經不會太遠了，我就要有靴子了。

「嘎嘎，嘎嘎。」在離碉房山不遠的草原上，環繞著工布家的帳房，梅朵拉姆和李尼瑪東一嗓子西一嗓子地喊著，身邊是清淩淩的野驢河，遠處是一脈脈連綿不絕的雪山冰嶺，冰嶺之下，綠色淺淺的高山草甸連接著黑油油的灌木叢。

灌木叢是一片一片的，衝開山麓前松杉林的圍堵，流水似的蔓延到了草原上。草原放縱地起伏坦蕩著。「嘎嘎，嘎嘎。」兩個人的叫聲飛起來落下去，就像硬邦邦的石頭砸出了野驢河琮琮的響聲，滿河灣的麻子魚、黃魚和狗頭魚既好奇又驚慌，鬧騰出一片噗通噗通的魚跳聲。

李尼瑪不知不覺拉起了梅朵拉姆的手，雖然還是「嘎嘎，嘎嘎」地叫著，但心思已經不在那隻跟他無關的小白狗身上了。或者說，他並不希望小白狗嘎嘎這時候真的被他們從草叢裏或者鼠洞裏喊出來，就這樣一直喊下去多好。手拉著手一邊喊著一邊走著，突然，狼來了，他把她抱住了。狼又走了，他把她放開了。

放開幹什麼？尋找嘎嘎已經變成了一個機會，一個和梅朵拉姆單獨在一起的機會，千萬不能錯過。再次拉起她的手，拉著拉著就把身子也拉到一起了。親她的臉，親她的嘴，使勁，使勁。

他使勁想讓她明白，其實他最想使勁的並不是嘴，但她總是不願意明白，身子本能地躲著他，一躲就仰躺到了草地上，就給他提供了一個餓豹一樣撲上去啃咬的機會。於是他就真的變成了一隻餓豹，似饑餓的小豹子貪婪地啃咬著她的乳房。她是母豹，她的母豹的豐盈圓滿的乳房，哺育著他這隻青春激蕩的公豹。

李尼瑪胡思亂想著，突然張開雙臂抱住了梅朵拉姆。梅朵拉姆好像早有準備，使勁推開他，大聲說：「你要幹什麼？趕快找嘎嘎。嘎嘎，嘎嘎。」她尖厲地喊叫著兀自前去。李尼瑪掃興地追了上去，盯著梅朵拉姆的背影乾巴巴地喊著：「嘎嘎，嘎嘎。」

環繞著工布家的這片草原差不多被他們用腳步丈量了一遍，嘎嘎一定是跑到更遠的地方去了。更遠的地方有更大的危險，梅朵拉姆不敢去。她在那裏遇到過金錢豹，遇到過荒原狼，已經是驚弓之鳥了。尤其是沒有藏獒陪伴的時候，她只能在這裏尋找。她眺望著草潮漫漫的地方，突然抽抽搭搭哭起來。她覺得嘎嘎已經死了，已經被豹子或者狼吃掉了。

李尼瑪走過去安慰她，不是用語言，而是用手。他用自己的手給她揩眼淚，揩著揩著就不老實了，就捂到她的胸脯上去了。

梅朵拉姆再一次推開他，生氣地說：「你走開，你不要跟著我。」

大概是美麗姑娘的眼淚刺激了李尼瑪，大概是西結古草原的牛羊肉和酥油糌粑格外能催動起情慾來，大概是李尼瑪突然就不知道自己是誰，也不知道對方是誰了，他沒有妥協，他像一隻決不妥協的藏獒一樣撲向了牠的敵人——一隻母豹或者一隻母狼。

梅朵拉姆完全沒有想到會是這樣。她被他壓倒了，又被她一口咬住了脖子。更糟糕的是他的兩隻手，瘋狂地撕扯著她的衣服。夏天的衣服本來就不多，撕扯幾下也就沒有了。

這時候，他的牙咬住了她的乳房，他的兩隻手又去撕扯她的褲子。她在反抗，用腳蹬他，用拳頭打他，甚至用牙咬傷了他的肩膀。但是毫無作用，他現在是沒有疼痛感覺的，你就是割掉了他的頭，他照樣要幹他想幹的事情。

褲子扯掉了，似乎扯她的褲子比扯他自己的褲子還要容易。她極不情願地精赤著，眨眼之間，貞操成為歷史，處女紅鮮花一樣綻放在草原上的時候，梅朵拉姆就像被野獸猛咬了一口，慘烈地大叫一聲。

不是這一聲慘叫召喚了巴俄秋珠，而是他本來就奔跑在想和梅朵拉姆見面的路上。他來了，他終於有了靴子，所以他來了。那是一雙羊毛褐子和大紅呢做靴筒的牛皮靴子。他穿著靴子飛奔而來，因爲不習慣，好幾次差一點絆倒。他依然光著脊梁，堆纏在腰裏的皮袍隨著他的奔跑呼扇呼扇的，腳上的靴子是七層牛皮靴掌的，讓他陡然長高了幾寸。

他跑著，風是他的聲音，水是他的路線，等他突然停下的時候，野驢河嘩啦一聲激響，風沒了，平靜了。他愣在那裏，看到灌木林裏頭人的兒子們和侍女們往草地上亂扔靴子和衣服的事情，居然也發生在這裏，發生在李尼瑪和梅朵拉姆身上。不同的是，和頭人的兒子們在一起的侍女們是高興的，而和李尼瑪在一起的梅朵拉姆是不高興的。這一點他一聽就明白，梅朵拉姆的叫聲裏充滿了怨怒的毒素。

他站了一會兒，走過去，悄悄的，就像走向了頭人兒子的靴子。他從草地上撿起了李尼瑪的衣服、褲子和鞋子，退了幾步，轉身就跑。

他還是不習慣穿著靴子奔跑，又是好幾次差一點絆倒。他跑向了野驢河水流最急最深的地方，想把懷裏的東西扔進河裏讓水沖走。眼看想法就要實現了，突然他又改變了主意。他看到一大群領地狗正臥在河邊無所事事地曬太陽，便揮動手臂吆喝起來：「獒多吉，獒多吉。」

領地狗們頓時來了精神，紛紛朝他跑來。他把懷裏的衣服、褲子和鞋子扔了過去，慫恿牠們跳起來爭搶。領地狗們以爲這是他跟牠們玩呢，就像馬戲團裏訓練有素的動物演員那樣，你叼一下我

叼一下，然後爭寵似的送到他手裏，居然一點損壞也沒有。巴俄秋珠氣呼呼地接過衣服、褲子和鞋子，摔到地上，用腳，不，用他剛剛穿上的靴子狠狠地踩著，踩著。

領地狗們從來沒見過他穿靴子，都驚訝地看著，彷彿說：「好啊，你也穿上這個了。」很快又明白，巴俄秋珠並不是在賣弄自己的靴子，他是要牠們明白這些東西都是壞東西，是該撕該咬的外來的東西。領地狗們撲上來了，你撕我扯地不亦樂乎。那些東西哪裏經得起牠們折騰，轉眼之間就七零八碎了。

巴俄秋珠知道，重要的還不是毀掉這些東西，而是讓領地狗們有一次毀掉這些壞東西的經歷，這樣的經歷會讓牠們對壞東西的氣味產生記憶，從此，只要牠們碰到這種氣味，也就是說碰到李尼瑪，撕咬的衝動就會油然而生。

巴俄秋珠想像著李尼瑪光著身子走在草原上的樣子，和領地狗一見李尼瑪撲上去就咬的情形，覺得自己正在爲心中的仙女梅朵拉姆報仇，禁不住高興得咧開了嘴。他「獒多吉獒多吉」地喊著，轉身就跑。領地狗們呼呼啦啦地跟了過去，無所事事的牠們，終於有所事事了。

巴俄秋珠邊跑邊想，他現在要把梅朵拉姆從李尼瑪的強暴中解救出來；要告訴梅朵拉姆，妳滿草原尋找的小白狗嘎嘎已經不在了，牠被一匹母雪狼和兩匹公雪狼叼進了昂拉雪山，肯定被吃掉了。

等巴俄秋珠帶著領地狗來到這裏時，梅朵拉姆和李尼瑪已經分開了。梅朵拉姆穿好自己的衣褲

躺在草地上，不知道怎麼辦好。她恨死了李尼瑪，真想大哭一場，又覺得這是自找的，既然妳願意跟一個男人以戀愛的原因單獨在一起，既然妳早已知道男人的慾望有時候會變成一種不能自持的暴力，為什麼還要為失去的貞潔而大哭小叫呢？她這樣想著，就沒有哭，就發呆地躺著。

而李尼瑪卻在得逞之後驚叫起來：「褲子呢？我的褲子呢？」他到處尋找他的衣服、褲子和鞋子，近處沒有就去遠處，遠處沒有就又到近處。就在他一會兒河邊一會兒草原，赤裸裸地來回走動著抓耳撓腮的時候，巴俄秋珠夥同一大群領地狗突然出現了。

好像人與狗是提前商量好的，一到跟前，巴俄秋珠和領地狗群就自動分開了：巴俄秋珠跑向了梅朵拉姆，領地狗群跑向了李尼瑪。李尼瑪開始並沒有意識到危險，他已經好幾次面對過領地狗了，只要沒有人的唆使，牠們一般是不咬人的。但是他沒有想到，唆使已經背著他秘密地進行過了，領地狗們來這裏，就是為了和他過不去。

牠們朝他吠著，自然是小嘍囉藏狗在前，藏獒在後。藏獒們跑著跑著就不跑了，好像面前這個光身子的人根本就不值得牠們親自動手，交給小嘍囉們處理就可以了。小嘍囉藏狗們你喊我叫地奔撲而去。李尼瑪大叫一聲：「不好。」轉身就跑，沒跑多遠，一隻身手敏捷的藏狗就把牙刀舉到了他的大腿上。

儘管誰也沒看見，但一個漂亮的侍女一口咬定是巴俄秋珠偷了頭人兒子的靴子，因為她曾經發現巴俄秋珠在灌木叢後面朝這邊張望。

一個阿媽嫁給了送鬼人達赤後很快死掉的小流浪漢，一個無家可歸的塔娃，偷了頭人兒子的靴

子，這在草原上並不是小事。青果阿媽草原的風尚是：你有本事你就去搶，半路剪徑，打家劫舍，嘯聚林野，占山爲王，沒什麼不可以的。搶出了名氣，你就是南征北戰的偉大強盜，牧人敬畏，頭人佩服，請你做部落的軍事首領也是常有的事兒。但就是不能偷，偷是罪大惡極的。

打個比方：搶是藏獒的行爲，偷是狼的行爲。牧人們愛獒如命，恨狼入骨，藏獒與狼的區別，就是搶與偷的區別。在部落的法規裏，對偷竊的懲罰是：烙火印、釘竹籤、拴馬尾、割鼻子、挖眼睛、割耳朵、剁雙手、押黑房、關地牢、上腳鐐、戴手銬、吊旗杆、抽鞭子。犯了偷的人，很多都會在嚴刑中死掉，不死也是個半殘。

尤其是你不能偷竊頭人家的東西，頭人家的一張皮，頂得上牧人家的半群羊。頭人的三兒子知道懲罰偷竊罪的嚴酷峻烈，小聲對侍女說：「妳不要大聲喊叫好不好？妳去找到巴俄秋珠，賞他一個耳光，悄悄把靴子要回來不就行了？」

侍女用更大的聲音說：「那怎麼可以呢，三少爺，流浪漢的前世是可惡的狼，難道你要寬容地對待一匹狼嗎？再說，巴俄秋珠是送鬼人達赤的兒子，他渾身沾染著鬼氣，他穿了你的靴子，你的靴子上就有了鬼氣，這樣的靴子難道還能穿在你高貴的腳上嗎？」

頭人的三兒子說：「巴俄秋珠是個善良的人，我每次給他食物，他總是自己吃一半，給領地狗留一半。我不信這樣的人前世會是一匹狼，說他前世是一隻藏獒還差不多。前世是藏獒的人是應該得到好報的。」

侍女說：「三少爺真是好心腸，可惜這樣的事情我做不了主，我得告訴齊美管家，他說怎麼辦就怎麼辦。」

齊美管家做出的決定是，親自帶人帶狗去追尋巴俄秋珠。他帶的狗是給頭人看家的上等藏獒，這樣的藏獒要在草原上找到巴俄秋珠，或者說要找到頭人兒子的靴子，簡直就是袖筒裏找手，肩膀上找頭，太容易了。

一個時辰後，頭人的藏獒在野驢河邊一處寂靜的草地上找到了巴俄秋珠，牠衝他叫著並不撲過去，因爲牠認識他。齊美管家眼睛冒火，臉色陰沉，吩咐兩個隨從把巴俄秋珠綁起來。兩個隨從拿著皮繩跑過去正要動手，就見巴俄秋珠身邊的草叢裏突然站起一個人來，那是一個鮮花一樣美麗的仙女，那是一朵仙女一樣美麗的鮮花。

漢姑娘梅朵拉姆秀眉一橫，厲聲問道：「你們要幹什麼？」頓時把兩個隨從鎮住了。

齊美管家一看是梅朵拉姆，馬上彎了彎腰，朝前走了幾步，把巴俄秋珠偷靴子的事兒說了。

梅朵拉姆的第一個反應，是看看巴俄秋珠腳上的靴子，又看看他眼睛裏的驚恐說：「你怎麼可以偷東西呢？」第二個反應是瞪著齊美管家說：「不就是一雙靴子嗎？那是我讓他偷的，不，不是偷，是要，這孩子多可憐，整天在草原上跑，棘刺劃破了腳，流了多少血，你們知道不知道？你們是頭人，是管家，你們難道還缺一雙靴子？你們是管牧民的，牧民沒有靴子穿，你們爲什麼不管？你們的責任哪裏去了？」

梅朵拉姆氣不打一處來，把對李尼瑪的怨怒統統發洩給了齊美管家。

齊美管家是聽得懂漢話，也會說漢話的，梅朵拉姆的話對他來說，簡直就是聞所未聞的奇談怪

論。偷靴子居然是她的主意，而且也不是偷，是要。牧民沒有靴子穿，是因爲頭人和管家沒有盡到責任。真正是豈有此理。但是齊美管家知道西結古工作委員會的人是不能得罪的，尤其是不能得罪仙女下凡的梅朵拉姆。更重要的是，梅朵拉姆的話似乎預示了草原的未來：牧民可以拿走頭人的東西，頭人要負責牧民的靴子。嗨，草原的未來到底是怎麼回事兒啊？

齊美管家把腰彎得更低了，說：「我們三少爺說了，巴俄秋珠前世是一隻藏獒，前世是藏獒的人肯定是有好報的，這雙靴子就賞了他吧。」

梅朵拉姆說：「這就對了嘛，巴俄秋珠前世要不是一隻藏獒，他能把這麼多藏獒叫到這裏來？」

齊美管家這才發現，野驢河邊，一大群領地狗正在追逐一個赤裸裸的人。梅朵拉姆推了一把齊美管家說：「你們快去啊，快去把我們的人從狗嘴裏搶下來。」

齊美管家和他的隨從快速跑了過去，用極其嚴厲的吆喝和手勢趕走了所有的領地狗，回頭看時，發現李尼瑪的雙腿已是鮮血淋淋了。好在他一直沒有倒下，他的上半身是完好無損的；好在他是玩了命地跑，追他的小嘍囉藏狗沒有來得及躥到他前面，一口叼走他那來回甩動的生殖器。

齊美管家奇怪地打量著李尼瑪說：「衣服呢？你的衣服呢？領地狗怎麼扒光了你的衣服？」突然又明白過來，「你是脫光了要洗澡是不是？怪不得領地狗要咬你，野驢河是雪山聖河，是天神獻給草原的哈達，沒得到天神的許可，你怎麼能隨便洗澡呢？」說著，脫下自己的獐皮藏袍披在了他身上，摘下自己的高筒氈帽戴在了他頭上，拔下自己的牛鼻靴穿在了他腳上，取下自己脖子上的一串紅色大瑪瑙套在了他的脖子上，誠懇地說：

「對不起了，外來的漢人李尼瑪，西結古草原的領地狗對不起你了，這些東西就算是給你的賠罪吧。只要你穿上我的藏香熏過的衣服，戴上我的佛爺加持過的瑪瑙，我敢保證，從此以後就沒有哪一隻狗敢於咬你了。」

李尼瑪忍著疼痛，惡狠狠地瞪著已不再衝他大吠小叫的一大群領地狗，心說：我爲什麼沒帶槍呢？我要是帶了槍，非斃了牠們不可。對，以後出門，一定要把白主任的手槍帶在身上，誰敢再咬我，我就把槍口對準誰。

現在，光脊梁的巴俄秋珠有靴子了，是一雙羊毛褐子和大紅呢做靴筒的牛皮靴子，是頭人的兒子才配穿的靴子。現在，梅朵拉姆失去了貞潔，是美麗的姑娘價值昂貴的貞潔，是夢幻一樣迷人的貞潔。現在，李尼瑪成了第二個被西結古草原的領地狗咬傷的漢人，第一個是父親，傷得很重，因爲是藏獒咬的，第二個是他，傷得不重，因爲是小嘍囉藏狗咬的。現在，齊美管家正在灌木林深處的彩帳裏，向野驢河部落的頭人索朗旺堆報告靴子的事兒和領地狗咬了李尼瑪的事兒。

索朗旺堆頭人搖晃著手中菩薩像骷髏冠金剛橛形狀的嘛呢輪，半晌無話，突然抬頭望了一眼山神時刻都在顯靈的雪山，長歎一口氣說：「看來草原真的要變了，這都是徵兆啊，你不追究靴子的事兒是對的，你把自己的衣服送給人家也是對的。」

現在，梅朵拉姆哭了，不是爲自己，而是爲了尼瑪爺爺一家送給她的禮物。巴俄秋珠告訴她：

妳滿草原尋找的小白狗嘎嘎已經不在了，牠被三匹雪狼叼進昂拉雪山吃掉了。

現在，作爲西結古工作委員會會部的牛糞碉房裏，白主任白瑪烏金正在大聲訓斥他的部下：「狗是草原上最好的東西，牧人把最好的東西送給了妳，妳卻把牠丟了，而且一丟就丟到狼嘴裏去了，妳是怎麼搞的？趕緊想辦法補救，這不是一件小事兒。還有你，你說你沒有得罪領地狗，沒有得罪怎麼會把你咬成這個樣子？藏狗尤其是藏獒的態度，就是草原的態度，藏狗不喜歡你，就等於牧民不喜歡你。你來西結古草原這麼長時間了，怎麼連和狗搞好關係的本事都沒有學會？還有這件獐皮袍子，這頂高筒帽子，這雙牛鼻靴子，這串大紅瑪瑙，都是很貴重的，你不能留下來，免得人家說我們西工委的人貪財腐化。梅朵拉姆，妳趕快給他抹藥，治好了傷，頭一件事情，就是把東西還給人家；第二件事情，就是做好狗的工作，讓狗認識你。還有，你們兩個不要老是在一起，免得影響不好。一男一女的，盡往野地裏跑，像什麼話！」

第十六章　雪山中的密靈洞

整整半個月的平安寧靜，經過藏醫尕宇陀的精心治療，加上頓頓都是乾牛肺和碎羊骨的餵養，岡日森格的傷口迅速痊癒著，精神也飽滿起來。

一天中午，牠走出密靈洞，在雪谷裏轉了一圈，回來時居然叼著一隻雪鼬。第二天一大早，牠又出去了，回來時同樣叼著一隻雪鼬。

雪鼬就是雪線上的黃鼠狼，是一種善跑善鑽的傢伙，岡日森格居然把牠捉住了，這說明了什麼？岡日森格自己是知道的，要不然牠不會像出示證據一樣，兩次都把雪鼬放在藏醫尕宇陀和七個上阿媽的孩子面前。

藏醫尕宇陀呵呵地笑著，拍打著岡日森格碩大的頭顱說：「今天能活捉雪鼬，明天就能咬死狼了。」

雪鼬還活著，岡日森格用兩隻爪子輪番撥拉著，送到了大黑獒那日的嘴邊。臥在地上的大黑獒那日一口咬住了雪鼬的喉嚨，使勁磨著牙，磨了一會兒才把脖子咬斷。牠咯吱咯吱嚼著脆骨吃起來。

岡日森格一直在旁邊看著，一口牙祭也不打。這就是岡日森格和大黑獒那日的區別，也是看家狗和領地狗的區別。岡日森格曾經做過看家狗，草原上最好的看家狗一般不在野外獵食動物，除非遇到不吃就會餓死的情況。

大黑獒那日吃得很慢，藏醫尕宇陀蹲在牠身邊，不停地把一些寶石粉、麝香粉和藏紅花摻和起來的藥粉撒到雪鼬的肉上。大黑獒那日知道這些藥粉是治傷的，貴重得就像金子，一點也不浪費地舔了進去。尕宇陀輕輕摸著牠的頭說：「你傷得太重了，還得養些日子，才能到野外自己找食吃。」

大黑獒那日頭上的傷口正在癒合，斷了的鼻樑又被尕宇陀接好了，兩次受創的左眼已不再腫脹。但是尕宇陀的擔心仍然沒有消除，那就是左眼能不能恢復到從前，如果不能，視力到底能下降到什麼程度？

揹著岡日森格和大黑獒那日來到密靈洞的四個鐵棒喇嘛回去了兩個，留下了兩個。留下的兩個按照丹增活佛的吩咐，照顧和守護著住進洞裏的人和狗，尤其是對七個上阿媽的孩子，絕對不允許他們走出暗藏著密靈洞的密靈谷。丹增活佛說了，密靈谷外就是雕巢崖，雪雕會告訴進山搜尋七個上阿媽的孩子的騎手：這裏有人，這裏有人。

密靈谷是昂拉雪山中的一個暗谷，所謂暗谷，就是在東西走向的巨大山巔中，突然出現了一個南北走向的深谷，遠遠地看，絕對看不出它是谷地，走近了才發現那山巔在聳起的時候，又突然從背後跌落了下去，跌落得越來越深，越來越闊。也不知什麼時候，被稱作「日朝巴」的山中修行僧發現了它，起了個名字叫密靈谷，意思是密宗顯靈之谷。

天賜的密靈谷裏更有天賜的密靈洞，在絕對寂寞中苦苦修行的密宗僧人就代替雪豹成了密靈洞裏的第一任人類。幾百年過去了，數千個密宗僧人在極其機密的狀態中成就了大圓滿法、時輪金剛法、大手印法、閻摩德迦法以及蓮花生弘傳的金剛橛法，修得了預知未來、騎鼓飛行、吞刀吐火、密咒降敵、分身奪舍的功夫，然後就遠遠地去了。

就像一線單傳的傳家寶一樣，密法的修行者離開這裏後，要做的第一件事情，就是招收門徒，傳授密法，幾年後，再把密靈谷以及密靈洞的存在秘傳給自己最得意的門徒，一個，只能是一個。這個得意門徒受傳之後，就會千里迢迢來到昂拉雪山，先尋找密靈谷，再尋找密靈洞。找到了，就算他和密法有緣，按照上師的傳授修煉就是了，找不到就說明沒有緣分，他得回覆上師，由上師另行派人。西結古寺的住持丹增活佛，就是一個由自己的上師另行派來的門徒。

丹增活佛自然是找到了，也修煉過了，等他走出密靈洞，就要離開密靈谷時，吃驚地發現滿谷都是藏獒，密密麻麻的，差不多西結古草原上的藏獒都來到了這裏。後來他知道，那一年出現了百年不遇的狗瘟，那一年的藏獒無論是領地狗和寺院狗，還是牧羊狗和看家狗，都成了無情的狗瘟虐殺的對象。

藏獒一旦得了傳染病，就會主動離開主人和草原，走得遠遠的，走到雪山裏來，然後孤獨地死去。但是這一年，牠們並不孤獨，牠們集體得病，集體來到了密靈谷，好像牠們早就知道昂拉雪山裏有這樣一個人鬼不知的地方。

神秘的修行者丹增活佛呆愣著半晌，不敢邁動步子。他在密靈谷只見過無憂無慮、縱橫馳騁的雪狼和雪豹，從來沒見過伴隨人生活的藏獒，藏獒怎麼來了？來這裏準備悄悄死掉的藏獒和人一樣吃驚：這裏怎麼有人，而且是一個人類中備受尊敬的僧人？看來牠們是不能在這裏死掉的，這裏是個乾淨聖潔的地方。但是藏獒們已經走不動了，命運只能讓牠們在密靈谷裏死掉。

就在牠們紛紛咽氣的時候，丹增活佛走出了密靈谷。他做的第一件事情不是招收門徒，而是追祭藏獒之魂。他告訴別人：為什麼得了狗瘟的藏獒會到昂拉雪山裏去死呢？一是牠們不想把瘟病傳染給別的狗和人；二是牠們死了以後就會成為狼食，狼吃了牠們也會得病，也會死掉，這樣，草原上就不會出現狼吃羊的時候沒有藏獒保護的局面了。可以說，病死一隻藏獒，就會同樣病死好幾匹狼。

狼是狡猾的，但在遇到病獒的軀體時，卻完全失去了判斷能力。因為在牠們的經歷中，總是藏獒咬狼，對藏獒的仇恨差不多就是狼界裏的所有仇恨和唯一仇恨。牠們急切地需要報復，需要發洩仇恨，於是就喪失理智地瘋狂撕咬，大口吞咽帶有瘟病的獒肉。

丹增活佛說：這就是藏獒的好處，牠們即使得病死了，也要讓狼嚐嚐藏獒的厲害，也要盡到保護人畜的義務。

丹增活佛追祭了獒魂後的第三年，才開始招收門徒，傳授密法。但他沒有把密靈谷以及密靈洞的存在，當作神聖而機密的密宗修煉道場，秘傳給自己最得意的門徒，因為那麼多藏獒在那裏死掉了，那麼多吃了藏獒的狼在那裏死掉了，一個到處飄逸著獒魂和狼魂的地方，是修煉不出真正的密宗大法的，如果非要修煉，很可能就會進入外道魔障，染上汙風邪氣，變成淨土世界佛法密宗的敵人。

他領會到這是大日如來的旨意：藏獒的蹤跡就是人的蹤跡，密靈谷已經不再密靈了，你是最後一個密靈洞裏的得道者。

密靈洞雖然已不再是機密的修煉道場，但知道的人並不多，藏匿七個上阿媽的孩子和岡日森格還是絕對保險的。半個月的時間裏，牧馬鶴部落的騎手在強盜嘉瑪措的率領下，一直都在昂拉雪山的溝溝窪窪裏尋找，但他們就是發現不了暗藏其中的密靈谷。他們不止一次地遠遠看著東西走向的巨大山嶺，卻始終沒有發現在聳起的山勢中突然從背後跌落下去的深谷。

他們的尋找即將失敗，眼看就要回去了。就要回去的這天，是七個上阿媽的孩子和岡日森格躲進密靈洞的第十六天。

這一天，在天寥地廓的昂拉山群裏，母雪狼把小白狗嘎嘎放在了一面冰坡上，一口咬斷了嘎嘎的一條後腿，然後跳上冰坡前的一座雪岩，用吼聲和利牙堅持不懈地驅趕著兩匹試圖吃掉小白狗的公雪狼。

過了大約二十分鐘，兩匹公雪狼終於被牠嚇住，或者被牠說服了，牠們跟著母雪狼來到了一塊更高的雪岩上，居高臨下地看著冰坡上痛苦掙扎的小白狗。

小白狗嘎嘎已經發不出汪汪汪的吠叫了，牠的叫聲變啞變細，變得若斷似連，最後變成了吱吱吱的哭泣。哭泣是不由自主的，鑽心的疼痛使牠把表面上根本不存在的藏獒的怯懦，從身體最深奧的角落裏挖了出來，生命拒絕傷害和懼怕死亡的本能，一下子抓住了牠的靈魂，讓牠有生以來第一次對自己的能力和對藏獒在自然界的地位感到了絕望。

牠拖著一隻斷掉的後腿，哭著喊著拼命逃跑，差不多就要把力氣用完了，才發現牠只不過是在原地打轉。紅色的血跡在潔白的冰坡上就像圓規一樣，畫了一圈又一圈，當最後一圈在疲倦和痛苦中結束時，牠疾喘一聲，就再也不動了。

牠沒有死掉，也沒有昏過去。憑著潛意識的作用，牠採取了生命在面對困境時所採取的最有效的辦法，那就是咬住牙關，悄悄地忍著，忍著。

一個時辰過去了，身體越來越冰涼，冰涼得都感覺不到冰坡和空氣的冰涼了。血還在流，一流出來就變成了紅色的晶體。小白狗嘎嘎呆呆地望著它，意識到這些晶體與自己的生命有關，流走的越多，生命就越接近死亡，而接近死亡的標誌就是異常的口渴。

牠蠕動起來，把自己的頭枕在紅色的晶體之上，伸出舌頭一下一下舔著，似乎好受一點了，似乎不怎麼疼痛了，似乎眼看就要套住自己的死亡又慢慢離去了。牠不知道藏獒的優良遺傳正在起著作用，使牠的另一種本能從殘存的血液裏冒了出來，只知道牠已經不怎麼怯懦和懼怕死亡了，牠在不知不覺中堅強起來了。

牠又發出了汪汪汪的吠叫，而且聲音越來越大。叫著叫著牠站了起來，用三條腿支撐著身子，衝著牠用天生靈敏的嗅覺捕捉到的狼臊味兒滿腔仇恨地叫著。

母雪狼帶著兩匹公雪狼依然趴在雪岩上，耐心十足地看著小白狗嘎嘎。牠們喜歡牠的吠叫，在這樣一個野獸出沒的地方，如此幼稚的狗吠就連警告也算不上，只能算是引誘。牠引誘著牠們，也引誘著另一匹只有半個鼻子的母雪狼。半個鼻子的母雪狼就要來了，吃掉小白狗的時刻就要到了。

半個鼻子是一匹四處流浪的孤狼，至少暫時是這樣。牠體格強壯、性情粗暴，經常來這裏以最輕蔑的方式，挑釁著冰坡的主人母雪狼和兩匹公雪狼。而對母雪狼來說，更危險的是，當這種挑釁來臨時，兩匹公雪狼的反擊並不是不遺餘力的。

半個鼻子的挑釁有時候會突然變成挑逗，挑逗意味著什麼，母雪狼再清楚不過了：兩匹公雪狼雖然已不再年輕，但發情時好色的本性一點也沒有改變，只要有一匹公然背叛牠，這面冰坡的主人就不可能再是牠母雪狼，而是半個鼻子了。所以母雪狼想出了這個讓半個鼻子吃掉小白狗的辦法，套用人類的術語就是「嫁禍於人」。

爲了讓這個想法變成事實，牠必須用堅強的意志暫時抑制貪饞的本性，必須說服跟隨自己的兩匹公雪狼，讓牠們也和自己一樣，在這個冰雪的世界裏具有冰雪的聰明。

草原上包括雪狼在內的野獸都知道，藏獒的嗅覺是最最可怕的殺敵能力。你要是傷害了藏獒的主人和親人，或者咬死了牠們看護的牛羊，你首先得想好擺脫跟蹤報復的辦法，否則你就完了。牠們會循著你的足跡，襲擊你的家園，摧毀你的巢穴。

更加嚴重的是，有時候藏獒的報復並不是接踵而至，而是相隔很長時間，半年，或者一年，在你把什麼都忘了，毫無戒備的時候，牠會突然出現在你家的門口。你不知道牠是哪裏來的藏獒，而牠是知道你的，牠的鼻子和記憶告訴牠，你就是那個傷害了牠的主人和親人，或者咬死了牠看護的牛羊的惡棍。所以在以往的經驗裏，雪狼得罪了藏獒以後，第一個行動就是逃離家園，走向遙遠的地方另築巢穴。

現在，母雪狼的聰明想法就要實現了。牠的眼睛倏忽一閃，看到了一個移動的影子。那就是半個鼻子的母雪狼，正從山腳的雪壑裏小跑而來。

母雪狼興奮地站了起來，威脅似的嗚叫著。牠覺得威脅是必要的，因爲對格外兇悍的半個鼻子來說，你越是威脅牠，牠就越會跑過來，而如果你悄悄地不做聲，牠就會疑竇橫生：「是不是陷阱的機關啊？是不是毒藥的誘餌啊？」

威脅持續著，半個鼻子遠遠地看著母雪狼，嗅著空氣走了過來。狼臊味兒越來越濃，小白狗嘎嘎充滿仇恨的吠叫越來越大了。當半個鼻子從雪丘後面突然冒出來時，嘎嘎居然勇敢地用三條腿撲了一下。

半個鼻子停了下來。儘管母雪狼的威脅已經表明小白狗的出現或許不是什麼詭計，但牠還是謹慎地看了看四周，又用研究的眼光仰視著雪岩上的母雪狼和兩匹公雪狼。牠覺得有點蹊蹺，便繃直了前腿，小心翼翼地走過去，一爪踩倒了還在吠叫的小白狗。

牠露出了虎牙，卻沒有直接咬下去，而是用半個鼻子蹭著小白狗的皮毛聞起來。沒有聞到毒藥的氣息，牠又抬起頭，彎著脖子，抖了一下直立的耳朵，最後一次前後左右地看了看，聽了聽。這一聽就聽出問題來了。有一種聲音正在出現，只有一絲絲，別的雪狼根本聽不到，而牠卻聽到了，因爲牠是半個鼻子。牠丟失的那半個鼻子足以使牠對危險變得更加警覺和敏感，也足以使牠記住這樣一個教訓：藏獒是不好惹的，除非你不要命。

半個鼻子的母雪狼抬起頭，惡狠狠地望著雪岩上的母雪狼和兩匹公雪狼，深刻地留下了陰險的一瞥：「果然是詭計，咱們走著瞧啊。」然後跳起來，轉身就跑，一眨眼就不見了蹤影。

怎麼回事兒？母雪狼和兩匹公雪狼大惑不解。牠們站在雪岩上居高臨下地期待著半個鼻子吃掉小白狗的一幕，但等來的卻是半個鼻子的逃跑。母雪狼揚起脖子，警覺地四下裏看著。兩匹公雪狼卻已經失去了把問題搞清楚的耐心，不等母雪狼做出判斷，就你爭我搶地跑下了雪岩。

牠們的口水已經流得太多太多，饑餓的腸胃在食物的誘惑下早就開始痙攣，渾身的每一個細胞都在發出同一個聲音：「吃掉小白狗，吃掉小白狗。」母雪狼依然站在雪岩上，望著遠方的密靈谷，突然一陣顫抖，朝著兩匹公雪狼發出了一聲尖銳的警告。

在昂拉雪山密靈谷的密靈洞裏，藏醫尕宇陀對兩個鐵棒喇嘛說：「風乾肉和青稞炒麵已經不多了，狗吃的乾牛肺和碎羊骨也所剩無幾，你們必須回去一趟，今天不回去，明天大家就要餓肚子了。人餓幾天肚子不要緊，兩隻藏獒是不能餓肚子的，牠們正在治療傷勢，恢復身體，沒有了食物，我給牠們的藥也就不頂用了。」

一個鐵棒喇嘛說：「藥王喇嘛說得對，我們也是這麼想的，就是害怕我們走了以後，這七個上阿媽的孩子不聽你的話，萬一他們跑出了密靈谷，丹增佛爺的一番苦心就白費了。」

藏醫尕宇陀說：「這七個孩子和岡日森格是一條心，我只要看牢岡日森格，就等於看牢了他們。你們放心去吧，這裏不會有事兒的。」

於是在中午直射的陽光和滿地的雪光碰撞出另一種強光的時候，兩個鐵棒喇嘛告別了人和狗，

朝著密靈谷外快速走去。

出了密靈谷，就是雕巢崖。不知爲什麼，在這個萬年積雪聳成了海的地方，會兀然冒出一座終年不落雪的山崖。山崖上密密麻麻佈滿了雕巢，幾千隻雪雕棲息在所有可以築巢的地方。

雪雕是見人就叫的，那是高興和感激的表示，因爲在雪雕的記憶裏，人不僅從來沒有傷害過牠們，還曾經把雪狼咬傷的小雪雕帶回去治好了傷再送回來。而對於人來說，之所以這樣好心腸地對待雪雕，完全是因爲作爲高山留鳥的雪雕，一生都在草原和雪山之間飛翔，一生只把鼢鼠和鼠兔作爲主要食物。

鼢鼠和鼠兔是草原上食草量最大的齧齒動物，超過牛群和羊群食量的幾十倍，如果沒有雪雕對鼢鼠和鼠兔在數量上的限制，大片大片的草原就會變成寸草不生的黑土灘。所以牧人們說：「好牧草是地上長的，好牛羊是雪雕給的。」每逢鼠害嚴重的年份，頭人們和寺院的喇嘛們就會帶著最好的酥油、柏香和糌粑，來到雕巢崖下，點起桑煙，念經祈禱，祭祀山神的同時，也請求雪雕之神化現爲部落戰神，以千百萬的無量之變，吃掉所有的嚙齒目孽障。

現在，雕巢崖上的雪雕又開始叫了，依然是高興和感激的表示。在牠們的鳥瞰下，兩個裹著紅氆氌提著鐵棒的喇嘛匆匆走來，又匆匆走去。

而在很遠很遠的昂拉雪山的山口前，雪雕集體會合時洪亮的鳴叫，就像一隻大手，一下子拽住了一隊就要走出山口的人影。他們是牧馬鶴部落的軍事首領強盜嘉瑪措率領的騎手，是前來搜尋七個上阿媽的孩子的。搜尋已經持續了半個月，他們接到了頭人大格列的命令：「不要再找了，我們的騎手務必在天黑之前撤回礱寶澤草原。」

大格列頭人還說：「與其這樣沒頭沒腦、沒完沒了地找下去，不如召開部落聯盟會議，直接質問西結古寺的丹增活佛——為什麼你要把七個上阿媽的仇家和仇家的狗藏起來？你如果不想做西結古草原的叛徒，就應該趕快把人和狗交給我們，光憑一句『佛家以行善為本，以慈悲為懷』，是不能讓我們信服和原諒的。請問丹增佛爺，上阿媽草原的人什麼時候對我們行過善呢？我們供養你的目的可不是為了忘卻歷史，報仇雪恨是部落的信仰，包括佛爺在內，西結古草原的每一個人都應該為神聖的信仰承擔責任。」

大格列頭人撤回騎手的另一個原因是，有人看見被逐出寺門的藏扎西在草原上流浪，兩隻手居然還長在胳膊上。這怎麼可以呢？大格列捎了個口信給各個部落的頭人：

「騎手們，各個部落的騎手們，該是把西結古草原從頭到腳仔細清理一遍的時候了，找到叛徒藏扎西，砍掉他的手，要不然部落聯盟會議的權力怎麼體現？頭人們說一不二的威嚴怎麼體現？西結古草原的規矩怎麼體現？看見藏扎西的人說他手裏攥著打狗棒，說明他要遠走他鄉了。趕快抓住他，砍掉他的兩隻手再讓他離開西結古草原。騎手們，各個部落的騎手們，該是你們出發的時候了。」

使命感特重、責任心特強的大格列頭人，緊急招回部落的軍事首領強盜嘉瑪措和他率領的騎手，最主要的目的就是抓捕藏扎西。

牧馬鶴部落的騎手們停留在昂拉雪山的山口，驚愣地諦聽著雪雕的齊聲鳴叫。這鳴叫無異於告

訴他們：這裏有人，這裏有人。

強盜嘉瑪措說：「真的有人嗎？可我們在山懷裏搜尋了這麼些日子，怎麼連一個人渣渣都沒有找到？」他遲疑著，突然又喊起來，「騎手們，頭人的命令是天黑之前撤回碧寶澤草原，現在還早著呢，太陽離落下去的地方還有三個箭程，我們爲什麼不返回去看看呢？到底是什麼人來到了雕巢崖下。」

騎手們嗷嗷地吆喝著，表示了他們的贊同。於是在強盜嘉瑪措的帶領下，牧馬鶴部落的幾十名騎手朝著雕巢崖奔騰而去。

快到雕巢崖的時候，他們碰到了兩個行色匆匆的鐵棒喇嘛。不等強盜嘉瑪措吩咐，所有的騎手都翻身下馬，彎著腰，恭恭敬敬地立在了那裏。

強盜嘉瑪措勒馬停下，一邊下馬一邊問道：「兩位執法如山的鐵棒喇嘛，你們從哪裏來？」一個鐵棒喇嘛嚴肅地說：「了不起的強盜嘉瑪措，難道你看不出來，我們從天上來。」

強盜嘉瑪措天上地下地看了看說：「天上來的喇嘛，爲什麼把腳印留在了地上？」

另一個鐵棒喇嘛說：「天上的影子，到了地上就成了印子，那是因爲我們扛著鐵棒身子重。」

強盜嘉瑪措笑了，說：「兩位身子重的喇嘛，需要不需要人間的駿馬？讓我們的騎手送你們一程吧？」

「不了不了，三腳兩步就到西結古寺了。」兩個鐵棒喇嘛說著抬腳就走。所有的騎手垂手而立，久久目送著他們。只有強盜嘉瑪措牽著馬朝前走去，銳利的眼睛尋覓著雪地上的兩串兒喇嘛的腳印，越走越快。

密靈洞裏，七個上阿媽的孩子正在玩著羊骨節。他們圍成圈，給二十一個「8」字形的羊骨節起了各種動物的名字，由臉上有刀疤的孩子高高地抬起來，讓大家搶。一人只能搶三個，羊骨節的形狀是相同的，誰也不知道自己會搶到什麼動物。搶完了便以搶到藏獒的人作為頭家，用自己的羊骨節彈打對方的羊骨節，打上後接著再打，打不上就要挨別人的打。

一般來說，藏獒、野牛和馬總是要贏的，因為在遊戲的規則裏，藏獒、野牛和馬可以通吃一切，而狼、熊、豹、羊、狐、兔、獺、鼠是受到限制的，比如狼去彈打藏獒，打上了也不算。這樣的遊戲最關鍵的是你能搶到什麼，搶就是鬧，就是打，如同一群小狗玩打架一樣。他們就這樣搶著鬧著玩著，天天都這樣，好像永遠玩不膩。

就在他們玩得忘乎所以的時候，岡日森格悄悄走出了密靈洞。大黑獒那日想跟出去，站起來走了幾步，就被藏醫尕宇陀攔住了：「那日，你不能去，你受創的左眼不能讓大風吹，更不能讓雪光刺，不然就好不了。」

岡日森格來到洞外，走了幾步，就開始奔跑，一跑起來就覺得渾身非常舒服。牠的習性本來就是在雪裏取暖，在風中狂奔，高峻寒冷的昂拉雪山正好般配了牠的習性，牠兜圈子跑著，越來越快，邊跑邊用鼻子在冷風裏呼呼地聞著。突然牠停下了，空氣裏有一股異樣的味道讓牠心裏咯噔一下，那不是牠一連兩天抓到的雪鼬的味道，是一股格外刺激的狼臊味兒，而且不僅是狼臊味兒，還有狗味兒，狗味兒和狼味兒怎麼能混合在一起呢？

牠回望了一眼密靈洞，覺得情況緊急，沒有必要徵得主人的許可，便跳起來就跑。這一次牠沒有兜圈子，而是選擇最短的路線直直地跑了過去。牠跑出了密靈谷，跑過了一座平緩的雪岡，跑上了一面開闊的冰坡。

現在，岡日森格已經不是僅靠嗅覺支配行動了，聽覺和視覺同時發揮了作用。牠看到了站在雪岩上的母雪狼，聽到了母雪狼給同伴發出的尖銳的警告。接著，牠看到了母雪狼的同伴——兩匹在食物的誘惑下忘乎所以的公雪狼。而牠們就要吃到嘴的食物，居然是一隻藏獒的孩子小白狗。

岡日森格發瘋了，用一種三級跳似的步態跑著，吠著，威脅著。自從來到西結古草原後，牠還沒有如此瘋狂地奔跑過。威脅的吠聲延宕了兩匹公雪狼下口咬死小白狗的時間，牠們吃驚地抬起了頭，本能地朝後縮了縮。

小白狗嘎嘎趴在地上，已經叫不出聲音了。像許多毛烘烘的動物在意識到生命就要結束時所表現的那樣，牠把頭埋進了蜷起的前肢，閉上眼睛，在利牙宰割的疼痛沒有出現之前，提前進入了死亡狀態。

溫暖的血、鮮嫩的肉、油汪汪的膘、脆生生的骨頭，這就是一個幼小的活食所能提供的一切。大概就是對活食魅力的迷戀吧，縱然有母雪狼的警告和呼喚，兩匹公雪狼也沒有立即跑開。牠們猶豫了片刻，就是這片刻的猶豫注定了牠們的命運。牠們死了。一匹公雪狼死在了當時，一匹公雪狼死在了第二天。

死在第二天的那匹公雪狼是搶先逃跑的，但已經來不及了，岡日森格的速度疾如閃電，快如飄風，忽一下就來到了牠的跟前，準確地說，是雪山獅子，同時也叫岡日森格的尖尖的虎牙來到了牠的後頸上。哧的一聲響，隨著虎牙的插進拔出，血噴了出來。公雪狼彎過腰來撕咬岡日森格。岡日森格一頭頂了過去，雖然自己的頭上有了狼牙撕破的裂口，但卻把公雪狼撞出了兩米遠。公雪狼搖晃著身子跑了幾步，哀叫一聲倒在了地上，直到第二天血盡氣絕，再也沒有起來。

死在當時的那匹公雪狼這時已經逃出去二十多米遠。牠一躍而起，打算跳上雪岩，和母雪狼一起共同對付岡日森格，但是沒想到，作為妻子的母雪狼會一頭把牠頂下來。牠滾翻在雪岩下面，正好把柔軟無毛的肚子暴露了出來。追攆過來的岡日森格立刻和牠糾纏在一起。

這差不多就是動物界的三拳打死鎮關西。岡日森格擺動著頭顱，一牙挑出了腸子，又一牙挑在了狼鞭上，幾乎把那東西挑上了半空。然後在公雪狼的後頸上咬了一口，用狼血封住了狼魂逃離軀殼的通道，轉身奮力跳上雪岩，打算一併把母雪狼也收拾掉。

母雪狼跑了，已是蹤影全無。牠用一頭從雪岩上頂下自己的丈夫的舉動，贏得了逃之夭夭的時間。牠是卑鄙的，也是智慧的。無論是卑鄙的還是智慧的，牠都是雪狼天性的表現，是牠們生存必備的手段。一匹閱歷深廣、經驗豐富的母性的雪狼，永遠都是一個陰險狡詐的極端利己主義者。草原的狼道就是這樣，狼道對狗道和人道的批判也是這樣。

就像父親很久以後對我說的，狼是欺軟怕硬的，見弱的就上，見強的就讓，一般不會和勢力相當或勢力超過自己的對手發生戰鬥。藏獒就不一樣了，為了保衛主人和家園，再硬的對手也敢拼，哪怕自己死掉。

狼一生都在損害別人，不管牠損害的理由多麼正當；藏獒一生都在幫助別人，儘管牠的幫助有時是卑下而屈辱的。狼的一貫做法就是明哲保身，見死不救；藏獒的一貫做法是見義勇爲，挺身而出。狼是自私自利的，藏獒是大公無私的。狼始終爲自己而戰，最多顧及到子女；藏獒始終爲別人而戰——朋友、主人，或者主人的財產。

狼以食爲天，終生只爲食物活著；藏獒以道爲天，牠們的戰鬥早就超越了低層次的食物需求，而只在精神層面上展示力量——爲了忠誠，爲了神聖的義氣和職責。狼的生存目的首先是保存自己，藏獒的生存目的首先是保衛別人。狼的存在就是事端的存在，讓人害怕；藏獒的存在就是和平與安寧的存在，讓人放心。

狼動不動就翻臉，就背叛群體和狼友，所謂「白眼狼」說的就是這個；藏獒不會，牠終身都會厚道地對待曾經友善地對待過牠的一切。

岡日森格站在雪岩上，揚起頭，喘著粗氣，撮起鼻子四下裏聞了聞，聞出母雪狼朝著西北方的雪溝逃跑了。按照本性，牠是要追的，但按照更大的本性，牠沒有追。牠跳下雪岩，小跑著來到了小白狗嘎嘎身邊，聞了聞那白花花的絨毛，舔了舔那血淋淋的斷腿，看牠仍然閉著眼睛一動不動，就一口叼了起來。岡日森格跑下了開闊的冰坡，跑過了平緩的雪岡，跑進了密靈谷，突然發現這裏已不再寂靜，這裏出事了。

強盜嘉瑪措走到了雕巢崖的下面，朝上看了看。雪雕愉快的叫聲就像一片旱夏裏的雷雨籠罩在

他的頭頂。他看到許多雪雕一邊叫一邊拍打著翅膀，羽毛就像雪花一樣紛紛揚揚；看到黑色的羽毛朝著近旁的雪山飄飛而去，雪山上依然是兩個鐵棒喇嘛的腳印。他奇怪了：兩個喇嘛怎麼是從雪巔上走下來的？他拉著馬走向這座東西走向的巨大山巔，走著走著，山巔突然從背後跌落下去了，一條暗谷豁然出現在眼前。

暗谷是南北走向的，深闊的谷地就像一把勺子鑲嵌在萬雪千冰之中。強盜嘉瑪措驚愕之餘，轉身朝著落在後面的騎手大聲喊起來：「快，過來。」喊了一聲，突然又把嘴緊緊閉上了。他意識到這裏應該就是藏匿著七個上阿媽的孩子和岡日森格的地方，要悄悄的，悄悄的，不能有任何響動。

強盜嘉瑪措率領著騎手們，沿著還在繼續延伸的兩個鐵棒喇嘛的腳印，悄無聲息地走了過去。

是大黑獒那日首先覺察了騎手們的到來。牠聞到了，也聽到了。就在強盜嘉瑪措朝著落在後面的騎手大喊一聲「快過來」的時候，牠就已經聽到了。在這方面，牠似乎比岡日森格還要敏銳。牠知道這是部落人的聲音和氣息，高興地叫了一聲，從一直不讓牠出去的藏醫尕宇陀身邊站起來，搖起了尾巴。

搖著搖著，牠就覺得有點不對勁了，怎麼內心感覺到的竟是一種緊張，一種敵意的存在？難道西結古草原的部落人是敵意的？牠看了看這些日子裏和自己朝夕相處的七個上阿媽的孩子，想了想這會兒正在風中雪裏奔奔跳跳的岡日森格，似乎有點明白了，便不再搖尾巴，通報似的朝著密靈洞外啞啞地「汪」了一聲，又朝著藏醫尕宇陀小小地「汪」了一聲。

盤腿打坐的藏醫尕宇陀伸手準確地拽住了大黑獒那日的耳朵，這證明他雖然閉著眼睛，但其實什麼都能看見。大黑獒那日便用自己的耳朵拽著他的手，使勁朝外走去。

尕宇陀站起來說：「那日，你要幹什麼？你不能出去，你受傷的左眼不能讓大風吹，更不能讓雪光刺……」

大黑獒那日用叫聲打斷了他的話，丟開他跑向洞外。藏醫尕宇陀趕緊跟了出去，就見大黑獒那日站在密靈洞的門口，朝著開闊的谷地一直叫著，聲音不大，卻顯得非常著急，是那種既不表達憤怒也不表達歡喜的著急。尕宇陀心說：牠發現了什麼？來了敵人牠會撲過去，來了朋友牠也會撲過去，這種能讓牠光叫喚不撲咬的東西是什麼？

他走過去登上一座雪丘朝遠處望了望，回頭對大黑獒那日說：「什麼也沒有啊。」大黑獒那日的叫聲顯得更加焦急不安了。

藏醫尕宇陀又往前走了走，登上一座更高的雪丘，在一片刺眼的雪光中瞇起眼睛一看，發現密靈谷潔白的谷底上滾動著一溜兒黑色的斑點。他以爲那是野獸，仔細瞅了瞅，才認出那是人，是人騎在馬上的造型。

他轉身就走，對大黑獒那日說：「回去吧，回去吧，你的左眼見風就流淚，濕汪汪的，傷口怎麼能好？」

大黑獒那日看到藏醫尕宇陀臉上一點緊張的表情都沒有，也就不叫了，重新搖了搖尾巴，跟著他回到了洞裏。

其實藏醫尕宇陀心裏正在翻江倒海。翻江倒海的結果是，他做出了一個超出藏醫喇嘛本分的決定。他對七個上阿媽的孩子說：「安靜，安靜，不要再玩了，你們都過來，都給我聽著。」七個上阿媽的孩子都過來圍住了他。

他說：「你們快走，快走，趕緊離開這裏，離開西結古草原，回到你們上阿媽草原去，有人來抓你們了。」

七個上阿媽的孩子幾乎一起搖了搖頭。刀疤說：「離開就離開，西結古草原的人要砍我們的手哩。但我們不回上阿媽草原，一輩子兩輩子三輩子不回上阿媽草原。」

尕宇陀問道：「爲什麼？上阿媽草原是你們的故鄉，你們爲什麼不回去？」

刀疤說：「上阿媽草原骷髏鬼多多的有哩，吃心魔多多的有哩，奪魂女多多的有哩。我們不回，我們要去岡金措吉。」

藏醫尕宇陀知道「岡金措吉」就是「額彌陀岡日」，漢人叫做「海生大雪山」，或者「無量山」，便問道：「岡金措吉在哪裏？」

刀疤搖了搖頭。大腦門說：「岡金措吉在海上。」

刀疤說：「對，在海上。」

尕宇陀又問道：「海在哪裏？」

刀疤望了望大腦門說：「在雪山背後。」

尕宇陀說：「雪山背後還是雪山，我告訴你們，海在沒有山的地方，在地勢低的地方。快快走

吧，有人來抓你們了。」

藏醫尕宇陀推搡著七個上阿媽的孩子來到了密靈洞外。刀疤四下裏看著喊起來：「岡日森格，岡日森格。」這時，大黑獒那日輕輕叫起來。人和狗幾乎同時看到了谷底黑螞蟻一樣的騎手。騎手們正在靠近，似乎還沒有發現他們。七個上阿媽的孩子緊張起來。

尕宇陀說：「這個岡日森格到哪裏去了，你們先走吧，來不及等牠了，快。」說罷，朝著密靈洞後邊指了指。

密靈洞後邊是一面冰坡，儘管陡了點，但完全可以爬上去。七個上阿媽的孩子爬上去了，堅硬的冰坡上沒有留下他們的腳印。藏醫尕宇陀朝著還在回頭尋找岡日森格的刀疤和大腦門揮揮手：「快走吧，走得遠遠的，越遠越好，再也不要回來了。」

大黑獒那日衝他們搖著尾巴，受傷的和沒有受傷的眼睛都是淚汪汪的，直到七個上阿媽的孩子消失在冰坡那邊，牠依然搖著尾巴。藏醫尕宇陀彎腰拍拍大黑獒那日說：「快，我們也得藏起來。」

一人一狗朝洞裏走去。這時，一陣叫聲從寂靜的密靈谷底傳來，騎手們看見他們了。騎手們的叫聲就像牧羊狗突然發現了狼。

第十七章 飲血王黨項羅剎

七個上阿媽的孩子離開密靈洞不久，就碰到了一個人。這個人是從他們後面走來的，好像一直跟蹤著他們。當他們穿雪溝，翻雪嶺，一路疾走，累得滿頭大汗，倒在雪地上喘息不迭的時候，他突然從雪包後面冒了出來。他帶著誠實的笑容，和顏悅色地問道：「七個苦命的孩子，你們要去哪裏啊？」

孩子們沒有回答，驚奇地望著他。他胸前掛著墓葬主的鏡子，頭上綴著羅剎女神的琥珀球，腰裏吊著一串兒鬼卒骷髏頭，一看就知道不是一個普通的人。

臉上有刀疤的孩子大聲問道：「你是誰？你到這裏來幹什麼？」

這個人說：「我叫達赤，我是雪山的兒子，是指路的明燈。我常常出現在迷途的人們面前，告訴他們哪裏是他們應該去的地方。」

刀疤打量著他說：「你是指路的明燈？那你能給我們指路嗎？」

達赤從腰裏取下一個骷髏頭說：「你們看我有沒有神力，就知道能不能給你們指路了。」說著，他用雙手把骷髏頭合在中間，念道，「大哭女神來了，伏命魔頭來了，一擊屠夫來了，金眼暴狗來了。來了就變了，骷髏變寶石了。」

他忽地張開雙手，裏面的骷髏頭果然變成了一個綠松石的羊。七個上阿媽的孩子吃驚得面面相覷。

達赤又變了幾次，一會兒變個黑瑪瑙的猴，一會兒變個寒水石的狗，一會兒變個鐵疙瘩的鬼，最後又變回到了骷髏頭。孩子們望著他的眼睛，頓時就亮光閃閃了。他們沒見過這樣的魔術，這樣的魔術是被看作神跡的。

接下來，就是達赤說什麼他們信什麼了：「什麼，你們是來尋找滿地生長天堂果的海生大雪山岡金措吉的？那我告訴你們，你們真是有福氣，你們見到了我，就算見到了岡金措吉。你們知道黨項大雪山嗎？」

刀疤看了看大腦門。大腦門說：「知道。」

達赤說：「知道就好，黨項大雪山裏有許多冰窖，所有的冰窖都是通往海生大雪山岡金措吉的門戶，這個秘密誰也不知道，就我知道。」達赤說著，隨手又變起了魔術，又讓孩子們萬分驚奇了一番，然後說，「走啊，你們跟我走啊。」

刀疤要走，又搖了搖頭，所有的孩子都搖了搖頭。他們說：「我們要和岡日森格一起去。」

達赤翻起白眼瞪著天空說：「岡日森格？岡日森格是個什麼東西？你們不要告訴我，讓我猜一猜，牠不是獅子，牠不是犛牛，牠不是馬，牠不是羊，牠也不是人，我知道了，牠是一隻高高大大的藏獒，是金黃色的，對不對啊？」

孩子們驚奇地說：「對啊，對啊。」

達赤說：「那就讓我問問大哭女神，問問伏命魔頭，問問一擊屠夫，問問金眼暴狗吧，這些依附在我身上的神會告訴我，岡日森格是跟你們一起去，還是循著你們的足跡自己單獨去。你們看見了吧，我手裏現在什麼也沒有，我把兩手合起來再分開，如果手裏是鴉頭男神，那就說明牠跟你們一起去是吉祥的，如果是獒頭女神，那就說明牠自己單獨去才是吉祥的。」手掌合起來，轉眼又分開了。

七個上阿媽的孩子伸出了七顆頭，看到他的手心裏突然出現了一個銅塑的神像，是女神，是藏獒頭顱的女神。他們愣了：這就是說，岡日森格只能單獨去了，這是神的旨意，是誰也不能違背的。

七個上阿媽的孩子跟著達赤，朝著比昂拉雪山大得多的黨項大雪山走去。

達赤是西結古草原的送鬼人。送鬼人是祖祖輩輩繼承下來的。每年藏曆正月十五，西結古寺都要舉辦一次驅鬼法會。喇嘛們騎著快馬，念著猛咒，在西結古草原上到處奔走，把為害各處的鬼都驅趕到西結古寺最高處密宗札倉明王殿後面山坡上的降閻魔洞裏。

在住持活佛的帶領下，吹著十四把黃銅號角，敲著十四面雅布尤姆鼓，念誦著《僅用一擊就能殺死妖魔經》以及各個密法本尊如雷貫耳的法號，在鐵棒喇嘛聲色俱厲的恐嚇聲裏，把鬼一個個裝進黑疫病口袋、紅死亡口袋和白殃禍口袋，然後交由送鬼人揹著這三個口袋，去黨項大雪山請求山神處理。山神有時會埋葬它們，有時會燒化它們，有時又會撕碎它們。黨項大雪山，妖魔鬼怪的死亡之地，是吉祥的冰嶺，也是恐怖的峰巒。

送鬼人達赤既然每年都要揹著三個裝鬼口袋穿過草原，走向雪山，他渾身就一定沾滿了鬼氣，

連每一根頭髮都可能是病死殃禍的象徵。人們不敢接近他，帶著沉重深刻的恐懼躲避著他，同時又會儘量滿足他的要求。

他是乞討為生的，無論是頭人、僧人還是牧民，只要面對他伸出來的手，就都會把最好的食物施捨給他，希望他趕緊離開，不要把毀人的鬼魂留給自己。但事實上，他是很少討要食物的，頭人們為了驅散他那廣佈而瀰漫的邪祟鬼汙之氣，每年都會給他許多財產，屬於他自己的牛羊是成群結隊的，足夠他吃喝的了。

他不愁吃，不愁穿，最愁就是沒有女人喜歡他。所以，當一個性情陰鬱，急於為死去的兩個丈夫報仇的女人走向他的時候，他突然就激動萬分，當著這個女人的面，無比虔誠地向八仇凶神的班達拉姆、大黑天神、白梵天神和閻羅敵發了毒誓：要是他不能為女人的前兩個丈夫報仇，他此生之後的無數次輪迴都只能是個餓癆鬼、疫死鬼和病殃鬼，還要受到屍陀林主的無情折磨，在火刑和冰刑的困厄中死去活來。

儘管這女人只跟了他兩年就死了，但面對女人的誓言沒有死。為了這不死的誓言，他離開西結古，把家安在了黨項大雪山的山麓原野上。

盟誓者的新生活就這樣開始了，他千挑萬選，在牧人們的數百藏獒裏，尋覓到了一隻出生才兩個月的屬於喜馬拉雅獒種的遺傳正統的黨項藏獒。他給牠起了個傲厲神主忿怒王的名字——飲血王黨項羅剎。牠渾身漆黑明亮，四條腿就像四根正在獵獵燃燒的火杵，胸毛也是紅紅火火的，象徵了牠燃燒的激情和怒火。

但那時候牠一點發怒的心思也沒有，當藏曆年正月初一的這天，送鬼人達赤揪著牠的脊毛離開牠的主人時，牠只是用呼呼的喘氣聲對第一次感覺到的難受表示了一下奇怪：怎麼回事兒，活在世上居然還有不舒服。

送鬼人達赤一直揪著牠，而且是甩來甩去地揪著牠，牠越來越難受，更加大聲地呼呼喘著氣，希望這個人就像牠的主人那樣把牠抱在懷裏，或者把牠趕快送回到主人身邊去。牠當時根本就沒有想到，主人因爲害怕沾上鬼氣，已經把牠送給這個人了。

主人說：「你怎麼天天來我家帳房門口轉悠？你看上什麼了你趕緊拿走，祈求你千萬不要再來了。」話音未落，送鬼人達赤一把揪起了牠。

牠那個時候正在主人身邊玩耍，阿媽和阿爸——兩隻體大毛厚、威風無比的黨項藏獒放牧去了，牠只能跟著主人玩耍。

牠被送鬼人達赤帶到了他家裏，那是一個沒有窗戶只有門的石頭房子，門一關裏面就漆黑一團了，點亮了酥油燈，牠才看到四壁全是鬼影，所有的鬼影都被一隻柴手捏拿著，那是大哭女神的手，是伏命魔頭的手，是一擊屠夫的手，是金眼暴狗的手。這些抓鬼的手牢牢地捏拿著鬼影，讓鬼影的面孔更加猙獰可怖了。

牠驚怕地叫了一聲，蜷縮到石牆的一角，好長時間沒有睜開眼睛。等牠睜開眼睛的時候，酥油燈滅了，送鬼人達赤已經離去，木門是關死了的，只留下一條縫隙，透露著外面的陽光。牠想出去，想回到主人的身邊去。但牠不是空氣，不能飄過門的縫隙。牠窮盡了所有牠知道的辦法，最後

徒勞地看到外面的陽光正在消失，而自己已是筋疲力盡，饑腸轆轆了。

牠趴在地上休息了一會兒，就開始四處尋找吃的。在爪子和嘴可以搆著的地方，牠什麼也沒有找到，沒有糌粑，沒有牛肺，沒有肉湯，沒有自牠斷奶以後主人餵養牠的一切，有的只是讓牠恐怖的寂靜。

牠在寂靜中發抖，抖著抖著就睡著了。牠到夢裏去尋找吃的，終於找到了，眼睛一睜，又沒有了。牠抽著鼻子聞了聞，覺得滿房子都是肉味，猛地抬起頭來，用穿透黑暗的眼光一看，看到牆上居然是掛著肉的，一溜兒全是一條一條的風乾肉，還有甜絲絲的冰水，一聞就知道裝在那幾隻鼓鼓囊囊的羊肚裏。

牠大叫一聲，激動得又撲又跳，但是牠搆不著，跳了無數次都搆不著。牠開始吠叫，希望阿媽或者主人能聽到自己的叫聲推門而入。但是沒有，牠一直叫到天亮，也沒有一個人和一隻狗前來輕輕叩一下門。牠絕望地用頭撞著門板，撞得腦袋都矇了，大了，禁不住痛苦地趴在地上把沉重的腦袋耷拉在了腿夾裏。

大概饑餓就在這個時候給了牠生存的靈感吧，或者牠作爲一隻黨項藏獒，天性裏就有在死亡線上求生的素質，牠很快又站了起來，開始滿房子繞著圈奔跑，越跑越快，越跑越快，跑著跑著，便一躍而起，四腿蹬著牆壁，撲向了高懸頭頂的風乾肉。

一個月以後，送鬼人達赤回來了。他神情木然地看著牠，發現牠長大了許多，儘管瘦得皮包骨，但架子顯得比一般同齡的藏獒要大得多。他說：「我沒有看錯，你將來一定是一隻大狗。」

牠煩躁地衝他叫了一聲，聞出他身上的味道跟這房子裏的味道是一樣的，便沒有撲過去。但是牠心裏很清楚，牠跟他沒有關係，跟這所房子也沒有關係，牠每天都千方百計地想離開這裏，如今門開了，牠更要離開了。牠撲向了門口，想從他的腿邊擠出去。早有準備的送鬼人達赤突然從背後亮出了一根粗大的木棒，揮起來就打。

這是牠第一次挨打，打得牠連滾了三個滾，一直滾到了牆角。牠看著他，眼睛裏突然噴射出一股藍焰似的光脈，低低地吼叫起來。送鬼人達赤滿意地獰笑著，他知道眼睛裏的藍焰是黨項藏獒最初的仇恨，也代表了牠作爲一隻幼獒對人世狗道最初的理解。

他說：「你就恨吧，好好地恨，歡暢地恨吧，恨所有把送鬼人當鬼的人，所有欠了人命的人，你要是不恨，我就打死你，你要是越來越恨，我就手下留情，因爲你是飲血王黨項羅刹。」

牠似乎明白了，或者牠是天生倔強的藏獒，是從來不準備領略失敗的黨項藏獒，牠迅速站起來，再次撲了過去。這次不是撲向門外，而是撲向了堵在門口的他。送鬼人達赤掄起木棒再次打了過來，牠滾翻在地，比第一次更加狼狽地滾過去撞在了牆上。

就這樣，牠不馴地站起來，撲過去，撲了二十六下，把黨項藏獒的兇悍和堅忍全部撲了出來；就這樣，他不斷地把木棒掄起來，打過去，直打得牠遍體鱗傷，倒在地上再也動彈不了。他踢了牠一腳，對牠說：「你還沒有死，你就恨吧，好好地恨，無休無止地恨吧，恨所有見我就躲的人，所有欠了西結古人命的人，因爲你是飲血王黨項羅刹。」

牠瞪著他，眼睛裏的藍焰越來越熾盛了。但是牠無法站起來，牠幾乎就要累死了。送鬼人達赤

彎腰在牠身上到處摸了摸說：「我這麼狠地打，都沒有打斷你的一根小骨頭，看來我的恨神大哭女神、伏命魔頭、一擊屠夫和金眼暴狗已經在保佑你了。你就在這兒待著吧，死了我就把你扔出去餵鷹，沒死我就接著再打。」

送鬼人達赤提著木棒到處走動著，滿意地看到掛在牆上的風乾肉和冰水已經被牠吃光喝乾了，說明牠每天都在黑暗裏撲跳，牠已經可以撲跳得很高很高，就像一隻小豹子那樣敏捷了。他又在更高的地方掛了許多風乾肉和幾隻盛滿冰水的羊肚，然後走了，一走又是一個月。

等到送鬼人達赤再次回來的時候，牠又長大了許多。掛在牆上的風乾肉和冰水已經一掃而空，說明牠的撲跳比一個月前至少提高了一尺。牠臥在牆角警惕地瞪視著這個人，看到他把一隻手藏在身體後面，就站起來，反射動作似的撮起了臉上的皮肉。牠知道他身後藏匿著木棒，木棒帶給牠的痛苦，就像母親帶給牠的溫暖一樣，已經深深鐫刻在了牠的記憶裏。

這樣的記憶對牠高傲的天性無疑是極大的傷害，讓牠提前懂得了這樣一個道理：擺脫木棒痛苦的唯一做法就是消滅木棒。牠撲了過去，就像這些日子牠在極度饑餓中撲向牆壁上的風乾肉一樣，撲跳的距離完全比得上一隻成年的藏獒。

送鬼人達赤吃驚地「哎呀」了一聲，往後一縮，掄起木棒就打了過來。牠的撲咬和他的棒打都是高速而準確的，但倒在地上的卻不是牠希望中的木棒，而是牠自己。倒地以後，牠再也沒有找到站起來撲咬第二次的機會，木棒就像雨點一樣打了下來，牠蠕動著，慘叫著，差一點昏死過去。

這一次教訓讓牠明白了這樣一個道理：你必須學會一撲到位，一口咬死的本領，在強大的敵手面前，你的第二次、第三次撲咬是不存在的。

送鬼人達赤丟下打斷了的木棒，又一次把新帶來的風乾肉和裝冰水的羊肚掛在了牆壁更高的地方，走的時候他說：「你恨誰？恨我是不是？那你就恨吧，我要的就是你的恨。恨我吧，恨一切人一切狗吧，恨那些我給他們揹走了鬼他們反而不理我的人吧。但是你最最應該恨的是上阿媽草原的人和狗，知道嗎，是上阿媽草原的人和狗。」

又是一個月，又是一次無情的棒打，又把肉和水掛高了一些，送鬼人達赤又一次走了。整整一年中的十二個月都是這樣。飲血王黨項羅剎一年沒有來到陽光下面，一年沒有看到草原和雪山、帳房和羊群，一年沒有見過任何一隻狗、任何一個動物，一年沒有見過任何一個人——送鬼人達赤不是人是鬼，他就跟畫在牆上的鬼影一樣，心是一個陰濕的盆地，裏面叢生著猙獰尖利的獠牙。

牠一年十二次被送鬼人達赤的木棒打癱在地，牠掙扎著站起來，頑強地成長著。隨著肉體成長起來的，還有憤怒和仇恨，還有比陰暗的石頭房子陰暗一百倍的藏獒之心，還有牠作爲食肉動物的撲咬本領。

最後一個月，送鬼人達赤把風乾肉和裝冰水的羊肚掛到了房頂上。等他走了以後，飲血王黨項羅剎仰頭一望，便衝牆而上，就像一隻飛翔的鷹，把肉一口叼住，然後又衝牆而下。牠長大了，迅速地長大了。

長大了的飲血王黨項羅剎已不再見到送鬼人達赤就撲就咬，不，牠知道他把越來越堅硬的木棒藏在身後，如果牠不能讓他丟棄木棒，那就只能在忍耐中蓄積仇恨，或者服從。

啊，服從？牠怎麼可以服從這樣一個人呢？然而服從似乎是必須的，因為牠天生是人的夥伴，而現在牠看到的人就只有這一個。況且服從也可以是權宜之計，如果這樣的權宜之計能夠讓送鬼人達赤放下木棒，牠就可以重新開始仇恨，毫不留情地撲向他的喉嚨。於是牠屈辱地揚起了頭，搖起了越蜷越緊的尾巴。

送鬼人達赤愣了，不禁微微一笑，但笑容只停留了幾秒鐘，他就故態復萌，揚起木棒，照頭便打，吼道：「你搖什麼尾巴，你對誰也不能搖尾巴，你再搖尾巴，我就把你的尾巴割掉。」

這一次是打得最慘的，幾乎要了牠的命。牠在傷痛的折磨中突然領悟了送鬼人達赤的全部含義，那就是暴烈，就是仇恨，就是毀滅——毀滅一切善意的舉動。

這樣的醒悟對牠來說是大有好處的，牠對他採取了既不撲咬也不服從的態度，儘量躲開他的肉體，儘量靠近他的心思，活著，就必須知道他在想什麼。

新的一年開始後，送鬼人達赤用繩子綁著牠，把牠帶出了石頭房子。那一天沒有陽光，那一天大雪紛飛，寒冷異常，那一天，牠被送鬼人達赤一腳踢進了一條壕溝，壕溝深深的，差一點把牠摔死。牠從壕溝裏抬起了頭，看到送鬼人達赤已經不見了。牠頓時就變得狂躁不安，在壕溝裏來回跑動著，想回到地面上去，回到已經習慣了的石頭房子裏去。但是一切試圖跳出壕溝的努力都失敗了。

壕溝長五十米，寬兩米，最深的地方有三十米，最淺的地方有十多米。壕溝原來是一個雪水沖刷出來的深壑，送鬼人達赤用一年的時間加深了溝底，加陡了溝壁，加高了溝沿，把它改造成了飲

血王黨項羅剎的新處所。

飲血王黨項羅剎在溝底不停地走動著，雪更大了，黑夜寂然來臨，牠一宿未睡。第二天早晨，太陽露出了雲翳，雪停了，風還在吹，空氣冷到尖銳，牠仰望壕溝之上的一線藍天，突然意識到死亡已經出現在頭頂了。

代表死亡的是無數狼頭。一顆顆狼頭圍繞著溝沿，懸空窺視著牠。牠緊張得又蹦又跳，意識到蹦跳是毫無意義的，就開始奔跑。五十米長的溝底，牠只用六七秒就可以跑一個來回，跑了一會兒，又意識到奔跑更是無意義的，便停下來狂吠。

牠第一次用這麼大的音量狂吠，發現牠越是吠得起勁，窺視牠的狼頭就越沒有離開的跡象。狼也開始叫了，好像有點學牠的意思。牠以前從來沒有見過狼，但是牠聽到過狼的聲音。在藏獒面前，天敵的聲音本來是泣哀和可憐的，如今卻顯得放肆而得意，充滿了對牠的蔑視和挑逗。牠暴跳如雷，十次百次地暴跳如雷，終於跳不動了，大汗淋漓地趴在了地上。

群狼嗥叫的聲音更加得意了，牠蜷起身子，閉上了眼睛，渾身開始發抖。牠發現自己既是狂躁的也是膽小的，既是兇悍的也是恐懼的，那種在牠的遺傳中含量極少的怕死的感覺，剎那間無比誇張地跑了出來，讓牠在死與不想死的刀鋒上感到了生命的無助和無奈。牠用兩隻大耳朵緊緊堵住了自己的聽覺，抱著一種向困厄投降的心態，等待著末日的來臨。

末日自然是不會來臨的，因爲沒有一匹狼敢於下到壕溝裏面來。牠們窺伺著歡叫了好長時間就奔馳而去了。當寂靜突然降臨的時候，飲血王黨項羅剎感到了一陣難以忍受的饑餓。牠抬頭看了

看上面，絕望地發現這裏的牆壁上沒有懸掛的食物，有的只是石頭。牠依靠本能，知道雪是可以吃的，便開始舔雪。整整三天過去了，牠把溝底的積雪舔得一滴不剩，然後就用前爪使勁掏挖溝壁。

第四天，也許是第五天，送鬼人達赤來了，從壕溝最淺的地方，扔下來一匹荒原狼。狼是活著的，是他從獵人手裏用兩隻肥羊換來的一匹成年狼。飲血王黨項羅剎驚然而起，紋絲不動地盯著狼。狼在拼命掙扎，很快就把綁縛牠的繩子掙脫了，抬腿就跑，一看跑不出去，又回過身來，這才看到饑餓中瞪著血紅眼睛的飲血王黨項羅剎。

飲血王黨項羅剎還是紋絲不動，畢竟牠是第一次這麼近地面對一個本性比牠兇殘十倍的活物。狼把鼻子往上撮著，露出了鋒利的虎牙，朝前走了一步。這說明狼已經看出牠是一個不諳時事的少年，有點不怕牠。但是狼沒有想到，面前的這隻藏獒雖然年少，但渾身日積月累的憤怒和仇恨早已經像大山一樣沉重了。

牠憤怒的是整個世界，仇恨的是全部生命，更何況牠現在面對的是一匹狼，一個狗類種族天經地義的敵手。牠低下頭，看了看自己餓癟了的肚腹，發現那兒正在激動地顫抖，也就是說，即使牠不想吃狼，肚子也想吃狼了。

牠帶著正在極端饑餓中痛苦發抖的肚子跳了起來，撲了過去，速度快得連牠自己都沒有反應過來，牙齒就已經嵌進了狼的後頸。狼的掙扎讓牠激動，牠又換口咬住了喉嚨，便咕嘟咕嘟地飲起了狼血。送鬼人達赤在上面狂叫起來：「一擊屠夫，一擊屠夫，伏命魔頭，伏命魔頭。」

就這樣，飲血王黨項羅剎在壕溝裏待了整整一年。

一年中，牠沒吃過一口死肉，吃的都是活肉，是野獸的肉。野獸一來，照例先是戰鬥，後是吃肉。牠跟雪豹鬥過，跟金錢豹鬥過，跟藏馬熊鬥過，次數最多的當然是跟狼鬥，有荒原狼、豺狼，還有極端狡猾的雪狼。送鬼人達赤爲了從獵人手裏得到這些野獸，付出了頭人們送給他的大部分財產——一大片羊群和一大片牛群。

一年中幾乎天天都有野獸在壕溝上面叫囂，牠陰森森地仰望牠們的身影，一天比一天暴躁地蹦跳著吼叫著，仇恨和憤怒也就一天比一天猛烈地蓄積著。

一年中，牠沒有見過帳房和羊群，沒有見過任何一隻同類、任何一個人，除了人鬼不分的送鬼人達赤。

一年中，牠天天用前爪掏挖溝壁，因爲牠覺得這是一堵牆，掏著掏著就能掏出洞來，就能出去了。牠掏出了許多個大洞，雖然沒有如願，但卻把兩隻前爪磨礪成了兩根鋼鍬，隨便一伸，就能在石壁上打出一個深深的坑窩。

一年中，牠不避嚴寒酷暑，白天沐著陽光，晚上浴著星光，完全成了野性自然的一部分。牠又長大了許多，已經不折不扣是一隻大藏獒了。牠身上充滿了豹子的味道、藏馬熊的味道、狼的味道，牠在氣息、心態和行爲舉止上已經不屬於西結古草原，也忘了牠曾經是一對牧羊狗的優秀的兒子。牠正在理解自己作爲飲血王黨項羅剎的意義，正在按照送鬼人達赤的願望，惡毒地仇恨著，時刻準備咬死出現在自己面前的一切。

一年結束的這天，牠吃掉了一隻用一頭犛牛換來的荒山貓。這是送鬼人達赤投下來的一種最敏

捷的野獸。按照荒山貓的本領，如果是面對別的藏獒，牠完全可以攀緣著溝壁，逃離險境。但是飲血王黨項羅刹沒有給荒山貓逃生的機會，牠跳得太高了，爪子伸得太長了。牠用野獸所知道的最快的速度一口咬住了對方。

吃掉了荒山貓，牠就昏睡不醒了。荒山貓的肉有強烈的麻醉作用，所有的動物吃了牠都會昏然睡去。牠睡了一天一夜，等牠醒來的時候，牠吃驚地發現自己躺在一片開闊的雪地上。送鬼人達赤用十幾根皮繩和五頭犛牛把牠吊出了壕溝，又用一頭最健壯的犛牛馱著牠來到了這裏。這裏是黨項大雪山的冰天雪地，是天造地設地生成著許多地下冰窖的地方。

送鬼人達赤看牠醒了，就用手撕著牠的皮毛，使勁把牠朝前推去。牠順著冰坡滑了下去，轟然落地的時候，地下冰窖裏的一群雪雞噗啦啦地飛了出去。

又是一年三百六十五個日子，飲血王黨項羅刹就待在方圓不到二十米的冰窖裏。牠出不去，冰窖的窖口高得超出了牠的蹦跳能力。牠只能沿著窖壁憤怒地奔跑，時不時地伸出前爪在冰牆上抓一把，抓出一道一道的深溝來。食物依然是活的，至少有半年是這樣。半年中，差不多每個星期都有一次殊死的戰鬥。

牠撕咬著投下來的野獸——狼、豹子或者藏馬熊，從來沒有放棄在第一時間撲過去一擊致命的機會，有時候用牙，有時候用爪子。牠的爪子不僅有力，而且越來越堅利了，因爲牠必須摳住光滑的冰石，無論牠是平面的，還是斜面的。

半年以後，當飲血王黨項羅刹業已證明自己是一隻所向無敵的藏獒的時候，活物突然沒有了，饑餓成了牠必須天天面對的事情。送鬼人達赤一個星期才餵牠一次，每一次他都會放下一根粗皮繩來，食物——一些爛羊肉或者爛牛肉就綁在皮繩的中間牠撲咬不到的地方，牠必須用牙咬住皮繩，用堅硬銳利的爪子摳住冰牆，一點一點地爬向食物。

一吃到食物，皮繩就斷了，牠會從冰牆上摔下來，摔得渾身骨頭疼。摔了兩三次之後，牠就學乖了，在吃到食物之前，牠會把兩隻前爪深深地打進冰牆，然後一步一個坑窩地挪下來。這時候牠已經不是藏獒，而是一隻其大無比的貓科動物了。

依然是饑餓，按照飲血工黨項羅剎的正常食量，牠每天至少應該吃掉十公斤鮮肉，但是牠現在平均每天一兩肉都吃不到。餓極了，牠就吃自己的屎，就大口吞食用利牙切割下來的冰塊。牠瘦了，打不起精神來了。但是牠的陰冷和殘暴卻越來越有質量地裂變成了渾身的細胞，忿怒和仇恨就像定時炸彈一樣隨時都會爆發，蘊藏胸中的億萬支毒箭正待射出，射向所有的所有的所有的。

有一天，當送鬼人達赤又來給牠餵食時，吃驚地發現，冰窖的窖口殘留著半截雪豹粗大的尾巴，朝下一看，看到飲血王黨項羅剎正在大口吃肉。他愣住了，這就是說，冰窖已經圈不住牠了，牠爬出冰窖，殺死一隻雪豹後又回去了。幸虧牠沒有跑掉，牠萬一跑掉了呢？

第二天，送鬼人達赤把一隻用兩頭犛牛換來的荒山貓扔進了冰窖。飲血王黨項羅剎這時候一點也不餓，但牠還是一躍而起，在對方還沒有明白應該往哪裏逃的時候，一口咬住了對方的脖子。

荒山貓的肉沒有雪豹的肉好吃，牠吃完了雪豹，才去對付有麻醉作用的荒山貓。送鬼人達赤在窖口等了一個星期，才等來牠昏睡不醒的時刻。

這一年是藏曆鐵兔年，鐵兔年結束的時候，飲血王黨項羅刹出現在了石頭房子的門前。牠被兩根粗鐵鏈子牢牢地拴著，就像一隻真正的看家狗那樣。牠仍然過著與世隔絕的生活，見不到帳房和羊群，見不到任何一隻同類、任何一個人，除了送鬼人達赤。牠的生活一如既往地延續著：一是忍受饑餓，二是忍受仇恨。

饑餓可以通過吃肉來消除，可是仇恨呢？送鬼人達赤每天都在對牠吼叫：「上阿媽的仇家，上阿媽的仇家。」這樣的吼叫讓飲血王黨項羅刹很快就明白：牠的生活不在這裏，在上阿媽的仇家那裏。當生活和仇恨已經畫了等號的時候，上阿媽的仇家就成了仇恨的代名詞。

夏天到了，送鬼人達赤要帶著飲血王黨項羅刹去上阿媽草原了，突然聽說了岡日森格的事情，聽說了七個上阿媽的孩子的事情。他大喜過望，立刻決定：暫時不去了，如果能就地復仇，就用不著去了。

帶著七個上阿媽的孩子，兩天後，送鬼人達赤來到了黨項大雪山的山麓原野。他做的第一件事情，就是走向自己的石頭房子，從飲血王黨項羅刹的脖子上解開了兩根粗鐵鏈子。

飲血王黨項羅刹幾年來第一次看到除開送鬼人達赤以外的人，牠瞪起血紅的眼睛，帶著裝滿草原的仇恨，迅雷霹靂般地奔跑過來。七個上阿媽的孩子愣住了，驚駭無主地互相撕拽著，轉身就跑，邊跑邊扯開嗓子喊起來：「瑪哈噶喇奔森保，瑪哈噶喇奔森保。」

第十八章　藏獒的纏綿

一進入密靈谷，沒跑幾步，岡日森格就感覺到了異樣，流動的空氣告訴了牠一切。牠幾乎是用舌頭尖挑著小白狗嘎嘎，沿著谷底，用牠三級跳似的步態，風馳電掣般地靠近著密靈洞。

牠看到洞口外面簇擁著許多馬和許多斜揹著叉子槍的人，有人舉槍對準著牠，黑洞洞的槍口就像人的眼睛一樣深不可測。牠全然不顧，牠知道槍的厲害就是人的厲害，從槍口射出來的子彈，差不多就是人的權威的象徵，但是牠不怕，牠從來不怕死，所以也就永遠不怕瞄準自己的槍。

牠從谷底一蹦而起，四肢柔韌地從這塊冰岩彈向那塊冰岩，飛快地來到了密靈洞前。有人喊起來，岡日森格聽清楚了，這是藏醫尕宇陀的聲音。這個聲音一出現，所有舉起的槍就都放下了。

「強盜來了，騎手們來了，你們好啊，難道你們不認識我了？我是藥王尕宇陀。我治好了草原上所有人的膽汁病、氣類病和黏液病，我給貪病、癡病開出了甘露殊勝的妙方，我把鬼宿、魔土、毒水、惡獸、厲蟲降伏在大藥王琉璃光佛的威力之下，啊，我呀，我恨不得把我身上的每一根汗毛都變成解除病痛的藥寶。但是我怎麼就除不掉你們仇恨的鐵銹、怨怒的沉渣和嫉妒的浮垢呢？岡日森格的前世是阿尼瑪卿雪山上的獅子，曾經保護過所有在雪山上修行的僧人，難道你們不知道嗎？知道了爲什麼還要舉槍瞄準啊？你們這些對雪山獅子如此不恭的人，難道你們不怕有一天我會對你們說——你們的病痛我是解除不了的，去找你們的強盜嘉瑪措吧，因爲是他給你們種下了病痛的根。」

大黑獒那日似乎聽明白了藏醫尕宇陀的意思，響亮地吠了一聲。

牧馬鶴部落的軍事首領強盜嘉瑪措大聲說：「部落沒有強盜，就好比羊群沒有藏獒；草原沒有藥王喇嘛，就好比冬天沒有牛糞火。我是仇恨的根，你是煮根喝湯的神，你在山頭上，我們在山底下，我們可不願意聽你給我們說——你們的病痛我是解除不了的。放下槍放下槍，騎手們放下槍。」

岡日森格無畏地穿過騎手們的空隙跑進了密靈洞，看了一眼就知道七個上阿媽的孩子已經不在這裏了。主人呢？我的主人呢？緊急中，牠沒有忘記把小白狗嘎嘎小心翼翼地放在大黑獒那日面前。大黑獒那日吃驚地後退了一步，疑惑地望望岡日森格，又盯住了小白狗嘎嘎。岡日森格來不及表示什麼，眼睛急閃，悶悶地叫著：主人呢？我的主人呢？突然牠不叫了，跑過去聞了聞撒在地上的羊骨節，轉身就走。

強盜嘉瑪措一看地上的羊骨節，就知道七個上阿媽的孩子剛剛還在這裏。再一看岡日森格，又知道七個上阿媽的孩子是可以找到的，跟著岡日森格就行了，牠也在找呢。他立刻向藏醫尕宇陀彎腰告辭，招呼騎手們趕快跟上岡日森格。藏醫尕宇陀心說：完蛋了，岡日森格就要暴露牠的主人了。他叫了一聲：「岡日森格，你回來，聽我的，你回來。」

岡日森格沒有回來，牠已經聞到了主人離開密靈洞的蹤跡，現在唯一的想法就是追攆而去。牠出了洞口，直奔洞後邊的那一面冰坡，冰坡儘管陡了點，但對牠那種三級跳似的步態來說，差不多是如履平地的。

騎手們拉著馬跟了過去。強盜嘉瑪措催促道：「快啊快啊，只要我們緊緊跟上雪山獅子，就能抓到七個上阿媽的仇家。」說著，丟開了自己的坐騎一匹大黑馬的韁繩，兀自爬上去，站在冰坡頂上打出了一聲尖厲的呼哨。大黑馬知道這是對自己的召喚，返身回到洞口，揚起四蹄，利用奔跑的慣性，一口氣跑上了光滑的冰坡。強盜嘉瑪措跨上大黑馬，朝著已經跑出兩箭之程的岡日森格追了過去。

岡日森格回頭望了一眼，突然放慢了腳步，慢到大黑馬可以輕鬆追上自己。但是大黑馬沒有追上來，大黑馬總是在一定的距離上跟著牠。於是岡日森格明白騎在馬上的人並不是要抓住牠或者殺死牠，他們另有目的，他們的目的到底是什麼？岡日森格想了想，跑得更慢了，直到所有的騎手都騎馬跟在了身後，才又開始風馳電掣般跑起來。

密靈洞裏只剩下藏醫尕宇陀和大黑獒那日了。大黑獒那日很想跟著岡日森格跑出去，但尕宇陀拽住牠，不讓牠動彈，牠只好臥在他身邊，讓心情沉浸在岡日森格離去後的孤獨裏。朝夕相處的經歷和岡日森格作爲一隻獅頭公獒對牠這隻妙齡母獒的吸引，使牠已經離不開岡日森格了，這就是孤獨產生的前提。

孤獨是純粹精神層面的東西，是人的體驗，藏獒跟人一樣，是依賴人類社會和狗類社會生活的動物，人在離開親人後感受到的孤獨，也正是牠們感受到的孤獨，不同的是，牠們比人更強烈更真誠。

孤獨的大黑獒那日現在面對著一隻陌生的小狗，牠輕輕一聞，就知道這是一隻西結古草原的小藏獒。小藏獒是死了還是活著，牠一時不能確定，所以就一直保持著距離。藏醫尕宇陀摸了摸小白狗嘎嘎的鼻子，抓起來放到大黑獒那日的嘴邊說：「舔一舔吧，牠還活著。不知道牠是哪兒的，牠怎麼會讓岡日森格叼到這裏來呢？」

大黑獒那日聽明白了，伸出舌頭舔著嘎嘎血肉模糊的斷腿。尕宇陀看牠舔乾淨了斷腿上的血，便從豹皮藥囊裏拿出一些白色的粉末、黑色的粉末和藍色的粉末，撒在了傷口上，又塗抹了一層漿糊狀的液體，然後從自己身上撕下一塊袈裟布，把斷了的腿骨對接好，一圈一圈纏繞著，結結實實包紮起來。小白狗嘎嘎仍然閉著眼睛，但顯然已經醒了，痛苦不堪地吱吱叫著。

這叫聲似乎把大黑獒那日嚇了一跳，牠倏地站起，朝後退了退，但馬上又走了過來，審視了一會兒，便臥在地上，用兩隻前爪款款地摟住嘎嘎，在牠白花花的絨毛上柔情地舔起來。牠沒有生過孩子，還是個姑娘，但牠是母獒，是母獒就有喜歡孩子的天性，況且這時候，牠正處在突然到來的孤獨的煎熬裏，牠需要慰藉。

大黑獒那日柔情似水地舔著，想起這是岡日森格叼來的小白狗，便恍然覺得牠就是岡日森格的孩子，既然是岡日森格的孩子，自然也就是自己的孩子了。可是，大黑獒那日疑惑地想，牠怎麼會如此的潔白，而我怎麼會如此的漆黑呢？

舔著舔著，大黑獒那日的意識突然又進了一步：既然小白狗是岡日森格的孩子，也是自己的孩子，那自己爲什麼不可以帶著牠去尋找岡日森格呢？傻待在這裏幹什麼？牠站起來，把小白狗嘎嘎叼到了嘴上，朝前走了幾步，下意識地看了看盤腿審視著牠的藏醫尕宇陀，突然又猶豫了。

牠知道面前的這個恩人不允許牠這樣走掉。牠是一隻護佑整個西結古草原的領地狗，對某一個人的意志可以遵從也可以不遵從，但面前的這個人和所有的人不同，他是神奇的藏醫，是專門守在這裏給牠和岡日森格治傷的恩人。恩人的話是一定要聽的，哪怕聽了不合意。

牠半是企求半是無奈地望著藏醫尕宇陀，討好地搖了搖尾巴。尕宇陀凝視著牠，突然伸出雙手，把小白狗嘎嘎接到了自己懷裏，站起來，對牠說：

「本來你的眼睛是不能見風見雪的，但是你已經跑出去了，風見了你，雪也見了你，你是好是壞我已經無能為力了。昂拉山神的意志就是你的眼睛的未來，但願祂今天是高興的，祂會讓你左眼的視力恢復到從前。現在咱們走吧，密靈洞裏的聚日已經結束，西結古寺威武莊嚴的大藥王琉璃佛前的金燈還需要我添加酥油呢。如果你想去看看光芒四射的琉璃宮殿，就牢牢跟著我；如果你不想去，就悄悄離開我。但是我要告訴你，跟我去的好處是，你也許會遇到一個千載難逢的機會——大藥王琉璃佛降旨昂拉山神，把神奇的光明全部給你，永遠給你。到了那個時候，你的視力不僅不會下降，還會比從前明亮一千倍。」

大黑獒那日聽懂了似的跟上了藏醫尕宇陀。眼光一刻也沒有離開過他抱在懷裏的小白狗嘎嘎。他們走出了密靈谷，路過雕巢崖時，引出一片高興而感激的雪雕的叫聲。大黑獒那日不安地吠著，拿出一副隨時跳起來撕咬的架勢緊貼著藏醫尕宇陀，生怕雪雕俯衝下來叼走他懷裏的小白狗嘎嘎。

牧馬鶴部落的騎手們從來沒遇到過如此能跑善走的藏獒。岡日森格差不多就是爲奔走而生的，牠用快慢調節著自己的體力，一直都在跑或者走，似乎永遠不累。牠的傷口已經完全長好，按照藏醫尕宇陀以及所有愛護牠的人的願望，恢復過來的體力顯得比先前更強壯，更富有生命中最爲重要的柔韌耐久。強盜嘉瑪措連連咋舌：「要是藏獒可以用來當馬騎，岡日森格就是草原上最好的坐騎，豁出我強盜的生命我也要得到牠。」

一般來說，在走路與奔跑的持久性上，馬是草原的佼佼者，藏獒算什麼，能有馬十分之一的能耐就不錯了。但是面對岡日森格，連強盜嘉瑪措的坐騎大黑馬都不敢自誇了。大黑馬是一匹在部落賽馬場上跑過第一的兒馬，牠只佩服天上飛的，對地上跑的一概不服，自然也就不服岡日森格。所以牠一直走在所有馬的前面，緊跟著岡日森格，連喘氣都是你走多長路我跟多長路的樣子。

岡日森格當然明白大黑馬的心思，無所畏懼地跑一陣走一陣，根本就沒有停下來休息的跡象，搞得大黑馬禁不住煩躁起來，好幾次都想跑到岡日森格前面去攔住牠。馬背上的強盜嘉瑪措阻止了牠，牠只能這樣緊緊地跟著，就好像牠是岡日森格的保鏢。大黑馬不快地想：顛倒了，馬和狗的作用徹底顛倒了。

就這樣顛倒著走啊走，大黑馬禁不住就有些佩服：我都有點累了，牠怎麼一點也不累，反而越走越快了。

岡日森格帶著騎手們翻過了一座雪山，又翻過了一座雪山，也不知翻過了多少座雪山，終於在天黑之前，繞來繞去地走出了昂拉雪山。強盜嘉瑪措十分納悶：七個上阿媽的仇家爲什麼不直接走出昂拉雪山，而要繞來繞去呢？難道他們忘了進山來的路？他讓一部分騎手迅速返回牧馬鶴部落，向頭人大格列報告他們為什麼沒有在天黑之前撤回礱寶澤草原的原因，自己帶著另一部分騎手繼續跟蹤著岡日森格。

岡日森格走到朦朦朧朧的夜色中去了。月光下的西結古草原到處都是白霧，白霧是半透明的，能看到野驢河的浪花、架在河面上的轉經筒和滿地的草影。隱隱傳來藏獒穿透力極強的叫聲，那是碉房山下的生活，領地狗們正在巡邏。岡日森格蹚過了野驢河，又一次蹚過了野驢河，一條河牠來回蹚了七八次，吃了七八條魚，才離開河岸，朝著南方走了一程，突然揚起頭，在空氣中聞著什麼，轉身向東，朝著昂拉雪山小跑而去。

強盜嘉瑪措指揮騎手們緊緊跟上，毫不懷疑岡日森格走過的路線就是七個上阿媽的仇家走過的路線。現在岡日森格又走回去了，也就是說，七個上阿媽的仇家又走回昂拉雪山去了。

有一個問題，聰明的強盜嘉瑪措始終想不通：七個上阿媽的仇家為什麼不回他們的家鄉上阿媽草原，而要在危險重重的西結古草原東奔西走？

藏醫尕宇陀一屁股坐在了昂拉雪山山口的黃昏裏。他走累了，想歇一會兒。他知道大黑獒那日也需要歇歇了，就說：「你抓緊時間，趕緊臥下。再次上路的時候，我們要一口氣走到西結古寺。」

大黑獒那日沒有臥下，牠看到尕宇陀把小白狗嘎嘎放在了地上，就過去舔了舔，輕輕叼了起

來。牠要走了。牠的鼻子指向空中，使勁聞著，丟下藏醫尕宇陀牠的恩人兀自走了。尕宇陀奇怪地看著牠，想叫牠回來，話到嘴邊又咽了下去。

大黑獒那日彷彿知道藏醫尕宇陀嘴裏有話，回頭看了看他，突然又走回來，聽話地臥在了他身邊。但是牠始終望著遠方，始終把小白狗嘎嘎叼在嘴上。小白狗嘎嘎在尕宇陀懷裏時就已經睜開了眼睛。牠看到了一個喇嘛模樣的人和一隻黑色的可以做阿姨的母獒，聞到了一種熟悉的氣息，知道自己是安全的，就乖乖的一聲不吭。

上了藥的斷腿很疼，但是能忍，藏獒天生就具備忍受巨大痛苦的能力，或者說承受疼痛的力量和撕咬對手的力量是成正比的。危險來了不跑，有了傷痛不叫，是造物主對牠們的要求。

藏醫尕宇陀望著大黑獒那日，有一點明白了：牠雖然服從他的意志臥在了這裏，但心裏想的卻是走，而且要叼著小白狗嘎嘎走。牠要去幹什麼？去找岡日森格？岡日森格這會兒在哪裏？是不是已經找到了自己的主人七個上阿媽的孩子？如果找到了，那就是說，人和狗都已經落入牧馬鶴部落的強盜嘉瑪措手裏了。

尕宇陀摸著大黑獒那日的頭，憂心忡忡地說：「去吧，去吧，你實在想去你就去吧，你去了或許好一些，或許強盜嘉瑪措會顧及你對岡日森格的感情，而放了岡日森格一馬呢。不過，這小狗，誰知道牠是哪兒的，你還是放下吧，牠是你的累贅。」說著，朝前推了推大黑獒那日。

大黑獒那日走了，這次是真的走了。但牠沒有放下小白狗嘎嘎，這是母親的意志，孩子只有在自己身邊才是放心的，怎麼可能是累贅呢？儘管事實上嘎嘎並不是牠的孩子，牠自己迄今還沒有生過孩子。牠對小白狗嘎嘎的感情很大程度上來源於對岡日森格的感情。小白狗是岡日森格叼來的，而在牠既牢固又朦朧的意識裏，岡日森格是唯一一隻能給牠帶來孩子，能讓牠變成一個妻子和一個母親的雄性的藏獒。

大黑獒那日在黃昏的涼風裏，走向了岡日森格。岡日森格在哪裏？風中的氣息正在告訴牠。風中的氣息有時也會是過時了的氣息。大黑獒那日走去的地方，往往又是岡日森格已經走過的地方。所以牠們很久沒有碰面。直到午夜，當岡日森格返回昂拉山群，在雪岡上撒了一泡熱尿之後，大黑獒那日才準確地知道對方現在去了哪裏。也就在這時，岡日森格也敏銳地從空氣中捕捉到了大黑獒那日的方位。

大黑獒那日沿著岡日森格的足跡往南走，岡日森格跟著風的引導往北走。走著走著，一公一母兩隻藏獒幾乎在同時激動地一陣顫慄。岡日森格叫起來，大黑獒那日叼著小白狗嘎嘎跑了過去。見面的那一刻，母獒一頭撞在了公獒身上。公獒聞著牠，舔著牠。母獒把小白狗嘎嘎放到雪地上，用更加溫情的聞舔回報著對方。兩隻藏獒纏綿著，好一會兒才平靜下來。

已經是凌晨了，東方突然有了天亮的跡象。一直跟蹤著岡日森格的牧馬鶴部落的強盜嘉瑪措和他的騎手們這才明白過來：跟了半天，岡日森格苦苦尋找的，原來是大黑獒那日。牠的主人七個上阿媽的仇家牠怎麼不找了？是現在不找了，還是一開始就沒打算找？

不不。強盜嘉瑪措尋思，不是為了尋找主人，岡日森格為什麼要離開那個洞？牠就是在尋找牠的主人，牠和大黑獒那日的相遇不過是個插曲，牠一定還會繼續找下去。瞧，牠們正在商量呢，已經開步了，一前一後朝著昂拉雪山外面開步了。

牠們走得很快，似乎想趁著夜色還沒有消失的時候甩脫強盜嘉瑪措和騎手們的跟蹤。嘉瑪措鞭策著大黑馬跟得很緊，心說：你休想甩脫，牧馬鶴部落的強盜怎麼可能連一隻藏獒都跟不住呢。勇敢的強盜甚至都可以抓住你，再用鎖鏈拴著你，讓你拽著他去尋找你的主人——七個上阿媽的仇家。

他這麼想著，突然又不走了，前面被跟蹤的兩隻藏獒也不走了。怎麼回事兒？在前面的前面，在最後的夜色淡淡的黑暗裏，居然又出現了幾隻碩大的藏獒。

第十九章　獒王的王者之風

岡日森格和大黑獒那日顯得非常平靜，牠們知道這樣的遭遇是躲不掉的，因爲雙方都有靈敏的嗅覺和天生準確的判斷，當你聞到對方的氣息時，對方也聞到了你的氣息，你東他東，你西他西，還不如直接走過去，是談判還是廝打，該出現的就讓它早早出現，沒有必要延緩時間。

相比之下，堵截牠們的獒王虎頭雪獒和牠的幾個夥伴，反而顯得不那麼平靜了。牠們雖然預見到會在這裏擋住岡日森格，但沒有想到在看到岡日森格的同時，也會看到大黑獒那日，而且大黑獒那日嘴裏居然還叼著那隻跟白獅子嘎保森格散發著同樣氣息的小白狗。牠們用吃驚的眼光互相詢問著：大黑獒那日不是已經撞死了嗎？小白狗不是已經讓雪狼叼走了嗎？難道三匹雪狼沒有來得及吃掉牠，就已經命喪黃泉了？

更讓牠們吃驚的是，牠們居然沒有聞到大黑獒那日的氣息，牠們心裏只想著岡日森格，而沒有想到大黑獒那日，所以就連牠的氣息也沒有聞到。爲什麼？難道器官的功能也是可以隨著心事的變化或有或無、時強時弱的？你聞到的永遠都是你想到的，你想不到的，也是你永遠聞不到的？

藏獒與藏獒，人與藏獒，在積雪的山垣上，靜靜地對峙著。在人的這一面，自然是智慧的強盜嘉瑪措首先明白過來，他壓低嗓門驚喜地告訴身邊的騎手：「看清楚了吧，那是誰？是我們西結古草原的獒王。獒王來了。」

騎手們說：「獒王來了？好啊，有獒王在，岡日森格今天算完了，命大概是保不住了。」

強盜嘉瑪措說：「可是我們還要依靠岡日森格尋找七個上阿媽的仇家呢，你們說怎麼辦？」

騎手們說：「強盜說怎麼辦就怎麼辦。」

大黑獒那日放下小白狗嘎嘎，走了過去。畢竟牠是西結古草原的領地狗，牠鍾情岡日森格，也喜歡獒王虎頭雪獒和同胞姐姐大黑獒果日。牠現在只能這樣，在憂慮和歉疚中，去和昔日的夥伴主動套近乎。大黑獒果日迎了過來。姐妹倆碰了碰鼻子，互相聞了聞，然後一起走向了獒王虎頭雪獒。

雖然吃驚，但頭腦卻很清醒的獒王虎頭雪獒立刻瞪起了眼睛，衝著大黑獒果日發出了一陣低沉的吠聲，警告牠不要和一隻西結古獒群的叛徒過於密切，儘管這個不要臉的叛徒是你的親妹妹。

「不要這樣，不要這樣，獒王，你千萬不要這樣。」大黑獒那日向獒王翹起了大尾巴，緩緩地搖著，討好地搖著。獒王停止了吠聲，晃晃頭允許牠討好自己。

大黑獒那日朝獒王走去。獒王斜覷著牠，一副輕蔑嫌棄的樣子。突然，就像是哪根神經被觸動了，獒王暴躁地吼了一聲，撲過去一口咬在了大黑獒那日的肩膀上。牠這是詛咒，並沒有使勁，只用牙齒挑爛了對方的皮。牠詛咒這隻美麗母獒的輕薄：你身上全是岡日森格的味道，而且是情到深處的那種臊味，你這個不要臉的。

大黑獒那日趕緊退了回去。牠喜歡獒王虎頭雪獒，但更鍾情於岡日森格，牠只能這樣，在惆悵、孤獨和失望中，和岡日森格站在一起。

岡日森格知道一場殘酷的撕咬就要開始了。牠叼起在雪地上發抖的小白狗嘎嘎，放到了大黑獒那日面前，叮囑牠看好，又安慰地舔了舔牠的眉心，好像是說：「你放心吧。」然後，岡日森格扭轉了身子，嘩嘩地帶著聲響，豎起了渾身金黃的獒毛。牠走了過去。

牠知道面前的灰色老公獒已是自己的手下敗將，不必再和牠戰鬥，知道自己不能把牙刀的切割揮灑在作爲母獒的大黑獒果日身上，還知道按照獒群的規矩，獒王虎頭雪獒不能首先迎戰自己，就用眼光撥開稀薄的夜色，走向了獒王身邊的另一隻黑色公獒。

黑色公獒也意識到今天首先出戰的應該是自己，便在心裏冷哼了一聲，連聲招呼都不打，在濛濛亮的晨色裏，對方還看不清怎麼回事兒的時候，直接撲了過來。岡日森格不是用眼睛，而是用感覺知道對方已經行動了。牠戛然止步，四肢牢牢地釘在地上一動不動。黑色公獒一頭撞過來，就像撞在了一塊冰岩上，來不及撕咬，就被一種前所未有的堅硬推搡了出去。

岡日森格還是一動不動，等著牠再撞再咬。黑色公獒沒有再撞，牠知道自己根本撞不倒對方，就撲過去，一口咬向岡日森格的脖子。岡日森格心說：你真是了不起，你的虎牙居然差一點咬住我的脖子，可我的脖子怎麼能讓你咬住呢？那可是脖子啊，咬住就是致命的。岡日森格閃開牠的虎牙，假裝回了一口，自然沒有咬住什麼。接下來，岡日森格頻頻咬牠，但沒有一次是咬上的。

這使得黑色公獒突然驕傲起來：你不過如此嘛，你撲咬了多少次都咬不上我，還能撲咬我們的獒王？牠想不到這是岡日森格對牠的麻痹，更想不到牠一有輕敵思想，失敗就已經成爲定局。

就在麻痹剛剛生效的時候，岡日森格突然用一種對方根本想不到的姿勢跳了起來，速度之快，黑色公獒的眼光都來不及跟上。這才是一次真正的撲咬，是岡日森格的第一次撲咬。躲閃是沒有用

的，因爲正是黑色公獒的躲閃，才讓牠的脖子準確地嵌進了岡日森格的大嘴。

岡日森格一口咬了下去，心說：是死是活，就看你的命大命小了。黑色公獒倒在了血泊中。紅雪閃耀著，清晨來臨了。岡日森格跳出了搏殺的圈子，山挺在那裏，直面著另一隻走到前面來的鐵包金公獒。

鐵包金深沉地望著岡日森格，並不急著進攻，好像牠是一隻謀深計遠、老成持重的藏獒。的確如此，牠一直在琢磨岡日森格的特點：出其不意，攻其不備，速度快得驚人；而且撲殺蠻野，力重千鈞，牙刀飛快，割皮割肉、斷筋斷骨，就像酥油裏抽毛一樣容易。

牠也一直在琢磨岡日森格的缺點：是不是睫毛太長了，比一般藏獒多遮出了一些盲點呢？牠的盲點在哪裏？是不是鼻子太寬了，咬不著脖子咬牠的鼻子，也會讓牠血肉模糊，丟盡臉面吧？是不是尾巴太大了，咬斷牠的尾巴，不也是可以讓牠身名俱裂嗎？是不是肚腹無毛的地方太多了，用牙當然咬不著，用爪子掏呢？是不是也能掏出牠的腸子來？岡日森格，你並不是完美無缺的，你比我們的獒王差遠了。

岡日森格一看就知道，鐵包金是一隻用機靈的腦袋，而不是用發達的四肢馳騁草原的藏獒，用人類不好聽的語言來形容，那就是狡黠陰險的詭詐之徒。面對這樣的敵手，這樣一雙一直在窺伺你的破綻的眼睛，你該怎麼辦？岡日森格想都沒想就撲了過去，牠要做的就是不讓鐵包金機靈的腦袋發揮作用。

鐵包金吃了一驚，發現自己根本就沒有時間去琢磨對方的長短並想好對付的計策，牠只有時間去琢磨如何死裏逃生的問題。

真是一隻幸運而機智的藏獒，當牠意識到牠根本無法躲避岡日森格的閃電攻擊時，乾脆就順勢倒在了地上，在忍受對方撕咬自己的同時，兩隻後爪使勁蹬起來抓傷了岡日森格的肚腹。岡日森格稍感意外：原來藏獒也是可以主動倒地的。心說：我又學會了一招：先示弱後逞強，關鍵的時刻倒在地上，說不定也能出奇制勝。

牠在鐵包金的後頸上咬了一口，知道不是致命的，也知道自己可以咬第二口、第三口，直到把對方咬死。但牠沒有這樣，牠覺得自己已經贏了，只要對方服氣，就沒有必要再下狠手了。牠跳到一邊，喘著粗氣，衝動而渴望地看著獒王。

獒王虎頭雪獒早已是躍躍欲試了。牠聲音低低地吼著，一方面是讚歎岡日森格：你真不錯，你要是我的屬下，我就讓你去咬死那個屢屢挑釁我的白獅子嘎保森格，你是一定能咬死牠的，可惜現在不行，現在要死的只應該是你，而不是任何別的藏獒；一方面是告訴岡日森格：準備好了吧，我要撞擊你了，別以爲你是撞不倒的。

岡日森格昂然而立，粗壯的腿叉開著，就像四根堅實的柱子牢牢地支撐著身體。天亮了，地白了，昂拉雪山變成了一大片銀色的巍峨。岡日森格望著雪山的巍峨，豪邁地覺得自己也是一個巍峨，牠崛起在昂拉山群裏，迎接著獒王虎頭雪獒的撼動。

風起山搖，獒王虎頭雪獒猛赳赳地撞過來了。

真是遺憾，太遺憾了，岡日森格的巍峨和堅硬並沒有達到牠自己期望的程度，牠被獒王撞得離

開了原地，雖然沒有摔倒，但已經不是穩如雪山冰岩的感覺了。岡日森格想：到底是獒王，厲害著呢。看我也撞牠一次，試試牠的定力比我怎麼樣。牠用吠叫打了一聲招呼，就虎彪彪地飛撞而去，用自己的肩膀撞在了獒王的肩膀上。

獒王動了，獒王也和岡日森格一樣離開原地了，雖然沒有摔倒，但已經不是睥睨一切的感覺了。獒王吃了一驚，牠覺得自己是不應該動的，既然動了，就說明岡日森格的衝力和定力跟自己是一樣偉大的。牠心說：怎麼可能呢？這個世界上居然有一隻藏獒是獒王虎頭雪獒撞不倒的。牠悶悶地吼著，牠說：獒王撞不倒的岡日森格，你敢和獒王比拼撕咬嗎？

撕咬是你死我活的打鬥，獒王有著無比的自信和自豪：牠的虎牙是六刃的，而岡日森格跟一般的藏獒一樣是四刃的。六刃的虎牙比四刃的虎牙多了三分之一的戰鬥力，岡日森格的下場恐怕跟牠打敗的所有藏獒的下場是一樣的了——悲慘地負傷，或者悲慘地死亡。

然而，岡日森格根本就沒有把獒王的六刃虎牙放在眼裏。牠以為六刃虎牙固然厲害，固然是獒王克敵制勝的法寶，但法寶是大家都可能有的，你有我不具備的六刃虎牙，我就有你不具備的別的本領或者武器，那也是克敵制勝的。牠出於尊重獒王、尊重地頭蛇的原因，做好了後發制人而不是先發制人的準備。

打鬥是千變萬化的，走著瞧啊，只要你想咬死我，就會有自己反而被咬死的可能，活著的機會是大家的，不是你一個的。岡日森格等待著，顯得異常得沉著冷靜，反正結果是不必多慮的：不是勝利就是失敗。

但是岡日森格沒想到，緊接著出現在牠面前的，偏偏是第三種結果：強盜嘉瑪措策馬來到了牠們中間，指著獒王虎頭雪獒說：「仁慈的昂拉山神正在看著你呢，你就不要打了吧，打死了岡日森格，誰領我們去抓捕七個上阿媽的仇家呢？」

在強盜嘉瑪措看來，岡日森格是必敗無疑的，但是命運並沒有讓岡日森格的悲慘下場就在這個時候到來，西結古草原還需要牠活著。獒王虎頭雪獒沒有聽懂強盜嘉瑪措的話，或者說，他假裝把嘉瑪措的阻攔當成了進攻的鞭策，悶雷一樣吼叫著撲了過去。

岡日森格倒地了，獒王還沒有碰到牠，牠就已經倒地了。牠是一隻善於向一切敵手學習打鬥技術的藏獒，立刻用上了剛剛從鐵包金那裏學來的順勢倒地、蹬腿抓腹的戰法。但是岡日森格只成功了一半，牠用比閃電還要快捷的示弱法，成功地避開了獒王閃電般的攻擊，卻沒有像鐵包金抓牠那樣抓破獒王的肚腹。

獒王畢竟是獒王，牠並沒有上當，而且還明智地意識到，並不是自己撲倒了對方，對方不僅是勇武的，更是狡猾的。獒王虎頭雪獒謹慎地後退了一步，響雷一樣吼叫著，又一次跳了起來。

這時，強盜嘉瑪措生氣地大喊一聲，毫不留情地舉起馬鞭抽了過去。獒王在空中愣了一下，趕緊低頭躲閃，馬鞭從牠的頭頂呼嘯而過。牠噗然落地，看到岡日森格並沒有借機撲過來，就愣愣地盯著強盜嘉瑪措。

嘉瑪措說：「你怎麼不聽我的話呢？難道牧馬鶴部落的強盜沒有權力讓你服從他的命令？你是我們西結古草原的獒王，是最最強悍的藏獒，你當然可以咬死牠，也必須咬死牠，但並不是現在。

現在牠還要帶我們去尋找七個上阿媽的孩子呢。和岡日森格相比，七個上阿媽的孩子才是我們真正該死的仇家。」

獒王虎頭雪獒看著聽著，知道面前這個人不是一般的騎手或者牧人，一般的騎手或者牧人是不可能朝著獒王舉起鞭子的。尤其是當牠聽到「強盜」這個詞兒後，立刻明白自己必須聽他的。牠知道人類的強盜是帶領騎手打仗衝鋒的，是和頭人、管家同樣重要的眾人之首。既然連眾人都得聽他的，作為領地狗的藏獒就更應該聽他的了。牠遺憾地回到了自己夥伴的陣營裏，用血紅的吊眼兇惡地盯著岡日森格和大黑獒那日，嗡嗡嗡地叫著，從胸腔裏發出了一聲「遲早我要收拾你」的警告。

強盜嘉瑪措驅趕著獒王：「走吧走吧，這裏不需要你，你還是回到草原上去吧。」獒王虎頭雪獒帶著他的夥伴，快快不快地離開了岡日森格和大黑獒那日。

岡日森格朝著空氣聞了聞，知道獒王一夥真的走了，這才臥下來，蜷起身子，舔了舔被鐵包金抓傷的肚腹。大黑獒那日走了過去，看岡日森格舔著有些費勁，便心疼地伸出了嘴，把肚腹上有傷沒傷的地方都舔了一遍。

舔傷是為了消炎止痛，一般的咬傷和抓傷都可以舔癒。岡日森格覺得沒事兒了，站起來感激地回舔了一下大黑獒那日的鼻子，呼呼地說：「我們走吧。」

現在，是岡日森格叼著小白狗嘎嘎了。在岡日森格的錯覺裏，小白狗就是大黑獒那日的孩子，因為大黑獒那日對待小白狗嘎嘎的樣子，充滿了母親的溫柔與甜蜜，既然大黑獒那日是牠的母親，自己就應該是牠的父親了。而小白狗嘎嘎感受到的也正是來自母親和父親的疼愛，牠甚至在岡日森格嘴裏調皮起來，咬住岡日森格嘴邊的毛，使勁拽著。岡日森格寬厚地讓牠拽，同時加快了腳步。牠知道小白狗餓了。

太陽出來的時候，岡日森格和大黑獒那日走出了昂拉雪山。牠們在野驢河邊停下來，放下小白狗嘎嘎，蠻有興致地抓起鼢鼠來。鼢鼠們正在疏鬆的土丘後面豎起前肢，對著太陽洗臉，看著兩隻碩大的藏獒朝自己撲來，居然傻愣著沒有逃跑，因爲在牠們的記憶裏，這麼威風氣派的藏獒是不吃牠們的。

是的，岡日森格和大黑獒那日不吃牠們，牠們分別都咬死了一隻，然後叼給了小白狗嘎嘎。小白狗嘎嘎不客氣地吃起來。肥胖的鼢鼠，脆骨的鼢鼠，連皮都很嫩的鼢鼠，讓小白狗嘎嘎覺得今天的早餐格外香。

然後，牠們臥下了。讓牧馬鶴部落的強盜嘉瑪措和他的騎手們吃驚的是，岡日森格和大黑獒那日臥在河邊曬起了太陽，好像已經沒什麼牽掛，用不著再去尋找七個上阿媽的孩子了。強盜嘉瑪措沮喪地說：「那我們不是白跟著牠走了這麼久嗎？」

騎手們比自己的強盜更沮喪，都溜下馬背，仰躺到河邊的草地上唉聲歎氣，有的甚至打起了鼾聲，滾雷似的把瞌睡傳染給了不遠處的藏獒。岡日森格和大黑獒那日打著哈欠，低伏著頭顱昏昏欲睡。而小白狗嘎嘎已經睡著，牠失血過多，再也打不起精神了。

強盜嘉瑪措跳下馬背，吩咐騎手們點火燒茶，湊合著塡塡肚子，然後返回牧馬鶴部落的駐地碉

寶澤草原。

喝了茶，胡亂吃了些糌粑，騎手們在強盜嘉瑪措的帶領下吆吆喝喝地走了，很快消失在岡日森格和大黑獒那日看不見的地方。

走著走著，強盜嘉瑪措突然勒馬停下，用馬鞭點了三名騎手，招呼他們跟自己一起下馬。他說：「這兩隻藏獒是賊奸賊奸的，狡猾得跟人一樣，只要我們跟著，牠們就不會去尋找七個上阿媽的仇家了。我們現在只能悄悄地過去盯著牠們。」三名騎手跳到地上，跟著強盜嘉瑪措躡手躡腳地摸了過去。

果然不出所料，岡日森格已經把小白狗嘎嘎叼在了嘴上。大黑獒那日緊挨牠站著。牠們四下裏張望著，也是悄悄地邁動了步子。

牠們沿著野驢河往前走，前面是草原和山脈互相擁有的地方。走了大約一個時辰，岡日森格和大黑獒那日好像聞到了什麼，多少有些激動地猛搖了一陣尾巴，突然跑起來。步行跟在後面的強盜嘉瑪措和三名騎手追了幾步，知道自己是追不上的，便顧不得隱蔽，趕緊回頭，打響了呼哨。他們身後三四個箭程之外跟隨著他們的坐騎和別的騎手，強盜嘉瑪措的坐騎大黑馬首先循聲跑來。嘉瑪措飛身而上，打馬便追。騎手們紛紛跟了過去。草原上揚起了煙塵，揚起了牧馬鶴強盜和牧馬鶴騎手的威風。

岡日森格聽見了人聲，也看見了人影，彷佛早就想到強盜和騎手們會有這一招，牠跑得更加雄健穩當了。大黑獒那日緊傍著牠，奔跑的速度跟牠相差無幾——雖然牠的左眼一直在流淚，視力越來越差了，但體力一點也不差，發達的肌肉和從傷痛中恢復過來的能量昭示出這樣一種可能：岡日森格能跑多遠，牠就能跑多遠。這當然也是岡日森格的希望，按照人類的說法那就是：大黑獒那日既然已經是岡日森格的一根肋骨了，也就永遠落不下了。

草原和山脈飛馳而去，天際線上緩緩出現了狼道峽。

和狼道峽一起出現在岡日森格和大黑獒那日面前的，還有幾個外來的人。那幾個外來的人中除了一個人，其他都是陌生人。岡日森格和大黑獒那日就是爲了這一個人才瘋跑到這裏的。

牠們早就知道這個人要來，就在牠們於野驢河邊昏昏欲睡的時候，就在騎手們點火燒茶、胡亂吃著糌粑的時候，就在牠們猜測到強盜嘉瑪措假裝撤走又悄悄跟在後面的時候，牠們就得到了這個人要來的消息。

告訴牠們這個消息的，除了風，除了風中的氣息，除了牠們比一般藏獒還要敏銳的嗅覺，還有牠們對這個人深摯而透明的感情以及由此而生的第六感覺。牠們長途奔走，暫時放棄了對七個上阿媽的孩子的追尋，來到狼道峽口迎接這個人。

這個人就是父親。

第二十章　大黑獒與小白獒

父親離開西結古草原已有半個月，如今又回來了。這半個月裏，他先是來到了多獮草原，這裏是青果阿媽草原工作委員會總部，也叫多獮總部的所在地。但是在這裏，他沒有找到他希望找到的人，聽他反映情況的人對他說：「你住下來等等吧，麥政委不在，草原糾紛和部落矛盾是目前我們遇到的最棘手的問題，你最好直接向他報告。」

麥政委是多獮總部的一把手，他一個星期前深入上阿媽草原調查研究，至今未歸。

父親在多獮總部等了一天，突然想到，與其在這裏枯等，不如自己去找，麥政委能去的地方，我也能去。

父親騎著大灰馬來到上阿媽草原，才知道麥政委已經去省裏了，他是從上阿媽草原直接去的，多獮總部的人不知道。父親撲了個空，卻瞭解到一些關於岡日森格和七個上阿媽的孩子的事情。

岡日森格最早是一隻出色的獵狗，牠咬死的藏馬熊和雪豹以及荒原狼，多得人們都說不上數字了。阿媽河部落的頭人甲巴多看牠氣高膽壯，有兼人之勇，就用一頂帳房把牠從獵人手裏換了過來，作爲他的看家狗。岡日森格思念過去的日子，經常掙斷鎖鏈跑到山林裏，去尋找自己的舊主人，直到舊主人突然失蹤，牠跑遍上阿媽草原，哪兒也找不到了的時候，才安下心來忠於職守地做起了看家狗。

半年後的一個早晨，岡日森格發現獵人的瑪瑙項鏈竟然戴在了甲巴多的脖子上。牠愣了片刻，悄悄地到處聞了聞，又從頭人甲巴多的帳房裏找到了獵人的藏刀和弓箭。牠根本沒有像人類那樣皺著眉頭思考和研究半天，就果斷地做出了一個注定牠今後要背井離鄉的決定，那就是咬死阿媽河部落的頭人甲巴多，為舊主人報仇。

咬死甲巴多對岡日森格來說，就像咬死一隻狼一樣容易，牠做到了。然後牠就離開了人們的視線，躲進了獵人經常打獵的山林。頭人甲巴多的家人帶領部落騎手去山林裏掃蕩和圍剿，牠又跑出山林，回到了草原上。七個流浪草原的孩子收留了牠，成了牠的新主人。

七個孩子都是孤兒，是塔娃，曾經被上阿媽草原苦修密法的彭措大師收留過，瑪哈噶喇奔森保——十萬獅子之王馭獒大黑護法的稱名咒，就是彭措大師傳授給他們用來驅狗保命的。後來大師圓寂了，他們就到處要飯，過著饑一頓飽一頓的日子。他們沒有固定安歇的地方，這裏一宿，那裏一夜。

正因為沒有固定的地方，儘管後來甲巴多的家人知道岡日森格被七個流浪的孩子藏了起來，但一時半會也沒有找到他們。就是這一時半會的延誤，讓警覺的七個孩子和尤其警覺的岡日森格離開了上阿媽草原。

父親後來瞭解到，在上阿媽草原的古老神話裏，阿媽河流域是個骷髏鬼多多、吃心魔多多、奪魂女多多的地方，而阿媽河的源頭雪山，是滿地生長著天堂果的海生大雪山岡金措吉，那是一個沒有痛苦，沒有憂傷的地方，是所有神仙和無數孩子幸福生活的地方。他們帶著命案在身的岡日森格，要去尋找這樣一個地方，於是就沿著阿媽河溯源而上，來到了西結古草原。

父親沒找到麥政委，只好返回多獼總部一直等著，邊等邊跟著當地的牧民學藏語。等了十多天才等回去省上彙報工作的麥政委，他把自己知道的事兒如此這般一說，麥政委說：「你的意思是要我跟你去一趟西結古草原？」

父親說：「你要是去不了，派人去也行，只要能解救七個上阿媽的孩子，能解救藏扎西，能解救岡日森格。」

麥政委說：「不，我要親自去一趟。」

父親沒想到，一穿過狼道峽，就見到了他日思夜想的岡日森格和大黑獒那日。見到牠們的這個地方，就是他第一次見到岡日森格和七個上阿媽的孩子的地方，就是他請他們吃「天堂果」的地方。彷彿這是個靈性的所在、緣分的所在，它一再地啓示著他：你是一個爲狗而生的人，你永遠都要生活在藏獒的生活裏。

父親喜出望外地瞪著岡日森格和大黑獒那日以及小白狗嘎嘎，禁不住喊了一聲。那聲音在別人聽來，差不多就是一聲狗叫。他忘了自己是在馬背上，想一蹦子跳過去，結果身子一歪，摔了下來。

岡日森格放下小白狗嘎嘎，一個箭步撲過去，用自己的身體接住了父親。父親和牠滾在了一起，滾到了大黑獒那日身邊。大黑獒那日掩飾著激動，含蓄地舔了舔父親的衣服。

父親一把摟住了牠的頭，問牠傷口好了沒有。大黑獒那日不知道怎樣表示自己的感情，突然立起來，用前爪摁住父親的頭，撒出一泡熱尿來，澆濕了父親的腿。父親說：「哎喲，你這是什麼意

思？」

幾個外來的人吃驚地看著眼前的情形，不知道怎麼了。父親站起來，一一指著牠們說：「麥政委，牠就是我說的雪山獅子岡日森格，牠就是我說的大黑獒那日。你說牠們靈不靈，居然知道我今天要回來。」

已是人到中年的麥政委懼怯地說：「這麼大的狗，不咬人吧？」

父親說：「那就要看麥政委能不能解決好西結古草原的問題，解決好了，牠們不僅不咬你，還能和你做朋友，解決不好那就難說了。我聽這裏的人講，藏獒會記恩也會記仇，十年二十年忘不掉，而且還會遺傳。」

麥政委說：「你可千萬別嚇唬我，我就怕狗。」

父親說：「這裏是狗的世界，怕狗就寸步難行。」說著，抱起了小白狗嘎嘎。

父親問道：「牠是哪兒的？怎麼受傷了？」岡日森格用只有父親才能分辨出來的笑容望著父親，嗅了嗅身邊的大黑獒那日。

父親說：「該不會是大黑獒那日的孩子吧？不可能啊，牠的孩子怎麼是純白的？」

這時，前面傳來一陣馬嘶聲。他們這才發現跟著兩隻藏獒來到這裏的還有一隊人馬。麥政委說：「他們是幹什麼的？」

父親又問岡日森格和大黑獒那日：「他們是幹什麼的？」岡日森格轉身狂吠起來，但並不撲過去撕咬。父親有點明白了：至少這隊人馬跟岡日森格和大黑獒那日不是一夥的。他走了過去，大聲

問他們：「你們是哪個部落的？來這裏幹什麼？」

強盜嘉瑪措猜到父親問的是什麼，覺得就是自己回答了，對方也聽不懂，就掉轉馬頭，對身邊的騎手們說：「走嘍走嘍，七個上阿媽的仇家回老家了，我們也該回去了。」

嘉瑪措現在是這樣想的：我的判斷絕對沒有錯，岡日森格就是在東南西北地尋找牠的主人——七個上阿媽的仇家。七個上阿媽的仇家現在已經回到自己的草原上去了。岡日森格帶著叛變了西結古草原的大黑獒那日，一直跟蹤到了狼道峽口，正準備穿過狼道峽跑向上阿媽草原，卻被那個救過岡日森格也救過大黑獒那日的漢扎西攔住了。和漢扎西在一起的還有幾個外來的陌生人，好像是西結古工作委員會的人，又好像不是。

強盜嘉瑪措是這樣想的，也是這樣說的。幾個時辰後，他來到了牧馬鶴部落的駐牧地礱寶澤草原，喝下了一銀碗頭人大格列親自端給他的慰勞酒。

大格列說：「雖然我們的強盜沒有抓住七個上阿媽的仇家並砍掉他們的手，但他把他們趕出了西結古草原，功勞也是不小的。至於岡日森格，牠最好留下來別走。牠的傷看來已經好了，該是用兇猛和智慧證明牠自己是了不起的雪山獅子的時候了。在岡日森格證明牠之前，最最重要的，就是把西結古草原仔細清理一遍，抓住那個吃裏爬外、嚴重違背了草原規矩的藏扎西，砍掉他的雙手。各個部落的騎手已經出發了，我們的騎手什麼時候行動呢？強盜嘉瑪措，這方面的事情我聽你的安排，如果你覺得強盜的榮譽和騎手的光榮對你來說並不重要，你完全可以吃飽喝足，然後摟著老婆睡他幾天幾夜。」

強盜嘉瑪措把銀碗遞給大格列頭人的侍女，拉了拉斜揹著的叉子槍說：「尊敬的頭人說得好，我真是應該吃飽喝足，再摟著老婆睡他幾天幾夜，但那是在抓住藏扎西並懲罰了他以後。藏扎西是西結古草原的叛徒，我們牧馬鶴部落不懲罰他，誰來懲罰他？草原的利益大如天，部落的名譽大如地，再來一碗壯行的酒，我現在就帶著騎手們出發，不抓住叛徒藏扎西，決不回家。」

岡日森格揚頭看著強盜嘉瑪措帶著他的騎手絕塵而去，確信這次他們是真的走了，再也不跟蹤牠了，便轉過身來撕扯父親的坐騎大灰馬背上的褡褳。父親對麥政委說：「牠這是餓了，牠知道那裏面有吃的。」

父親把小白狗嘎嘎放到地上，從褡褳裏取出一個羊皮口袋，正要拿風乾肉餵牠，卻見牠一口叼住了整個口袋，生怕父親不願意似的，趕快離開了那裏。牠在十多步遠的地方等著大黑獒那日。大黑獒那日明白了，叼起正拖著斷腿往前爬的小白狗嘎嘎，跑向了岡日森格。

兩隻藏獒朝著西結古的方向走去，走幾步又回過頭來望著父親。父親牽著馬跟了過去。牠們又開始往前走。父親試探似的停了下來，牠們便停下來等著父親。父親對麥政委說：「不是牠要吃東西，是有人要吃東西。」

麥政委問道：「誰？」

父親說：「還能是誰，牠的主人唄。我們得趕快跟著牠們走，七個上阿媽的孩子還不知道怎麼樣了呢。看來牠們到這個地方來接我是有目的的，因為牠們知道，只有我這個好心腸的外來人才能

解救牠們的主人。」

父親這麼一說，岡日森格就把羊皮口袋放到地上了。父親過去撿起來，塞進了馬背上的褡褳。

麥政委說：「我看你把狗想像成你自己了，牠們怎麼會知道這些。不過我欣賞你這樣想，這樣想是對的，有利於工作。」

一行人跟著岡日森格和大黑獒那日朝前走去。在岡日森格，這一次是真的要去尋找自己的主人七個上阿媽的孩子了。在大黑獒那日，是愛的驅動，岡日森格走到哪裏，牠就必須跟到哪裏。而人的目的就複雜多了：為了七個上阿媽的孩子，同時還為了藏扎西，為了岡日森格，為了西結古草原和上阿媽草原的和平寧靜，為了工作委員會的工作，為了下一步在草原上順利建立部落之外的政權。

麥政委作為青果阿媽草原工作委員會總部的一把手，之所以親自帶人來到西結古草原，完全是因為父親反映的問題和父親以藏獒為友的做法在他看來無比重要。他根據各個工委彙報的情況，知道在青果阿媽草原，藏狗尤其是藏獒，既是牧民生活必不可少的伴侶，又是崇拜的對象，團結最廣大牧民群眾的一個關鍵，就是團結草原的狗，尤其是藏獒。只要藏獒歡迎你，牧民群眾就能歡迎你。你對藏獒有一份愛，牧民對你就有十分情。

但麥政委只是在紙上談狗，並不知道怎樣才能團結藏獒，怎樣才能讓藏獒歡迎你並和牠們建立感情。他這次跟著父親來西結古草原，也有一點拜父親為師的意思，所以他和父親說話就隨便一點。

和父親相反，麥政委是個怕狗的人，什麼狗都怕，好像他前世是一匹被狗咬怕了的狼，見什麼都兇巴巴的，有一點氣沖霄漢，唯獨不敢見狗。後來父親才知道，麥政委小時候在山東老家要過幾年飯，那裏的狗見窮人就咬，見富人就搖，不像草原上的藏獒，眼睛裏全然沒有富人和窮人的區別，有的只是好人和壞人、家人和外人、親人和仇人的區別。麥政委被老家的勢利狗咬怕了。

不怕狗的父親和怕狗的麥政委，跟著岡日森格和大黑獒那日沒走多遠，父親就說：「牠們離開野驢河了，看來牠們要去的地方不是碉房山，是別的地方。麥政委，你說怎麼辦，我們是跟呢還是不跟？」

麥政委說：「你來確定吧，我聽你的。」

父親說：「還是讓岡日森格和大黑獒那日來確定吧，如果牠們希望我們跟著，說明牠們對我對麥政委都是信任的。如果牠們只希望我跟著，不希望你跟著，那就說明牠們並不知道你的到來對牠們有利還是有害，你最好不要跟著，等你證明了你的意圖並取得了牠們的信任以後再說。如果你硬要跟著，牠們就會亂走一氣，直到把你甩掉。」

麥政委說：「我只聽說狗聽人的，沒聽說人聽狗的，這樣複雜的事情，牠們怎麼能知道？」

父親說：「人以爲複雜的事情，在藏獒看來其實是很簡單的，因爲牠們有人所不及的直覺和準確的理解。就比如我們現在說話，你我的神態、語氣、親切的程度以及手勢、距離等等，岡日森格和大黑獒那日早就注意到了，牠們會由此得出你是我的朋友還是親人、還是上級還是敵人的結論，然後確定牠們對你的態度。不信你看著，如果我打你一拳，你還我一拳，互相怒目而視，牠們就會

停下來觀察事態的發展。如果我們緊接著哈哈大笑，牠們就會釋然地眨一下眼，放鬆地走路，以爲這兩個人就跟熟狗和熟狗打架一樣玩呢。而能夠這樣玩的，關係肯定不一樣，彼此絕對是可以信賴的。」說著，父親從馬背上斜過身子來，打了麥政委一拳。麥政委眉峰一皺，眼睛一橫，舉拳還了過來。

似乎一直在專心走路的岡日森格和大黑獒那日頓時停了下來，警覺地回望著他們。父親突然哈哈大笑，又打了麥政委一拳說：「你看你看，岡日森格的眼睛眨巴了一下，牠們又開始走路了。」

麥政委說：「的確是這樣。」正想笑出聲音來給兩隻藏獒聽聽，就見自己的警衛員從後面躥過來說：「漢扎西同志，我們大家都很尊重和愛戴首長，請你注意自己的行爲，不要隨便對首長動手動腳。」

麥政委忍不住哈哈大笑說：「看來人就是沒有狗的理解能力強，狗知道的事情人不知道。」

父親跳下馬背，認真地糾正道：「不是狗，是狗中的藏獒，應該是藏獒知道的事情，人不知道。」

父親讓岡日森格和大黑獒那日確定麥政委是否可以跟著牠們的辦法很簡單，就是過去把小白狗嘎嘎從大黑獒那日嘴上接到了自己懷裏。父親說：「還是讓我抱著吧，你這樣叼著，小狗不舒服。」大黑獒那日好像挺願意的，眼睛瞇著搖了搖尾巴。

父親抱著小白狗嘎嘎回到了馬背上，走了片刻，就把小白狗嘎嘎交給了身邊的麥政委。走在前面用眼睛的餘光看著父親的大黑獒那日立刻停下了，閉上受傷的左眼，只用右眼望著麥政委，一副猜忌重重的樣子，肥厚的嘴唇震顫出一陣呼嚕嚕的聲音，表示著牠對父親隨便把牠的孩子交給別人的不滿。

但是岡日森格沒有停下，牠連頭都沒有回一下，說明牠早已看見父親把小白狗嘎嘎交給了麥政委，還說明牠覺得這沒什麼不妥的，麥政委和父親是一樣的人。甚至牠都有可能做出這樣的判斷：父親想救自己的主人七個上阿媽的孩子，但是他沒有這個能力，就去把有權有威的麥政委請來了。

大黑獒那日望望麥政委，又望望一直走在前面的岡日森格，似乎明白了岡日森格堅定的背影告訴牠的是什麼，雙腿一跳，追了過去。

接下來的時間裏，大黑獒那日一直和岡日森格並排走著，儘管牠右眼的餘光依然不時地瞟著麥政委的懷抱，但再也沒有回過身來。偶爾扭扭頭，那也是爲了讓岡日森格舔舔牠流淚的左眼。

父親說：「你可以跟著了，麥政委，牠們知道你是專程來解救七個上阿媽的孩子的。如果牠們不信任你而要千方百計甩掉你，那就絕不允許你抱著牠們疼愛的小白狗。」

麥政委說：「道理是對的，是不是事實就很難說了。」

這時警衛員過來說：「首長，我來吧。」說著，從馬背上探過身子來，把小白狗嘎嘎揪到了自己懷裏。

父親說：「別別別，這是不允許的。」

警衛員說：「誰不允許？」沒等父親回答，就聽前面傳來幾聲粗啞的吼叫。大黑獒那日和岡日森格一前一後跑了過來。

父親說：「快把小狗還給麥政委。」說著翻身下馬，攔住了兩隻怒氣沖沖的藏獒。岡日森格和大黑獒那日又跳又叫，直到驚慌失措的警衛員把小白狗嘎嘎送回到麥政委懷裏。

父親說：「麥政委，看見了吧，這就是信任和不信任的區別。應該祝賀你啊，這麼快就成了藏獒的朋友。」

再次上路的時候，父親說：「現在牠們至少已經知道你是一個很重要的人物，是後面這幾個人的上司。」

麥政委搖頭說：「無根無據，你憑什麼這麼說？」

父親說：「找根據還不容易，你讓你的人把我抓起來，看牠們怎麼反應。」

接下來的試驗讓麥政委心服口服。當父親被跟隨麥政委的幾個人拽下馬背，反剪著胳膊，痛叫起來的時候，奔跑過來的岡日森格和大黑獒那日並沒有撲向撕拽父親的那幾個人，而是撲向了麥政委。麥政委大驚失色，幾乎脫手把小白狗嘎嘎扔到地上，喊了一聲：「漢扎西快救我。」父親哈哈大笑，他一笑，岡日森格和大黑獒那日就不撲不咬了，眨巴著眼睛疑惑地看著父親，彷彿說：又跟熟狗和熟狗打架一樣玩呢。

父親走過去，從麥政委懷裏接過眼看要掉下來的小白狗嘎嘎，蹲下來，高興地拍拍大黑獒那日的頭，又捋捋岡日森格額頭上的長毛說：「好啊好啊，你們這麼做真是讓我高興。」鼓勵讚美了一會兒，又站起來說，「趕緊走吧，不能再玩了，解救七個上阿媽的孩子要緊。」

但是岡日森格和大黑獒那日不走，即使父親騎馬走到了前面，牠們也不走。父親又是手勢又是喊叫：「走啊，走啊。」牠們還是不走。父親抬頭一看，恍然明白過來：麥政委不見了。麥政委下馬跑到不遠處的草窪裏方便去了。大概剛才嚇得不輕，有一點禁不住了吧。

等麥政委回來後，父親說：「對牠們來說，你已經比我重要了，牠們肯定是這樣想的：漢扎西救不了七個上阿媽的孩子，能救他們的只能是這個麥政委了。你說牠們聰明不聰明？你看，牠們開始走了吧，牠們是專門帶著你走的。剛才你去方便了，牠們不走；現在你的幾個部下也去草窪裏方便了，牠們照走不誤。孰重孰輕，牠們可都掂量得一清二楚。」

麥政委騎到馬上說：「人都說勢利狗，看來是名不虛傳的。」

父親說：「這叫機靈，不叫勢利。要是牠們勢利，能在主人倒楣的時候如此執著地去尋找他們嗎？麥政委，我給你提個建議，你把你的文書、警衛員和所有部下都換成藏獒，牠們絕對會竭盡全力為你工作，任何時候都不會背叛你。」

麥政委說：「那敢情好，那我就不是多獼總部的政委了，我成了青果阿媽草原的狗頭，是真正的狗官了。」

父親說：「你不是狗頭，是獒王，草原上的頭人和牧民都會信賴你和倚重你，工作不用搞了，政權不用建立了，你以獒王的名義發號施令就可以了。要是去省上開會，誰也不帶，就帶兩隻威風凜凜的大藏獒，主席臺上一坐，誰敢不畢恭畢敬。」

麥政委哈哈大笑。

說著話，他們走上了一面緩慢的大斜坡，草原升高了，牧草變得又短又細，到處點綴著粉紅色的狼毒花和金黃色的野菊花。間或有巨大的岩石凸現在狗尾巴草的包圍中，岩石上佈滿了紅白兩色的鹽花，就像繪上去了一朵朵怒放的牡丹。

父親從褡褳內的羊皮口袋裏拿出一些風乾肉，一點一點餵著小白狗嘎嘎，又不時地把肉扔給前面的岡日森格和大黑獒那日。岡日森格和大黑獒那日每次都互相謙讓著：你不吃我也不吃。好幾次都是岡日森格把指頭粗的風乾肉咬成兩半，自己吃一半，留給大黑獒那日一半。後來就不謙讓了。

在草原靠近山脈的地方，正在嚼肉的大黑獒那日揚起頭，閉著流淚的左眼瞄準似的望著前面，突然跳起來，箭一樣朝前飛去，等牠回來的時候，嘴裏已經不是風乾肉，而是一隻黑狼獾了。

黑狼獾還活著，腿一蹬一蹬地挑逗著捕獵者的食慾。大黑獒那日把牠丟到地上，徵詢地望了一眼岡日森格，便大口吞咬起來。牠知道做過看家狗的岡日森格一般不吃野食，自己沒有必要客氣。岡日森格看牠吃著黑狼獾，也兀自吃掉了父親再次扔過來的風乾肉。

草原還在升高，黃昏了，山脈的坡腳和草原連在一起，看上去不是山脈。翠綠的坡腳之上就是雪線，被晚霞染成金黃的雪山從綠浪裏拔出來後，又奔湧到天上去了。雪浪高懸的草地上，坐落著幾頂牛毛帳房，牧歸的羊群和牛群把自己的黑色和白色流水一樣潑在了帳房四周。岡日森格和大黑獒那日回頭看了看父親，沒等父親說什麼，便走向了最近的一頂帳房。

立刻傳來一陣狗叫聲。一隻渾身棗紅的魁梧公獒轟轟隆隆地動山搖地跑了過來。麥政委趕緊對父親說：「別讓牠們過去，打起來怎麼辦？」

父親說：「不過去，晚上我們住哪裏？牠們肯定是爲了我們才走向帳房的。」

岡日森格停下了，朝著棗紅公獒發出了幾聲友好的吠叫，緊緊斜捲在脊背上的大尾巴鵝毛扇一樣搖晃著，搖起了一股草腥味濃郁的風，風中有牠的氣息。

牠的氣息太異陌了，對方一聞就知道牠不是西結古草原的藏獒。棗紅公獒依然靠近著牠，只是放慢了腳步，不叫也不吠，陰沉惡毒地窺伺著牠，一副隨時準備撲過去拼命的樣子。大黑獒那日趕緊跑了過去，橫擋在棗紅公獒面前，細聲細氣地說著什麼。牠不認識棗紅公獒，棗紅公獒也不認識牠，但牠們身上都有著西結古草原特有的味兒，就像是揣在兜裏的證件，對方一看（聞）就知道是自己人。

棗紅公獒平靜了一些。大黑獒那日又跑回來，躍然而起，把兩條前腿搭在岡日森格的肩膀上，用鼻子呼呼地嗅著，顯得親熱而狎暱。牠用狎暱的動作告訴棗紅公獒：這隻外來的獅頭公獒是我的老公，你可千萬不要攻擊牠。棗紅公獒聽懂了對方的話，愈加顯得平靜了。岡日森格放心地走了過去，半途上沒忘了舔一舔大黑獒那日流淚不止的左眼。雙方都很放鬆，一片和平景象。岡日森格和棗紅公獒甚至互相聞了聞鼻子，在岡日森格是表示感謝，在棗紅公獒是表示寬容。

但就在這時，突變發生了，假裝平靜和寬容的棗紅公獒一口咬住了岡日森格的脖子。脖子尤其是喉嚨，是最最要害的地方，長於廝殺的野獸都知道，堅決保持著祖先野獸習慣的藏獒當然也知道。但知道應該是兩方面的，一是撕咬對方的脖子，二是保護自己的脖子，即使在兩隻本該敵對的野獸突然講和，並用互相聞聞鼻子的方式消除齟齬的時候，牠們中間的優秀者也絕不會忘乎所以地放棄對自我的保護。

棗紅公獒是優秀者，牠用順佯敵意的方式實施了攻擊。岡日森格也是優秀者，牠其實早就猜到棗紅公獒不會放過自己，便用欲擒故縱的辦法誘惑了對方的攻擊，然後一閃而逝，脖子上相關命脈的筋肉奇蹟般地躲開了鋒利的牙刀，脖子上無關痛癢的鬣毛奇蹟般地團起來塞了對方一嘴。

然後就是反擊，岡日森格的反擊也是一口咬住對方的脖子。牠咬住的不是鬣毛，也不是一般的筋肉，而是喉管，一咬就很深，鋼牙彷彿被大錘打進去了，直揳喉底，然後就拼命甩動大頭，淋漓盡致地發揮著牠那異乎尋常的撕裂能力。

當身材魁梧的棗紅公獒躺在地上抽搐著死去的時候，馬背上的麥政委驚呆了，指著岡日森格說：「牠怎麼這麼兇暴？牠哪裏是狗啊，牠比老虎還老虎。這可怎麼辦？這不是人殺狗，是狗殺狗，人殺了狗可以處分人，狗殺了狗難道也要處分狗？」

父親說：「誰來處分牠？牠是前世在阿尼瑪卿雪山上保護過修行僧人的雪山獅子，人是不能動牠的。能夠處分牠的還是牠的同類，就看岡日森格能不能遇上真正的對手了。」

麥政委憐惜地看著棗紅公獒說：「這麼大的一隻藏獒不到一分鐘就被牠咬死了，還能有誰是牠的對手呢？」

父親說：「但願沒有，但願牠平安無事。」

岡日森格若無其事地站在棗紅公獒的死屍旁邊，平靜地望著遠方，比平時更顯得溫文爾雅。大黑獒那日走過去，慰勞似的舔著牠闊鼻上的血，那不是牠的血，那是敵手的血，可以說結束這場戰鬥，牠滴血未流。牠臥了下來，好像很累，頭耷拉著，下巴支撐在彎曲的前腿上，眼皮犯睏似的忽閃了幾下。

瞭解牠的父親說：「你看牠裝得多像，一副無辜受屈的樣子。」說著來到馬下，走過去拍打著岡日森格說：「起來吧，起來吧，我們不會怪罪你，我們趕緊走，離開這個是非之地。」

岡日森格不起來，頭伏得更低了，一眼一眼地瞟著前面。父親突然意識到了什麼，循著牠的目光朝前看去。

又來了三隻狗，都是偉碩的藏獒，一聲不吭地站在二十步遠的地方。牠們正在判斷面前的情形：棗紅公獒倒下去了，外來的藏獒也倒下去了，是不是兩敗俱傷？需要不需要牠們補鬥一次？更奇怪的是那隻黑色的獅頭母獒，牠身上散發著西結古草原的味道，卻對那隻外來的藏獒那麼親熱，到底是怎麼回事兒？還有人，這樣的人我們可從來沒見過，他們是不是來偷羊偷牛的？會不會闖進帳房給主人和主人的財產造成威脅？

這三隻偉碩的藏獒是牧人家的看家狗和牧羊狗，常年生活在高山草原，對西結古以及碉房山上發生的事情一無所知。牠們一方面好奇地研究著面前的人和狗，一方面監視著他們，尤其是人，一旦他們走向畜群或者帳房，牠們就會毫不含糊地撲上去，一口封喉。但如果人家只是走在草原上，那牠們就只能這樣遠遠地看著了。牠們不是領地狗，並不負責整個草原的安危。

大黑獒那日跑了過去，又像剛才那樣憑著自己一身的西結古草原味兒，和三隻虎視眈眈的藏獒虛情假意地套著近乎，然後又跑回來，前腿狎暱地跨上了岡日森格的屁股，告訴對方：現在你們明白了吧，我和這隻外來的藏獒是什麼關係？都是自家人，何必要動怒呢。

牠的行爲顯然起到了痲痹對方的作用，三隻偉碩的藏獒冷冷地看著，表面上無動於衷，但監視人的眼光已不是直直的而是彎彎的了。有一隻藏獒甚至放鬆地擺了擺大頭。

父親想儘快離開這個地方，一邊回到馬上，一邊對岡日森格和大黑獒那日大聲說：「快走吧！快走吧，你們不走我們走了。」說著打馬朝前走去。

岡日森格還是不動。大黑獒那日想跟上父親又戀著岡日森格，左右爲難地彷徨著。

麥政委說：「我們是跟著牠走的，牠不走，我們去哪裏？」

父親說：「是啊，我們長的又不是狗鼻子，聞不到七個上阿媽的孩子在哪裏。」

這時狗叫了，三隻偉碩的藏獒都叫了，叫聲很低很沉，就像男低音在歌唱。岡日森格聽出叫聲裏有呼喚主人的意思，警覺地抬起了頭。大黑獒那日則神經質地一個箭步躥到了岡日森格前面，用自己的身子護住了這隻牠熱戀著的外來狗。父親發現，有人來了，是個穿著光板老羊皮袍的牧人。

牧人看到來了幾個漢人，便早早地下了馬，丟開韁繩，像見了頭人那樣彎著腰快步走了過來。

父親用藏話問了一聲好。牧人呀呀地應承著，堵擋在三隻藏獒前面，朝著自家的帳房做了一個請的姿勢。父親和麥政委對視了一下，正要下馬，就見岡日森格忽地站了起來。

「岡日森格。」父親怕牠撲過去再咬出狗命來，嚴厲地喊了一聲。

牧人盯住了岡日森格，吃驚地問道：「岡日森格？牠是岡日森格？」

父親說：「對，牠就是雪山獅子岡日森格。」

牧人長長地「哦」了一聲，這才看到自家的棗紅公獒躺倒在地上，地上紅堂堂地流著血。他驚叫著，踉踉蹌蹌跑了過去。就跟兒子去世了一樣，牧人抱著死去的棗紅公獒號啕大哭。

然後就是下跪。牧人給岡日森格跪下了。他已經聽說西結古草原來了一隻上阿媽草原的藏獒，牠是一隻年輕力壯的金黃色獅頭公獒，牠前世是神聖的阿尼瑪卿雪山上的獅子，曾經保護過所有在雪山上修行的僧人。還聽說，部落聯盟會議做出了決定：岡日森格必須用自己的兇猛和智慧，去證明牠的確是一隻了不起的雪山獅子。也就是說，牠必須打敗西結古草原上所有對牠不服氣的藏獒，才能留在西結古草原享受雪山獅子的榮譽和地位。但是牧人沒想到這樣一隻神勇傳奇的雪山獅子會突然來到自家的帳房前，咬死自家的牧羊狗棗紅公獒。棗紅公獒可是一隻一口氣咬死過五匹荒原大狼的悍獒。

牧人傷心地哭著，給來自神聖阿尼瑪卿的雪山獅子磕了頭，生怕再發生不測，吆著喊著把自家三隻偉碩的藏獒趕到了帳房跟前。他從帳房裏喊出了老婆和兒子，叮囑他們好生看好自家的狗，不要讓牠們招惹岡日森格，好生招待雪山獅子和幾個跟雪山獅子在一起的漢人，不要讓他們餓著渴著，自己躍上馬背就要離去。

父親追過去衝他喊起來：「你要去哪裏？你不要害怕，我是漢扎西，多獼總部的麥政委來到了西結古草原，他是個吉祥的菩薩。」

牧人「扎西扎西」地回應著，朝著晚霞燒化了雪山的地方奔馳而去。他是野驢河部落的牧民，他要去向頭人索朗旺堆報告發生在這裏的一切。這裏是野驢河部落祖先領地的南部邊界，是個曾有過戰爭的地方。

住下了才知道，這一家的主人，也就是那個去向頭人索朗旺堆報告的牧人，名叫仁欽次旦。他的十二歲的兒子和十歲的女兒仇恨地望著父親他們，一晚上不跟他們說一句話，好像他家的棗紅公獒是父親他們咬死的。父親他們試圖打破這種僵局，主動跟他們說話。他們眉頭一擰就出去了，出去後就再也沒有進來。

仁欽次旦的老婆默默無語地給他們燒了奶茶，端來了酥油、曲拉和糌粑，然後就去餵狗。狗食和人食差不多一樣，就是沒有酥油。知道自己應該幹什麼的藏獒，從來就很克制自己對酥油的欲望，酥油吃了長膘，而牠們不需要任何一點肥膘和贅肉，牠們只需要能夠滋生氣力和耐力的結實的筋肉，只需要堅硬如鐵的骨頭和能夠倍增精神的黏液。

岡日森格和大黑獒那日飽餐了一頓，就臥在離帳房不遠的地方一動不動。牠們兩天一夜沒有睡覺，這時候已是很睏很睏了，況且牠們知道，明天還有很多事情要做，必須儘快地恢復體力。

小白狗嘎嘎吃飽了以後想玩，剛走了幾步斷腿就疼起來，牠嗚嗚地叫著，趕緊爬到了大黑獒那日的懷裏。在牠的意識裏，只要貼著疼愛牠的大狗，牠的疼痛就會消失。似乎疼痛果然消失了，小白狗嘎嘎也很快進入了夢鄉。

父親和麥政委他們也累了，很快躺在了氈鋪上。麥政委說：「岡日森格怎麼能咬死人家呢？這不是一件小事，一定要處理好。牠是上阿媽草原的藏獒，到了人家的地盤上，本來應該規規矩矩的，但牠的脾氣反而比人家還大，這麼強梁霸道，遲早是要出事的。」

父親說：「人家前世是阿尼瑪卿的雪山獅子，是個神。藏扎西對我說過，前世的神到了今世也是神，牧人們不會對牠怎麼樣的，反而會更加崇拜牠，除非牠不勇敢也不聰明，叫西結古草原的藏獒徹底打敗。」

麥政委說：「西結古草原這麼大，我就不信沒有一隻藏獒比牠厲害。還有一個問題，我們是跟牠在一起的，牠把人家的狗咬死了，人家會不會怪罪到我們頭上？」

父親說：「這是有可能的，但我們不能因爲擔心人家怪罪，就放棄尋找七個上阿媽的孩子吧？」

麥政委打著哈欠說：「倒也是，看來你是一個腦子特別清醒的人。」他看了看躺在一邊已經睡去的部下和靠近門口的警衛員，蓋好自己的皮襖睡了。

警衛員當然是不睡的，在這個遠離多獮總部的寂靜的草原上，他要承擔起保護首長的責任。但過了一會兒，他也忍不住睡了，只是把睡覺的姿勢由躺著變成了坐著，變成了流著涎水抱著盒子槍的樣子。

而父親的睡，是被草原人稱作「狗睡」的那種睡，就是睡上一二十分鐘就醒一下，睜開眼睛看看，接著再睡。他看到仁欽次旦十二歲的兒子和十歲的女兒一直沒有回到帳房裏來，看到佛龕前的酥油燈一直亮著，仁欽次旦的老婆在虔誠地念經，念一會兒就抽泣幾聲，爲了死去的棗紅公獒，她已是悲痛無眠了。父親很內疚，到了後半夜就睡不著了，狗睡人睡都睡不著。他起身，面對佛龕跪

在仁欽次旦的老婆身邊，輕聲念誦著六字箴言，陪她待了一會兒，然後來到了帳房外面。

月亮很大，很低，好像在頭頂伸手可及的地方。帳房和羊群之間的空地上，是三隻偉碩的藏獒，一隻臥著，兩隻站著。臥著的是牧羊狗，牠辛苦了一天，需要休息；站著的是看家狗，牠們休息了一天，現在的主要任務就是守望夜色。

無論是牧羊狗還是看家狗，本來晚上都是放開的，但在這個特殊的日子裏，仁欽次旦的老婆把牠們用粗鐵鏈子拴了起來，一來不希望牠們去招惹外來的藏獒岡日森格，免得自找傷害；二來不希望牠們對住在帳房裏的幾個外來人造成威脅，外來人是跟著雪山獅子，也就是跟著神來到這裏的，萬萬不可驚擾了人家，況且外來人中有人帶著槍，仁欽次旦的老婆看見了。有槍就意味著你不能有任何差錯，有一點差錯就等於有了讓人家開槍的理由。

仁欽次旦的老婆被歷史的經驗搞得膽戰心驚，覺得拴起來還不保險，就讓十二歲的兒子和十歲的女兒睡在了三隻藏獒的身邊。這樣藏獒就會老老實實守護在他們身邊，而不做掙脫鎖鏈撲向外來狗和外來人的努力，而一旦岡日森格跑過來挑釁，兩個孩子也可以起到保護自家狗的作用。一般來說，外來的藏獒寄居在別人家裏，是不咬這家的主人，尤其是孩子的。

父親在兩個蓋著皮袍熟睡的孩子面前站了一會兒，兩隻偉碩的看家藏獒十分不滿地瞪著他，滾雷似的低聲警告著讓他離開。父親會意地擺擺手，一轉身，就見岡日森格迅速而無聲地跑了過來，趕緊蹲下身子抱住了牠的頭：「你不要管閒事，睡你的覺去吧。」

岡日森格用更低更沉的雷聲回應著兩隻看家藏獒，守著父親不走。父親拽著岡日森格的鬣毛，硬是把牠拉到了大黑獒那日身邊，怕牠再過去生事，便讓牠臥下，自己也坐在草地上，用胳膊圈住了牠的頭。這樣坐了一會兒，父親突然就打起盹來，身子一歪，枕在岡日森格身上睡著了。

這一次是人睡而不是狗睡，一直睡到天亮才醒來，好像只有跟岡日森格跟大黑獒那日睡在一起，父親的身心才是踏實的。

這是一個不平凡的早晨，尤其是對大黑獒那日來說。首先牠發現受傷的左眼已經徹底看不見了，凌晨的時候還能看見天上的星星，現在是怎麼看都沒有光，一片黑暗。好在牠還有一隻光明的眼睛，牠並不頹喪，好在牠發現左眼看不見了以後，左鼻孔卻聞得更遠了，牠更不頹喪。

牠聞到了一股回蕩在高山草場的氣息，這氣息跟小白狗的氣息幾乎是一樣的。牠有點費解：怎麼可能呢？好像小白狗不是自己的孩子，而是別的藏獒的孩子，而那隻藏獒就在前面一個可以聞得見的地方。

牠是順風而聞的，牠那隨著一隻眼睛瞎而更加敏銳起來的嗅覺，使牠比岡日森格更早地意識到某種變化就要發生，那是潛藏在寧靜世界裏的腥風血雨，是亢熱的生命、難抑的慾望得以舒展的一個黑暗的你死我活的通道。

整個早晨，大黑獒那日都顯得非常興奮，躁動不寧。牠是一隻血統純正的喜馬拉雅藏獒，牠對預知到的腥風血雨、你死我活，絲毫沒有懼怕的感覺，有的只是渴望，是急於宣洩的瘋狂。

渴望和瘋狂開始是心理的，但很快變成了強烈的生理反應：牠的兩腿之間流血了，而且腫脹得

如同饅頭，一起一伏的，就像正在喘氣，連大黑獒那日自己都有些納悶：難道這就是牠感覺到的腥風血雨？難道這就是回蕩在高山草場上的跟小白狗一樣的藏獒氣息帶給牠的反應？

牠抬起尾巴，不斷地把屁股撅給岡日森格讓牠聞臊，衝牠撒尿，甚至還不止一次地站起來爬在了岡日森格桌子一樣平穩的高胯上。岡日森格似乎無動於衷，牠穩穩當當地站著，望了望不遠處的父親和麥政委，轉過了臉去。

父親說：「牠們玩什麼呢，這麼開心。」

麥政委神秘地說：「你沒見過？那你就見一次吧。」

父親說：「見什麼？」看對方不吭聲又說，「麥政委你說呀，到底見什麼？」

麥政委說：「兩口子生兒育女的事兒能隨便說？」

父親恍然大悟，愉快地喊道：「岡日森格，牠是你媳婦，你可千萬別漏氣。」

麥政委瞪著父親說：「漏氣都說出來了，可見你是知道的。」

父親嘿嘿笑道：「知道，但是沒見過。」

岡日森格還是一副無動於衷的樣子。父親有點著急了，上前推了牠一把說：「岡日森格，別漏氣，上。」岡日森格害羞地晃了晃頭。

大黑獒那日埋怨地衝著父親叫了一聲，好像是說：你著哪門子急啊，岡日森格是不是能行，我還不知道？其實現在最著急的，恰恰是表面上最不著急的岡日森格，牠早就明白大黑獒那日的心思，也早就想那個了，但是牠不喜歡人看著牠，就跟人有時候也不喜歡狗看著一樣。

牠用肩膀頂了頂大黑獒那日，朝一邊走去，走著走著便跑起來。大黑獒那日跟了過去，很快消失在人看不見的草岡後面。

父親心說：不行，我一定要見一次。他抱起小白狗嘎嘎，悄悄地摸過去，匍匐到草岡上一點點地挪近，然後抬起頭來偷偷地往下看。

父親看到岡日森格正趴在大黑獒那日的胯上，用一種人類很熟悉的動作展示著牠的雄性風采。一會兒，牠從大黑獒那日身上下來，一百八十度地旋轉著男根，尾對尾地站在地上，開始了牠的第二次射精，接著還會有第三次、第四次。

就在這種喜馬拉雅獒種得天獨厚的湧泉式激情的催動下，岡日森格一直沉浸在空前舒坦的享受的海洋裏，是一波一波的衝浪式沉浸，而不是一個平面上從淺到深、再從深到淺的沉浸，就像牠在極度乾渴的時候，猛然把嘴埋進了雪豹或者雪狼甘甜的血流裏，大口的吸飲帶來了大張旗鼓的快感。更美妙的是，牠越飲越渴，越渴越飲，就這樣在不斷增加的乾渴中不斷吸飲著，也就不斷大張旗鼓地快感著。

而在母獒大黑獒那日的感覺裏，性愛的快感比公獒還要豐富一些，牠覺得好像無窮的憤懣得到了慰藉，極端仇恨的時候一口咬斷了敵人軟頸上的動脈，不堪思念的日子裏突然見到了那個最是牽腸掛肚的人或狗。然後就飛升而起，如同那些飄翔而來，準備把昨天死去的棗紅公獒送上天空的禿鷲，在饑餓中饕餮，在饕餮中舒展，翅膀永遠是自由的象徵。

大黑獒那日最最羨慕的就是天上的禿鷲，牠想像牠們飛起來的感覺恰恰就是性愛的感覺，痛快之至，欣悅無比。靈魂在曼妙的風雨中交給了神的關愛，歡暢在血液裏打轉，幸福襲遍了全身，每一根絨毛的顫動都變成了陶醉，真是空前絕後的溫暖柔和啊。

岡日森格和大黑獒那日的性生活持續了很久。父親後來知道，這是提前到來的愛之癲狂。按照一般的規律，藏獒在秋天或冬天發情，但是岡日森格和大黑獒那日卻把激情的噴濺提前到了夏天。狗和人一樣，只要愛之深，愛之切，溫情地催化，澎湃地驅趕，激動人心的時刻就會提前到來，就好比春風是可以化雨的。

父親後來還知道，牠們的交歡不僅提前了，而且更加能耐了——大黑獒那日用牠的柔情蜜意挑逗起的岡日森格的性力表現，竟是如此得非凡不俗，在一般藏獒那裏只能持續二十分鐘的趴胯性交和對尾性交，在岡日森格這裏持續了這麼久這麼久，久得都讓父親著急了，就像他剛才著急岡日森格不激情不衝動那樣，恨不得上前推開牠。

岡日森格面對著父親吃驚的面孔，肆無忌憚地享受著快感，也給對方製造著快感，忘了剛才牠還是羞於見人的。

和父親一樣，漸漸地，大黑獒那日也有點著急了，扭動著大頭來回看著岡日森格。牠著急的原因當然不是牠已經厭倦了至高至純的性愛，恰恰相反，牠是一隻慾望強烈、風騷天成的母獒，巴不得岡日森格一直都這樣。但牠又是一個因爲瞎了一隻眼而嗅覺更加敏銳的鋼鐵戰士，牠在性生活的快樂正在節節攀高的時候，突然清醒地意識到，牠一大早預感到的腥風血雨並不是牠和岡日森格幸福結合的後果，而是一場真正的生命浴血的肉搏。

那股回蕩在高山草場上的和小白狗一樣的氣息，正在飛快地靠近著牠們，近得幾乎喊一嗓子就能聽到了。但是對方沒有喊，對方在沉默，對方也是藏獒，而且是西結古草原的藏獒。藏獒的力量有時候就是沉默的力量，而沉默的力量往往又是敵意的力量，一種挑戰正在來臨，一股烽煙正在出現。岡日森格，趕快結束吧，西結古的藏獒找你的碴來了，如果你在我身上「掉了腰子」（**公獒交配後因精氣喪失，疲累不堪，而出現的腰身塌陷**），待會兒還怎麼能對付得了牠？牠是來者不善的。

鬆脫了。岡日森格和大黑獒那日鬆脫的一瞬間，一直抱著小白狗嘎嘎匍匐在草岡上看著牠們的父親站了起來，長長地喘了一口氣說：「累不累啊？我看著都累了。」

岡日森格搖搖頭，餘興不減地用鼻子拱著大黑獒那日的屁股。大黑獒那日則引牠跑開了，邊跑邊回頭看，看牠一點也沒有「掉腰子」，這才停下來，衝著東南方向雷鳴般地吼了幾聲。牠這是在警告悄然而來的不善者，也是在提醒岡日森格：你的對手來看望你了。

岡日森格不聽牠的，繼續拱著牠的屁股。大黑獒那日只好咬牠一口，似乎是說：大敵當前，你怎麼還這樣不莊重？岡日森格興味索然地離開了大黑獒那日，用邊走邊拿前爪刨土的動作告訴牠：其實我知道，我怎麼會不知道呢？不就是來了一隻西結古草原的藏獒嘛，我不惹牠就是了。萬一牠放不過我，無非是針鋒相對，我還怕打鬥嗎？

岡日森格躍上草岡來到父親身邊，臥了下來。牠要休息了。牠知道自己只能休息一小會兒，用人類的計算就是二十分鐘。二十分鐘以後，牠將面對一隻聞氣息就知道性格驕縱、態度專橫的雄

性藏獒，是擦肩而過呢，還是爭鋒而上？牠想著，歪過頭來枕在了父親腳上，好像這樣牠會更舒服些。

父親把小白狗嘎嘎放在地上說：「岡日森格，你告訴我，今天能找到你的主人七個上阿媽的孩子嗎？」

回答他的是剛剛走過來的麥政委：「我考慮是這樣的，今天我們不能再跟著牠走了。我們得到西結古去，在工作委員會的領導下，依靠人的力量，儘快找到這七個孩子並保護好他們。」

父親說：「那我們就分開行動，我繼續跟著岡日森格，你們去西結古。我依靠岡日森格，你依靠白主任白瑪烏金，看我們誰先找到七個上阿媽的孩子。要是我先找到，說明藏獒比人聰明，藏獒有能力解決好西結古草原的問題，岡日森格就應該代替白主任白瑪烏金出任西結古工作委員會的主任，你說呢麥政委，行不行？」

麥政委說：「行啊，有什麼不行的。但要是我依靠白主任先找到了呢？」

父親說：「那我就離開西結古草原，回西寧的報社去，再也不來了。」

麥政委說：「你想得不錯，你是回不去了，我打算和你們報社商量，把你要到青果阿媽草原來工作。」

父親說：「我不想來，我要是成了多獼總部的人，就不自由了。不像現在，誰也管不著我，我也管不著誰。」

麥政委說：「那你為什麼還要管七個上阿媽的孩子？」

父親想了想，嚴肅地說：「爲了岡日森格的忠誠，也爲了藏扎西的請求，還爲了我自己的願望——我這個人一是喜歡狗，二是喜歡孩子。麥政委，我知道你權力很大，你要是有權力把我變成一隻青果阿媽草原的藏獒就好了。我現在越來越覺得藏獒是了不起的，越來越希望自己也是一隻藏獒，就跟岡日森格一樣，自由自在、神氣十足地生活，而且是和孩子們一起生活。」

麥政委說：「我越聽你的話，就越覺得你這個人是屬於草原的，你一定得來草原工作，不是爲了我，而是爲了孩子們。我已經想好了，要儘快建立一所學校，就建在西結古草原，由你來當校長，把流浪的孩子們都收管到一起，一是讓他們的生活有一定的保障，二是學一點文化，將來他們就是草原上的新牧民。」

父親說：「辦草原學校？讓我當校長？那敢情好。」

這時候，大黑獒那日又吼起來，就像真正的「獅子吼」，空氣動盪著，讓這個透明寧靜的早晨變得渾濁不安了。岡日森格抬頭看了看，從容不迫地站起來，舔了舔在牠懷裏翻跟頭的小白狗嘎嘎，然後叼起來揚頭放在了父親的懷裏。牠朝著大黑獒那日吼叫的方向走去，沒走多遠，就看到太陽的金光裏威武雄壯地站著一隻雪白的獅頭公獒。

岡日森格愣了一下，只見那公獒額毛森然，鬃毛蓬起，方鼻吊眼，嘴大如盆，犬牙含而不露，舌頭半吐不吐，一看就知道是個沉鬱剛毅而又心野氣大的角色。岡日森格尋思，在西結古草原還有這般氣度不俗的同類，如果自己沒見過獒王虎頭雪獒，一定會以爲面前的這個就是西結古草原的獒王。

那公獒在看到岡日森格的一剎那也楞了一下：我在西結古寺看過牠，但那是黑夜，沒看清牠的形貌，想不到牠是如此剽悍的一隻金獒，眼睛裏神光閃亮，大嘴裏虎牙猙獰，前胸深闊，四腿粗壯，背是虎的，腰是熊的，一副凜然不可欺的樣子。兩隻藏獒惺惺惜惺惺地對峙著，雙方都明白，一場石頭對鐵頭、剛強對頑強的碰撞已是在所難免了。

跟在岡日森格後面的大黑獒那日也感覺到爭衡的局面是不可改變的，所以就老老實實站著，沒有跑上前去用狎暱的舉動顯示自己跟岡日森格的特殊關係，從而說服對方發發慈悲，寬容地接納這隻唐突到來的仇家藏獒。大黑獒那日是認識對方的，對方叫嘎保森格，是尼瑪爺爺家的牧羊狗。

但是岡日森格和嘎保森格以及大黑獒那日都沒有想到，碰撞會來得這麼迅速，好像對峙的雙方還沒有把憤怒從內心調整到外表，肌肉尚待繃緊，血液尚待燃燒，就有了一聲嘯叫，一陣撲咬。原因是白獅子嘎保森格一晃眼看到了牠現在最想看到的，那就是父親，不，是父親懷裏的小白狗嘎嘎。

第二十二章 撼天的雙獒之鬥

白獅子嘎保森格是迎風而聞的，早晨醒來，鼻子輕輕一抽，就聞到了小白狗嘎嘎的氣息。牠跳了起來，跑向圍繞羊群辛苦了一夜的看家狗小白狗嘎嘎的瘸腿阿媽，又跑向瘸腿阿媽的好姐妹斯毛阿姨，用鼻子，用眼神，用斜捲在背上的尾巴，詢問牠們聞到什麼沒有？牠們沒有，牠們昨天晚上先後經歷了三次狼禍，攆跑了三群荒原狼，雖然只咬死了一隻，但那種一刻也不能放鬆的追攆和巡邏，搞得牠們非常疲倦。牠們臥在地上一動不動，渴望能夠趕快吃點喝點，然後好好睡一覺。

嘎保森格生氣地衝牠們叫囂著，一鼻子拱翻了朝他奔來的小白狗嘎嘎的哥哥小黑狗格桑，又衝著嘎嘎的妹妹小黑狗普姆，半是愛憐半是恫嚇地吼了一聲，意思是說：千萬不要跑遠了，草原上可是凶險得很哪，嘎嘎還不知道在哪裏呢，我去找找看。牠快快地離開那裏，朝著飄來小白狗嘎嘎氣息的地方跑去。

和嘎保森格同樣是牧羊狗的新獅子薩傑森格和鷹獅子瓊保森格想跟上牠，卻被牠回過頭來蠻橫地攔住了。牠用粗粗的吠叫告訴牠們：這裏是靠近礱寶雪山的高山草場，這兒的野獸，尤其是荒原狼特別多，盡心盡力地放牧去吧，看好我們的牛羊，我是不能跟你們一起去了，真是對不起。我今天是不找到小白狗嘎嘎不罷休的，我走了。

自從主人全家從野驢河邊搬到高山草場後，小白狗嘎嘎就不見了。誰也不知道牠去了哪裏。嘎保森格猜想，也許牠被主人送人了，這樣的事情以前並不是沒有過；也許牠被狡猾的雪豹或者更加

狡猾的雪狼吃掉了，這樣的事情以前也有過。牠決定一定要搞清楚到底是怎麼回事兒，還沒有想好什麼時間出發，就在這個早晨隨著一陣風，聞到了小白狗嘎嘎的氣息。

現在，氣息變成了形狀，小白狗嘎嘎赫然出現了。剎那間，白獅子嘎保森格什麼也不想了，牠急如星火，快如閃電，朝著父親奔撲而去。岡日森格打了個愣怔，猛吼一聲，便被自己的吼聲推動著朝前衝去。

牠很奇怪對方會丟開自己，撲向父親，因為這不符合藏獒的習慣。藏獒在面對陌生的人類和獒類時，永遠都會把後者放在憎恨的首位。雖然每一隻藏獒都會意識到自己是屬於人的，也都承認人的權力和能力遠遠超出了藏獒的想像，但牠們也有一種更加清醒的認識，那就是當楚界漢河已經形成，仇讎對抗就要發生時，致命的危險往往不在於人而在於獒。牠們會喊起來：「你這隻敗類，你居然成了壞人的幫兇。」然後把全部的仇恨都發洩在幫兇身上。所以藏獒之戰很多時候也是幫兇之戰。

可是今天，白獅子嘎保森格卻首先撲向了人，好像牠不是藏獒，好像牠的祖先沒有用遺傳告訴牠這是不對的。兩隻巨獒的雌雄之較，轉眼之間變成了侵犯人和保護人的戰鬥。

猝不及防的岡日森格依照浸透在血液裏的廝殺慣性衝了上去，但牠沒有來得及衝到前面，白獅子嘎保森格就一閃而過，把牠甩到屁股後面去了。現在的局面是，嘎保森格在前面跑，岡日森格在後面追，兩隻同樣兇傲的藏獒一前一後地衝向了父親。父親驚呆了，不知道怎麼辦好。

父親身邊的麥政委不僅驚呆了，而且驚軟了：「這可怎麼辦？」一句話沒說完，噗通一聲坐在了地上。他天不怕地不怕，人不怕鬼不怕，就怕狗，從小就是個見狗便毛的主兒。他慘叫一聲：「警衛員。」

警衛員以及所有的部下都不在身邊。他們有的正在帳房前給馬梳毛，有的正在幫助仁欽次旦的老婆擠牛奶，有的正在和仁欽次旦十二歲的兒子和十歲的女兒說話——兩個孩子已經不再因棗紅公獒的死而仇視這些外來人了，他們畢竟是孩子，在這個晴朗的日子裏，很快露出了晴朗的笑容，並且給兩個漢家的叔叔唱了一首又一首歌。

而他的警衛員這時正在觀看禿鷲吃食，十幾隻禿鷲已經把棗紅公獒的血肉吃得所剩無幾，一個碩大的血色骨架，連帶著藏獒的悲慘和生命的遺憾，出現在草原盎然的綠光裏。

好在還有父親。父親是愛狗的，愛狗的人是膽大的。他雖然有過被狗慘咬的經歷，但他不是那種一日被蛇咬，十年怕井繩的人。他的性格裏帶有藏獒的風格：越碰越堅，越咬越強。父親就像一隻真正的藏獒那樣，衝著前面飛奔而來的危險狂吼一聲，一步跨過去擋在了麥政委前面。

兩隻藏獒還在一前一後地奔跑，牠們的距離只有幾寸，但這幾寸跟幾丈幾十丈差不多，後面的岡日森格就是抓不到對方。牠在飛，對方也在飛，都是優秀的野獸，都是奔跑的聖手，短距離的比賽根本分不出誰的速度更快。白獅子嘎保森格飛出的虎牙眼看就要碰到父親了。岡日森格大吼一聲，這是吼給父親的，意思是說：「趕快把小白狗藏起來。」

憑著藏獒出眾的直覺，岡日森格突然明白過來：對方之所以首先撲向人而不是撲向同類，是因

爲小白狗嘎嘎的存在。岡日森格因此而怒髮衝冠，吼聲如炮：儘管你有著和小白狗同樣的氣息，但也不能說明你就是小白狗的阿爸，不是，你絕對不是。小白狗的阿爸是我，絕對是我。我是大黑獒那日的丈夫，大黑獒那日是小白狗的阿媽，所以我就是小白狗的阿爸。

大黑獒那日也像岡日森格那樣吼叫著，意思好像是：「用不著你提醒，我知道，我知道。」接著便一躍而起。

嘩然一聲響，眼看就要把虎牙戳向父親的白獅子嘎保森格突然改變了方向，側著身子翻倒在地上，連打了三個滾兒，四肢才牢牢踩住地面。緊接著翻倒在地的是岡日森格，牠本來完全可以藉機猛撲過去，壓倒對方，一口咬斷那脆骨嶙峋的喉管。但是牠沒有這樣做，在牠看來，那是趁火打劫，是鼠竊狼偷之輩的所爲。牠寧肯自己摔跤，寧肯失去打敗對手的機會，也不能玷污了好漢的名聲。牠連打了四個滾兒才站穩在地，一邊防範著嘎保森格，一邊欣賞地注視著前面的大黑獒那日。

是大黑獒那日救了父親，也救了小白狗嘎嘎。當牠突然出現在白獅子嘎保森格的利牙面前時，嘎保森格一下子慌了。嘎保森格認識對方，對方是西結古的領地狗，而且是一隻漂亮的母獒。遠古的祖先是不欺負母獒的，遠古的牧羊狗是格外尊敬領地狗的，就好比人類的地方，武裝格外尊敬國防軍、警察部隊格外尊敬野戰軍一樣。遺傳的鋼鐵般頑固的意識使牠狼狽不堪地放棄了進攻，一時不知道怎麼辦好了。

大黑獒那日衝著白獅子嘎保森格憤憤地叫著。牠知道自己絕對不應該幫著岡日森格和對方打仗，無論是出於爭奪雌獒的原因，還是出於保護主人及其財產的原因，兩隻公獒之間的戰爭歷來都是單打獨鬥的。但大黑獒那日更知道衝刺而來的嘎保森格，就是一把飛鳴的利劍，一旦虎牙觸及到父親，父親就完了，觸到脖子脖子斷，觸到胸脯胸脯穿。父親一完，小白狗嘎嘎也完了，嘎保森格會一口叼起來，轉身就跑。牠作爲一隻母獒是追不上的，岡日森格或許能追上，但追上了又能怎麼樣？嘎保森格的氣味和毛色跟小白狗完全一樣，除了自己和岡日森格，所有的藏獒，所有的人都會認爲嘎保森格就是小白狗嘎嘎的阿爸。

大黑獒那日不叫了，橫擋在父親面前，憂慮重重地望著岡日森格。岡日森格正在撲向白獅子嘎保森格。嘎保森格躲開了，心傲氣盛的牠，平生第一次在敵手的進攻面前採取了躲避的姿態。牠望著父親懷裏的小白狗嘎嘎，用一種只有親生父親才會有的亮晶晶的聲音呼喚起來。

小白狗嘎嘎聽到了，也看到了。牠扭動著身子，用牠這個年歲的小狗所具有的最大力氣掙扎著，試圖脫離父親的摟抱。牠蹬著，拼命地蹬著，傷腿的疼痛提醒牠想起了牠悲慘而危險的遭遇，牠流淚了，在雪狼面前，在極端孤獨中思念阿媽阿爸、哥哥妹妹以及斯毛阿姨時沒有盡情發出的哭泣，這時候噴湧而出。

麥政委從父親身後站了起來，渾身抖抖地望著三隻大狗。父親指著白獅子嘎保森格說：「你看見了吧，這隻藏獒是來爭奪小白狗的。小白狗說不定就是牠親生的。牠們長得多像啊，都是獅子頭和大耳朵，都是三角眼和厚吊嘴，毛色也一樣，都是白雪，一根雜毛也沒有。」

麥政委說：「那就給牠，趕快給牠。」

父親說：「可是岡日森格和大黑獒那日一直都是把小白狗當作自己的孩子來對待的。我要是給

了這隻藏獒，牠們肯定不允許。」

麥政委說：「那就硬給，別人的孩子怎麼能竊爲己有呢，人不行，狗也不行。」

父親說：「恐怕牠們饒不了我。」

麥政委看著在父親懷裏又是哭喊又是掙扎的小白狗嘎嘎說：「牠認識自己的親人，你把牠放在大狗中間，讓牠自己選擇，無論牠選擇誰，都跟你沒關係了。」

父親想，這倒是個好辦法。如果小白狗爬向了牠的親人，岡日森格和大黑獒那日總不至於怨恨小白狗吧。

父親走過去站在了岡日森格和白獅子嘎保森格的中間，一手緊摟著小白狗嘎嘎，一手指著牠們說：「你們不許爭，讓小狗自己選擇，牠選擇誰，誰就把牠帶走，聽懂了嗎？」

父親說了好幾遍，看到嘎保森格不再用亮晶晶的聲音呼喚，岡日森格也不再朝對方做出俯衝的樣子，知道牠們完全聽懂了，便蹲下身子，把小白狗嘎嘎放在了地上，自己朝後縱身一跳。

非常安靜，差不多有十秒鐘，連風的聲音也沒有了。三隻大狗的眼光就像三條繩子拴在了小白狗嘎嘎身上。小白狗嘎嘎來回看看，似乎想了想，便急巴巴爬向了岡日森格。岡日森格高興地汪了一聲，但馬上發現自己高興得太早了，小白狗是急昏了頭，爬錯了方向，或者牠是來向岡日森格說聲再見的，畢竟岡日森格不僅照顧了牠，而且還救了牠的命。

小白狗嘎嘎很快就一百八十度地轉了彎，細聲細氣地叫著，用更快的速度激動地朝著白獅子嘎保森格爬去。嘎保森格把捲起的尾巴晃成了一朵綻放的菊花，快步迎了過來。

大黑獒那日齜出虎牙，厲聲警告嘎保森格不要靠近小白狗嘎嘎。但警告的作用到了嘎保森格耳朵裏就變成了提醒，提醒牠趕快動手，一旦對方先動了手，小白狗嘎嘎說不定就會永遠失去了。嘎保森格狂風一樣撲了過去，又狂風一樣席捲而逝。等到父親和麥政委反應過來時，小白狗嘎嘎已經不在地上了。

只見白獅子嘎保森格叼著小白狗嘎嘎正在瘋跑，岡日森格和大黑獒那日正在一左一右瘋追，都是直線，都是箭鏃，誰也不願意多跑一點兒彎路，速度在這個時候似乎變成了一切，爆發力量的肌肉和創造最佳姿態的筋骨，把鮮活靈動的生命展示得無與倫比。

然而還有智謀，智謀在這個時候超越了速度和力量，代替肌肉和筋骨，正在實現一種幻想的可能。

就在逃跑的速度和追攆的速度不分上下的時候，岡日森格發出了一聲高亢而淒厲的長嗥，這是狼的長嗥，是荒原狼呼喊同伴時充滿深情的心聲律動。瘋跑在前的白獅子嘎保森格吃了一驚：哪裏來的狼啊？但是速度並沒有減弱，只是斜起三角眼瞥著後面的岡日森格，心裏冷颼颼地恥笑了一聲：你呀，外來的蟊賊，你小看我了，就是扒了你的皮，我也認得你是上阿媽人的一隻走狗，而不是什麼該死的狼。

實際上，這樣的招數，牠白獅子嘎保森格也用過，有一次幾個騎兵團的人從他們的駐地上阿媽草原來到西結古草原打獵，隨獵的三隻猛惡的藏獒咬死了好幾匹西結古草原的狼。嘎保森格本來可以不管這事兒，因爲牠不是領地狗而是牧羊狗，只要外來的人和狗不侵犯牠守護的羊群和牛群以及主人和帳房，牠就可以漠然處之。

但牠的主人尼瑪爺爺不這樣看，尼瑪爺爺說：「即使是狼，也是西結古草原的狼，你們上阿媽草原的人憑什麼要在我們的家園裏打狼？不行，一張狼皮也不能讓他們拿走。嘎保森格，薩傑森格，瓊保森格，追。」於是牠們追了上去。

牠們的目標自然首先是那三隻猛惡的藏獒。猛惡的藏獒本來不應該見追就跑，但牠們的主人得了上好的狼皮，想趕快離開這片惹了麻煩的草原，騎著快馬吆喝自己的藏獒趕快撤退。撤退是飛快的，要追上牠們幾乎是不可能的。嘎保森格突然學起了狼嗥，一聲比一聲尖亮。三隻愚蠢的上阿媽草原的猛惡藏獒根本就沒有反應過來，以爲追牠們的真的是幾匹狼，或者嘎保森格一夥突然變成了狼。

狼怎麼可以追擊牠們呢？牠們是藏獒，是稱霸一切的遠古的巨獸演變而來的壯士，是凌駕於狼之上的草原金剛。歷史的意志和神的意志都要求牠們終生殺狼吃狼，上天賜給牠們的每一顆尖銳的牙齒、每一根鋒利的指甲、每一撮威風的獒毛，都是爲了讓狼看起來膽戰心驚。所以牠們最最不能接受的就是狼的追擊，狼居然在追擊牠們，而牠們居然在逃跑。

透心的恥辱讓牠們把主人的撤退號令拋到九霄雲外去了。牠們停了下來。牠們是三隻，追上來的也是三隻，但牠們是愚蠢的三隻，完全按照嘎保森格的意願安排了牠們的行動。牠們不僅停了下來，而且撲了過來。

嘎保森格依然狼一般地嗥叫著，這是爲了激發牠們對狼的蔑視從而讓牠們輕敵。牠們果然輕敵了，就像真的見到了狼一樣，帶著滿臉的嫌惡與不屑，狂躁地撲了過去。然而等待牠們的卻不是荒原狼的驚懼和逃跑，而是胸有成竹的迎擊。牠們死了。

都是威武健壯的藏獒，應該有一場何等精彩的打鬥。但牠們是上阿媽草原餵大的輕敵的藏獒，牠們和專橫跋扈的騎兵團生活在一起，跟著人，養成了蔑視一切對手的習慣，牠們只能死了。

嘎保森格幾乎沒費什麼勁就咬死了一隻，接著，薩傑森格和瓊保森格一人咬死了一隻。葬身沙場，這是所有愚蠢的輕敵者的必然出路。

但是白獅子嘎保森格沒有想到，牠今天遇到的不是一隻上阿媽草原的愚蠢走狗，而是一隻天生驕人的雪山獅子，一隻在蹇跛的命運中磨礪出剛毅和智慧的喜馬拉雅優秀獒種。雪山獅子岡日森格並沒有小看嘎保森格，反而始終高看著對手：牠是一隻多麼漂亮偉岸的藏獒啊，就像雪山一樣乾淨白爽，巍然聳立。

岡日森格根本就沒有指望對方上當，反而在心裏輕輕地叫喚：「你是獒中之美郎，千萬別上當。」牠堅持不懈地狼一樣嗥叫著，終於聽到了期待中上當者的回音。那是幾聲狗叫，是三隻偉碩的藏獒發出的激烈而驚心的吠鳴。牠們仍然被仁欽次旦的老婆拴在帳房前的空地上，根本看不到這裏，以爲真的狼來了，喊叫著，嘩啦嘩啦地一次次拼命拉直著粗鐵鏈子。

瘋跑在前的白獅子嘎保森格打了個愣怔。牠並不知道仁欽次旦家的三隻藏獒是拴著的，也搞不明白牠們對待外來的岡日森格的態度，只知道如果牠們和大黑獒那日一樣已經背叛了西結古藏獒的基本立場，那來犯者的狼嗥就是另一種信號：告訴牠們趕快過來，截住牠，也截住小白狗嘎嘎。

白獅子嘎保森格身子微傾著，小小地拐了一下，試圖繞開正前方牠想像中的攔截，奔跑的路線頓時彎曲了。這微妙的變化正是岡日森格所期待的，牠直線而上，迅速縮短著距離，虎牙幾乎挨上了嘎保森格的屁股。嘎保森格嫉妒地心裏直抖：「險惡的傢伙，這麼快的速度，竟然可以趕上我了。」

如果這個時候前方不是突然出現人影，也許嘎保森格還不至於讓岡日森格跑到前面攔住自己。人影是跑來打狼的。正在擠牛奶的仁欽次旦的老婆一聽到自家狗激烈而驚心的吠鳴，就反射動作似的用藏話喊起來：「狼來了，狼來了。」

幫她擠牛奶的文書懂一點藏話，馬上用漢話喊起來：「狼來了，狼來了。」正在給馬梳毛的人和正在和仁欽次旦的孩子說話的人，以及還在觀看禿鷲吃食的警衛員，一聽到喊聲就都想到了麥政委，他們從四下裏跑來，無意中擋在了嘎保森格前去的路上。嘎保森格只好九十度地拐彎，一拐就拐進了岡日森格的圈套。

岡日森格用最便捷的直線呼嘯而去，橫擋在了牠的前面。嘎保森格只好停下，還沒有站穩，就被大黑獒那日撲了個正著。牠趕緊扭過頭去護住小白狗嘎嘎，順勢倒在地上，打了個滾兒又站了起來。

已經沒有繼續逃跑的可能了。白獅子嘎保森格惱怒地把頭一會兒甩向這邊，一會兒甩向那邊。右邊是岡日森格，左邊是大黑獒那日，前邊是人，後邊也是人——父親拉著麥政委快步走來了。

更讓嘎保森格怒火中燒的是，岡日森格並沒有兇神惡煞般地乘機撲過來跟牠決鬥，而是擺出一副君子風度，不怒而威地望著牠，似乎以爲只要胸腔裏若斷似連地滾出一些低沉的吼聲就足夠了，牠白獅子嘎保森格就會放下小白狗嘎嘎，灰溜溜地滾回老家去。這可能嗎？嘎保森格用更有穿透力的吼聲告訴對方，這是不可能的，是藏獒就從來不夾著尾巴做狗。小白狗嘎嘎是我的，不是你們的，你們休想搶走牠。牠思忖著，大嘴動了一下，把小白狗嘎嘎叼得更牢了。

小白狗嘎嘎感覺到了阿爸大嘴的力量，有點不舒服，就吱吱地叫起來。大黑獒那日以爲對方是在虐待小白狗呢，想都沒想就撲了過去。白獅子嘎保森格屈辱地躲開了，一次兩次三次，一次比一次屈辱地躲開了。而對大黑獒那日來說，你越躲牠越要撲，不奪回小白狗嘎嘎，牠就會天長地久地撲下去。牠開始是只撲不咬，當牠不耐煩地意識到嘎保森格的頑固不化也會天長地久地延續下去時，就狠狠地在對方肩膀上咬了一口。

這一口咬疼了嘎保森格，咬得牠怒目圓睜，骨子裏的妄自尊大就像疼痛一樣延展到了全身。牠叫囂起來：別忘了我是野心勃勃、目空一切的白獅子嘎保森格，我什麼時候有過這樣的屈辱，做出過這樣的忍讓？說不定有朝一日，我就是西結古草原偉大的獒王，你怎麼敢對我這樣？王八蛋母狗，我不忍讓了我，我先咬死你，再咬死這個虎背熊腰的外來狗岡日森格，然後咬死前前後後擋住了我的去路的所有外來人。

牠叫囂著，把發自肺腑的聲音和理智一起抛到了天上。牠扔掉小白狗嘎嘎，朝前撲了一下，看到岡日森格正在虎視眈眈地覬覦著小白狗嘎嘎，又迅速撲回來，一爪踩住了小白狗嘎嘎。

白獅子嘎保森格瘋了，牠已經意識到小白狗嘎嘎不可能被牠帶回尼瑪爺爺家，就瘋得連牠自

敢。別忘了在古老的傳統祖先的習慣裏，藏獒就有吞食親子的做法：爲了自己的孩子不至於落入敵手，成爲陰惡者的磨牙之肉，那些把藏獒的名聲看得比天還要高的偉大的藏獒，往往會把親生兒女吞到肚子裏頭去。現在，我就是一隻偉大的藏獒，是遠古的祖先不朽的名聲的天然繼承者，我要吞了，要把我的孩子吞到肚子裏頭去了。

牠一口咬住了小白狗嘎嘎，牙齒一陣猛烈地挫動，血滋了出來，滋到天上就不見了。消散成氣的小白狗嘎嘎的鮮血變成了一片驚叫。

驚叫有人的，也有藏獒的。岡日森格的驚叫就像虎嘯，嚇得天上的雲彩都亂了。大黑獒那日沒有叫，牠只是驚訝地朝後跳了一步，好像面對的不是一隻藏獒，而是一個魔鬼。白獅子嘎保森格咬著，嚼著，吞著，朝著天空誇張地伸縮著脖子，連肉帶皮，一根毛都不剩地吃掉了小白狗嘎嘎，只吐出來了一樣東西，那就是藏醫尕宇陀包紮在小白狗嘎嘎斷腿上的袈裟布。

在雪狼嘴邊死裏逃生的小白狗嘎嘎，被牠的父親白獅子嘎保森格吃掉了，在恨的冰冷刀鋒上倖免於難的小白狗嘎嘎，在愛的溫暖唇齒間被親生父親吃掉了，在義父岡日森格和義母大黑獒那日無微不至的關照下正在痊癒傷口、茁壯成長的小白狗嘎嘎，被愛瘋了牠的阿爸吃掉了。

這就是高原的魂魄冷酷的藏獒，這就是這個偉大的生命現象在表現夠了沉穩剛猛、大義凜然、先人後己、任勞任怨等等備受人類稱讚的優點之後，突然又閃現出的一道黑光，是湛湛藍天下的黑光，醒目而刺眼得幾乎讓父親暈過去：我愛的別人不能再愛。咬死吃掉自己恨的，也咬死吃掉自己愛的。因爲愛就是佔有，就是不讓別人佔有。

父親悲憤地說：「你這個野獸！你怎麼把牠吃掉了？」

麥政委拉他一把說：「你別喊，牠過來怎麼辦？牠是瘋狗。」

父親說：「有岡日森格和大黑獒那日，牠敢過來？」

大黑獒那日聽到父親在說牠，突然就嗚嗚地叫起來。牠哭了，牠是一隻感情熾熱得容易糊塗的母獒，牠覺得天塌了，自己的孩子失去了。牠滿臉掛著眼淚，撲上去要和狗面狼心的嘎保森格拼命，卻被岡日森格擋住了。

岡日森格溫存地舔了舔大黑獒那日臉上的眼淚，更加溫存地舔了舔牠那僅有眼淚沒有光明的左眼，仰起大頭深長地喘了一口氣，抖了抖渾身的獒毛，大丈夫立刻橫刀似的朝前走了走，陰兇地鄙視著白獅子嘎保森格，像是說：好了，狼心狼肺的傢伙，你玩夠了，該是我們兩個見分曉的時候了。

父親喊起來：「不要再浪費時間了，岡日森格，收拾牠。」

麥政委說：「你冷靜一點，你怎麼能這樣？在青果阿媽草原，教唆狗打架，就是教唆人打架。」

父親激動地說：「可是牠吃了小白狗。小白狗很可能就是牠的親生孩子，一個連親生孩子都敢吃的人是好人嗎？」

麥政委說：「牠們不是人，你不能用人的標準衡量牠們。」

父親說：「你剛才還說我是在教唆人打架，怎麼又不是人了？牠們是人，絕對是人。」

麥政委說：「我不跟你爭這個，你趕快攔住牠們。牠們要是打起來，傷了誰對我們都不利。」

已經來不及阻攔了。兩隻同樣高大威猛的藏獒同時發出了一陣驚天動地的吼叫。雪山獅子岡日森格和白獅子嘎保森格之間的雌雄之較、犬牙之拼，馬上就要開始了。

第二十三章　一槍打碎了彩雲

出事了。李尼瑪的槍聲讓西結古的寧靜嘩地變成一片狗吠。

出事之前，白主任白瑪烏金讓李尼瑪脫下了華麗的獐皮藏袍，摘下了氣派的高筒氈帽，拔下了結實的牛鼻靴子，取下了昂貴的紅色大瑪瑙。李尼瑪十分不情願地穿上了自己的衣服，這是壓在枕頭底下用來換洗的最後一套衣服。

他心說：藏民的衣服多好啊，我爲什麼不能穿？我已經把名字由漢人的李沂蒙改成了藏民的李尼瑪，穿上草原的衣服，不就徹頭徹尾變成一個藏民了？我裏裏外外變成了藏民，西工委的所有人都裏裏外外變成了藏民，不是更有利於工作嗎，這跟貪財腐化有什麼關係？就算藏袍靴子氈帽瑪瑙很值錢，可如果一個人不知道它們值錢，還不是等於零？我總不至於拿到多獼市場上去換成錢吧？還有狗，白主任你不是說了嘛，要我做好狗的工作，讓狗重新認識我。我穿上藏民的衣服，領地狗們不就能重新認識我了？野驢河部落的齊美管家對我說過，只要我穿上他的藏香熏過的衣服，戴上他的佛爺加持過的瑪瑙，就沒有哪一隻狗敢於咬我了。我還聽說，狗是認衣服的。我穿上齊美管家的衣服，就有了管家的樣子和氣味，西結古草原的領地狗，包括那些獅虎一般的藏獒，就得聽我的了。一旦藏獒們都聽我們的號令，西工委的工作不就做好了一大半嗎？可是現在，你非要讓我脫掉，那就等於脫掉了團結，脫掉了友愛，脫掉了工作成績啊。

李尼瑪滿心不服白主任白瑪烏金的訓斥，但表現出來的卻是服服貼貼的樣子。這是他的習慣，

照他的說法就是：我把我跟領導的關係看成是藏獒跟主人的關係，惟命是聽是我的最大特點。

換下了齊美管家送給他的衣帽首飾，李尼瑪就該出門了。他要按照白主任的指令，把東西還給人家。一步跨出牛糞碉房時，他想起了那天被領地狗追咬的狼狽情形，頓時就驚得滿身肉跳。他回身進房，帶上了手槍。

上級沒有給他配備槍，他帶上的是白主任的槍。白主任本來不想把槍給他，又一想，萬一狗再咬他呢？這裏到處都是狗熊一樣壯實、豺狼一樣不講理的藏獒，咬破了皮肉不要緊，咬出了人命給上級怎麼交代？畢竟李尼瑪是我們的人，在人與狗的矛盾中，我們不能一味地袒護狗啊。

白主任把槍交給他時說：「嚇唬嚇唬就行了，可別真的開槍。」說這樣的話，證明白主任雖然來草原好幾個月了，其實並不瞭解草原，草原上的藏狗，尤其是那些可怕的藏獒，是隨便能嚇唬的嗎？你越嚇唬，牠就越要往你身上撲。藏獒的眼睛，那些珠黑色的、深黃色的、暗紅色的、玉藍色的、灰白色的、青草色的如火如電的眸子，正在遠遠近近地研究著你，你的嚇唬就是人家研究的結果：原來他是來送死的，送死的來了。

李尼瑪在口袋裏揣了槍，來到了原野上。原野是很安靜的，出事前的原野都是很安靜的。安靜得沒有了野驢河的濤響，沒有了風中草葉的低唱和空中鷹鳥的高鳴。最近的草岡就像最遠的雪山一樣悄然無聲。

他先來到了工布家的門口，想叫上梅朵拉姆一起去。工布家的兩隻看家狗叫起來，那是一種從喉嚨裏顫動而出的哼鳴，一聽就知道不是衝著李尼瑪，而是給自家主人的通報：來人了，來人了。

工布的老婆央金走出帳房衝他笑著，看他怕狗不敢過來，就退了回去。接著，梅朵拉姆出來了。

梅朵拉姆不去，不跟他到原野裏去。她在原野裏遇到過金錢豹，遇到過荒原狼，差一點被牠們吃掉，但原野的柔情和魅力一點兒也沒有減少。她在原野裏遇到了一個男人的強迫，雪山草地河流樹林的好風景就一下子消散殆盡了。

那似乎是永不謝幕的驚恐，在她被草原的野風吹掉了貞潔之後，就牢牢地抓住了她的心和她的夢。她已經不再有旖旎幻美的「姑娘夢」了，她在結結實實地考慮這樣一個問題：她被一個半愛不愛的人突如其來地奪取了貞操，她應該怎麼辦？恨他？恨他是不對的；愛他？愛他是不能的。一個男人追求一個女人的結果到底是什麼？一個女人屬於一個男人的原因到底是什麼？難道我要心甘情願嫁給他？在這些問題沒有想清楚之前，她是不可能再跟他單獨在一起了。她把原野的美麗荒廢在視線之外，用藏獒冰山一樣的冷漠和暴風雪一樣的果斷對他說：「我不去。」

李尼瑪心有不甘，情有不甘，被大草原催生而出的青春的朝氣勃勃地向上衝著，慾望之水突然就澎湃成了野驢河。他忍不住抓住梅朵拉姆的手，拽上她就走。她不走，跟著他踉蹌了幾步，往後贅著身子，使勁推搡著他。一直監視著李尼瑪的兩隻看家狗叫起來。

兩隻看家狗是純粹的藏獒，那決定著牠們性格特徵的血脈，牢牢地牽連著遠古的祖先心臟，而祖先是以好色聞名歷史的：牠們因爲長期和人廝守，便有了人的眼光，人眼裏美麗的，在牠們眼裏同樣也是美麗的。也就是說藏獒的好色與生俱來，公的母的都好女色，因此牠們和女人的關係相處得最好，尤其是喜歡漂亮女人的餵養和撫摩。

一個男人把一隻成年的生獒豢養成熟獒，大約需要兩個月，即使這樣，牠也不可能忘記舊主人而完全在感情上歸順你。而一個女人用不了二十天，就能讓一隻生獒聽命於自己，漂亮的姑娘需要的時間就更短了，一個星期就能籠絡牠，並把牠指揮得滴溜溜轉。而漢姑娘梅朵拉姆格外漂亮，她在工布家只住了三天，仙女一樣的容貌就感動了工布家的藏獒。牠們以最快的速度把她當成了自家人，就像光脊梁的巴俄秋珠一開始就把她當成了真正的仙女一樣。在草原上，美麗的姑娘可以享受仙女的待遇，這種待遇既可以來自人，也可以來自聰明的藏獒。

藏獒一叫，李尼瑪就不敢動手動腳了。梅朵拉姆趕緊回過身去，攔住了跑過來的兩隻藏獒。

李尼瑪遺憾地搖搖頭，大聲說：「梅朵拉姆妳聽著，妳當我的老婆有什麼不好，我們結婚吧，就在這裏結婚吧。我等著妳的回話，妳必須給我回話。」

梅朵拉姆驅趕著藏獒無聲地離開了那裏。李尼瑪氣惱地把懷裏的衣物扔到地上，又撿起來，愣愣地站著。他沒想到，這時候和兩隻藏獒一起用兇鷙的眼光盯著他的，還有光脊梁的巴俄秋珠。

巴俄秋珠躲在工布家帳房一側的牛糞牆後面，一直守望著他心中的仙女梅朵拉姆。仙女是不能拉扯，不能欺負，更不能佔有的。而這個厚顏無恥的男人，居然什麼都做了。他無法忍受這樣的事情，心裏一遍一遍地喊著：「獒多吉，獒多吉。」突然他轉身就跑，穿著那雙羊毛褐子和大紅呢做靴筒的牛皮靴子，跑向了領地狗群正在聚會的地方。

李尼瑪多少有些傷感，爲了一個姑娘不能像他愛她那樣愛他，他憂鬱地離開了姑娘的帳房，一個人走向了草原連接著昂拉雪山的灌木林。灌木林深處有幾頂八寶吉祥的彩帳，野驢河部落的頭人索朗旺堆一家和齊美管家就住在這裏。遺憾的是他還沒有走進灌木林，就碰到了一大群讓他骨頭酥軟的領地狗。

領地狗們認出他就是前天被牠們在巴俄秋珠的唆使下追咬過的那個外來人。前天追咬過的，今天自然是可以繼續追咬的，因爲在藏狗，尤其是藏獒的意識裏，好人永遠是好人，壞人永遠是壞人。有幾隻心浮氣躁的藏狗首先叫起來，邊叫邊朝他迅速靠近著，眼看就要撲到跟前了，突然又停了下來。牠們聽到了獒王的聲音，獒王讓牠們停下，牠們就停下了。

獒王虎頭雪獒用一種空飄飄的眼光研究著這個外來的漢人和他懷裏的衣物：衣物怎麼不是穿戴在身上，而是抱在懷裏的？憑牠的經驗，穿著的才是自己的，抱著的都是別人的，而別人的往往又是偷來的。他莫非是個外來的賊？他偷了誰的？

但是獒王虎頭雪獒仍然沒有發出撲咬的指令，原因很簡單：牠不想。牠帶著幾個夥伴剛從昂拉雪山回到野驢河邊，需要休息，更需要把自己的身心沉浸在「一日不見如隔三秋」的親切氛圍裏，享受大家殷勤的問候，並不希望讓撕咬一個外來人這種怒氣沖天的事情破壞了拋星捧月的和諧局面。

但是獒王的心思，李尼瑪並不知道，也不知道研究一下領地狗群的陣勢——顯然不是進攻的陣勢而是團聚的陣勢。他甚至都不知道狗群有王，獒王是誰，當然也就不會面對獒王察言觀色了。

其實他現在最應該做的，就是轉身逃跑。狗群裏那些好事之徒會追咬他，但是並不會追上他，狂吠是爲了震懾，而不是爲了奪命，因爲獒王虎頭雪獒空飄飄的眼睛裏，是迷瞪瞪的安詳。領地狗

們都知道，當獒王需要和平與寧靜的時候，任何過於激烈的逞能，都會被獒王當作破壞祥和氣氛的冒犯記在心裏。作為一個必須和草原藏狗，尤其是藏獒打交道的外來人，李尼瑪應該知道，即使你不會看狗的眼色行事，那也不能以為狗銜你叫就是想撕咬你。

另外，除了逃跑，此刻他至少還有兩種脫身的辦法是比較保險的，一是放下懷抱裏的衣物大步走開，狗群會把注意力集中在研究衣物上（誰的？好像是齊美管家的，咱們給他送去吧？）而放棄對他的追咬。二是穿戴上懷抱裏的衣物迎狗而去，狗群覺得你身上的氣味是牠們聞慣了的和敬畏著的，自然就不會對你怎麼樣了。遺憾的是，可以做的李尼瑪都沒有做，不可以做的，李尼瑪卻不假思索地做了。

他驚恐失色，他在發抖，他的腿軟了。他不是賊，但一看他那個畏葸不前的樣子，就是典型的賊樣子了。賊頑固地抱著贓物，賊慌裏慌張地在自己身上一陣亂摸，賊的神態裏有著所有行竊者的懼怕和蒼白，蒼白得好像等不及牠們去咬他，就已經提前死亡。當然最最重要的，還是他一陣亂摸之後膽怯地掏出了槍。獒王虎頭雪獒黑黃色的大吊眼突然睜圓了，目光灼灼地盯上了他。

槍誰不認識？上阿媽的人、騎兵團的人，他們來到西結古草原搶掠殺人的時候，手裏都有槍，有長槍也有短槍。獒王警惕地看了看遠方，發出了一陣洪鐘般的叫聲。這叫聲既是對李尼瑪的威脅，也是對眾狗的提醒：「注意啊，他有槍，我們要準備戰鬥了。」立刻響起一片狗吠聲。

但是戰鬥仍然沒有開始，李尼瑪還有機會收回手槍，轉身走掉。不幸的是，狗吠很快消失了，原野裏傳來另一種聲音：「獒多吉，獒多吉。」一聽就知道是光脊梁的巴俄秋珠發出來的。他人在

哪裡，誰也看不見，連目光敏銳的獒王也看不見，聲音卻越來越激烈：「獒多吉，獒多吉。」彷彿是一股從地層深處噴湧而出的泉水，頓時幻變成無數水花，以仇恨的形式灑落在了領地狗的身上。

它代表了不可違背的人的意志，激發著領地狗的殺性，獒王虎頭雪獒不再猶豫了。牠張大嘴，用最典型的藏獒之聲讓地上滾過了一陣轟隆隆的雷鳴。顯然這就是撲咬的指令了，小嘍囉藏狗們一擁而上。

槍響了，一隻領地狗應聲倒地。連李尼瑪自己也沒有想到，他是一槍斃命，而且打死的不是跑過來糾纏他的小嘍囉藏狗，而是一隻站在五十步開外，根本就不屑於糾纏他的雍容大雅的藏獒。牠是一隻黑背黃腿、眼睛上方閃爍著兩顆小太陽的鐵包金公獒，牠謀深計遠，老成持重，在昂拉雪山和岡日森格剛剛進行了一場戰鬥，敗北回來後，元氣還沒有完全恢復，就被李尼瑪打死了。李尼瑪一槍打爛了西結古草原吉祥的雲彩。

接下來死掉的應該是李尼瑪。獒王虎頭雪獒饒不了他，所有的藏獒都饒不了他，那些喜歡在獒王面前表現自己的小嘍囉藏狗更饒不了他。然而他沒有死，他活下來的原因是草原的神靈沒有安排他死，也就是命不該死。一溜兒騎影恰到好處地從草原綠嵐升騰的高地上走來，不，不是走來，是飛來。要是他們走著來，李尼瑪就完了，藏獒置人於死地的速度是何等之快。他們是騎著馬奔馳而來的，那些馬個個都是草上飛。

首先飛來的是藏扎西。他從頭人索朗旺堆的馬圈裏偷了一匹馬。這匹菊花青的兒馬經常被主人騎著去寺院，認得他這個昔日的鐵棒喇嘛，興奮得前仰後合。馬是爭強好勝的，一群好馬在一起

時，往往有一種競爭，你選了牠或者騎了牠，就意味著牠的得寵和別的馬的失寵，牠就會在別的馬跟前洋洋得意，會認為自己是好中之好的馬，而對信賴牠的人忠心耿耿。

藏扎西是無意中偷到了牠，但在牠看來，即使是偷也是千挑萬選地偷。菊花青在榮耀到來的衝動中，很快理解了藏扎西的意圖，決定不管符合不符合頭人索朗旺堆的利益，牠也要幫助偷牠的藏扎西逃脫各個部落騎手的追蹤。

牠拼命地跑，速度快得超過了風，超過了那些追蹤者的吶喊。牠馱著藏扎西逃脫了野驢河部落騎手的圍堵，又逃脫了野牛灘部落騎手的攔截，眼看就要逃脫牧馬鶴部落騎手的追擊了，突然聽到一聲吆喝，感覺到韁繩正在拽緊，馬背上的藏扎西蠻橫地命令牠立刻停下。

菊花青扭頭瞪著藏扎西，極不情願地停了下來，餘奮未消地抬起前蹄刨了刨土，這才發現他們來到了一大群領地狗的中間，來到了一個外來漢人的身邊。外來的漢人就要倒在地上了，你擠我撞的領地狗一個比一個猙獰地準備咬死他。

藏扎西跳下馬背，揮著手，聲音剛猛地驅趕著領地狗。領地狗們認識他，並且知道他曾經是西結古寺護法金剛的肉身體現，是草原法律和寺院意志的執行者。雖然現在他脫去了象徵鐵棒喇嘛身份的紅氆氌袈裟，但牠們仍然覺得他可以代表神的意志，隨意懲罰包括領地狗在內的所有生靈。

領地狗們喊叫著，但都沒有再往前撲。幾乎將亮閃閃的牙刀插入李尼瑪身體的灰色老公獒，無可奈何地後退了幾步，招呼別的藏獒簇擁到了獒王虎頭雪獒的身邊。牠們表情複雜地望望死去的鐵包金公獒，又望望藏扎西，急切地希望這個自己必須服從的人不要多管閒事，趕快離開這裏。

藏扎西銜著李尼瑪喊一聲：「快跑啊，你怎麼還不快跑？」喊著，回頭一看，颼的一聲跳上了菊花青沒有鞍韉的脊背。但是已經來不及了，牧馬鶴部落的強盜嘉瑪措風馳而來，橫擋在他面前，站在馬背上，朝他拋出了套馬索。藏扎西「哎喲」了一聲，知道自己已是無可逃脫，乾脆對準套馬索的圈套鑽了進去。

轉眼之間，他被拉下了馬。菊花青兒馬一聲長嘶，揚起前蹄踢了一下強盜嘉瑪措的大黑馬，看到救主無望，便喪氣地跑到一邊去了。騎手們紛紛跑來，下馬圍住了藏扎西。準備受縛的藏扎西站起來，長歎了一聲。爲了一個與他毫不相干的漢人，他終於成了牧馬鶴部落的強盜嘉瑪措的俘虜。

領地狗們驚呆了，包括聰明的藏獒，包括尤其聰明的獒王虎頭雪獒，都驚詫莫名地看著被綁起來的藏扎西，不知道發生了什麼。

第二十四章　獒王的預感

李尼瑪丟掉了懷抱裏的衣物，不要命地往回跑去。他的腿依然有點軟，摔倒了好幾次，但每次他都能很快爬起來再跑。這是爲了逃命，爲了生物本能的求生需要，但無意中，也是爲了承擔生還者的責任。

他不知道開槍打死一隻藏獒的具體後果是什麼，只知道這在草原上是一件非常大的事情，自己的錯誤也是非常大的錯誤。他急切地想見到白主任白瑪烏金，想告訴他，自己終於沒有被西結古的領地狗咬死，是藏扎西救了他；還想從白主任那裏知道開槍打死藏獒這件事情到底會怎麼樣，雖然草原上的人愛狗如子，在他們眼裏，狗命和人命是平等的，但總不至於殺狗償命吧？

牛糞碉房裏，白主任白瑪烏金的臉驟然綠了。在草原上，人一生氣，臉就會變成綠的。這是因爲空氣和地氣都是綠的，人生出來的氣也是綠的。白主任綠著臉，在碉房裏急速踱著步子，突然停下來說：「就算槍是我允許你帶的，可我並沒有讓你開槍啊，我說了沒說，讓你嚇唬嚇唬就行了，不要真的開槍，說了沒說？既然說了，你爲什麼不照著我說的做？」

李尼瑪說：「我太緊張了，想不了那麼多。再說，牠們也太不講理了，牠們是群魔鬼，我要是不開槍，牠們就會咬死我。」

白主任說：「那也不能開槍，你首先要擺正個人和全局的關係。你知道不知道，在草原上，打死一隻狗很可能就會釀成一場戰爭。萬一局面變得不可收拾，這個責任誰來承擔？我承擔不起，你也承擔不起。你說，現在到底怎麼辦？」

李尼瑪坐在地氈上，低著頭，兩手揪住自己的頭髮，後悔得直吸冷氣。他並不是後悔自己開了槍，他覺得在那種群狗圍攻的情況下，他沒有別的選擇，除非他希望人家把他咬死。他是後悔他跟梅朵拉姆的事情，如果沒有那天他對她的強迫，就不會丟失自己的衣服而穿上齊美管家的衣服，從而導致今天的開槍事件，也就不會有領地狗群見他就咬的情形出現——真是奇了怪了，我跟這些狗這些藏獒，怎麼就一點緣分也沒有，我並沒有得罪牠們，牠們怎麼就老是跟我過不去？

白主任說：「沒主意了是吧？老實說，出了這種事，我也沒辦法，現在就看人家的態度了。走吧，我帶著你去找野驢河部落的頭人索朗旺堆，一方面賠禮道歉，一方面希望他能說服西結古草原的其他頭人饒了你。如果饒不了你，那我就只好向上級彙報了。你要做好一切準備，什麼可能都會發生。」

李尼瑪抬起頭吃驚地望著他，結結巴巴地問道：「如果他們饒不了我，你會不會把我交給部落聯盟會議處理？我是不是就不能跟你回來了？」

白主任歎口氣說：「走吧，咱們騎著馬去，事情到了這一步，那就要死不怕鬼不怕了，我會盡最大努力挽救你，頂著，我和你一起頂著。」

然而，李尼瑪已是寸步難行了。他跟著白主任剛走下牛糞碉房的石階，就被追蹤而來的灰色老公獒碰了個正著。好像老公獒早就算計好他會在這個時候出來，一秒不差地把他堵擋在了石階前徘徊著幾匹馬的草坡上。

畢竟薑還是老的辣，經驗豐富的灰色老公獒已經意識到，只要李尼瑪再次出現在原野上，就一定會是騎著馬的。牠不能讓他騎在馬上，馬的奔跑會讓藏獒生氣，因爲即使是能和豹子賽跑的藏獒，也不能毫不費力地追上馬。萬一亡命者的馬是一匹勁力十足的好馬，說不定就會跑出西結古草原，而讓俠肝義膽的領地狗失去爲鐵包金公獒復仇的機會。

這是絕對不可以的，只要豪烈而老辣的灰色老公獒還活著，李尼瑪就別想騎到任何一匹馬上。不僅如此，老公獒還機智地把白主任和李尼瑪分開了。牠知道一定會保護李尼瑪的白主任是不能咬的，白主任是外來人的頭，他沒有冒犯西結古草原的任何一個人一隻藏獒，藏獒就沒有理由去撕咬他。而藏獒的撕咬絕對是需要理由的，牠們信奉的原則是以牙還牙，以血還血，而不是以牙還嘴，以血還水。

灰色老公獒站在白主任和李尼瑪之間，無聲地張牙舞爪著，迫使李尼瑪急忙朝後退去，一直退上臺階，退到牛糞碉房裏去了。當門從裏面砰的一聲關死的時候，灰色老公獒做了這樣一個決定：我就守在門口，看你出來不出來，只要你出來，我就一口咬死你。

與此同時，白主任白瑪烏金也做了一個決定：還是我一個人去找野驢河部落的頭人索朗旺堆吧，我代表西工委向他賠禮道歉，他還能不接受？非要處罰就處罰我好了，我料想他們也不敢把我怎麼樣，死者再重要也是狗，這跟打死人畢竟是不一樣的，況且是爲了自衛，我們總不能面對野獸的血盆大口而不做任何反抗吧？兔子急了也要咬人嘛。這些不可一世的領地狗，霸道得有點過分了，說咬誰就咬誰。

白主任看到許多壯實陰冷的藏獒陸陸續續跑來圍住了牛糞碉房，就喊了一聲：「把門閂好，千萬別出來，等我的消息。」

白主任白瑪烏金在草坡上拉住一匹棗紅馬，搭上鞍韉，騎上去飛快地走了。他要去草原連接著昂拉雪山的灌木林，會見野驢河部落的頭人索朗旺堆。沒走多遠，突然望見迎面走來一隊人馬，走近了一看，中間一個爲首的，正是索朗旺堆。

索朗旺堆身邊是齊美管家，身後是牧人仁欽次旦和幾個騎手。他們要去仁欽次旦家的牧場，去看看神勇傳奇的雪山獅子岡日森格，和跟牠在一起的幾個來路不明的漢人。索朗旺堆頭人和齊美管家都很奇怪：岡日森格爲什麼要跑到那裏去，那幾個漢人又是誰，是不是上阿媽草原的來犯者？

那裏是高山草場，是野驢河部落祖先領地的南部邊界，是邊界就意味著搶奪，搶奪稍微一蔓延就是戰爭。現在戰爭雖然還沒有發生，但在以往的邊界戰爭中立下汗馬功勞，且一口氣咬死過五匹荒原大狼的牧羊狗棗紅公獒，卻已經被岡日森格送上了西天。索朗旺堆頭人搖晃著手中菩薩像骷髏冠金剛橛形狀的嘛呢輪，略微一想，就覺得兇悍蠻野的棗紅公獒在這個時候被咬死，一定預示著什麼。到底預示著什麼？他一時想不明白，他得親自去視察一番了。

索朗旺堆頭人一見白主任，立刻滾鞍下馬，彎著腰向他問候。問候的話沒說完，就見白主任已經牽馬來到跟前，同樣也是彎腰致意。

索朗旺堆說：「我正在想，是不是應該去找找白主任白瑪烏金呢？想到你了，你就來了，真是獅子跟著獅子湊，藏獒跟著藏獒走，是草原的神明把我們牽連到一起了。」

齊美管家把他的話翻譯了出來，白主任心裏一驚：莫非他已經知道李尼瑪開槍打死藏獒的事兒，是來向我們問罪的？趕緊說：「既然是神明的牽連，可見我們早就是朋友，是兄弟了。」

索朗旺堆說：「那當然，那當然。就因爲是朋友，我才想到了你嘛，我想和朋友一起去高山草場仁欽次旦的帳房，喝那裏的奶茶，吃那裏的手抓。」

白主任納悶了：「去高山草場喝茶吃肉？莫非那裏的奶茶和手抓格外鮮美？」

齊美管家看到頭人索朗旺堆在朝自己點頭，就盡其所知地把原因說了出來。

白主任聽著，丟開了岡日森格咬死棗紅公獒的事兒，趕緊打聽那幾個漢人是幹什麼的。

齊美管家說：「就是不知道他們是幹什麼的，我們才要去看看嘛。」

白主任說：「模樣呢？他們的模樣是什麼？」

齊美管家又回頭向牧人仁欽次旦詢問，然後告訴了白主任。白主任一聽就明白：肯定是多獼總部的人。多獼總部的人來到了西結古草原，爲什麼不來找我？爲什麼會和岡日森格在一起？是不是漢扎西又回來了？因爲在漢人裏頭，只有漢扎西才能親近岡日森格。

白主任說：「那我是一定要去了，現在就去嗎？可是，可是……」他沒有說出李尼瑪的事兒，心想：就讓李尼瑪在牛糞碉房裏待著吧，反正他只要不出來就沒有什麼危險，那些領地狗又不能一直圍著，圍一圍，覺得沒意思了，就會自動散開。關鍵是人，只要草原上的人，尤其是頭人放李尼瑪一馬，就什麼也不用擔心了。他尋思到了路上再說，或者見到了多獼總部的人再說，找個合適的機會，或許就能大事化小，小事化無了。

一行人離開了野驢河，朝著高山草場——野驢河部落祖先領地的南部邊界走去。

獒王虎頭雪獒遠遠地看見了他們。牠的眼睛此刻呈現一種氣騰騰的琥珀色，有點迷茫，有點疑惑地把索朗旺堆頭人一行，一個一個研究了一遍，然後就把自己雕塑在了野驢河邊的草岡上。

獒王似乎對正在發生的領地狗群包圍牛糞碉房的事兒並不上心，對鐵包金公獒的死也無動於衷，但熟悉獒王虎頭雪獒的藏獒和人都知道，領地狗群所有的集體行動都是獒王的安排，最先跑去把李尼瑪攆回碉房的灰色老公獒，也是獒王的分派。如果虎頭雪獒真的不想給死去的鐵包金公獒報仇，那牠就是一個不盡心不稱職的獒王，牠在狗群和人群裏的威信就會大打折扣，沒落的日子也就爲期不遠了。牠在草岡上一直看著索朗旺堆頭人一行消失在地平線那邊，突然轉身，走向了牛糞碉房。

牛糞碉房的四周已經被領地狗包圍得水泄不通，連通往門口的石階和碉房的頂上，都站滿了復仇心切的藏獒。獒王虎頭雪獒穿行在狗群裏，聞聞這個，嗅嗅那個，像是在慰問，又像是在巡查。牠圍繞著碉房，幾乎走遍了所有領地狗佔領的地方，最後走上石階，來到了碉房門口灰色老公獒的身邊。

灰色老公獒用鼻子和尾巴恭敬地迎接著牠。牠們都發出了一種細微的聲音，好像在悄悄商量著什麼，根據接下來的情形，彷彿是這樣的：獒王說，我想讓你負責這裏的事情，你行嗎？灰色老公獒說，放心吧，我們的獒王，我知道你要去幹什麼，爲鐵包金報仇的事兒就交給我吧，我就是餓死在這裏，也要等碉房裏的人出來。獒王欣賞地跟牠碰了碰鼻子，很快走下了石階。牠朝著右邊的狗群睃了一眼，大黑獒果日迅速閃出來跟上了牠。

一公一母兩隻藏獒離開碉房，走向了原野。身後響起了一片狗叫聲，那是眾狗在給獒王和牠未來的妻子送行。牠們涉過野驢河，沿著索朗旺堆一行前去的路線，朝著野驢河部落祖先領地的南部邊界走去。

這就是獒王，牠的過人之處就在於：在牠感覺不到什麼的時候，牠能聞到什麼，在牠聞不到什麼的時候，牠能感覺到什麼。現在，牠已經感覺到一件對領地狗和整個西結古草原來說都很重大的事情正在發生，種種不合常規的跡象正在預言著什麼：各個部落的騎手怎麼會滿草原亂跑呢？藏扎西怎麼會被強盜嘉瑪措捆綁起來呢？白主任白瑪烏金怎麼會丟下那個殺了鐵包金公獒的部下不管，而跟著索朗旺堆頭人走向遠方呢？

牠憂慮深深，打算親自去搞個明白，雖然為鐵包金公獒復仇的事兒也是重大無比的，但生活中，肯定有比復仇更重要的事情，到底是什麼，牠作為一代獒王是不可以不知道的。

圍困在牛糞碉房裏的李尼瑪焦急地等待著白主任的回來。他從窗戶裏看到幾百隻大大小小的領地狗已經組成了一個層次分明的包圍圈，那麼多雄偉的藏獒紋絲不動地趴在地上，一眼不眨地盯著牛糞碉房的門口，一副隨時準備跳起來撲向奪門而逃的殺狗人的樣子。他連連打著寒顫，生怕暴烈的藏獒會用堅硬的獒頭撞裂門板蜂擁而來，便使勁靠到了門板上。

突然聽到一板之隔的門外灰色老公獒正在粗重地呼吸，頓時嚇得躥離了門口，伸手到白主任的枕頭底下，一把攥住了手槍。又像被什麼燙了一下似的趕快丟開了。他瞪著門板尋思：你們不會吹一口氣就進來吧？白主任，你趕快回來，你再不回來，我可就要被嚇死了。

白主任沒有回來。李尼瑪也沒有死。灰色老公獒對關死的門一點辦法也沒有，因爲碉房原本是用來抵禦來犯者的槍炮的，用半尺厚的青岡木製作的門，結實得就像攔了一堵鐵牆，牠用利牙啃咬了好幾次，連一點木頭屑子也沒有啃下來。牠心說：啃不下來就不啃了，有本事，你一輩子別出來。牠臥了下來，甚至都有了睡覺的意思，完全是一副以這裏爲家的樣子了。

李尼瑪越來越著急，白主任白瑪烏金怎麼還不回來？是不是不敢回來了，或者是已經被藏獒咬死了？驚怕搞得他乾渴難忍，似乎連腸子都乾了，但水壺裏的水恰好已經喝完，他必須到野驢河裏去打水。他難受得走來走去，走累了，就站在窗口眼巴巴地望著外面。

天黑了，他還在望，望得星星都連成一片了。銀河從天上飛流而下，灌溉著他焦渴的喉嚨和乾旱的軀體，讓他在虛幻的痛飲之後，有了一種即將被淹沒的恐懼。他感到一陣頭暈，感到胸悶窒息，渾身虛脫得連窗戶也抓不住了。他搖晃了幾下，歪歪扭扭地癱倒在地氈上，像得了羊角風一樣口吐白沫，抽搐起來。

直到第二天早晨，才有人敲響了牛糞碉房的門。

第二十五章　白獅子的殞亡

吃掉了親生兒子小白狗嘎嘎的白獅子嘎保森格，在撲向雪山獅子岡日森格的時候，就已經意識到這是一場自己有生以來空前殘酷的惡鬥，所以牠並不指望速戰速決。那種一撲到位，僅一口就準確咬斷對方命脈的戰法，用來對付岡日森格顯然是不合適的。所以牠的撲咬儘管也是龍騰虎躍的架勢，但牠明白這只不過是虛張聲勢，能起到一點威懾與恫嚇的作用就已經不錯了。

恰好岡日森格也抱了這樣的想法，牠迎撲而上，在狗頭撞狗頭的一瞬間，身子倏然一擺，和對方擦肩而過。牠心想：何必要硬碰硬呢？兩敗俱傷不是我的追求，我追求的是你輸我贏，是勝利和榮譽，是對狼心狼肺的食子者大義凜然的懲罰。但岡日森格比誰都明白，要懲罰白獅子嘎保森格並不容易，牠得百倍小心，得使出渾身解數，一丁點的疏忽大意，都有可能踏入失敗的陷阱。

岡日森格後退了幾步，仔細研究著嘎保森格，突然四腿一彈，飛身而起。這是一次寫意般的撲咬，幾乎是爲了表演，而不是爲了實現目的。嘎保森格輕鬆躲開了，然後是一次象徵性的反撲咬。岡日森格用肩膀扛了牠一下，試了試牠的力量，不禁叫了一聲：好硬棒的身體，簡直就是鐵了。

牠們對峙著，都用鋼錐般的眼光盯著對方的脖子。脖子是關鍵，脖子上氤氳著一隻頂天立地的藏獒所必備的全部威儀和尊嚴，尊嚴的背後，蠕動著關乎生死的大血管，潛藏著只要撕裂就能送命的喉嚨。雙方共同的想法是：咬住對方的脖子和不讓對方咬住自己的脖子。無論是咬住對方的脖子，還是不讓對方咬住自己的脖子，都需要電光石火般的速度，需要天神的力量和魔鬼的技巧。牠們沉默著，窺伺著，鴉雀無聲。

觀看這場廝鬥的人們似乎比廝鬥的雙方還要緊張，直眉瞪眼地看著。包括不想讓牠們廝鬥的麥政委和想讓牠們廝鬥的父親，都只用眼光交流著，誰也不說話，好像一說話局面就會改變，就必然會有一隻藏獒倒在地上。

那麼屁股呢？岡日森格突然想到，當你咬住對方的脖子時，對方肯定也會咬住你的脖子，但當你咬住對方的屁股時，對方就不一定能咬住你的屁股了。不致命的屁股和致命的脖子都會流出鮮血來，當皮開肉綻，當血色漫漶，對方的屁股不也一樣會讓對方威風掃地嗎？而對藏獒來說，威風和尊嚴是一回事，尊嚴是無價的，一旦你沒有了尊嚴，那你就完蛋了，就不是藏獒了。不是藏獒的藏獒，不死也等於死了。

岡日森格撲了過去，速度之快，僅夠嘎保森格張開嘴齜出牙來。牠直撲對方的喉嚨，對方自然早有準備，身子一掉就躲了過去。但就在這時，就在離嘎保森格很近的地方，岡日森格再一次奔躍而起，好像不是爲了攻擊，而是爲了逃跑，但頭卻朝一邊歪著，飛出的牙刀絲毫不怕丟臉地扎進了對方的屁股，接著大頭猛然一甩，整個身子嘩的一下旋出了一個標準的半徑。

人們驚叫起來。白獅子嘎保森格疼痛地抖了一下，狂吼著扭過頭來咬牠。岡日森格迅速擺動著，對方從右邊回頭咬牠，牠就往左邊擺動，從左邊回頭咬牠，牠就往右邊擺動。牠始終和嘎保森格一前一後地站在一條線上，虎牙越來越深地攮在對方的屁股上，直到開裂出一個「人」字形的大口子。血流了出來，半個屁股馬上紅了。

嘎保森格看著扭頭回咬無效，便奮力朝前跳去。牠跳，後面的岡日森格也跳，跳了好幾下才擺脫對方的撕咬。白獅子嘎保森格憤怒地跑了一圈，才把身子轉過來，對準岡日森格的喉嚨撲咬過去。

岡日森格跳向了一邊，又一次跳向了一邊，面對嘎保森格連續不斷的撲咬，牠一連跳了幾十次，好像牠得了便宜之後已經放棄進攻，永遠都要這樣跳下去了。突然，就在嘎保森格似乎已經習慣了牠跳來跳去的舉動之後，牠發動了一次伴隨著嘯叫的進攻，從態勢上判斷，仍然是直指對方脖子的。白獅子嘎保森格用以牙還牙的拼命姿態迎頭而上，卻迎了一個空。岡日森格轉向了，牠冒險地用前爪蹬了一下對方的肩膀，便順利完成了空中轉向的動作，然後再次撲向了嘎保森格的屁股。

這一次，牠一口咬住了對方的尾巴，而且是硬梆梆的尾巴根部。招數跟上次是一樣的，牠左擺右擺，始終和嘎保森格一前一後地站在一條線上，嘎保森格回頭咬不著牠，只好跟上次一樣奮力朝前跳去，這一跳不要緊，牠把自己的尾巴跳掉了。

彷佛是為了戲弄對方，也為了炫耀自己，岡日森格叼著血淋淋的白獅子的尾巴跑起來，在嘎保森格怒極恨極的咆哮聲中，牠揚起頭，沿著一個能夠讓對方看見又不至於一撲就到的半圓，跑了好幾個來回，然後停下，丟掉對方的尾巴，一邊瞪起眼睛，防備著嘎保森格的反撲，一邊翹起自己的尾巴，嘲笑似的搖晃著。

父親高興得喊起來：「好樣的，岡日森格。」

麥政委拉他一把說：「你不要鼓動好不好，這是違背政策的。我們的態度要儘量中允、客觀，既要尊重牠們的打鬥習慣，又要勸其向善，避免沒必要無意義的流血事件。」

白獅子嘎保森格有點亂了，首先是心亂。牠尋思，岡日森格絕對不是一隻發情的母獒，怎麼咬我的屁股？藏獒之間堂堂正正的打鬥是不咬對方屁股的，咬屁股是丟臉的，可岡日森格居然不怕丟臉，光咬屁股而對脖子熟視無睹。既然這樣，自己是不是也可以撲咬對方的屁股呢？

不，不能這樣，是藏獒就必須保持藏獒的風度，堅守藏獒的風格，即使全草原的藏獒都變成下三濫，我白獅子嘎保森格也要光明磊落地打鬥，卑鄙是卑鄙者的通行證，高尚是高尚者的墓誌銘。猛赳赳的藏獒就應該虎虎彪彪地戰鬥，咬人家的屁股算什麼，小流氓一個。

不，不是對脖子熟視無睹，而是還沒有到咬爛對方脖子的時候。不過現在已經到了，當岡日森格又一次風暴一樣撲向嘎保森格的脖子，而嘎保森格以為牠又要聲東擊西撕咬自己的屁股，趕緊掉轉身子躲避時，岡日森格卻絲毫沒有改變方向，利牙直搗對方的喉嚨。喉嚨在觸到利牙的一瞬間才意識到危險，趕緊朝後縮去，居然縮出了岡日森格的血盆大口。

到底是了不起的白獅子嘎保森格，在幾乎不可能的情況下保住了自己的喉嚨。但喉嚨旁邊的粗大筋絡卻大受損失，岡日森格的利牙毫不留情地洞穿了牠，然後撕開了一個菱形的大口子。這雖然還算不上是一次讓對方必死無疑的撕咬，但卻是一次決定輸贏的撕咬。

流血如注的時候，白獅子嘎保森格恍然醒悟：原來岡日森格不是一個只會咬對方屁股的流氓，牠其實比誰都明白，攻擊對方的要害就是維護自己的名節，但牠需要謀略，需要循序漸進，而不是魯莽驕縱地一上來就胡衝亂撞。相比之下，自己是多麼幼稚啊。霸氣有餘而內斂不足，表面上偉大，實際上不偉大，加上心智不夠，也就是狡猾不足，失敗是必然的了。

岡日森格，這隻來自上阿媽草原的偉大藏獒，已經迫使牠白獅子嘎保森格把無邊的恥辱烙印在了故鄉的土地上。西結古草原自視甚高、以為天下無敵的嘎保森格，野心勃勃想做一世獒王的嘎保森格，雄姿英發、神氣十足的白獅子嘎保森格，突然變得沒什麼了不起了。用人類的話就是，外強中乾啊，徒有其表啊，銀樣鑞槍頭啊，中看不中吃啊。打鬥持續了這麼久，牠的屁股爛了，尾巴掉了，脖子上的筋絡斷了，而對方卻毫毛未損，這就是證明。

父親不無得意地說：「岡日森格是神仙下凡，沒有誰鬥得過牠，狗熊老虎，獅子豹子，包括藏獒，統統都得靠邊站。」

麥政委瞪他一眼說：「你的看法是不對的，我們下一步的工作是團結最廣大的群眾，為建立新政權打好基礎。在青果阿媽草原，藏獒也是群眾，是最基本的群眾，無論牠們對我們採取什麼態度，我們都要團結牠們。」

父親說：「我提議將來你把岡日森格請到新政權裏來，牠機智勇敢、無私無畏、慈悲善良、儀表堂堂，而且牠前世是阿尼瑪卿的雪山獅子，是神的化身，牧民們服氣啊。」

麥政委沉思著說：「你的話不是沒有道理，雖然藏獒不能參政，但我們決不能忽視牠們的存在，牠們的力量和願望，誰對牠們好，牠們聽誰的，誰能指揮得了牠們，是不能不考慮的一個人選。」

父親說：「那就是我呀，我對牠們好，牠們聽我的，我能代表牠們的利益。」

麥政委嚴肅地說：「你不行，你只代表岡日森格的利益。牠昨天一來這裏，就惡狠狠地咬死了那麼大的一隻棗紅藏獒，今天又咬傷了這麼威武的一隻白獅子藏獒，簡直就是個屠夫，太殘酷了。你給這裏的牧民群眾、頭人活佛怎麼交代？如果人家不原諒你和岡日森格，那你們犯的錯誤就大了，你和岡日森格都必須償命。」

父親說：「今天的事情你都看見了，是牠先吃了親生孩子，岡日森格看不過才懲罰牠的。」

麥政委說：「那是人家的事情，你管不著，你不能從人類的道德標準出發來要求牠們，或許牠們就是這樣一種習慣，動物嘛，很多做法人是不能理解的。」

麥政委說著，擺擺手，就要走開，發現白獅子嘎保森格又一次做出了撲咬的樣子，緊張地說：「管管牠們，管管牠們，不能再打了。」

父親想過去攔住牠們，但嘎保森格沒有給他時間，牠流著血，依然虎虎生風地撲了過去。

好像岡日森格知道這是白獅子嘎保森格的最後一次撲咬，牠沒有躲，而是低下頭，學著野牛的樣子抵了過去。

世界上最堅硬的頭大概就是狗頭，尤其是藏獒的頭，所以人類在發洩極端仇恨時，選擇的語言裏就有「砸爛狗頭」這個詞。在狗頭撞狗頭的時刻，嘎保森格噗然倒地了。岡日森格往後趔趄著，差一點也倒下去，但完好無損的肌肉幫助了牠，牠繃緊四肢，使勁支撐著自己沉重的身體，終於像一個真正的勝利者那樣穩穩地站住了，昂首挺胸地站住了。

牠欽佩地望著白獅子嘎保森格，禁不住爲牠喝了一聲采：好堅硬的狗頭，再撞一下，就能把我

的頭撞碎了。傷得這麼重，流了這麼多血，還有這麼大一股力量，不愧是西結古草原的守護神。

西結古草原的守護神白獅子嘎保森格很快站了起來。父親生怕岡日森格窮追猛打咬死對方，趕緊跳過去抱住了牠。但父親的擔憂顯然是多餘的，雙方的眼睛裏已經儲滿了冷冷的惜別，不是跟對手，而是跟壯懷激烈的生活：結束了，結束了，我們終於結束了。

岡日森格一臉溫順地依偎在父親懷裏，絲毫沒有掙扎著撲過去的意思。嘎保森格安靜地站了一會兒，知道對方並不想咬死自己，也就不再等待什麼，鄙視地望了一眼始終在一邊靜靜觀戰的西結古草原的叛徒大黑獒那日，轉身走去。

大黑獒那日心裏一直想著小白狗嘎嘎，沉浸在悲傷和憤怒之中，看到大壞蛋嘎保森格狼狽而去，便又抑制不住地笑了。牠以岡日森格為驕傲，毫不掩飾自己對西結古草原徹頭徹尾的背離。牠知道，現在除了自己身上仍然散發著西結古草原的氣息之外，已經沒有任何一點讓故鄉的藏獒親近牠的理由了。

牠為此難過，但並不後悔。也許愛情就是這樣，用一種幸福交換另一種幸福，用一種悲傷交換另一種悲傷。當牠決意把故鄉的溫馨和親朋的信任一股腦拋開的時候，人生（不，是狗生）就已經在失去中剝離出了最原始的形態，並在本能的性與色的層面上，得到了最絢爛的展示。

白獅子嘎保森格走在灑滿恥辱的草地上，什麼也不看，只想快快消失在所有人和所有狗的視線之外。

失敗的英雄是不配回家的，無顏見江東父老的意識是祖先的遺傳，是藏獒社會的普遍記憶。慘烈的打鬥之後，不向同伴求助，不向主人訴說，不去傳染憤怒和仇恨，不去求得安慰和同情，而是悄悄地遠遠地離去，到一個不爲人知的地方，舔乾淨身上的血跡，在痊癒心傷和肉傷的日子裏，度過餘生，這是許多孤傲靈魂的必然歸宿。每一隻沉毅高貴的藏獒都會尊重靈魂的需要，丟棄委曲求全的生存姿態，天然自覺地選擇獨去之路、冷遠之途。

嘎保森格的選擇就是這樣，牠走向了一條沒有路的路，這條路的延伸和野驢河部落的高山草場以及尼瑪爺爺家的帳房相反，這條路上可以望見牧馬鶴部落的駐牧地礱寶澤草原上銀光閃閃的礱寶雪山。牠來到遙遙欲墜的礱寶雪山長長地伸展著雙腳的地方，在一座牧草稀疏，冷杉綿延的高地上停下來休息。

牠臥下了，不一會兒又起來了。牠在空中揮動著鼻子，用尊嚴喪盡臉面丟盡的失敗者的敏感，電磁波一樣準確地探知到了獒王虎頭雪獒的行蹤。獒王來了，牠來幹什麼？牠來幸災樂禍地欣賞自己這副傷痕累累、無限淒涼的模樣？牠來見證一個豪傑日薄西山的悲慘，而去傳揚給所有西結古草原的藏獒？

白獅子嘎保森格憤怒地叫囂著，告訴路過身邊的風：那是不可以的，獒王看到的不是牠的失敗，絕對不是，而是牠一如既往的目中無王，是賴活不如好死的英雄氣概。

獒王虎頭雪獒和大黑獒果日也聞到了白獅子嘎保森格的行跡，不光是對方平時的氣味，還有血的腥臊。這就明白如話地告訴牠們，嘎保森格遇到了危險且已經受傷。牠們追蹤而來，緊張而憂急，心裏沒有一絲絲的幸災樂禍，僅僅是為了找到牠，然後幫助牠。這是獒王的職責，任何一隻西結古草原的狗，只要牠的危難發生在西結古草原上，作為獒王的虎頭雪獒就有義務和權力前往救援。

獒王和大黑獒果日快速來到礱寶雪山伸腳展腿的地方，抬頭一看，一座冷杉森森的高地橫擋在了面前。風從高地上傳來，嘎保森格的吠聲從高地上傳來。獒王停下了，仰頭望著上面，心想：是什麼野獸傷害了牠，牠的聲音如此沙啞，看來的確傷得不輕。獒王虎頭雪獒用吼聲回應著牠，吼聲裏沒有絲毫的敵意，有的只是慰問和詢問：「你怎麼了，你遇到什麼強敵了？我們馬上就到了，等著我們。」

然而對白獅子嘎保森格來說，最受不了的，就是獒王虎頭雪獒這種高高在上，自以為有權力關心別人的領導者的聲音，就是把牠看成一個軟弱無能的傢伙，而假仁假義地前來體恤和幫助。牠的心思翻譯成人的語言就應該是：「恥辱啊，我居然需要牠的憐憫。牠用憐憫傷害了我，比敵人利牙的傷害還要殘酷一百倍。」

此刻，恥辱蠶食著白獅子嘎保森格渾身的每一個細胞，那曾經是不可一世的驕矜的心，正在跌落成咬死或撞死獒王虎頭雪獒的決心。牠大叫一聲，從冷杉森森的高地懸崖上撲了下來，直撲獒王虎頭雪獒。

當然牠是撲不到的，懸崖很高很高。當然牠是活不了的，因為牠實際上是跳崖自殺。

轟然落地的時候，獒王虎頭雪獒和大黑獒果日也都跳起來，讓自己重重地落在了地上。然後就是沉默。牠們似乎並不吃驚，因為牠們能夠理解，在草原上，像白獅子嘎保森格這樣心高氣傲、不願受辱的藏獒很多很多；還因為藏獒有自殺的傳統，這是祖先通過遺傳鞏固在牠們心腦裏的律令，一旦發現尊嚴已經毀滅，恥辱就像空氣一樣揮之不去；一旦受到主人的嚴重委屈，而牠們無可辯白，主人又不肯悔改；一旦就像大黑獒那日那樣，在碉房山的西結古寺裏，為了矛盾的愛情和親情，陷入兩難境地，凡此種種，牠們都會選擇自殺。

沉默了半晌，獒王虎頭雪獒和大黑獒果日突然吼起來，高低疾徐，聲振林木。這是為了哀悼，為了最後的告別。

牠們來到了白獅子嘎保森格剛才佇立過的冷杉森森的高地上，停留了片刻，然後沿著嘎保森格走來的路線，朝前走去。牠們不知道前面是什麼地方，只知道走著走著，就能見到雪山獅子岡日森格。

嘎保森格就是被牠咬傷、被牠羞辱後自殺的，牠們已經聞出來了。牠們一路走來一路激憤，廝殺的動機已經具備，報仇雪恨的情緒正在飽滿起來。獒王虎頭雪獒的鬣毛一根接一根地豎起著，興奮的六刃虎牙嚓嚓直響。大黑獒果日用激賞的眼光看著牠，一次次地翻著嘴唇，像是說：你一定會咬死岡日森格，一定會的。

第二十六章　牧馬鶴部落之會

見到藏扎西了。父親和岡日森格幾乎同時驚叫起來。父親的意思是：「你好嗎，你怎麼會在這裏？」

岡日森格的意思是：「曾經幫助過我的喇嘛，我知道你正在受難，我也會幫助你的。」

父親搶過去，繞到他的後面，抓住他的雙手說：「好啊好啊，你的雙手還在，我請來了多獼總部的麥政委，他一定會保住你的手，一定會的。你要相信我們，要堅持住啊。」

藏扎西騎在馬上，胳膊被牛皮繩牢牢捆綁著，黝黑憔悴的臉上是憂鬱到深秋、無奈到枯萎的表情。

草原上的人，臉色和表情都是季節，環境的夏天就是臉的夏天。可是現在，夏天還沒有結束，藏扎西的臉就已經是深秋了。深秋過後是冬天，冬天是寒冷凋零的季節，是死亡的日子。他充滿悲傷地對父親說：「但願我一向敬奉的三寶保佑我，但願你們漢人的好心腸能夠暖熱西結古草原冰涼的石頭，我不想失去雙手的意思是我不想死，漢扎西，你聽著，我不想死啊。抓住我的是牧馬鶴部落的騎手，那個身似鐵塔的人，就是牧馬鶴部落的強盜嘉瑪措，你們一定要說服他，一定啊。」

父親點了點頭，怨恨地望了一眼強盜嘉瑪措，把藏扎西的話傳達給了麥政委。麥政委也點了點頭。但是他們都知道，說服強盜嘉瑪措和騎手們是很難很難的，至少在這個地方絕不可能，因爲他們已經上路了。

強盜嘉瑪措和他的騎手們是路過這裏，這裏是野驢河部落祖先領地的南部邊界，騎馬往南走二十分鐘，就是牧馬鶴部落的駐牧地礱寶澤草原了。強盜嘉瑪措本想借著仁欽次旦的帳房吃點糌粑，喝點奶茶，沒想到會在這裏碰到雪山獅子岡日森格和漢扎西以及另外一些漢人。有一種鬧哄哄的感覺告訴他，僅僅就抓獲藏扎西這件事情來說，這些漢人對他們是十分不利的。

嘉瑪措吆喝著騎手們趕快上路，心說：只要到了我們牧馬鶴部落，一切就由不得別人了。漢人的話我們聽不懂，漢人的意思也搞不明白，我們就按照草原的規矩辦，砍了藏扎西的雙手再說話。他們押解著藏扎西，跑步離開了父親和麥政委的視線。岡日森格和大黑獒那日喊叫著追了過去，沒追多遠，就又回來了。

父親說：「怎麼辦？我們跟上去吧？去晚了，藏扎西的手就保不住了。」

麥政委說：「藏扎西是爲了草原的團結才落到這個地步的，他的手一定要保住，我們的人也一定要跟上去，這個時候要是縮手縮腳不出面，連這兩隻藏獒都要看不起我們了。」

岡日森格聽著，會意地搖了搖尾巴。牠已經能夠聽懂麥政委的話了，這是信任和依賴的結果，儘管對方並不信任和依賴牠。藏獒的感覺總是比人準確而快速，誰是好人誰是壞人，誰可以接觸誰不可以接觸，人還沒有個一定的判斷，牠們就已經知道了。

父親說：「那我們趕緊走吧。」

麥政委說：「立刻就走，但不能讓這兩隻藏獒跟著我們，牠們只會惹禍，到了牧馬鶴部落，要是再咬死人家的狗，那就不好收場了。」

父親說：「岡日森格的目的是要帶我們去尋找牠的主人七個上阿媽的孩子，要是我們去了牧馬鶴部落，牠們就不一定跟著了。」

麥政委說：「最好能這樣，但還是要防止牠們跟上。」

這時，仁欽次旦的老婆過來請他們去喝茶吃肉。她忙活了一上午，就是爲了好好招待他們一頓。

父親問麥政委：「還吃嗎？」麥政委說：「不吃了。」然後就說了一些多有打擾，感謝接待的話。

仁欽次旦的老婆一句也沒聽懂，但她跟藏獒一樣，憑感覺完全明白了對方的意思，「呀呀」地答應著。也知道客人要走了，一刻也不能停留了，回身跑進帳房，又跑了出來，懷裏揣著一些食物：肉、炒麵和酥油。她把大部分食物遞給了父親，剩下兩大塊好肉，塞進了岡日森格和大黑獒那日的嘴裏。

兩隻被當作客人的藏獒有禮貌地搖著尾巴，把肉放到草地上，輪番舔了舔她的衣袍。依然被拴在帳房前的三隻偉碩的藏獒，看主人居然招待了那隻來自上阿媽草原的獅頭公獒，十分不滿地吠叫起來。

仁欽次旦的老婆聽懂了，走過去衝牠們揮著手，教訓了幾句什麼。牠們不叫了，但六隻眼睛裏憤憤不平的光波，依然如火如荼地朝這邊湧蕩著。岡日森格知道自己在三隻偉碩的藏獒面前大咬大嚼有傷人家的自尊，很想棄肉不吃，又覺得這樣會辜負這家主人的一片心意，便叼起肉，帶著大黑獒那日離開那裏，躲到一個誰也看不見的地方享受去了。

麥政委說：「趕快行動，兩隻藏獒看不見我們了。」

父親說：「沒用的，牠們要是想跟著我們，鼻子一舉就跟上來了，根本用不著眼睛。」

麥政委說：「不一定，風是朝我們前面吹的。」說著，跨上了警衛員牽過來的馬。一行人匆匆忙忙朝著強盜嘉瑪措消失的地方走去。

這裏是牧馬鶴部落的駐牧地礱寶澤草原，礱寶雪山就在眼前列隊峙立。在草原人的意識裏，礱寶雪山的山神是一隻黑頸鶴，叫牧馬鶴；礱寶澤草原的戰神也是一隻黑頸鶴，也叫牧馬鶴。這兩隻仙鶴曾經是大英雄格薩爾王的牧馬神。格薩爾王騎的是一匹天馬，牠奔走如飛，日行萬里，吃的是礱寶澤草原的甘露草，喝的是礱寶雪山的神目水，甘露草吃了讓牠善良無畏，神目水喝了讓牠高尙完美。這樣一匹來自神界的稀世之馬，誰來放牧呢？天神選擇了黑頸鶴。

黑頸鶴姿形優美，儀態萬方，叫聲嘹亮，細心周到，能在綿延萬里的雪山裏找到最最甘甜的神目水，能在遼闊無邊的草原上發現最最鮮嫩的甘露草，能在高高的藍天上晝夜不停地監視地面防止惡獸傷害天馬，能讓天馬在百里之外聽到出征的召喚。

後來，格薩爾王和他的天馬一起回到天上去了，天神爲了感謝兩隻黑頸鶴的辛勞，就封牠們做了礱寶雪山的山神和礱寶澤草原的戰神。礱寶澤草原上如今棲息著數萬隻春來秋去的黑頸鶴，牠們都是山神和戰神的後代。多少年以後，礱寶澤草原牧馬鶴部落的駐牧地成了中國唯一的黑頸鶴自然

保護區。

遺憾的是，父親現在並不知道礱寶澤草原牧馬鶴部落會是如此的美妙，當他看到遠遠近近到處都有翩然起舞的黑頸鶴時，心裏想的仍然是藏獒：岡日森格和大黑獒那日會去哪裡尋找七個上阿媽的孩子呢？牠們沒有跟著我們，是不是表明牠們對我們已經失望了？

但是他很快發現自己想錯了，岡日森格和大黑獒那日不僅跟了上來，而且走在了他們前面。當他們一路打聽，來到礱寶澤草原的中心地帶，在鶴鳥清亮的鳴叫聲裏，遠遠看到一片白蘑菇似的帳房時，岡日森格和大黑獒那日已經等在他們前去的路上了。

離岡日森格和大黑獒那日不遠，還有一白一黑兩隻藏獒。父親和麥政委現在還不知道，那是殺氣騰騰的獒王虎頭雪獒和大黑獒果日，牠們先去了仁欽次旦的帳房，沒見著岡日森格，就聞著氣味跟蹤到了這裏。

麥政委吃驚道：「岡日森格和大黑獒那日怎麼知道我們會經過這裏？太不簡單了，牠們肯定能猜測到我們腦子裏的想法。」

父親說：「你現在領教牠們的聰明了吧？」又琢磨，人真是太笨了，怎麼就猜不透兩隻藏獒的心思——雖然岡日森格要去尋找牠的主人七個上阿媽的孩子，但牠肯定不想自己去尋找，至少暫時不想，因爲牠知道即使自己找到了也無濟於事，靠了牠和大黑獒那日的力量保護不了主人，能保護主人的只有麥政委和他，所以牠們必須牢牢跟定他們，千方百計說服他們跟牠們走。

父親的疑慮是：牠們真的能找到七個上阿媽的孩子？雖然看上去牠們不急不躁，一副胸有成竹的樣子，但萬一這是假象呢？

更讓父親和麥政委吃驚的是，當他們在岡日森格和大黑獒那日的帶領下，以最便捷的路線走向牧馬鶴部落的頭人大格列的魔力圖大帳房時，居然看到了白主任白瑪烏金。和白主任在一起的，還有野驢河部落的頭人索朗旺堆和管家齊美以及幾個野驢河部落的騎手。

白主任一見麥政委，就像藏獒見了分別已久的主人一樣撲了過來。當然他們不是嗅鼻子，也不是伸出舌頭互相舔一舔，而是緊緊地握手。

白主任說：「麥政委辛苦了，一聽到牧人報告，就猜測可能是多獼總部來了人，想不到是麥政委親自來到了我們西結古草原。我們是先到了仁欽次旦的帳房，聽女主人說，牧馬鶴部落的強盜抓住了藏扎西，幾個漢人跟了過去，就一路追攆，沒想到跑到你們前頭了。」

麥政委說：「這有什麼想不到的，你和當地人在一起，他們熟悉這地方，自然就不會繞彎路了。」

白主任過來跟父親握手。父親笑著說：「白主任，這次你可不能再把我送出西結古草原了，我是不達目的不罷休的。」

白主任尷尬地說：「就不要耿耿於懷了，我也是爲你好嘛。這次我聽麥政委的，麥政委怎麼說我怎麼做。」說著話，白主任把麥政委介紹給了野驢河部落的頭人索朗旺堆和牧馬鶴部落的頭人大格列，以及齊美管家和強盜嘉瑪措。

兩個頭人看到白主任在麥政委面前一臉謙卑的樣子，意識到漢人來了一個大官，趕緊把腰彎了

下來，恭敬有加地說了一大堆問候的話。齊美管家添油加醋地翻譯著，弄得麥政委也生搬硬套了一些「英雄」、「尊貴」、「偉大」一類的虛文麗詞回敬了過去，然後說：「我是遠方飛來的小鳥，請你相信我。」

索朗旺堆頭人歡喜地睜大了眼睛說：「你說的是我們藏民的話，我們當然要相信你了。」四下裏看了看又說，「這是個吉祥的地方，也是個吉祥的時刻，我看到了尊貴儒雅的麥政委，還看到了神勇傳奇的雪山獅子岡日森格，看到了西結古草原的獒王虎頭雪獒和大黑獒果日，我們是不是應該顧及一下牠們的存在，坐下來高高興興地說說話呢？大格列頭人，有茶沒有？有肉沒有？有酒沒有？有消乏的卡墊沒有？有歡樂的歌聲沒有？」

大格列頭人知道索朗旺堆是在提醒大家儘快坐下來商量解決那些必須解決的問題，因爲麥政委和白主任、岡日森格和大黑獒那日、獒王虎頭雪獒和大黑獒果日，以及他自己和齊美管家，都不是無緣無故來這裏的，便笑著說：「有啊，有啊。」

這時人們看到魔力圖的大帳房前已經來了許多狗，對立的局面正在形成，一邊是岡日森格和大黑獒那日，一邊是牧馬鶴部落的一群藏獒，而在一群藏獒的後面，是獒王虎頭雪獒和大黑獒果日。藏獒們望著岡日森格，都是兇傲王霸的架勢，都是決然抗衡的姿態，似乎還沒有怎麼著，有的藏獒就已經目眥盡裂了。而且一點聲音都沒有，誰也不肯輕易吠叫一聲。這說明牠們都把切齒的痛恨埋在了心裏，說明出現在這裏的都是純粹的藏獒，沒有一隻是喜馬拉雅獒種之外的喜歡叫囂的雜種藏狗。

父親緊張地說：「怎麼辦？」

麥政委說：「漢扎西，我交給你一個任務，你務必給我看好岡日森格，不要讓牠有任何輕率的舉動。」又對白主任說，「我們馬上和他們商量，重點是解決藏扎西和七個上阿媽的孩子的問題，你唱主角，原則是手不能砍，人不能殘，一個大人七個孩子都要安然無恙。」

白主任說：「還是麥政委唱主角，麥政委口才比我好。」

麥政委說：「這裏是你的地盤，你不來誰來？相持不下的時候，我再出面，這樣對我們有利。」

在下午陽光斜射的和平時光裏，魔力圖大帳房前的宴會開始了。魔力圖是一些抽象的跟藏文差不多的紅綠黃藍四色圖案，它們堆繡在能夠容納五十多人的白色大帳房的壁布和篷布上，用來降伏漫遊在草原上的各種精怪。

圖案的辟邪對象都是固定的，一種圖案對付一種魔鬼，有引起麻風鼠疫口蹄疫的瘟鬼，有引起箭傷矛傷的血鬼，有引起雨災河災的水鬼，有引起震災石災泥災的土鬼，有引起各種怪病的羅刹鬼，有引起各種不幸的夜叉鬼，有引起非命的獨腳鬼，有引起邪惡的女鬼，有引起饑餓的餓鬼。據說居住在這樣的帳房裏可以百病不得，好活好死；在這樣的帳房前舉行宴會（很多時候，宴會就是開會議事），可以攘除旁阻中擾，心情愉快，胃口大開，思路暢通，口吐蓮花。

宴會是豐富的，手抓、血腸、肉腸、麵腸、羊肚卷、灌肺、肝片、奶皮、酥油、曲拉、酸奶、糌粑、奶茶、藥寶茶、自釀的黃燦燦的青稞酒，用棗紅色的桃木盤托著，在草地上擺了長長的一溜

兒。褐紅色的檀香木碗是用金子鑲了邊的，那是用來喝茶的；黑褐色的沉香木碗是用銀子鑲了邊的，那是用來喝酒的。

父親自從來到草原後，還是第一次吃到這麼豐盛的飯食，每樣都嚐了一點，不停地說著：「好吃，好吃。」他把岡日森格和大黑獒那日帶在身邊，也讓牠們每樣嚐了一點。牠們是吃過這樣的飯食的，但也湊趣地搖著尾巴：「好吃，好吃。」父親還給牠們喝了青稞酒，心說：要是你們喝醉了，就不會給我惹事兒了，打打殺殺是不好的，知道嗎？狗啊。

這時候，牧馬鶴的藏獒和獒王虎頭雪獒以及大黑獒果日都圍在宴會的四周。牠們一邊流著口水，一邊監視著岡日森格和那些外來人。至於對大黑獒那日，牠們並不放在心上，一個情迷心竅的叛徒，遲早是要受到懲罰的。牠的同胞姐姐大黑獒果日倒是好幾次想走過來勸勸牠，要牠立刻回心轉意，最好現在就跟牠回到獒王身邊去，但是都被獒王制止了。獒王虎頭雪獒用牙齒刺皮的動作告訴牠：你不必理睬大黑獒那日，牠已經死心塌地，已經不可救藥了。到底如何處置牠，等我收拾了岡日森格以後再說。

宴會的尾聲就是議事。牧馬鶴部落的頭人大格列口齒流利地重申了上次部落聯盟會議的三個決定：一是堅決不放過七個上阿媽的仇家，必須執行砍手刑罰，然後趕出西結古草原；二是砍掉已經被逐出西結古寺的叛徒藏扎西的雙手，把他貶爲哪個部落都不准接受的流浪漢；三是岡日森格必須用自己的兇猛和智慧，證明牠的確是一隻了不起的雪山獅子，否則休想活著待在西結古草原。在草原上，沒有哪一個人哪一隻狗可以不經過肉體或精神的征服，就享受榮譽，就獲得尊崇的地位。

大格列頭人說：「部落聯盟會議的決定是神聖的，它得到了西結古寺的住持丹增活佛的認可，得到了佛尊佛母和各路護法金剛以及八面黑敵閻摩德迦的認可，得到了昂拉山神和礱寶山神以及包括礱寶澤戰神和野驢河戰神在內的所有部落戰神的認可，我們這些把來世寄託給佛神、把今世寄託給山神的人，只能照著辦，而不能對著幹。外來的朋友，你們是來幫助我們的，你們也應該像神一樣認可部落會議的決定，而不是從心裏滋生出反對神的念想，否認我們的決定。」

白主任白瑪烏金聽了齊美管家的翻譯後說：「是的，我們是來幫助你們的，幫助你們從仇恨的泥淖裏拔出來。大家不能爲仇恨而活著，仇恨的人都有一顆黑暗的心，而我們爲什麼不能把光明搬到心裏來呢？」

大格列頭人說：「黑暗的心是上阿媽的仇家帶給我們的，而神給我們的啓示是，用黑暗掩埋黑暗。所以我們無論怎麼活著，都是按照神的意志活著。」

白主任說：「草原上的人都是一家子，何必要用黑暗隔開呢。」

大格列說：「上阿媽草原的人屠殺我們的時候，想過我們是一家子嗎？」

白主任說：「過去的事情就不要追究了吧。」

大格列說：「爲什麼不追究？在一個滌罪的世界裏，復仇是天啓神授的權力。」

麥政委有點急了，心想：咱們不能盡說些冠冕堂皇的話，這樣說下去，連我也不能接受，便對身邊的父親說：「你說說，說說你的想法。」

父親說：「這裏都是大人物，有我說話的份兒？」

麥政委說：「有有有，你說吧。」

父親清了清嗓子，有點結結巴巴地直接用藏話說：「如果岡日森格能夠證明牠前世是阿尼瑪卿神山上的雪山獅子，那牠就是我們大家尊崇的神，神的主人是七個上阿媽的孩子，又得到了威嚴的鐵棒喇嘛藏扎西的保護，難道你們執意要砍掉神的主人和神的保護者的手嗎？」

大格列說：「岡日森格是不是神還不一定呢，我剛才說了，牠必須用自己的兇猛和智慧證明牠前世的偉大和仁慈，否則我們就不能相信牠是一隻非同凡品的神性的雪山獅子。」

父親說：「牠已經證明過了，從昨天到今天，牠一直都在浴血戰鬥，牠具有一柱擎天的英雄氣概，是個了不起的勝利者。」

大格列頭人驕傲地說：「牠戰勝了誰都不算數，我們的獒王虎頭雪獒在這裏，獒王就是來收拾牠的。神不會一見獒王就不是神了吧？」

索朗旺堆頭人插進來說：「對呀對呀，要是岡日森格能夠戰勝我們的獒王，部落聯盟會議當然可以考慮改變原來的決定。因爲我們並沒有忘記，七個上阿媽的仇家是牠的主人，藏扎西不僅保護過牠的主人，也保護過牠。」

這是一種妥協的說法，索朗旺堆頭人隱晦地表達了他和大格列頭人不同的立場。也就是說，他把部落聯盟會議的三個並列的決定，巧妙地變成了一個帶有因果關係的決定，那就是岡日森格必須證明自己，而到底懲罰還是不懲罰七個上阿媽的仇家和藏扎西，則成了岡日森格失敗或者勝利的必然結果。

白主任說：「這是不合適的，七個孩子一個大人的命運，怎麼能押在一隻藏獒身上呢？」

父親拍了拍身邊的岡日森格說：「聽見了，關鍵是你了，你現在要決定八個人的命運了。」岡日森格深沉地點了點頭。

麥政委盯著索朗旺堆頭人突然問道：「你是不是說，只要岡日森格戰勝了你們所說的獒王，七個孩子和藏扎西就都可以獲得赦免和自由？」

索朗旺堆先點了點頭，然後看了看大格列頭人說：「是啊是啊。」

大格列哼了一聲，甕聲甕氣地說：「就算這是七個上阿媽的仇家和叛徒藏扎西最後的希望吧，但我可以肯定，羊毛不能飛上天，岡日森格戰勝不了我們的獒王虎頭雪獒，牠不是神，不是來自阿尼瑪卿的雪山獅子，牠只能讓你們後悔。尊敬的客人，你們來到了西結古草原，就是要吃夠這裏的肉，喝夠這裏的茶，部落的事情就不要管了吧。復仇是天經地義的，是草原的傳統。我們的祖先說了，在一切之上的，是神，在一切之下的，是人，在人和神中間的，是復仇。」

父親說：「我也是神啊，我救了雪山獅子的命，也救了大黑獒那日的命。西結古寺的丹增活佛說，這個把雪山獅子的化身帶到西結古草原來的漢人是個吉祥的人，你們一定要好好對待他。草原上的人說我是遠來的漢菩薩，是來給西結古草原謀幸福的。這就是神跡啊，你們聽到了沒有？」

索朗旺堆頭人說：「聽到了，當然聽到了，我在心裏早就給你點燈進香了。」說著，恭敬地欠了欠身子。

大格列頭人哈哈大笑：「我也聽到了，但我是個不怕佛祖呵罵的信徒，我要做的就是逼神顯靈。趕快讓你的岡日森格起來戰鬥吧，真正偉大的藏獒是不會在人的庇護下苟且偷生的。你看看我們牧馬鶴部落的藏獒，再看看遠道而來的獒王虎頭雪獒，牠們可不是手心裏的瑪瑙牛糞牆圈起來的羊。牠們生活在原野上，也生活在我們心裏，我們對牠們無比尊敬，但在表面上，我們卻從來不親近牠們，甚至都不會對牠們說一句溫存的話。牠們不是孩子，不是女人，不能天天抱著摟著。牠們是野獸，在黑夜裏奔走號叫，牠們是冰山，在寒風呼嘯的時候發光閃亮，牠們是大水，在巨石的攔截中翻滾浪峰，牠們是森林、大樹，頂著天上的萬鈞雷霆，牠們是坦蕩的荒野，是冬天的狂風暴雪，是大草原捏出來的自己的形象。牠們可不能像你的狗一樣纏纏綿綿、羞羞答答地讓人摟著摸著。」

大格列頭人陶醉在自己口若懸河的言談中。齊美管家滔滔不絕地翻譯著。人們都迷醉了似的呆望著他們，誰也沒有注意到岡日森格的行蹤，牠完全聽懂了大格列頭人對牠的嘲笑，刺激得牠幾乎暈過去。牠悄悄溜出父親的摟抱，繞過宴會的人群，朝著獒王虎頭雪獒潛行而去。

獒王正在獨自享受一塊生牛肉。岡日森格悄然來到牠後面，飛撲而去，一口從牠面前搶走了牠的肉。獒王愣了，定定地看著岡日森格大口吞咽的樣子，既沒有撲過去奪回來，也沒有氣急敗壞地馬上投入戰鬥，甚至連一絲生氣的吠嗚都沒有。牠知道這是對方的挑戰，是帶著極度輕蔑的戲弄。對方成功地朝牠至高無上的尊嚴扇了一個響亮的耳光：你不是獒王嗎？獒王是不可冒犯的，我知道，正因為我知道，我才要搶奪你的肉。

獒王虎頭雪獒之所以定定地看著，是因為牠突然意識到，對方的厲害在自己的想像之上：岡日森格從後面躡足而來時，自己居然絲毫沒有覺察，這是不能原諒的，人家到了你的嘴邊你都沒有覺察，且讓人家偷襲成功，說明你已經輸了一招。更重要的是，對方剛才完全可以一口咬住牠的喉嚨，但是對方沒有，說明對方是個君子不是小人，對方想正大光明地和你決鬥。一個渴望正大光明地活著或者死去的藏獒，一定是一個能力超強且非常自信的傢伙。這樣的傢伙，你只能讓牠死掉，否則你自己就沒有臉面和勇氣活下去了。

獒王虎頭雪獒依然定定地看著，發現大黑獒那日邁著輕捷的步伐，來到了岡日森格身邊。獒王眨了一下眼，便把眼光聚光燈似的打了過去。眼光一到，牠也就到了，牠在大黑獒那日毫無防備的情況下咬了一口。大黑獒那日就像一個犯了錯誤的小媳婦，一聲不吭地後退著縮了起來。

獒王咬得很有節制，既沒有咬斷骨頭，留下一個欺軟怕硬的罵名，也不是毫無損傷，牠讓岡日森格感覺到心痛——血從大黑獒那日的耳根裏滲了出來，這就是給你點顏色看看的意思，你搶了我的肉，我欺了你的妻，在尊嚴的打擊上，差不多是平手了。獒王虎頭雪獒和岡日森格都是藏獒裏的情種，知道挑戰尊嚴最有效的辦法，就是傷害對方的妻子或者情人。

岡日森格吐出一口還沒有咽下去的肉，過去心疼地舔了舔大黑獒那日耳朵上的血，放浪地吼了一聲，把舌頭上的血沫吼到了獒王臉上：你算什麼獒王，居然欺負一個姑娘，而且是一個可憐的瞎了左眼的殘疾姑娘。

獒王虎頭雪獒把鬣毛豎起來又倒下去，冷笑著回答：誰讓你搶奪我吃的肉了，我吃的肉又沒惹你。說著朝前撲了一下，沒撲到岡日森格跟前就又停住了。獒王知道一場惡鬥在即，需要慎之又慎。

宴會結束了，在一天中，饋寶雪山堆銀砌玉的最後時刻，在滿天的黑頸鶴嘎嘎歸巢的黃昏，人們來到了獒王虎頭雪獒和雪山獅子岡日森格對陣的地方。大格列頭人、索朗旺堆頭人、齊美管家和一直陰沉著臉一句不吭的強盜嘉瑪措，都自動站在了獒王身後，麥政委、白主任和父親以及所有的外來人，都站在了岡日森格身後。

麥政委悄悄對父親說：「不愧是獒王，這麼威風，我從來沒見過這麼威風的野獸，牠不會突然撲過來咬我吧？」

父親說：「為什麼會咬你？」

麥政委認真地說：「因為我是這裏最大的官。」

父親說：「不會，草原上的藏獒越是威風就越不會胡亂咬人，胡亂咬人的都是小嘍囉藏狗。」

麥政委擔憂地說：「看來大格列頭人說對了，羊毛是不能飛上天的，岡日森格戰勝不了獒王。」

父親說：「我也這麼想。」

麥政委說：「怎麼連你也這麼想？」他看父親不回答，就果斷地轉身對白主任說，「我們不能把救人的法寶押在岡日森格身上，你趕緊回去，把西結古寺的丹增活佛給我請來。」

白主任說：「恐怕來不及了。」

麥政委說：「我會把砍手的時間拖延到明天。」然後對圍繞著他的部下說，「漢扎西用過的辦法，今天還能派上用場，到時候，如果岡日森格戰勝不了獒王，他們非要砍掉藏扎西的手的話，我們在場的所有人，包括我在內，就都要站出來，用砍掉自己手的舉動來阻止這場暴行。」

父親假裝輕鬆地笑著說：「好啊，我也是這麼想的。」其他人都沉甸甸地點了點頭。

太陽站在了雪山頂上，滿地的陽光好像是雪山射出來的。獒王虎頭雪獒在夕陽下，變成了一座雄偉的雪山，山崩而來的時候，岡日森格跳了起來。岡日森格本來是要躲閃的，但在跳向空中的一瞬間，牠又不躲閃了。牠迎山而上。不怕西結古人對獒王的助威，不怕這巨石壓卵的態勢，岡日森格迎著獒王虎頭雪獒的進攻迎鋒而上。

第二十七章 雪山獅子鬥獒王

早晨，梅朵拉姆敲響了牛糞碉房的門。四周密密麻麻都是狗，她的身邊蹭著她的褲子的也是狗。灰色老公獒緊傍著她，只要她敲開一條縫，牠就會排闥直入。但是她沒有敲開一條縫，她只敲出了一片死寂。

她知道裏面肯定有人，因爲門是從裏面閂死的。她踮起腳尖，想從窗戶裏看進去，但窗戶太高她搆不著，四下裏看著想墊個東西，但眼睛裏什麼也沒有，只有狗。她拍了拍灰色老公獒的頭說：「我能不能踩著你的脊背爬上去看看？」

灰色老公獒也正在琢磨裏面的人怎麼一點聲音也沒有，是不是死了？牠望著梅朵拉姆秀美的臉龐，聽話地站在了窗戶底下。

梅朵拉姆搖搖晃晃地踩了上去，不放心地說：「你站牢，可不要把我摔下來。」往裏一看，吃了一驚：李尼瑪怎麼一動不動地躺在地氈上。她喊著：「李尼瑪，李尼瑪。」身子一歪，掉下來趴在了灰色老公獒的脊背上。老公獒心疼地說：小心啊。

梅朵拉姆站起來，踹了幾下門，轉身就走，噔噔噔跳下了石階。無論是藏獒還是其他藏狗，都給她讓開了路。牠們都認識她，早就認識了，就像草原人早就認識了她一樣。她是漂亮的姑娘，漂亮的姑娘一到草原上就變成了仙女，誰不願意認識仙女呢？西結古草原的所有領地狗、所有看家狗和所有牧羊狗，都已經傳開了：來了一個仙女，她是漢姑娘，她叫梅朵拉姆。所以無論是見過她的還是沒見過她的，都不會咬她，哪怕知道她是槍殺了鐵包金公獒的李尼瑪一夥的，她正在幫助他。

而梅朵拉姆也是見狗就熟的，她天生不怕狗，再兇惡的狗，第一次見面她都敢摸牠的頭。她大大咧咧穿過了密密麻麻的狗群，不時地推著牠們，摸著牠們。有一隻黑獒癡迷地望著她不讓開，她因爲走得急，一下踢在了牠的腿上，趕緊說：「對不起。」一臉傲厲神模樣的黑獒把尾巴蜷成拳頭，理解地衝她使勁搖著。

她說：「你們走開，你們圍在這裏幹什麼？你們想吃掉李尼瑪是不是？那不行，他是我的同事。」終於穿過了遠遠近近排成陣勢的領地狗群，她奔跑而去。

在這個生命攸關的時候，梅朵拉姆想到了西結古寺的住持丹增活佛和藏醫尕宇陀。

半個時辰後，丹增活佛親自帶著藏醫尕宇陀和兩個鐵棒喇嘛疾步來到了牛糞碉房前。作爲活佛，他比任何人都在乎一個生命的存亡。梅朵拉姆被遠遠地甩在後面了。丹增活佛讓鐵棒喇嘛用鐵棒砸開了碉房的門，搶先進去一看，砸門聲已經把李尼瑪從昏死中砸醒了。

灰色老公獒趁機溜了進去，立刻被隨後進來的鐵棒喇嘛趕了出來。灰色老公獒沮喪地叫了一聲：完了，一切都完了。牠知道只要西結古寺的喇嘛出面，李尼瑪就篤定死不了。牠徘徊在門口，望著天空喟然長歎：難道我們的鐵包金公獒就這樣白白死了嗎？獒王啊，你在哪裡？我沒有完成報仇雪恨的神聖使命，怎麼向你交代？

藏醫尕宇陀蹲在李尼瑪面前，看了看他的舌頭，摸了摸他的脈搏，從豹皮藥囊裏拿出一顆用紫鹽花、熊結石、仙人薑、檀香、乳香、丁香等藏藥煉製成的「十六持命」，又拿出一小金瓶自製的被稱作「色花銷魂」的藏茵陳酒，讓李尼瑪用酒服了藥。

丹增活佛問，他有沒有必要揹到寺院裏去，在琉璃護法白哈爾的關照下悉心治療。藏醫尕宇陀說：「還不需要白哈爾憤怒光芒的照耀，他是驚嚇所致，不要緊的，緩一緩就好了。」

丹增活佛脫下了自己絳紫色的僧袍，裹在了李尼瑪身上。這就等於給他裹上了一層嚴禁一切攻擊的至尊鎧甲，任何一隻狗，包括藏獒，包括獒王，無論出於什麼理由都不能追他咬他了。

這時，梅朵拉姆氣喘吁吁地走了進來，長出一口氣說：「他還活著，他沒有死，那就謝謝佛爺了。」

光脊梁的巴俄秋珠幽靈一樣出現在了門口，他探頭望著裏面的人，看到李尼瑪居然裹上了丹增活佛的僧袍，便不屑地吐了一口唾沫。梅朵拉姆回過頭來，一看到他便伸手揪住了他的耳朵，問道：「這些狗是不是你叫來的？」看巴俄秋珠不回答，就又說，「其實狗都是好狗，就是讓你這個小男孩教壞的，我不理你了。」說著放開了他。

巴俄秋珠仰起面孔，珠黑睛亮地望著她，突然響聲很大地跺了跺腳。梅朵拉姆說：「別炫耀你的靴子了，穿上靴子有什麼了不起。」

巴俄秋珠忽閃著眼睛，好像理解了她的意思，說：「穿上靴子，我就是男人了，男人可以當護法。」

丹增活佛和藏醫尕宇陀抬起頭來不無吃驚地望著他。

尕宇陀問道：「你要當護法？當護法幹什麼？」

巴俄秋珠說：「當了護法，我就能保護梅朵拉姆了。」

丹增活佛和藏醫尕宇陀又都看了看梅朵拉姆。

梅朵拉姆問道：「你們說什麼呢？」沒有人回答。尕宇陀揮揮手讓巴俄秋珠出去了。

領地狗們依然逗留著，但已經沒有了此前的亢奮和警覺，一個個疲累不堪地打著哈欠臥了下來，只等灰色老公獒一聲令下，牠們就離開此地，或者去找吃的，或者去睡大覺。

灰色老公獒走下石階，揚起鼻子前後左右地使勁嗅著空氣。牠知道現在自己必須要做的，就是找到獒王虎頭雪獒，告訴牠自己的失敗，也聽憑牠嚴厲的處罰。牠沙啞而短促地吼叫了幾聲，取消了領地狗群對牛糞碉房的圍攻，看著夥伴們陸陸續續走向了野驢河邊，便帶著滿腔仇恨不能發洩的頹喪和鬱悶，朝牠確定的方向走去。

沒走多遠，灰色老公獒就聽到一陣馬蹄聲由遠及近，打眼一看，見是白主任白瑪烏金奔馳而來，心想：他回來了，他怎麼一個人回來了？看他急如星火的樣子，是不是發生什麼事情了？但牠沒有被自己的疑問拽住腳步，繼續往前走著，突然感到一陣心慌，一陣悸動，不由得奔跑起來。

牠奔跑的節奏忽疾忽緩，揚起的四爪如同鼓槌敲打著草原，也敲打著自己的心：見到獒王虎頭雪獒，必須立刻見到獒王虎頭雪獒。獒王啊，你在哪裡？

牛糞碉房裏，白主任白瑪烏金給丹增活佛說起了發生在牧馬鶴部落的一切，請求他立刻跟他走一趟，去挽救藏扎西的雙手。

丹增活佛搖了搖頭說：「藏扎西是斷魔護法的轉世，我去了又能怎麼樣呢？當贊鬼、敵鬼、誓鬼、刀鬼、損耗鬼、憤怒鬼和瑪姆女魔統統都來糾纏一個人的時候，我只有傾心向佛，在吉祥天母的法意中熱融那些冰涼的靈魂了。靜候變化吧，白主任，我現在要做的就是焚香獨坐，用無敵密法潛行天下的秘密力量，慢慢消除西結古草原上狼毒（一種能毒死牲畜的草）一樣狂生狂長的仇恨。」

李尼瑪勉強翻譯著。白主任著急地說：「他可是你的弟子啊，他是爲了草原團結才落到這一步的，你怎麼一點都不同情他？」

丹增活佛說：「水的清澈就是河的清澈，山的聖潔就是石頭的聖潔，佛的行善就是僧的行善，你的同情也是我的同情。我要走了，神燈的光亮正在招引著我，佛壇前的清淨無垢才是我的歸宿。」

白主任還想說什麼，丹增活佛不聽他的，帶著藏醫尕宇陀和兩個鐵棒喇嘛匆匆出了門。白主任追出門去，看他們不理自己，就回來洩氣地坐在了床沿上。屁股還沒坐熱，他又急急巴巴站了起來，叮囑裹著僧袍一臉慘白的李尼瑪和站在一邊同情地看著自己的梅朵拉姆：「守在這裏，注意安全，哪兒也別去。」說著，生怕李尼瑪再拿槍闖禍，便從自己的枕頭底下摸出手槍，揣在了身上。

他來到門外，跳上馬背，打馬就走。他牽掛著岡日森格和獒王虎頭雪獒打鬥的結果，覺得自己必須立刻向麥政委彙報：丹增活佛怎麼是這樣一個活佛，弟子就要殘廢了他都無動於衷，真是修煉到家了。

丹增活佛念誦著《三昧邪咒經》，走在碉房山的小路上，突然問道：「藥王喇嘛你在想什麼？你爲什麼不跟我一起念經？」

藏醫尕宇陀說：「我在想岡日森格呢，不知道牠到底怎麼樣了。」

丹增活佛說：「你在爲岡日森格擔憂嗎？那你爲什麼不親自去看看呢？牠現在最需要的恐怕就是你了。」

藏醫尕宇陀說：「先見之明是佛爺的修持，我這就去了。」說著停了下來。一個鐵棒喇嘛飛快地跑向寺院旁邊的馬廄，給他牽來了馬。

丹增活佛來到西結古寺最高處的密宗札倉明王殿裏，從靠著牆壁的經龕裏，拿出了西結古寺珍藏的據說是密宗祖師蓮花生親傳的《鄔魔天女遊戲根本續》和《馬頭明王遊戲根本續》，抱在懷中，稱讚著大日如來、吉祥天母、執金剛、歡喜金剛、勝樂金剛、大威德布威金剛、密集金剛、時輪金剛、飲血金剛、馬頭觀音自在、金剛亥母、大黑天、墓葬主等等藏密神祇的法號，沿著明王殿轉了七個大圓滿的圈，然後盤腿坐在了白色萬字符號的黑色卡墊上。

他開始念經，他本來還要像上次部落聯盟會議以後一樣，念一遍他默記在心的《八面黑敵閻摩德迦調伏諸魔經》，想了想又放棄了，因爲他意識到雪山獅子岡日森格和獒王虎頭雪獒的獅虎之戰已經有了結果，他不必再去爲此費心了。他翻開懷抱裏的經典，挑選著段落，輪番念起了有關鄔魔天女和馬頭明王的《遊戲根本續》。念經是爲了預感，他正在預感，預感和平與戰爭。他必須爲西結古草原乃至整個青果阿媽草原的和平幸福虔誠祈禱。

岡日森格迎山而上的時候，山一下子壓倒了牠。獒王虎頭雪獒的第一次進攻就如此輕易地得逞了，這在父親和麥政委看來簡直有點開玩笑，心裏禁不住叫起來：岡日森格，你是怎麼搞的？而在他們的對面，牧馬鶴部落的強盜嘉瑪措高興地吆喝著：「獒多吉，獒多吉。」只有岡日森格知道，獒王其實並沒有得逞，因爲獒王沒有咬住牠的脖子。

牠在倒地的時候，蹭著地上的草尖飛速轉了一圈，只讓獒王撲在了牠的屁股上。而屁股是不莊重的，即使牠離獒王的六刃虎牙很近很近，獒王也不肯屈尊啃咬一下。獒王是有身份的，牠向來認爲自己是銅筋鐵骨的漢子，是大家風範的領袖，必須堂堂正正地活著，輕易不打，一旦打起來，就要打出個高風亮節來。

況且面對藏獒的任何打鬥對獒王來說，都是實施懲罰，以領袖的身份和王者之氣居高臨下地懲罰一個來犯者，就更需要光明正大了。所以對獒王虎頭雪獒來說，神勇陽剛地撲過去，一口咬住對方的喉嚨，是牠的撲咬，也就是獒王級別的撲咬必須堅持的風格。獒王的目的不僅是戰勝對方，更重要的是顯示自己山峰高聳的威儀，並且留下經久不衰的佳話。

而岡日森格卻不是這樣想的，牠不是什麼獒王，沒有地位身份的負擔，不必做出正氣凜然的樣子以顯示大人物的莊嚴和偉大，牠是一個備受歧視的外來者，牠參與打鬥是爲了活下去，爲了救主人，而不是爲了顯示自己的堂堂威儀。所以牠可以卑鄙，可以詭詐，可以笑裏藏奸、綿裏藏針。牠的宗旨是：不必氣貫長虹，只求咬死對方。

就在偉大的獒王壓倒了對方，卻不肯撕咬對方近在寸間的屁股的時候，不偉大的岡日森格身子一縮，伸出四個爪子，同時蹬向了獒王柔軟的肚腹，那是虎爪一樣的獒爪，那上面聚攢的力氣能把一頭牛蹬倒，能把兩張牛皮蹬穿。但是牠沒有蹬穿獒王的肚腹，獒王把肚腹緊緊一收，躲過了對方致命的蹬踏，輕鬆地跳到了一邊，心想：岡日森格的心地多麼卑鄙啊，居然敢從下面進攻我，幾乎讓牠得手。獒王虎頭雪獒慶幸地搖搖頭，再看岡日森格時，不禁大吃一驚：岡日森格已不在地上，而在眼前的空中了。

岡日森格實際上並沒有指望一蹬奏效，牠指望的恰恰就是獒王的跳開。就在獒王跳開的同時，牠飛蹦而起，也就是說，牠把站起和撲跳兩個動作變成了一個動作，速度快得好像牠剛才根本就沒有被壓倒過。

獒王已經來不及跳起來迎戰了，只好躲開，但牠的躲開是依仗了動物回避危險的肢體本能，而沒有得到大腦的指令，大腦的指令卻依然符合牠一貫的做法：躲開不是獒王的行爲，獒王的另一個名字就是勇往直前。所以獒王儘管本能地躲開了，但由於和大腦的指令發生了誤差，所以動作顯得慢了一點。岡日森格的牙刀直戳獒王的眼睛。

更加狼狽的是，詭計裏面還有詭計，這直戳眼睛的戰術依然是一個聲東擊西的詭計。獒王倏然一躲，頭就扭了過去，脖子就暴露了出來。岡日森格一口咬住的，恰恰是牠最想咬住的目標。破了，獒王的脖子破了，儘管撕破的地方不是喉嚨也不是粗大的血脈，儘管血不是突然滋出來，而是慢慢洇出來，但對獒王虎頭雪獒的威風和尊嚴，仍然是沉重的一擊。

強盜嘉瑪措著急地喊起來：「獒多吉，獒多吉。」獒王從肚子裏吹出一股霸氣，吊眼一下子豎

了起來。牠決不能承受這樣的打擊，而決不能承受打擊的唯一辦法就是反擊。牠往後一跳，似乎還沒有落地，就撲了過去。

這是所有動物裏速度最快的一種撲咬，岡日森格從來沒有遇到過，牠還沒有做出跳起來躲開的樣子，脖子就已經處在虎牙的威脅之下了。這是獒王虎頭雪獒特有的六刃虎牙，招惹了牠的對手，誰也不能不在牠面前付出血的代價，雪山獅子岡日森格也不能例外。

岡日森格受傷了。牠在開戰之前就想過，牠決不能讓獒王的虎牙插進牠的肉體，因爲那是六刃的，插進來就不得了。但牠還是沒有躲過去，牠只來得及憑著機敏，順著獒王的撲咬順勢滑了一下，一滑就把脖子滑過去了。岡日森格被獒王咬住了肩膀，一陣皮開肉綻的噗嗤聲讓牠明白，獒王就是獒王，不可能讓牠徹底滑過去，儘管牠滑脫的速度超出了獒王的想像。

獒王虎頭雪獒非常納悶：牠明明咬住了岡日森格的脖子，怎麼流血的卻是肩膀？牠不相信對方的脖子會滑過牠的這一撲咬，但的確滑過去了，不愧是敢於和獒王分庭抗禮的雪山獅子。

岡日森格的血從肩膀上往外流著，一流就很多，六刃虎牙的傷害比起兩刃和四刃的虎牙來，的確是加倍的。但在獒王看來，即使是加倍的傷害，加倍的流血，也不能抵消岡日森格帶給牠的血恥，因爲牠的血流在了脖子上，那可是獒王的脖子，是從來沒有利牙侵犯過的高貴而雄偉的脖子，是潔白的鬃毛雪綢一樣飄揚冰山一樣嵯峨的脖子。爲了這不該血染的脖子，獒王虎頭雪獒又一次撲了過去。

岡日森格再一次受傷了，但仍然不是在脖子上，在另一邊的肩膀上。牠現在已經知道自己能躲過脖子被切割就已經不錯了，完全躲過進攻的虎牙是絕對不可能的，因爲對方是獒王，是名副其實的虎賁之將、爭鋒之秀。六刃虎牙撕裂的傷口很大，血流如溪，把岡日森格兩邊的粗腿都染紅了。

「獒多吉，獒多吉。」強盜嘉瑪措的助威高亢地響起來。獒王虎頭雪獒的撲咬隨之而來，岡日森格奮身跳起。都是比拼，都是速度，但這一次在獒王是進攻，在岡日森格是躲閃。當躲閃的速度超過了進攻的速度時，岡日森格安全地落在了地上。獒王的大嘴因沒咬到什麼而空泛地一張一合著，虎牙一次次齜出來，彷佛充滿蔑視地說：有本事你跟我打呀，躲算什麼本事。

岡日森格繼續後退著，暫時離開了獒王利箭一樣一跳一撲的射程，歪過頭去，默默地舔了舔自己的傷口。大黑獒那日走了過來，心疼地幫牠舔著，血很快止住了。那邊，大黑獒果日也要幫助獒王舔乾脖子上的傷口，卻被獒王虎頭雪獒嚴厲拒絕了：別給我婆婆媽媽的。

牠是獒王，牠高傲的心很難接受別人的幫助和同情。牠目不轉睛地盯著岡日森格，深幽幽怒沖沖的眼光梭鏢一樣投在對方的喉嚨上，一派神秘難測的模樣，一派忿神張牙的氣度。牠在盤算下一步的進攻如何開始，而這也正是岡日森格思考的問題。

但岡日森格的思考似乎並沒有帶給牠智慧，因爲智慧通常是通過冷靜來體現價值的。牠突然表現得非常焦慮煩躁，來回踱著步子，猛地跳起來，朝獒王狂奔而去，又戛然止步。然後就是狂吠，就像小嘍囉藏狗那樣聲嘶力竭地狂吠起來。這完全是失態後的虛張聲勢，是作爲一隻藏獒所極端鄙夷的無能之舉。

獒王虎頭雪獒奇怪了，一般藏獒都不這樣，牠怎麼能這樣？大概是被咬急了吧？大概是疼痛難

忍吧？大概是瘋了吧？或者，啊，或者是疑兵之計。獒王警惕地看著牠，越看越不像有什麼詭招，因為再詭的詭招也不能是自己咬自己吧？

是的，岡日森格自己咬了自己一口。牠顛前躓後地狂吠著，突然一口咬在了自己的腿上，頓時就一跳一跳地瘸起來。牠邊瘸邊吠，吠著吠著，眼睛就不看獒王了，就把鼻子指向了天空，就站立不穩地坐下去，戰戰兢兢地畏縮了身子。

獒王虎頭雪獒不再懷疑自己的判斷，獰笑了一聲，便風生水起，嘩一下撲了過去，很輕鬆地把岡日森格撲倒了。牠一口咬下去，雖然沒咬住喉嚨，但對方的脖子卻無可回避地來到了牠的大嘴裏。

為了防止岡日森格的四隻爪子再次蹬踢自己，獒王這次沒有騎在牠身上，而是把身子旋風一樣轉過去，和對方的身子連接在了一個平面上，這個連接的點，就是牠的鋒利的六刃虎牙。虎牙實實在在嵌在岡日森格的後脖頸上，歪躺在地上的岡日森格只能一次次徒勞地向空中蹬爪踢腿。

觀看打鬥的人們議論起來，都以為岡日森格的失敗已成定局。強盜嘉瑪措也不再吶喊助威了，高興地喝著酒。父親幾乎是流著眼淚說：「看來岡日森格靠不住了。」

麥政委說：「是啊，要想改變局面，還是得依靠我們人。不過狗也好，人也好，都是要用鮮血換取和平的。大家要做好準備，我們下面的工作非常艱巨。」

獒王虎頭雪獒也以為岡日森格不行了，牠現在咬住的是對方的後脖頸，只要一換口，牠就能咬住脖子下面的喉嚨撕破氣管，或者咬住脖子一側的大動脈，撕開噴湧的血閘。但岡日森格並不這麼認為，牠等待的就是獒王的換口。牠覺得獒王一定會換口，而且會輕易換口，馬馬虎虎換口，因為獒王以為牠瘋了，已經在心裏輕視牠了。牠以生命為代價，換回來的就是獒王這次麻痹大意的換口。

事情果然按照岡日森格的設想進展：換口的時候，獒王並沒有謹慎地從皮肉裏一點一點挪動牠那幾乎無敵於天下的六刃虎牙，而是採用了拔出虎牙再次揳入的痛快淋漓的辦法。遺憾的是，牠根本就沒有痛快起來，張開的大嘴來不及合上，拔出的虎牙來不及再次插下去，仰躺在地的岡日森格就噌的一下躥到了牠的身子底下。

這是等待已久的一躥，牠決定了下面的打鬥要按照岡日森格的想法進行，而不能按照獒王虎頭雪獒的想法進行。岡日森格脊背上勁健的肌肉就像滑輪一樣推動著牠，牠渾身金黃的獒毛就像飛鳥的翅膀一樣推動著牠，牠粗蜷的尾巴伸直了，就像一根支在地上的棍子一樣推動著牠，牠們共同努力幫助岡日森格完成了這天神佑助的一躥。

現在，岡日森格依然躺在下面，牠的嘴對著獒王的小腹；現在，獒王依然騎在上面，牠的嘴也對著岡日森格的小腹。不同的是，岡日森格結實的四爪在朝上用力蹬踏，而獒王同樣結實的四爪卻只能牢牢地踩住地面。騎在上面的獒王由於必須顧及對方四爪的蹬踏，一時不能馬上下口撕咬對方的小腹，況且，撕咬小腹是不磊落不道德不符合王者風範的，到底咬不咬，牠還得考慮一下。

躺在下面的岡日森格卻什麼阻礙也沒有，來自心理的阻礙和來自敵手的阻礙都沒有。牠在獒王的胯下毫不猶豫地翹起了碩大的金色獒頭，牠面對可以撕出腸子的柔軟的肚腹，拔出了白花花的牙

刀。但是牠並沒有下口咬在對方的肚腹上，這就是陰險詭詐或者叫智勇雙全的雪山獅子岡日森格，牠一口咬住的是對方的雄性特徵，是男根，是能夠讓獒王激情澎湃、讓獒王傳宗接代的生命的寶劍，是獒王之所以成爲獒王的立足之本。

就像遭到了電擊，獒王虎頭雪獒慘叫一聲，倏忽而起，離開了岡日森格。

紫紅色的獒血嘩啦啦朝下流著，在明綠的草地上留下了一串殷紅的斑點。獒王叉開四腿站在地上，勾頭一看，小腹那兒血肉模糊，一片空曠，抬頭一望，自己的立足之本正在岡日森格嘴上滴瀝。牠狂怒已極，吼著，罵著，聲色俱厲地叫囂著，就像剛才岡日森格的失態那樣，就像一隻小嘍囉藏狗那樣：齷齪卑劣的傢伙，瘋狂變態的傢伙，陰狠惡毒的傢伙，你怎麼能這樣？罵著罵著就撲了過去。

早有準備的岡日森格忽一下躲開了。接下來，岡日森格叼著獒王的男根，炫耀似的東一飄西一閃，躲開了獒王的十多次撲咬，直到獒王幡然醒悟，慢慢地冷靜下來。

「獒多吉，獒多吉。」強盜嘉瑪措有氣無力地喊叫著。獒王虎頭雪獒好像沒聽見，呆呆地望著岡日森格的嘴，那兒有牠安身立命的寶劍，那兒是一個血肉模糊的獒王。不，雄根不是獒王，獒王是我呀。

獒王虎頭雪獒大吼一聲，轟轟隆隆地奔跑著，以牠固有的堂皇正大的姿態撲了過去。牠沒有咬住岡日森格，反而被岡日森格咬住了。岡日森格迎撲而上，就在空中，一口咬住了獒王的喉嚨。獒王大山一樣仆倒在地，胡亂掙扎著，用激烈的反抗挑逗著對方狂野的殺心。

岡日森格心說：我知道你的撲咬就是自殺，你不想活了。我成全你，我用最快的撕咬讓你最快地離開恥辱和痛苦。牠使勁壓著獒王，砉然一聲撕開了獒王的喉嚨，溫暖的血和萬丈浩氣飛迸而出，雄偉的生命和一世驕傲飛迸而出，飛到天上就什麼也不是了。

太陽落山了。本來它是早就應該落山的，但獒王虎頭雪獒和雪山獅子岡日森格的戰鬥沒有結束，它只好現在才落山。它一落山，天就黑了。本來它是早就應該黑的，但是它現在才黑。天用霞色爛漫的光明，照耀了西結古草原上一隻不朽的藏獒、一個偉大的生命走向死亡的悲烈一幕。幕前幕後的所有，天的眼睛都看到了，連藏獒的心和人的心也都看到了，然後就黑了。

父親和麥政委死僵僵地立著，好像死去的不是獒王，而是他們。一陣黑頸鶴的鳴叫破空而來，像是在提醒他們：不能啊，不能這樣發愣。

第二十八章　獒王之殤

滿天皎潔的月光傾灑而下，也沒有灑透牆一樣圍堵在遠方的黑暗。有一些人在黑暗中快速移動，有一些人依然逗留在魔力圖的大帳房前。逗留在那裏的人再一次坐在了草地上，表情沉重而嚴肅地說著話。

父親把傷痕累累的岡日森格和心疼地給牠舔著傷口的大黑獒那日帶在身邊，有意無意地撫摩著牠們說：「獒王用牠的死給草原帶來了和平的福音，就憑這一點，我們也應該感謝獒王，對得起獒王。放了吧，你們把藏扎西現在就放了吧，同時也取消把他逐出西結古寺和貶爲流浪漢的決定，還有七個上阿媽的孩子，不僅不能砍手，還要給他們來去西結古草原的自由。」

麥政委欣賞地看著父親，點著頭說：「對，這些事情都應該一次解決。」

齊美管家剛翻譯完，野驢河部落的頭人索朗旺堆就搶先說：「那當然，那當然，草原上的人說話是算數的，大格列頭人，你說呢？」

大格列沉默了半晌，傷感地說：「獒王沒死的時候，我說得太多了，現在牠已經死了，我還能說什麼？」

父親用同樣傷感的口氣說：「獒王是升天去了，你就當是好事兒，還是說說吧。」

大格列頭人說：「看來，岡日森格的前世真的是一隻阿尼瑪卿的雪山獅子，我見過的猛獒多了，從來沒見過牠這麼會打會鬥的，連我們部落的戰神牧馬鶴也在向著牠了，那就聽神的吧。」說罷，他回頭衝著月色喊起來，「嘉瑪措，嘉瑪措，你在哪裡啊？我們的強盜嘉瑪措？」

強盜嘉瑪措沒有出現。當大格列頭人的聲音傳向遠方的時候，一個騎手飛奔而來。

騎手跳下馬背說：「走了走了，強盜嘉瑪措已經離開這裏了。」

大格列頭人問道：「他去哪裏了？是不是獒王的死讓他傷心了，他去給礱寶山神和礱寶澤戰神哭訴去了？你去告訴他，他是偉大的強盜，他如果能夠學會岡日森格的打鬥本領，他就會更加偉大。」

騎手說：「我不知道強盜去了哪裡，我已經追不上他了。」

大格列頭人說：「那就算了吧，你現在去把藏扎西帶到這裏來，讓他感謝神奇的岡日森格，感謝把神奇帶到西結古草原的這幾個外來的漢人。」

騎手說：「恐怕不能了，強盜嘉瑪措帶著十個騎手，已經把藏扎西綁走了。」

大格列頭人忽地站了起來。所有的人都站了起來。岡日森格和大黑獒那日也站了起來。

大格列頭人著急地揮著手喊道：「快去快去，追。不，把所有的騎手都給我叫來。」騎手們很快來了，訓練有素地在頭人面前排成了隊。

大格列頭人憂心忡忡地說：「我們的承諾是山，說出去的話就是射出去的箭，怎麼可以反悔呢？不講信用的不是人，是狼，人身狼心的人，怎麼還能見人呢？羞死了，羞死了。雖然復仇是天經地義的，但我們的祖先說了，在一切之上的，是神，在一切之下的，是人。人是神奴，必須服從神的旨意。神說了，冤有頭，債有主，我們要砍掉的不是藏扎西的手。騎手們，我拜託你們了，趕

罪鐵棒喇嘛呢？去啊，快去啊。」喇嘛，曾經幫助過岡日森格，如今岡日森格勝利了，他說不定又要成爲鐵棒喇嘛了，我們怎麼能得快把不知輕重的強盜嘉瑪措給我找回來，趕快把藏扎西給我請回來。藏扎西原來是西結古寺的鐵棒

馬蹄疾響，騎手們出發了。

一夜無眠。在牧馬鶴部落的頭人大格列的魔力圖大帳房裏，父親和麥政委及其部下都守衛在岡日森格身邊，因爲麥政委突然有了一種擔憂：既然牧馬鶴部落的強盜嘉瑪措不服氣，他會不會悄悄摸進來暗算岡日森格呢？守衛在岡日森格身邊的還有大黑獒那日，牠堅持不懈地舔著岡日森格的傷口，舔得癱臥在地的岡日森格似乎沒有了痛苦，漸漸睡著了。

午夜時分，大黑獒那日突然聞到了什麼，跑出帳房，和銜恨而來圖謀報復的同胞姐姐大黑獒果日打了起來。

牠們的打架往往是不分勝負的，做小狗的時候是這樣，現在還是這樣。打了幾下，互相略有皮肉的損傷，覺得這樣的交鋒好沒意思，就斷然分開了。大黑獒果日知道報復岡日森格是不可能的，只好銜恨而去，臥倒在獒王虎頭雪獒身邊，一邊默默流著淚，一邊舔著獒王那白雪皚皚的高貴而蓬鬆的獒毛，一直到天亮。

黑頸鶴的鳴叫嘹亮地響起來，新生的太陽悲慘地照耀著舊有的大地。大地上的藏獒之王虎頭雪獒已不再迎著太陽健步奔跑了，牠的靈魂已經升天，現在，骨肉也要升天了。當一群天使和厲神渾然一體的禿鷲，望見牧馬鶴部落的牧人點燃的桑煙君臨這裏時，守了一夜的大黑獒果日最後一次舔

了舔獒王的鼻子和被岡日森格撕爛的喉嚨，慟哭著離開了那裏。牠要回到西結古去了，要告訴那兒的領地狗群：獒王死了。

禿鷲們沒有馬上吃掉獒王虎頭雪獒，因爲有幾隻禿鷲飛來這裏時，看到地面上有一隻老公獒正在往這裏奔跑，那是失魂落魄、如喪考妣的奔跑，一看就知道是來奔喪來吊唁的。牠們耐心地等著，一直等著。

大約中午的時候，牧馬鶴部落的魔力圖大帳房前，出現了灰色老公獒的身影。牠是一路跑來的，累得一搖三擺，幾欲倒地。牠沿著氣味的牽引直奔過去，穿過禿鷲讓開的甬道，悄悄地趴在了獒王虎頭雪獒威風依舊的屍體前。什麼聲音也沒有，連喘氣的微響都消隱在時間背後了。這是椎心泣血，悲痛到無以復加的表示。

這樣過了很久，灰色老公獒說：獒王啊，其實我早就知道你死了，我一路跑來，就是不相信你已經死了。說著牠站起來，發出了聲音。牠號著，吠著，嗚著，叫著，顫聲嗚咽著，抑揚頓挫著，這是牠老淚縱橫的哭聲，直哭得遠遠看著牠的人也都流下了眼淚。

父親揉著眼睛說：「真沒想到，藏獒跟人是一樣的。」

麥政委感動地說：「不一樣，牠們比人更實在。人會這樣哭嗎？人的哭，很多時候是假的，尤其是哭喪。」

灰色老公獒哭夠了，走過來憤懣地望著父親和麥政委，望著他們身後的魔力圖大帳房。牠知道咬死了獒王的仇狗岡日森格就在大帳房裏，牠想衝進去跟牠拚個你死我活，但面前的這些外來人，

這些仇狗的朋友以保護人的身份，緊緊把守在大帳房的門口。

牠恨他們，恨得咬牙切齒，但又毫無辦法，仇狗的朋友旁邊還有許多牧馬鶴部落的人，作為領地狗，牠知道在牧馬鶴部落的領地上，沒有牧馬鶴人的指令，牠不能隨便撕咬外來人。牠轉過身去，最後望了一眼獒王虎頭雪獒，看到忍著饑餓等了牠半天的禿鷲們已經開始清理屍體，便像小狗一樣嗚嗚地哭著，走了。

白主任白瑪烏金沒想到奔跑的馬蹄會一下踩進鼢鼠的洞穴，馬一頭栽倒在地，把他高高地拋了出去。幸虧草原是軟綿的，只蹭破了臉上手上的皮，而沒有摔傷骨頭。馬的傷害比較嚴重，腿雖然沒斷，但兩條前腿膝蓋上的骨頭都露了出來，只能牽著不能騎著了。

白主任牽著馬，急三趕四地往前走，走著走著馬就停下了，怎麼拽也拽不動。他使勁拽了一下，馬突然瞪起眼睛，揚頭朝後一甩，反而把他拽了過去。他拍著馬脖子問道：「走不動了嗎？」馬的回答是驚恐地長嘶一聲，回身就走。

這時，白主任突然聽到一陣呼哧呼哧的喘氣聲從後面傳來，扭頭一看，不禁怪叫一聲：「哎喲媽呀。」就見一頭藏馬熊從容而來，離他只有十步遠了。馬掙脫了他的拽拉，瘸著拐著逃命去了。白主任驚慌失措地木在那裏，方寸大亂，不知道怎麼辦好。

藏馬熊還在呼哧呼哧朝前走，龐大的黑色軀體上，一對火球一樣的眼睛正燃燒著吃人的慾火，嘴越張越大，舌頭越吐越長，朝裏彎曲的牙齒就像鋼刀一樣，一根一根地豎立著。白主任本能地朝後退去，腳碰到了一堆鼢鼠挖出來的土丘，突然坐倒在地上。他爬起來就跑，發現已經跑不了了，一隻比藏馬熊小不了多少的灰色藏獒橫擋在他面前。

灰色老公獒的出現干擾了藏馬熊的注意力，就要撲過去的牠突然又停下了。牠望著人和藏獒，眼睛裏充滿了好奇。牠是一頭年輕的母熊，雖然經驗不多，但也知道狗是幫助人的，尤其是藏獒，會在人遇到危險時，拼了命地保護人。但面前的情形卻有些不同，藏獒兇狠的眼睛並沒有盯住牠藏馬熊，而是盯住了人，好像人才是牠真正的敵手，而牠藏馬熊根本就算不了什麼。

藏馬熊瞇縫起眼，研究著人和狗的關係，看到藏獒已經開始向人進逼，不禁叫了一聲：不好，我發現的食物就要讓藏獒得到了。藏馬熊快步朝人走去。

後面是進逼而來的藏馬熊，前面是同樣進逼而來的灰色老公獒。白主任傻了：「別別別，別這樣，你不認識我呀？我住在西結古的牛糞碉房裏，我是西結古工作委員會的主任，我有一個藏族名字叫白瑪烏金。」說著手伸向腰窩，想把槍掏出來，突然意識到，那樣會更加激怒藏獒，就又罷了。

灰色老公獒呼嚕嚕地悶叫著，用眼睛裏陰毒的仇恨之光告訴對方：正因為我認識你，我才不能放過你，我必須咬死你。這裏荒無人煙，除了你，沒有人知道是我咬死了你。

灰色老公獒是弔唁了獒王後，返回西結古的路上碰到藏馬熊，也碰到白主任的。牠知道豺狼成性的岡日森格是外來人帶到西結古草原的，獒王之死的血債不僅要記在岡日森格頭上，也要記在這些外來人頭上。岡日森格是來自上阿媽草原的仇家，袒護和幫助上阿媽仇家的人自然也是仇家，不

咬死仇家咬死誰啊？但是且慢，前面還有一頭藏馬熊，藏馬熊要幹什麼？難道牠也要吃掉這個人？是啊，牠肯定要吃掉這個人，牠已經走過來了，離人已經很近很近了，站起來一扇就能扇他個稀巴爛了。那麼我呢？我就不要撕咬了吧，把這頓美餐讓給藏馬熊吧，反正我又不吃人，我就是爲了報仇，借刀殺人不是更好嗎？

灰色老公獒不再逼進了，獰笑著，把牠的居心叵測毫不隱瞞地表現在了眼色中。牠現在既可以幫助人打敗野獸，也可以幫助野獸吃掉人。牠得意地選擇了後者，因爲牠滿腦子都是獒王之死的慘痛和爲獒王報仇的衝動，牠要用縱容藏馬熊吃掉外來人的辦法，不費吹灰之力地實現報仇的目的。

牠安靜地臥了下來，望著牠一生都在拼命撕咬、牠的祖祖輩輩一直都在發憤撕咬的藏馬熊，謙遜禮讓地晃了晃頭，覺得還不夠明確，又讚許地搖了搖尾巴，催促道：快啊，你看他正在掏槍，你怎麼還愣著？

似乎真的有了一種默契，藏馬熊立刻炫耀高大似的站了起來，猛吼一聲撲向了人，巨大的熊掌眼看就要扇在白主任身上了。白主任一聲慘叫，舉著槍，來不及讓子彈上膛，就癱軟在了藏馬熊巨大的陰影裏。

但就在這時，灰色老公獒一躍而起，就像一把「具魔力」的飛刀，插向了毫無防備的藏馬熊的肚腹。肚腹頃刻爛了，血和腸子噴出來了。灰色老公獒把聚攢在身上的所有仇恨全部發洩在了這一次撲咬上，而撲咬的對象，卻是一頭跟咬死獒王的岡日森格毫無瓜葛的藏馬熊。

藏馬熊狂叫一聲，一掌扇歪了灰色老公獒，巨大的身體傾頹而下，壓在了對方身上，又一口接一口地咬著對方所有能咬到的地方。

灰色老公獒滿身都是冒血的口子，已是疼痛難忍，死就在眼前了，但視死如歸的灰色老公獒是不會因為自己受到重創而後退的，寶刀未老的利牙依然沒有離開藏馬熊的肚腹，依然瘋狂地切割著，掏挖著。腸子出來了，不是一根，是全部。力氣用盡了，不是一方，是雙方。終於，灰色老公獒和藏馬熊一起倒在了地上，誰也做不出任何劇烈撕咬的動作了。

搏殺來得猛烈，去得迅速，突然就平靜了。

藏馬熊痛苦地蜷起身子，一陣陣地粗喘著，痙攣著，眼看就要不行了。渾身血污的灰色老公獒掙扎著站了起來，望了一眼就要死去的藏馬熊，朝前走去，沒走幾步，就慢騰騰地倒了下去，從此起不來了。

白主任白瑪烏金跳了過去，蹲在了灰色老公獒的身邊。灰色老公獒望著他，渾濁的眼睛裏所有的仇恨似乎都已經散盡了。白主任跪了下來，咿咿唔唔地說：「你不能死啊，你救了我的命，你千萬不能死啊。」

灰色老公獒不聽他的話，過了一會兒就閉上了眼睛。死前牠說：獒王啊，原諒我不能為你報仇，原諒我不能幫助野獸只能幫助人，因為我是狗。

白主任好不容易找到了驚魂未定的馬，四下裏一看，已經離西結古不遠了，也就是說，他無意中又回來了。他想換一匹馬再走，便朝碉房山走去。

誰也沒想到他會回來，至少李尼瑪和梅朵拉姆沒有想到，所以當白主任從牛糞碉房的窗戶裏望見他們兩個時，他們兩個依然擁抱在一起，而且是赤裸裸的擁抱。

白主任沒想到他會看到這一幕，他是敲了門的，敲門不開，就順眼朝窗戶裏望去。他是個大個子，窗戶的下沿正好對著他的鼻子，而裏面的人以爲敲門的又是巴俄秋珠，巴俄秋珠一直在用胡亂敲門的辦法，干擾著他想像中的李尼瑪對心中的仙女梅朵拉姆的欺負。李尼瑪抱定了不開門的決心，也不允許梅朵拉姆在敲門聲的催促下把衣服穿起來。巴俄秋珠畢竟是個孩子，李尼瑪是說不重視就不重視的。

按理說，梅朵拉姆不應該在這種時候、在這個地方脫衣解帶，她心裏不是極其地不願意嗎？但當李尼瑪這個剛剛從領地狗帶給他的驚怕中恢復過來的自覺丟盡了臉的男人，像報復領地狗，像撿回臉面那樣，比平時勇猛十倍地抱住她，強迫她的時候，她反抗和掙扎的力量並沒有超過他強迫的力量。她也不想用喊聲招來別人，因爲那樣，李尼瑪就完了，自己也洗不乾淨了。

更重要的是，作爲善良的同情心十足的仙女，她還必須面對哀求，她內心柔弱的防線最終被他苦苦哀求的潮水淹沒了，她的同情心在關鍵的時刻變成了李尼瑪的幫兇。再說，又不是第一次，有個幾乎是真理的俗話，就像梅朵拉姆和李尼瑪一樣赤裸裸地說：有了第一次，就會有第二次。

白主任愣住了，悄悄地看著，不知道怎麼辦好。他完全沒想到他們會是這樣，覺得干涉了不對，不干涉也不對。他甚至都不如巴俄秋珠來得果斷，巴俄秋珠已經猜測到白主任爲什麼會愣在窗口，想著美麗的仙女梅朵拉姆正在遭受李尼瑪的羞辱，就大聲喊起來：「達赤來了，達赤來了，送鬼人達赤來了，飲血王黨項羅剎不咬人了，十八老虎虛空丸吃上了。」

這聲音從下面衝上來，如雷貫耳，嚇得白主任渾身一陣顫動，低頭一看，這孩子居然就在自己腳下。他厲聲呵斥：「你在這裏幹什麼？」

巴俄秋珠再次喊道：「送鬼人達赤來了，飲血王黨項羅剎不咬人了，十八老虎虛空丸吃上了。」這是他剛剛知道的一個秘密，爲了保護梅朵拉姆，他突然說了出來，希望能把裏面的李尼瑪嚇住。

遺憾的是裏面的人和外面的白主任都沒有聽懂，更不可能知道這秘密裏頭隱藏著七個上阿媽的孩子的行蹤，他只是覺得有些辭彙從這孩子嘴裏吐出來，有一種讓人毛骨悚然的力量，就說：「去去去去去。」

巴俄秋珠轉身跑下了石階，跑向了野驢河。白主任奇怪地望著他，來到牛糞碉房前的草坡上，把鞍韉從自己受傷的馬上換到正在吃草的李尼瑪的馬上，騎上去，快快地走了。

一路都是迷茫：他們兩個什麼時候搞到一起的？我怎麼一點也沒看出來？我也是個單身漢，怎麼就沒想到可以把同事當成愛人呢？嗨，晚了，來不及了，人家已經搶先佔領陣地了。好個李尼瑪，在這方面居然比我能幹。

第二十九章　陰影下的活佛

又是一個傍晚，黑頸鶴一群一群地飛向了巢窩。到處都是牧歸的牛羊，炊煙正在嫋嫋升起。沒有找到強盜嘉瑪措和藏扎西的騎手們陸續回來了，焦急的還在焦急，失望的更加失望。牧馬鶴部落的營地上，魔力圖的大帳房前，大格列頭人和索朗旺堆頭人皺著眉頭走來走去。

剛剛到達的白主任白瑪烏金十分不滿地給麥政委說起丹增活佛拒絕來這裡的事兒。麥政委說：「你不要埋怨人家丹增活佛，他雖然沒有來，卻把藏醫派來了，這說明人家有先見之明，早就知道岡日森格死不了，活佛到底是活佛啊。」

白主任這才看到藏醫尕宇陀正坐在草地上閉目養神，岡日森格和大黑獒那日愜意地臥在他身邊，也都是一副似睡非睡的樣子。父親告訴白主任，岡日森格已經抹過藥和吃過藥了，尕宇陀說，牠的傷沒有上次嚴重，骨頭都好好的，養幾天就好了。

白主任想到了西結古牛糞碉房裏的李尼瑪和梅朵拉姆，便說：「麥政委，你說怎麼辦？我們就在這裏等下去？」

麥政委說：「你看呢？」

白主任說：「我看我們不能等下去，主要工作還是在西結古，我們要做通各個部落頭人的工作，讓他們派出騎手，把西結古草原所有能去人的地方都找一遍。」

麥政委說：「我也是這個意思。」

父親說：「我不能走，我得等岡日森格傷好了再回西結古。」父親尋思，從牧馬鶴到西結古，畢竟有一段很長的路，岡日森格很可能走不動，用馬馱著牠，牠太重，這麼長的路，不一定馱得動。更重要的是，盤踞在西結古的領地狗群肯定饒不了岡日森格，如果養不好身體，牠憑什麼跟牠們鬥啊？

麥政委說：「那你就留下，一定要注意安全。岡日森格傷好後，立刻返回西結古。」

又住了一夜，第二天早晨，匆匆舔了「者麻」（**碗中一半是炒麵和曲拉，一半是酥油和奶茶，一邊喝，一邊舔**），麥政委和白主任一行以及索朗旺堆頭人和齊美管家，便向大格列頭人告別。伴隨著黑頸鶴的叫聲，大家都說著吉祥如意的話。

麥政委說：「現在最應該吉祥如意的是藏扎西，大格列頭人，拜託了，你們要繼續尋找啊。」齊美管家翻譯著。大格列頭人說：「保佑藏扎西，這是神的意志，誰也不敢違抗。騎手們今天又一次出發了，我們不找到強盜嘉瑪措，不救出藏扎西是不罷休的。」

索朗旺堆頭人也說：「尊貴的漢人你們放心，我們的心腸和你們的心腸是一樣的。要是我們的心腸不好，後世就會有苦無樂，災難連綿。到了西結古，我和齊美管家親自帶著騎手去尋找。」

麥政委說：「好啊好啊，你還要說服別的部落的頭人，讓他們也派出人馬去尋找，爭取把西結古草原所有的地方都找一遍。」

索朗旺堆頭人說：「這是自然的，放心吧，麥政委，你的好心腸一定會感動西結古草原所有的部落頭人。」

藏醫尕宇陀也要回去，他沒顧得上舔「者麻」，抓緊時間給岡日森格抹了藥和餵了藥，又給父親留下了明後天的藥量，用手示範著仔細叮囑他這樣餵那樣抹。父親嫌留下的藥太少，比比畫畫地糾纏著要他多給一點。尕宇陀緊緊抱著他的豹皮藥囊，堅決不給。

父親說：「為什麼？為什麼？不就是一點藥嘛。」

尕宇陀說：「夠了，夠了，甘露多了就不是甘露，就是毒液了。」說著，生怕搶走了似的，趕緊上馬，搶先走去。

以後父親會知道，作為一個對生命抱有極大愛心的救死扶傷的藏醫，尕宇陀既是慷慨大方的，又是惜藥如金的，那些撒在岡日森格傷口上的白色粉末、黑色粉末和藍色粉末，是用巴顏喀拉山的山頂寶石、雅拉達澤山的金剛雷石、巴斯康根山的溫泉石，加上麝香、珍珠、五靈脂、邊緣冰鐵、雪朗水晶花、印度大象的積血、吐寶獸的脛骨等等，碾成粉末炮製而成的。

那種塗抹傷口的漿糊狀的液體，是用公母雪蛙、白唇鹿的眼淚和藏羚羊的角膠釀製而成的。那種黑乎乎的草藥湯則是由瑞香狼毒、藏紅花、藍水百合、尼泊爾紫堇、唐古拉黑蘆薈、年寶山雪蓮、各姿各雅紅靛根七種藥材煎熬而成。都是非常難得的藥寶，是他用幾十年的工夫尋訪、積累、配製出來的，用完了就沒有了，再要配製，就得等到下一輩子了。

藏醫尕宇陀沒走多遠，就被一個人攔住了。那人頭上盤繞著一根粗大的辮子，辮子上綴著紅色的毒絲帶和一顆巨大的琥珀球，琥珀球上雕刻著羅剎女神蛙頭血眼的半身像，身穿一件豔紅的氆氌袍，腰裏紮著熊皮閻羅帶，閻羅帶上繫著一串兒約有一百個被煙熏黑的牛骨鬼卒骷髏頭，更耀眼的是他的前胸，前胸上掛著一個銀製的「映現三世所有事件鏡」，鏡面上凹凸著墓葬主手捧飲血頭蓋骨碗的全身像。

藏醫尕宇陀趕緊下馬，半是驚懼半是恭敬地問候了一句，牽著馬轉身就走。跟在尕宇陀後面的索朗旺堆頭人和齊美管家以及幾個騎手，也都是一副驚恐疑懼的樣子，紛紛下馬，在索朗旺堆頭人的帶領下，回避瘟神似的繞道而去。

麥政委和白主任互相看了看：怎麼了，這是？

臥在魔力圖大帳房前的草地上，一直目送著他們的岡日森格突然站起來，悶聲悶氣地叫了一聲，煩躁不安地又是搖頭又是用前爪刨地。憑著牠比人敏銳而準確的感覺，牠已經意識到這個突然出現的人是必須警惕的，而警惕就是關於未來的擔憂——牠對值得懷恨的一切都有超越時空的預感，這次也不例外。而大黑獒那日則表現得異常興奮，坦坦蕩蕩地跑過去，在那個人身上聞了聞，又跑回來，和岡日森格嗅著鼻子，好像在悄悄地說著什麼。岡日森格頓時也有些興奮，不顧傷痛地環繞著父親走來走去。

父親奇怪地問道：「這個人是誰啊？」沒有人回答，扭頭一看，剛剛還和自己站在一起的大格列頭人正要躲到魔力圖大帳房裏去。父親大聲問道：「他到底是誰啊？你們怎麼都怕他？」

一身豪烈之氣的大格列頭人這時縮著脖子說：「他的身子碰到誰，誰就會損失全部財寶，他的氣息撲到誰，誰的全家就會得痲瘋病，他的影子罩住誰，誰就會死亡。他身上沾滿了鬼氣、邪氣、晦氣、血污之氣、奪命黑毒之氣，他就是送鬼人達赤，你難道沒有聽說過？」說罷身影一晃，就晃到帳房裏頭去了。

父親差不多明白了大格列頭人的意思，疑惑地說：「他就是送鬼人達赤？」

送鬼人達赤追著藏醫尕宇陀，伸手要著什麼。尕宇陀不給，抱緊了他的豹皮藥囊快步走去，走著走著就跨上了馬背。送鬼人達赤想拽住馬，意識到自己的手是不能碰到對方的，便在馬頭面前搖晃著，一個勁地企求著什麼。馬奔跑起來，他喊喊叫叫地追著，一直追到地平線那邊去了。

父親後來才知道，送鬼人達赤昨天從黨項大雪山來到了西結古。他去寺院尋找藏醫尕宇陀，想得到一種名叫「十八老虎虛空丸」的藥，聽說尕宇陀去了牧馬鶴部落，就一路追蹤而來。他是步行，他已經告別了馬背上的生活，因爲他多次試驗過，只要是他騎過的馬，過一段日子就會得病死掉。他不想害死更多的生靈，索性就不騎馬了。

他請求萬能的藥王喇嘛尕宇陀給他一些「十八老虎虛空丸」，說有頂頂重要、頂頂緊急的用途。尕宇陀不給，尋思你一個人人懼怕的送鬼人，要這種藥幹什麼？

「十八老虎虛空丸」是用十八種獸藥、礦藥、草藥煉製成的可以斬斷人生一百零八種煩惱的高級丸藥，它有讓人失去記憶的作用，一般人是不能用的，只有那些修爲圓滿、根性超人的密宗高僧，才有資格服用這種藥，才可以在服藥之後做到既消除所有煩惱，又不會失去記憶。

送鬼人達赤追著藏醫尕宇陀一直追到了西結古寺，最終也沒有得到這種藥。氣急敗壞的時候，他突然冒出這樣一句話來：「瑪哈噶喇奔森保，瑪哈噶喇奔森保，我的飲血王黨項羅刹不咬人了，牠記得這是老祖宗老天神的稱名咒，一聽就害怕，就不咬人了。我要讓牠忘掉，忘掉，趕快忘掉。」

藏醫尕宇陀愣了：原來他是想用「十八老虎虛空丸」，讓他的飲血王黨項羅剎忘記老祖宗老天神的遺訓，不再懼怕「瑪哈噶喇奔森保」的咒語。飲血王黨項羅剎到底是什麼，居然會懼怕「瑪哈噶喇奔森保」？尕宇陀有些緊張，看著送鬼人達赤嘟嘟囔囔走了之後，趕緊來到寺院最高處的密宗札倉明王殿裏，把達赤的話稟告給了一直在那裏打坐念經的丹增活佛。

丹增活佛聽了，飄然而起，異常機密地把密宗祖師蓮花生親傳的《鄔魔天女遊戲根本續》和《馬頭明王遊戲根本續》放回到經龕裏，然後跪拜著向鄔魔天女和馬頭明王的狂怒寶相借了法，匆匆忙忙下山來了。

半個小時後，丹增活佛在西結古工作委員會的牛糞碉房裏，見到了麥政委和白主任。白主任說：「我們剛剛從牧馬鶴部落回來，麥政委說，明天一早太陽出來的時候就去拜訪你，沒想到你親自來了，而且這麼快就來了。」

丹增活佛雙手合十向麥政委點了點頭，麥政委趕緊回拜。丹增活佛說：「我不是來正式拜訪的，正式拜訪尊貴的客人是要帶禮物的，可是我，什麼也沒有帶，只帶了一個消息，一個吉凶不明的消息：可能，也只是可能，七個上阿媽的孩子，在黨項大雪山，在送鬼人達赤居住的地方。」

披著僧袍站在一邊的李尼瑪趕緊翻譯。麥政委問道：「尊敬的佛爺，你怎麼知道？」

丹增活佛說：「瑪哈噶喇奔森保——十萬獅子之王馭獒大黑護法的稱名咒出現了，這是圓寂了的密法大師彭措喇嘛，以馭獒大黑護法爲本尊的修爲和傳授，是七個上阿媽的孩子帶到西結古草原來的。送鬼人達赤說，瑪哈噶喇奔森保咒得飲血王黨項羅刹不咬人了。」

麥政委說：「飲血王黨項羅刹是誰？」

丹增活佛說：「是我們草原的傲厲神主憤怒王。不過傲厲神主是福神，牠本來就不咬人，咬人的只能是野獸。」

麥政委說：「你是說送鬼人達赤那裏有吃人的野獸？」

丹增活佛點點頭說：「是的，七個上阿媽的孩子很可能就在野獸的嘴邊。」

麥政委也像面前的活佛那樣雙手合十，用只有信徒才會有的虔誠的口氣說：「救苦救難的大活佛，謝謝你了。」又望了一眼白主任說，「趕緊出發，去黨項大雪山。」

丹增活佛說：「要去就得快去，我也去，我們的藥王喇嘛尕宇陀也去，保護寺院和草原的鐵棒喇嘛們都得去。」

麥政委對白主任說：「你們西工委的大夫呢？也跟著一起去吧，以防萬一。」

梅朵拉姆要跟著麥政委和白主任去黨項大雪山了。她的走，牽動著兩個人。一個是李尼瑪，一個是巴俄秋珠。

李尼瑪也想去，但是白主任就是不說讓他去的話。直到臨上路時，麥政委看了看身後說：「那個會說藏話的同志怎麼沒有來？」白主任這才走過去，板著面孔小聲對他說：「你幹的好事兒，我都不想看見你了，打死藏獒的賬還沒算呢，就又開始談戀愛了。告訴你，那種事情，沒有結婚是不能幹的。」李尼瑪頓時紅了臉。

穿上靴子的巴俄秋珠自以爲已經是一個真正的男人，是仙女梅朵拉姆的護法神，當然要不緊不慢地跟上，不僅自己要跟上，還要讓所有的領地狗都跟上，好像他是將軍，帶領著一群雄赳赳氣昂昂的士兵。

他不時地喊著「獒多吉」，在狗群裏尋找獒王虎頭雪獒的身影，找了幾遍都沒有找到，就把大黑獒果日叫到了自己身邊，對牠說：「你吆喝起來，讓牠們都跟著我，不要落下，一個也不要落下。」巴俄秋珠現在還不知道前面的人要去幹什麼，只知道一定是一次非常重大的行動，因爲連西結古寺的住持丹增活佛和藏醫尕宇陀，以及如同藏獒一樣威武雄壯的鐵棒喇嘛也要去了。

做小狗時被巴俄秋珠餵養過的大黑獒果日聽話地吆喝起來，但牠的吆喝一點也沒有昔日遇到這類事情時的亢奮和激動，若斷似連的，好像有點應付差事。領地狗群慢騰騰地跟了上來，牠們和大黑獒果日一樣，情緒沉浸在失去獒王虎頭雪獒的悲傷和仇恨中，久久拔不出來。所不同的是，牠們比大黑獒果日更多一些清醒，也更多一些迷惘：獒王虎頭雪獒死了，誰是我們的新獒王呢？難道就是那個來自上阿媽草原的雪山獅子岡日森格？

按照鐵定的規律，戰勝了獒王的就應該是獒王，領地狗們唯一要做的，就是毫不猶豫地敬畏牠和擁戴牠。但是，岡日森格來自上阿媽草原——那個吸引了西結古人全部仇恨的地方，即使領地狗們願意，西結古人和西結古草原願意不願意呢？

人的意志必須服從，服從人對藏獒來說，永遠是狂熱而情不自禁的生存需要。但是，從祖先開始，藏獒對規律，尤其是誕生獒王的規律的遵守，向來是嚴格的，牠們骨子裏對強悍和力量、勝利和榮譽的崇敬，就跟人對神祇的崇敬一樣，永遠都是一股洪水般猛烈的衝動，這樣的衝動帶著原始的樸素，像萬年積雪一樣覆蓋了藏獒的整個發育史和每一隻藏獒生命的基本需求。

於是就迷惘。西結古草原的領地狗正在迷惘，牠們在獒王戰死之後面臨選擇新獒王的時候，全體有了一次無比深刻的迷惘。

父親沒想到，麥政委他們走後的第二天，岡日森格就不願意待在牧馬鶴部落的魔力圖大帳房裏養傷了。剛剛抹了藥和吃了藥，牠就用牙齒拽著父親的衣服來到帳房外面，然後就和大黑獒那日一起朝前走去。走了幾步，看父親沒有跟過來，就又停下，用藏獒不常有的汪汪聲叫起來。

父親走過去說：「我知道你待不住，你要去找你的主人七個上阿媽的孩子，可是你的傷還沒好，你行嗎？」

岡日森格朝著不遠處的一隻亭亭玉立的黑頸鶴嬉戲地撲了一下，彷彿這就是回答。大黑獒那日也在旁邊用昂首闊步的姿勢使勁攛掇著：走啊，走啊。頭頂滑翔的黑頸鶴也在嘎嘎地催促：去啊，去啊。

只能走了。父親是人，是人就比岡日森格和大黑獒那日囉嗦。他向大格列頭人致謝道別。

大格列頭人說：「我也要出發去尋找我們的強盜嘉瑪措和藏扎西了，天上的黑頸鶴告訴我們，好消息正在前面等著我們呢。吉祥的漢人，多帶點吃的，慢慢地走啊。」

父親帶了許多人和狗在路上吃的，備鞍上馬，在前後左右一大群婆娑起舞的黑頸鶴的陪伴下，跟著兩隻藏獒朝前走去。

走了好一會兒父親才發現，這一路，一直是大黑獒那日走在最前面。大黑獒那日帶著岡日森格和他，朝著遠方一座陌生的雪山，行走在一片陌生的草原上。他不知道大黑獒那日受傷的左眼看不見了以後，嗅覺變得格外發達，幾乎是岡日森格的兩倍。也不知道就在昨天，大黑獒那日見到送鬼人達赤後，就已經從他身上聞到了七個上阿媽的孩子的氣息，也聞到了一股腥膻撲鼻的陌生藏獒的味道。

牠們本來昨天就想走，但爲了岡日森格的傷只好休息一夜。一夜的休息是有效的，喜馬拉雅獒種得天獨厚的恢復能力加上藏醫尕宇陀的神奇藏藥，讓岡日森格一見初升的太陽就不由得衝動起來。牠們今天是非走不可了，即使父親不跟來，牠們也要走了。牠們前去的地方，正是太陽升起的東方——送鬼人達赤居住的黨項大雪山。

後來父親才知道，送鬼人達赤之所以居住在黨項大雪山，是因爲高曠而蠻荒的黨項大雪山的山麓原野，曾經是黨項人的老家。

黨項人是古代藏族人最爲剽悍尚武、驍勇善戰的一支，也是最早組建猛犬軍團南征北戰的藏人部族。成吉思汗席捲世界時，親自頒令徵調黨項人和黨項人的猛犬軍團作爲北路先鋒，直逼歐洲。猛犬軍團擁有五萬多名戰士，都是清一色的藏獒，牠們以敵方的屍體作爲吃喝，鋪天蓋地，一路橫掃，建立了讓成吉思汗驚歎不已也羨慕不已的「武功首」。大汗曾經慨歎：「身經百戰，雄當萬夫，巨獒之助我，乃天之戰神助我也。」

猛犬軍團打到歐洲之後，一部分隨著黨項人回到了黨項大雪山，一部分被蒙古人接管，留守在了歐洲，一直沒有返回老家。那些奮武揚威的、純種的屬於喜馬拉雅獒種的黨項藏獒，在故土之外，雜交繁育出了著名的馬士提夫犬、羅特威爾犬、德國大丹犬、法國聖伯納犬、加拿大紐芬蘭犬，牠們後來都成了世界頂級的大型工作犬。也就是說，黨項大雪山的山麓原野是生長原始藏獒的地方。黨項人雖然流走了，但具有原始野性的黨項藏獒卻依然存在。

送鬼人達赤是知道這一段祖先的歷史的，也知道在格薩爾王的傳說裏，那些摧堅陷陣、不避斧鉞的戰神，很多都是來自黨項大雪山的藏獒，更知道黨項藏獒是金剛具力護法神的第一伴神，是盛大骷髏鬼卒白梵天的變體，是厲神之主大自在天和厲神之後烏瑪女神的虎威神，是世界女王班達拉姆和暴風神金剛去魔的坐騎。而曾經幫助二郎神勇戰齊天大聖孫悟空的哮天犬，也是一隻孔武有力的黨項藏獒。所以，送鬼人達赤住在了黨項大雪山的山麓原野，豢養了一隻遺傳正統的黨項藏獒。藏獒的名字，就是他天天禮拜的傲厲神主憤怒王的名字：飲血王黨項羅剎。

走了三天才不走了，不走的時候，父親看到了黨項大雪山。夕陽溶化成了流淌的雲翳，大雪山正在瘋狂地燃燒，殘雪斑斑的夏季草甸上，赫然出現了一座石頭房子和幾頂帳房，帳房前簇擁著許多人。

父親愣了一下，走過去驚喜地叫起來：「麥政委，你們也來了?什麼時候到的?」

麥政委說：「我們昨天就到了。你怎麼知道我們在這裏?」

父親說：「我哪裡是來找你們的，我是跟著岡日森格來找牠的主人的，你們見到七個上阿媽的孩子了嗎?」

麥政委說：「還沒有呢，送鬼人達赤把他們藏起來了。」

父親說：「他怎麼敢這樣，應該強迫他交出來。」

麥政委說：「還不能強迫，我們得依靠活佛的力量，活佛會說服他的。」

父親過去，見過了白主任、李尼瑪和梅朵拉姆，然後合十了雙手，把腰彎成九十度，拜見了丹增活佛和藏醫尕宇陀。

丹增活佛回拜了一下說：「吉祥的漢人，我們又見面了。」

父親用藏話說：「佛爺親自到了這裏，七個上阿媽的孩子肯定有救了。送鬼人達赤就是有一萬個理由，也得聽從佛爺你的。」

丹增活佛說：「達赤進到大雪山裏去了，但願他能把七個上阿媽的孩子帶到這裏來。不過，他是一個呵佛罵祖的人，魔鬼居住在他的心上，聽不聽我的話還不一定呢。」

藏醫尕宇陀來到岡日森格跟前，蹲下來看了看牠的傷口，埋怨地說：「你走路太多，舊傷上掙出新血來啦，我再給你上一次藥，今天晚上，你可千萬不要胡走亂動了。」

岡日森格趕緊坐了下來。牠的確有些累了，脖子上肩膀上的傷口也隱隱作痛，聽尕宇陀一說，就覺得更累也更痛了。尕宇陀很快給牠上了藥。牠來到父親身邊展展地趴在地上，有氣無力地閉上了眼睛，好像牠已經忘了牠一路顛簸的目的是爲了尋找自己的主人七個上阿媽的孩子，好像面前的一切，包括吠叫而來的領地狗群都不在牠的關注之內，牠關注的只是把自己依託在冰涼的大地上，以最快的速度恢復體力。

領地狗們也是昨天和麥政委以及丹增活佛一起到達這裏的。一來就被一股瀰漫在四周的陌生藏獒的腥膻氣息搞得騷動不寧。牠們判斷不出藏獒爲什麼會有這種氣息，只知道牠跟牠們聞慣了的西結古藏獒的味道是不一樣的，既然不一樣，那就很可能是外來的藏獒，而這個地方——黨項大雪山的山麓原野，是西結古草原的絕對領地，自然也是絕對不允許異類侵入的。

牠們想找到這隻散發著腥膻氣息的異地藏獒，但就是找不到，刺鼻的氣息附著在每一根草葉、每一塊石頭上，哪兒都是濃濃烈烈的，讓牠們在腥膻的瀰漫裏暈頭轉向，失去了找到源頭的能力。

因此牠們不得不在廣闊的山麓原野上到處遊蕩，遊蕩著，遊蕩著，就驚奇地發現了岡日森格。

領地狗們吠叫著跑來，就像第一次見到岡日森格時那樣，氣勢洶洶地似乎要把牠撕個粉碎。但是這一點牠們已經做不到了，不是沒有能力，而是沒有心力，心力就是仇恨的力量，這種力量正在不由自主地一點點消弭。因爲牠們突然意識到，獒王虎頭雪獒已經死了，而面前這個趴伏在地的金黃色的獅頭公獒，就是咬死獒王的那隻藏獒。連獒王都咬死了，爲什麼領地狗群還要對牠囂張呢？

威武蓋世啊，名冠三軍啊，萬夫不當之勇啊，好生英雄了得啊，藏獒的語言裏並不缺乏這樣的辭彙，這樣的辭彙從祖先的血脈中流淌而來，在牠們的骨子裏形成了一種牢不可破的崇拜的力量。崇拜的力量讓領地狗們在快要接近岡日森格的時候突然停下了。牠們依然吠叫著，但那已不是憤怒的詛咒，而是爲叫而叫，爲兇而兇。

岡日森格聽出來了，所以牠平靜得就像一塊岩石，連趴伏的姿勢也沒有改變一下。只有一隻領地狗是真心憤懣，那就是大黑獒果日。出於對獒王虎頭雪獒曖昧的感情，大黑獒果日暫時還無法從獒王之死的悲痛中緩過勁來，悲痛連帶著仇恨，牠的仇恨的步伐情不自禁地直奔岡日森格。岡日森格沒有理睬牠，理睬牠的是牠的同胞妹妹大黑獒那日。兩隻姐妹藏獒以頭相撞，蹺起前肢抱在一起扭打著，各自咬下了一嘴對方的獒毛，就氣呼呼地分開了。

天色突然暗淡下來，雪山由紅色變成了青色，黑夜就要籠罩山麓原野了。父親拿出從牧馬鶴部落帶來的風乾肉，給岡日森格和大黑獒那日餵了一些。大黑獒那日很想去捕食野獸，考慮到岡日森格的安全，就忍住了，胡亂吃了一點風乾肉，就去說服領地狗們：你們離遠點，離遠點，不要打擾

了岡日森格，牠要好好睡一覺呢，牠已經好幾天沒有睡覺了。

領地狗們雖然不習慣這樣的勸說，但還是扭扭捏捏地退後了一些。大黑獒果日生氣地喊叫著，但無濟於事，牠不是獒王，牠只是獒王虎頭雪獒的相好，大家並不一定非得聽牠的。喊到最後，連牠自己也無奈地退後了十幾米。

大黑獒那日寸步不離地守護在岡日森格身邊，警惕的眼睛裏毫無睡意。父親走過去說：「你也睡一會兒吧，我來守著牠。」說著一屁股坐了下來。大黑獒那日這才臥下，但牠並沒有睡著，眼光始終在領地狗群和大黑獒果日身上掃來掃去。

這一夜，父親一直跟岡日森格和大黑獒那日待在露天地上。麥政委讓他到石頭房子裏睡覺，他沒有去。丹增活佛讓他到帳房裏自己的身邊睡覺，他也沒有去。於是，麥政委給父親拿來了自己的皮大衣讓他蓋上，丹增活佛給父親拿來了自己的羊皮褥子讓他鋪上。黨項大雪山的山麓原野上，冷涼的夏夜裏，父親就像一隻真正的藏獒那樣，懷著對世界的警惕，一會兒睜眼一會兒閉眼地睡過了前半夜。

後半夜，領地狗群突然有了一陣騷動。吠聲爆起，就像天上扔下來了無數驚雷。接著就是奔跑，忽地過去，又忽地過來，黑色的潮水在沒有月亮的夜空下喧騰回環。奔跑和叫囂、撲打和撕咬以最激烈的程度持續著。

石頭房子和帳房裏的人都出來了，瞪起眼睛刺探著前面，依稀能看到黑色的背景上一個更黑的黑影在閃來閃去，閃到哪裡，哪裡就會出現一陣瘋狂的奔撲撕咬。人們猜測著：一隻極其兇暴悍烈的野獸闖進了領地狗群，牠的力量與勇氣和藏獒旗鼓相當，所以爭衡就格外激烈、猛惡和持久。

突然李尼瑪大喊一聲：「危險，梅朵拉姆危險。」就見那更黑的黑影炮彈一樣射向了一頂離石頭房子五十步遠的白布帳房，那是梅朵拉姆的帳房。她是來這裏的唯一一個女人，大家就給她單獨支了一頂簡易帳房。帳房噗的一聲倒在了地上。更黑的黑影在帳房上跳起落下，刺啦刺啦地撕扯著夏季帳房那並不結實的白布。領地狗群潮水一樣朝那裏淹沒而去。

白主任下意識地掏出了手槍，朝上揮了揮，前走兩步，突然又把槍扔到了地上。李尼瑪神經質地渾身一抖，把槍撿了起來，就要朝前跑去。白主任白瑪烏金一把揪住他，吼道：「你要幹什麼？把槍扔掉。」說罷跳起來，朝帳房跑去。

李尼瑪扔掉槍，跑步跟了過去。他裏面穿著制服，外面裹著丹增活佛的絳紫色僧袍，跑起來像一隻巨大的蝙蝠。突然，蝙蝠落地了——李尼瑪雙腿一軟，一個跟頭栽倒在地上。

麥政委喊了一聲：「不好。」忘了自己是怕狗的，抬腳就要過去。警衛員一個箭步抱住了他：「首長，我去。」

麥政委回頭對身後幾個他帶來的人說：「都去，你們都去。」麥政委帶來的所有人都朝著帳房跑去，丹增活佛帶來的幾個鐵棒喇嘛以及光脊梁的巴俄秋珠也朝著帳房跑去。但是已經沒用了，在他們跑過去之前，早就有人第一個跑到了那裏，他就是父親。

父親跑到的時候，更黑的黑影已經不見了，被利牙撕扯得四分五裂的帳房上，擠滿了尋找目標的領地狗。梅朵拉姆從撕裂的豁口中站了起來，奇怪地問道：「這是什麼野獸，怎麼光咬帳房不咬

人？」

父親問道：「牠沒有咬妳嗎？」

梅朵拉姆說：「牠在我身邊跳來跳去，一口也沒咬。」

父親說：「咬一口妳就完蛋了。」

領地狗們奔撲而去，更黑的黑影又在別處閃來閃去了。父親趕緊回到了岡日森格身邊。讓他奇怪的是，驚天動地的喧囂並沒有影響岡日森格的睡覺，牠一眼未睜，好像已經不行了，馬上就要死去了，狗世間的任何鬧騰都牽動不了牠的興趣了。而大黑獒那日卻顯得非常狂躁，幾次要衝過去，都因爲牽掛著岡日森格而拐了回來。

翻江倒海似的一群對一個的剿殺持續了很長時間，終於平靜了。領地狗群匍匐在黑暗裏，就像消失了一樣鴉雀無聲。丹增活佛讓出自己的帳房要梅朵拉姆進去睡覺。沒等梅朵拉姆說什麼，麥政委就喊起來：「這怎麼行？你是神，我們是人，應該是人敬神，不能是神敬人。」

李尼瑪翻譯著。丹增活佛說：「都一樣都一樣，神敬了人，人才能敬神。」

麥政委說：「那就按年齡說吧，你和藏醫喇嘛年齡最大，理應住帳房。我們比你們年輕，就來個天當被來地當床吧。梅朵拉姆，妳去石頭房子裏睡。送鬼人達赤的房子裏四面牆上都畫著鬼像，妳進去後就把眼睛閉上，哪兒也別看。」

梅朵拉姆說：「我不怕，我什麼也不怕。」說著，走到石頭房子裏頭去了。

光脊梁的巴俄秋珠跟了進去，在黑暗中站了一會兒，就悄悄坐在了地上。他相信送鬼人達赤的房子裏到處都是鬼，他要守護著他心中的仙女梅朵拉姆，讓她安安穩穩睡一覺。

梅朵拉姆發現了他，問道：「是你嗎，巴俄秋珠？你到炕上來睡吧，炕上暖和。」看他不動，她又說，「過來呀，小男孩。」他過去了，上炕躺在了她身邊。梅朵拉姆把大衣蓋在他身上，摸摸他的臉說：「閉上眼睛睡吧，有我在身邊，你會做個好夢的。」他於是閉上了眼睛。但是他睡不著，他聽著身邊的仙女梅朵拉姆均勻而溫暖的呼吸，生怕丟了她似的，默默地守著，守著。

麥政委和許多人都睡在了露天地上。睡前，麥政委孩子氣地說：「我要睡中間，我怕狗。」父親再次躺到岡日森格身邊，諦聽著寂靜中夜色從深沉走向淺薄的腳步聲，漸漸睡著了。

天慢慢亮起來。當第一隻禿鷲嘎嘎叫著降落到山麓原野上時，父親警覺地掀掉大衣坐了起來。岡日森格依然趴臥在地上，一動不動。父親疑慮地摸了摸牠的鼻子，好像沒摸到呼吸，吃驚地叫了一聲。趕緊再摸，又發現呼吸是有的，而且是順暢的，才放心地站了起來。

他走向了那隻落在地上掀動翅膀的禿鷲，禿鷲的四周，是叫囂撕咬了半夜累得打不起精神的領地狗。父親在狗群裏穿行著，看到草地被奔騰的狗爪抓出了無數個坑窩，一片片纖細的牛毛草翻了起來，草根裸露在地面上，亂草中灑滿了血色的斑點，就像剛剛經歷了一場雷陣雨。

父親疑惑著：這是誰的血呢？闖入領地狗群的野獸傷得肯定不輕，或者已經死了，被藏獒們的血盆大口你一口我一口地咬死了。他想找到闖入者的屍體，一抬頭看到屍體就在跟前，一隻，還有一隻。他繼續找下去，一共找到了五具鮮血淋淋的屍體，但那不是什麼野獸的，而是領地狗的——

死去的領地狗中有四隻是小嘍囉藏狗，有一隻是高大威風的藏獒。除了死去的，還有受傷的，好幾隻藏獒身上都帶著傷，包括大黑獒果日，大黑獒果日的耳朵被咬掉了一隻，右邊的肩膀也被撕掉了一大塊皮肉。

父親在驚訝中繼續尋找，想找到闖入者的生命代價——屍體或者被領地狗吃掉血肉的骨架。但是沒有，走遍了領地狗群，走遍了留下爪窩、翻出草根的地方，連一根闖入者的毫毛也沒有找到。

父親呆愣著，他無法用聲音表達自己的吃驚，就只好呆愣著：這是什麼樣的闖入者啊，在闖入戰無不勝的領地狗群後，左衝右突，居然咬死咬傷了這麼多領地狗，而牠自己卻帶著依然鮮活的生命杳然逸去，奇怪得就像一個鬼魅。

父親想著，突然聽到一陣哭聲，扭頭一看，是光脊梁的巴俄秋珠。他穿著靴子，行走在領地狗群裏，每看到一隻死去的領地狗，就會趴在牠身上痛哭幾聲。

父親一陣哆嗦，趕緊朝岡日森格走去。別讓岡日森格撞上他，千萬千萬別讓岡日森格撞上他。父親想著，拿起大衣蓋在了岡日森格身上。

過了一會兒，來這裏的人都看到了領地狗群死傷慘重的情形，驚訝莫名地議論著。麥政委問道：「到底是什麼野獸，這麼厲害？」

藏醫尕宇陀一邊和梅朵拉姆一起給傷狗塗著藥，一邊說：「達赤，達赤。」

白主任問道：「你說是送鬼人達赤幹的？」尕宇陀無言地望了一眼丹增活佛。

丹增活佛長歎一聲說：「黑風魔已經找到了危害人間的替身，在牠不做厲神做厲鬼的時候，送鬼人達赤是不會聽我的話的。昨天晚上來到這裏的，一定是飲血王黨項羅刹，牠是達赤製造出來的西結古願望的化身，牠把一切仇恨聚攢在自己身上，所以牠是見誰咬誰的，但牠最根本的目的，是要讓上阿媽草原的人付出奪取別人生命的代價。

按照世世代代送鬼人的命運，達赤是娶不上老婆的（**送鬼人的後代，也就是繼承人，一般是認養而不是生養**），但是幾年前有個女人對達赤說，只要你能爲我報仇，我就嫁給你。這個女人的前兩個丈夫都被上阿媽草原的人打死了，她知道指望自己的兒子去報仇，兒子最終也會死掉，所以她挑選了人人回避、人人害怕的送鬼人達赤。達赤在娶這個女人前，向八仇凶神的班達拉姆、大黑天神、白梵天神和閻羅敵發了毒誓，要是他不能爲女人報仇，他此生之後的無數次輪迴，都只能是個餓癆鬼、疫死鬼和病殃鬼，還要受到屍陀林主的無情折磨，在火刑和冰刑的困厄中死去活來。

送鬼人達赤不是一個輕浮的叛誓者，他寧肯得罪我這個活佛，也要讓自己的誓言成爲可能。因爲活佛是現世的管家，而他的毒誓則決定著他以後的所有輪迴。草原上的人都知道，明天比今天重要，下一輩子比這一輩子重要，而最最重要的，是一個接一個的輪迴應該螺旋式上升，而不能螺旋式下降。」

李尼瑪翻譯著。麥政委說：「佛爺是不是說已經沒有辦法了，我們這些人就只能聽任送鬼人達赤胡作非爲？」

丹增活佛說：「他要真的是胡作非爲就好了，部落聯盟會議就可以制裁他，但現在，他的行爲不僅沒有違背，而且完全符合西結古草原的規矩，頭人們只會支持他而不會阻止他。」

麥政委說：「可是佛爺啊，我們到這裏來就是爲了解救七個上阿媽的孩子，如果做不到這一點，那要我們這些人幹什麼？」

丹增活佛說：「在黨項大雪山的山麓原野上，目前最危險的，還不是七個上阿媽的孩子，因爲送鬼人達赤沒有從我們的藥王喇嘛尕宇陀這裏得到十八老虎虛空丸，瑪哈噶喇奔森保的咒語還能暫時保佑孩子們平安無事。可是同樣來自上阿媽草原的岡日森格就不好說了，牠恐怕很難避開送鬼人達赤仇恨的利箭，因爲牠面對著一隻瘋狂到極點的野獸——飲血王黨項羅刹。現在看來，飲血王黨項羅刹是送鬼人達赤實現復仇目標的一個寄託，是他天長日久用浸滿毒汁的心願培養出來的一個空前野蠻的毒物。他辛苦培養牠這麼久，等待的就是這一天。」

父親說：「飲血王黨項羅刹，這麼恐怖的名字，不會是一個鬼吧？」

丹增活佛說：「肯定是一隻藏獒，因爲瑪哈噶喇奔森保的咒語對別的野獸是不起作用的。」

「岡日森格，岡日森格。」麥政委禁不住同情地喊起來。岡日森格無動於衷。

太陽出來了。梅朵拉姆在石頭房子裏送鬼人達赤的泥爐上燒開了奶茶，給大家一人盛了一碗。藏醫尕宇陀不喝，幾個鐵棒喇嘛也不喝。丹增活佛雖然不怕沾上鬼氣，但每喝一口都要念一句猛咒詛詈的經文。以麥政委爲首的外來人就無所謂了，喝了一碗又一碗。

父親吹涼了一碗，要端給眼巴巴地望著他的大黑獒那日，被丹增活佛喝止住了，然後說了句什麼。李尼瑪翻譯了出來：「萬萬不可，沾了鬼氣的藏獒會得狂犬病，會變成狗裏的瘋子，六親不認。」

父親只好自己喝下去，走過去對大黑獒那日說：「你自己去找水吧，或者你去喝獵物的血，我在這兒看著岡日森格，沒關係的。」

大黑獒那日去了，走出去不到一百米，突然又跑了回來，然後就一隻眼睛盯著遠方，開始悶雷似的狂叫，叫著叫著，用鼻子拱了一下岡日森格。岡日森格動了動，但沒有睜開眼睛。

父親告訴麥政委：「自從我認識牠以來，還從來沒見過牠叫得這麼瘋狂，牠肯定發現了什麼。」

大黑獒那日的狂叫持續著，把不遠處的所有領地狗都叫了起來。領地狗們也開始狂叫，震得半個天空都有些四分五裂了。丹增活佛似乎已經知道是怎麼回事，盤腿坐下來，念起了《不動金剛憤怒王猛厲火莊嚴大咒力經》。藏醫尕宇陀一聽這聲音，趕緊坐在了丹增活佛的身邊。幾個鐵棒喇嘛侍列身後，頓時就威怒異常了。

就在這時，岡日森格站了起來，一站起來，就抖了一下渾身金燦燦的獒毛，像是抖落了所有的疲倦和傷痛，頓時顯得精神倍增，氣象森然，彷彿牠就是不動金剛，現在要憤怒了，要噴射猛厲之火了。牠朝著大黑獒那日狂叫的方向望了望，一聲不吭地朝前走去。

就在這時，彷彿是岩石變出來的，一隻全身漆黑明亮，四腿和前胸火紅如燃的藏獒突然出現了，就像一塊正在燃燒的巨大黑鐵，在人們的視野裏滾地而來。領地狗們嘩的一下從牠的右側圍了過去。牠好像都懶得看牠們一眼，頭不歪，目不斜，路線端直地逕奔岡日森格。人們驚呼起來：「飲血王黨項羅剎？」

就在這時，送鬼人達赤幽靈一樣來到了這裏。他匍匐在地，藏到連連堆起的哈喇包後面，帶著獰厲的微笑，窺伺著面前的一切。

就在這時，一隊騎影朝這邊跑來。他們是野驢河部落的頭人索朗旺堆以及管家齊美帶領的騎手和牧馬鶴部落的頭人大格列帶領的騎手。他們為追蹤強盜嘉瑪措和被綁架的藏扎西，無意中會合到了一起，然後又來到了這裏，正好碰上這場藏獒與藏獒之間，為了人類仇恨、草原爭鋒的打鬥。他們齊唰唰地叫了一聲：哎呀。

第三十一章　獒魔的決鬥

岡日森格停下了。牠看到這隻早就在期待中的黑鐵火獒——飲血王黨項羅剎直奔自己而來，就站斜了身子，聳起鬣毛，揚起大頭，兩隻大吊眼格外誇張地吊起著，亮相似的擺出了一副昂然挺立的姿勢，迎接著對方：就是這個東西，牠終於來了。

岡日森格幾天前就預感到了飲血王黨項羅剎的出現，預感到飲血王黨項羅剎將是西結古草原橫暴仇惡的極致，也預感到自己有生以來最殘酷的打鬥就要來到了，所以牠要休息，要用徹夜不醒的睡眠驅除跋涉的勞頓和傷痛的困厄。現在，除了傷痕還有點痛，勞頓是徹底消除了，不然就擺不出昂然挺立的姿勢。

牠知道按照打鬥的慣例，只要自己擺一個姿勢，風風火火跑來的飲血王黨項羅剎就會在自己面前停下來，也擺出一個姿勢讓牠看，越是強悍的藏獒就越講究姿勢的完美和獨特，越渴望首先通過擺姿勢來壓倒對方。而岡日森格要做的，就是利用這慣例出奇制勝：在對方想擺姿勢而沒有擺好姿勢的瞬間，以迅雷不及掩耳之勢發起攻擊，最好是一口咬住喉嚨，次好是咬住脖子的任何一個地方。如果最好和次好的目標都實現不了，那至少也要在對方的肩膀上撕下一塊肉來，狠狠地給牠一個下馬威。

然而岡日森格沒有想到，飲血王黨項羅剎不是一般的藏獒，牠的成長離開了藏獒這一物種成長壯大的規律，牠是人類用非人的手段訓練出來的獒之魔、獸之鬼。

藏獒本是一種依賴群居生活（和人類群居，也和同類群居）才可以發揮作用、也才可以進入人類生活的動物，群居的生活會讓牠們具有健全的心理和智慧，會在潛移默化中教會牠們許多藏獒必須遵守的規矩，從而使牠們的行爲方式符合某種代代相傳的習慣，這種規矩和習慣既體現著牠們本身的生存需要，也體現著人類的需要。

但是飲血王黨項羅刹自記事以來，從來沒有和別的藏獒一起生活過哪怕一天，除了那些通過頑強的遺傳，牢固地盤踞在牠的血液中骨子裏的祖先的資訊之外，牠沒有從任何同類和人類身上學到過任何所謂的慣例。從心靈到肉體的絕對孤獨，讓牠獨立在了人們和藏獒們的見識和理解之外。牠的名字叫飲血王黨項羅刹，這個名字所昭示的特點，一是迥異於任何野獸的巨無霸似的惡毒生猛，二是對秩序和道德的強烈反叛，或者叫極端的懵懂無知。

飲血王黨項羅刹朝著岡日森格飛奔而來，牠既沒有停下，也沒有直取岡日森格，而是突然轉身，朝著一隻從右側包抄而來的領地狗群裏最勇猛的、黑色的金剛公獒撲了過去。這是兩倍於閃電的速度，是等同於雷霆的力量，是任何大腦都無法想像的攻擊。金剛黑獒只覺得眼前突然有了變化，還沒看清楚變化究竟是什麼，對方巨大的身軀就已經鋪天而來，大嘴一伸便咬住了牠的喉嚨，只聽咯嚓一聲響，利劍似的虎牙頓然豁開了一道半尺長的血口。

按照常規，接下來，飲血王黨項羅刹一定會再咬一口，直到咬死對方。但是沒有，牠在拔出牙齒的同時，飛身而起，用疾風之力撲向了岡日森格，速度之快，連岡日森格這樣智勇雙全的藏獒都沒有反應過來。

岡日森格依然斜立著身子，聳起鬣毛，揚起大頭，用一種昂然挺立的姿勢等待著對方也擺出一個姿勢來。飲血王黨項羅刹大吼一聲：「你怎麼這麼莫名其妙？」牙齒比吼聲更快地來到了岡日森格面前。岡日森格哎呀一聲，知道跳開已是不可能了，順勢倒地也是不可能了，只好身子一縮，凝然不動。

岡日森格不愧是雪山獅子，凝然不動是鎮定自若的表現，也是一種本能的防範，因爲所有神勇的藏獒在撲咬時，都算準了對方逃跑或者躲避的路線，都有極其準確的提前量，凝然不動就是躲過了撲咬者的提前量。

從被動防範的角度來說，這一招果然是奏效的，飲血王黨項羅刹並沒有一口咬住牠的喉嚨，猛掏一下就能掏出一個岩窩的兩隻前爪，一爪撲在了空氣裏，一爪撲在了岡日森格的腦袋上，岡日森格的腦袋頓時嗡了一聲。好在狗頭是最硬的，岡日森格的頭比岩石還要硬，當頭上的金黃毛髮紛紛散落的時候，牠硬是抵抗住了如此猛烈的擊打而沒有倒下。

更讓人叫絕的是，牠的沒有倒下和牠的反撲接踵而至。飲血王黨項羅刹四肢剛剛著地，身側就跟過來了岡日森格的利牙。這是風馳電掣的利牙，是只有草原戰神才具有的利牙，這樣的利牙類似人類的殺手鐧，對付一切敵手都是一牙斃命的。

然而，這樣偉大的利牙在用來對付飲血王黨項羅刹的時候，突然就不偉大了。飲血王黨項羅刹立刻感覺到了對方這次反撲的厲害，而對牠來說，行動就是感覺，甚至行動比感覺還要快。牠並沒有躲閃，而是原地跳起，回頭便咬。

犬牙和犬牙砰然相撞的時候，岡日森格又一次領略了對方力量的巨大。牠趕緊跳起來躲開，但已經晚了，飲血王黨項羅刹的利牙哧啦一聲戳穿了牠厚實的嘴唇，而牠卻未能戳穿對方的嘴唇。飛濺而起的鮮血隨著躲閃的身影，淋漓在空中地上。

岡日森格發現雖然牠已經預感到西結古草原將橫空出世一隻兇暴惡毒至極的黨項藏獒，將和自己有一場空前殘酷的打鬥，但牠仍然低估了對方的勢力。對方進攻的速度、對方廝殺的蠻野、對方那種處於巔峰狀態的氣勢，都遠遠超過了牠。牠現在唯一要做的似乎就是閃避，就是想方設法避免自己受到傷殘，而不是想方設法給對方製造傷殘。

那麼對方的閃避能力呢？要是對方的閃避能力也在自己之上，那就說明打鬥現在已經有了結局：牠是死定了的，不在這一刻，就在那一刻。因爲閃避能力強的藏獒，一般來說更懂得如何破壞對方的閃避，牠閃避的能力和技巧，往往也是牠進攻的能力和技巧的體現。

岡日森格要試一試了，牠要看看對方的閃避能力究竟如何。牠看到飲血王黨項羅刹又一次朝自己撲來，便迅速閃開，又迅速撲了過去。然而飲血王黨項羅刹沒有閃避，牠好像不懂得閃避，或者牠不屑於閃避。當岡日森格撲向牠，眼看就要牙刀進肉的時候，牠的反應依然是原地跳起，張嘴便咬。

整個過程如同電光石火，結果仍然是牠的牙刀攮進了岡日森格的肉，而不是相反。岡日森格再一次帶著滿嘴的創傷跳到了一邊。牠覺得自己真是很傻，對方有這般強勁快速的進攻，還需要閃避幹什麼？需要閃避的只能是牠自己了，牠除了閃避，再也沒有別的能耐了。所有超人超狗的智謀詭計，所有穩操勝算的撲殺本領，所有澎湃磅礡的情態氣勢，就在面對這個從天而降的飲血王黨項羅剎的時候蕩然無存了。

岡日森格灰心喪氣著，突然發現牠連灰心喪氣的時間也沒有了。飲血王黨項羅剎的進攻再次開始。還是速度和力量的精彩表演，一次撲咬不到就來第二次、第三次，上一次和下一次之間只有起伏沒有停頓，就像河水的奔騰自然流暢。

岡日森格全力以赴地閃避著，雖然被動得讓牠毫無光彩，甚至有些狼狽，但也讓圍觀的人們和狗們大開眼界：被動而不挨打，退卻而不改神速，誰說弱者的機智不是一種值得讚美的舉動呢——牠在閃電之下躲開了閃電的擊打，牠在狂風之中避開了狂風的掃蕩，牠沒有令人歎服的英雄氣概，卻同樣令人歎服地讓如此英雄的飲血王黨項羅剎無可奈何。

從人群裏傳來了叫好的聲音，是父親的鼓勵。領地狗們的叫聲此起彼伏，牠們情不自禁地開始為岡日森格助威。還有經聲，丹增活佛又來了一遍《不動金剛憤怒王猛厲火莊嚴大咒力經》，這一遍聲若洪鐘，緊張的氣氛裏平添了許多莊嚴和肅穆。

閃來閃去的岡日森格突然就不那麼灰心喪氣了，牠知道自己現在使用的閃避法和一般的躲避絕然不同，躲避是躲開傷害，是生存的藝術，閃避是閃開死亡，是生命的藝術。你越想讓我死，我就越要活給你看，我不死就是我的勝利。換句話說，你的勝利是咬死我，我的勝利就是讓你的企圖一次次落空，就是把貪生怕死的藝術發揮得淋漓盡致。只要你的進攻是無效的，我就是偉大而戰無不勝的。

偉大的岡日森格十幾次幾十次地跳起來落下去，一次比一次更加驚險地閃開了對方的進攻。飲血王黨項羅刹十幾次幾十次地跳起來撲過去，一次比一次更加惱怒地叫囂著：「你不是一隻藏獒，你是一匹可恥的狼。狼見了我才這樣的躲閃呢。狼樣的雜種，你來啊，你衝我來啊，你就像鬼影一樣閃來閃去算什麼本事啊？」

有好幾次，飲血王黨項羅刹都想算了，不打了，永遠都在逃跑的對手，根本就不是對手，就像一隻見了你就鑽洞的老鼠，你能說牠是你的對手嗎？但是既然已經期遇了這隻獅頭公獒，不咬死牠，就不是飲血王黨項羅刹的風格，就等於飲血王沒有活著，或者說，活著也是死了。飲血王黨項羅刹突然停了下來，停下來是爲了發動一次更加有效的進攻。

首先，牠貼著地面趴在了地上，好像累了，眼瞪著岡日森格的胸脯長長地吐氣，長長地吸氣。然後，牠把後腿藏在了肚腹下面，兩隻爪子牢牢地蹬住了地面。接著：牠伸展了前腿，用爪子摳住了地皮，並把肩胛緊緊縮了起來。

岡日森格警惕地瞪著牠，尋思：牠這是幹嘛呢？是不是體力不支了？或者心理上首先疲倦了？正想著，感覺地面突然搖了一下，正要跳起來閃開，飲血王黨項羅刹削鐵如泥的利牙已經來到了牠的胸脯上。胸脯是深闊的，利牙在心臟的位置上插了進去。岡日森格立刻翻倒在了地上。

這是一次成功的撲咬。飲血王黨項羅刹採用了低空咬蛇的戰術，也就是牠的撲跳沒有弧線，直線而去，整個身子離地面始終只有不到五釐米。而此前岡日森格的閃避藝術之所以成功，恰恰就是利用了對方撲跳時的弧線，在同等的距離上，弧線比直線多出來的那一點點時間，正是牠每次都能閃開對方撲咬的時間。但是這一次，弧線比直線多出來的時間突然消失了，必須用弧線而不是用直線閃避的岡日森格閃無可閃，避無可避，就只能是甕中之鱉了。

人們驚呼著。父親就要撲過來爲岡日森格幫忙。麥政委一把拉住了他：「你要冷靜，冷靜。」說著看了看丹增活佛。

丹增活佛誦經的聲音依然如故。藏醫尕宇陀微微閉上了眼睛。幾個鐵棒喇嘛平靜依舊，威怒依舊。索朗旺堆頭人以及管家齊美和大格列頭人悄悄來到了麥政委和白主任身後。

齊美管家小聲告訴麥政委和白主任，西結古草原幾乎所有的部落都派出了尋找強盜嘉瑪措和解救藏扎西的騎手，但是至今沒有下落。昨天晚上他們在高山草場搜尋時，尼瑪爺爺的兒子牧人班覺告訴他們，他看見強盜嘉瑪措和幾個騎手帶著捆綁起來的藏扎西，朝著黨項大雪山跑去。他們一路追蹤來到了這裏。

他問麥政委，這裏發現沒發現強盜嘉瑪措和藏扎西的蹤跡。麥政委搖搖頭說：「強盜嘉瑪措來這裏幹什麼？這裏不是一個僻靜的地方。」

「獒多吉，獒多吉。」光脊梁的巴俄秋珠突然喊起來。他希望領地狗群這時候能夠衝上去，咬死岡日森格，也咬死飲血王黨項羅刹。但領地狗群不聽他的，既沒有行動，也沒有叫聲。

在這個眼看岡日森格就要斃命的時刻，傻愣是領地狗群的必然選擇，因爲這種頂級藏獒之間擂臺賽式的打鬥，必須是一對一的，還因爲牠們沒有忘記就要死掉的岡日森格來自敵對於西結古草原的上阿媽草原，如果牠的表現不是英勇無敵、巍然不動的，牠們就沒有任何理由和必要尊崇牠了。

領地狗們現在考慮的是，既然連戰勝了獒王虎頭雪獒的雪山獅子岡日森格都不能打敗飲血王黨項羅刹，那麼牠們應該怎麼辦呢？兩種選擇：一是前赴後繼，萬難不屈，直到全部犧牲；二是尊飲血王黨項羅刹爲王，朝著一個踐踏了習慣與規矩的陰惡暴君俯首稱臣。這樣的可能並不是沒有，就看是不是符合西結古人的意志了。

岡日森格被壓倒在地，無奈而悲慘地掙扎著，胸脯上的血泉湧而出，迅速漫漶成了一片。飲血王開始飲血了，汩汩有聲，如同溪流掉進了深谷。大黑獒那日來回奔跑著，差一點跳起來撲過去，但是牠忍住了，藏獒的規矩讓牠只能旁觀而不能參與。牠叫著，聲音不高也不悶，柔柔的，柔柔的。

大概就是這柔柔的愛語給了岡日森格勇氣和靈感吧，令人不可思議的事情就在這個時候發生了：岡日森格突然忽高忽低地發出了一陣叫聲，這是母獒的叫聲，是母獒發情時的叫聲，是母獒發情的高峰極其痛苦、極其渴望、極其溫柔的叫聲。

飲血王黨項羅刹雖然遺失了許多祖先的遺產，但牠畢竟無法丟失娘肚子裏就已經形成的生理特性。牠是公獒，公獒的性別神經按照造物主的安排，和所有自然發生的事情那樣，正常地存在著，使牠在仇恨和憤怒的背後，深深潛藏著對母獒的另一種感情和衝動。飲血王黨項羅刹愣了一下，好像是說：你不是一隻雄性的狗雜種嗎，怎麼發出了母獒的聲音？

就是這一愣，使牠的嘴有了鬆動，深陷於對方胸脯的虎牙被一種強烈的排斥心力擠了出來。而這一擠對岡日森格來說，就是生命走向存在的最爲得體、最爲關鍵的一擠，牠擠出了脫離死亡的時間，也擠出了鬆動自己的身體，從而把對手的生命含在嘴裏的空間。

岡日森格用零點零零一秒的速度抬起了頭，又用零點零零二秒的速度齜出了牙刀，然後用零點零零三秒的速度一口咬住了對方的喉嚨。這是非常深刻的一咬，咬住的位置精確到無與倫比。飲血王黨項羅刹太出乎意料了：這個用母獒發情時痛苦而溫柔的叫聲呼喚著自己的傢伙，居然這麼刻毒地咬住了牠？牠暴怒得騰挪跌宕，試圖一甩就把對方甩掉。

但更讓牠出乎意料的是，牠不僅一甩沒有甩掉，而且好幾甩都沒有甩掉。牠只好一直甩下去，把岡日森格沉重的身體一次次地甩到這邊又甩到那邊。而對岡日森格來說，這一咬是用雪山獅子的整個生命和榮譽做賭注的，是牠用吃奶的力氣，用一生全部的打鬥經驗，用一切野獸在生死存亡之際所能發揮出來的最後的、也是最為剛毅堅忍的能力，創造出的一次最能體現生命壯麗而不朽的防守反擊。

牠成功了，奇蹟般地成了這場眼看就要輸掉——不，就要死掉的——打鬥的主宰者。

飲血王黨項羅刹看甩不掉對方，就用前爪使勁蹬踢，這可是猛伸出去能讓堅硬的岩石嘩啦啦粉碎的爪子，是恐怖之主用漫長的歲月磨礪出鋒銳的爪子，只一下就蹬斷了岡日森格的肋骨，就把牠龐大的身子蹬得飛了起來。

但牠就是蹬不掉岡日森格，就是無法蹬到岡日森格要命的脖子上，或者同樣要命的肚腹上。岡日森格抱定了這樣的信念：就是自己粉身碎骨，也要把牙齒留在對方的喉嚨上。

血從飲血王黨項羅刹的喉嚨上流了出來，很多，也很快，就像岡日森格熟悉的那些旺盛的冰川

水源，流成了一根粗大的血柱。這不是飲血王黨項羅剎的血，是別的藏獒的血，牠痛飲了許多藏獒的血，所以牠就是一個大血庫。血庫裏的血彷彿是無盡的，牠的生命也是無盡的。不，岡日森格對飲血王黨項羅剎說了一聲不：你的生命不是無盡的，從現在開始，你就要走向死亡。

飲血王黨項羅剎瘋狂的甩蹬延續了很久。岡日森格死死咬住不放，就像是對方身體的一部分。終於，飲血王黨項羅剎的甩蹬消失了，呼呼地喘息著，若斷似連地喘息著。終於，岡日森格的力氣用盡了，牙齒禁不住離開對方，渾身癱軟地趴臥在了地上。

這時候，飲血王黨項羅剎依然挺立著，依然是龍驤虎步，威武雄壯。牠已經不流血了，似乎所有的血都流盡了，但是牠沒有倒下，牠過了一會兒才倒下。轟然倒地的一剎那，所有的領地狗都放聲大叫，山麓原野上驚雷滾地，驅趕著低伏的雲翳疾走天涯。

丹增活佛的經聲頓然消隱，父親和大黑獒那日同時跑向了岡日森格，他們身後緊跟著藏醫尕宇陀和梅朵拉姆。岡日森格的眼皮一眨一眨的，在父親的撫摩下，牠的眨眼就像是親切的回答：沒事兒，我好著呢。藏醫尕宇陀看了看牠渾身的傷痕，邊打開豹皮藥囊，邊念起了《光輝無垢琉璃經》。大黑獒那日心痛地舔著，急切地到處舔著岡日森格的傷口。

領地狗們圍了過去，突然又停下了，尤其是那些智慧而勇武的藏獒，都在離岡日森格不遠的地方停了下來。牠們坐在地上，昂起頭，一聲比一聲動情地叫著。這是肅然起敬的意思，是只有拜見獒王時才會有的心悅誠服、歡呼雀躍的舉動。趴臥在地的岡日森格有禮貌地輕輕搖了搖尾巴。領地狗們喊叫的聲音更加情深意長了。

送鬼人達赤獰厲地扭歪了臉，從哈喇包後面爬起來，轉身就跑。

「獒多吉，獒多吉。」領地狗群的後面，突然響起了巴俄秋珠的聲音，一聲比一聲急躁。這是催動戰爭的聲音，是對領地狗群服從岡日森格的干預。但是領地狗群裏沒有一隻狗對巴俄秋珠的聲音做出反應。已經不起作用了，人類的仇恨意識在藏獒亙古及今的英雄崇拜面前，如同雲煙過耳，輕輕地來，輕輕地去了。

人們過來圍住了岡日森格。丹增活佛俯身摸了摸牠的頭。麥政委說：「這是佛爺的祝福吧？好啊好啊，多虧了你給牠念經，牠才表現得這麼神勇。」

野驢河部落的頭人索朗旺堆說：「不愧是來自神聖的阿尼瑪卿的雪山獅子，真是神獒啊，我們西結古草原的新獒王已經誕生了，這是草原吉祥的徵兆，你說呢，大格列頭人？」

牧馬鶴部落的頭人大格列甕聲甕氣地說：「領地狗們都已經尊牠爲王了，我還能說什麼？岡日森格你聽著，當你下一次光臨我們牧馬鶴部落的時候，我們會用最好的吃食招待你。」

岡日森格聽懂了人們的話，頗受鼓舞地抬起了頭，伸出舌頭舔了舔受傷的嘴唇。

這時，梅朵拉姆端來了一碗流淌在原野上的雪山清水，藏醫尕宇陀在裏面散了一層麝香粉、寶石粉和藏紅花的藥粉。父親接過碗，一點一點灌進了岡日森格的嘴裏。

大黑獒那日依然急切地到處舔著岡日森格的傷口，恨不得那些傷口被自己一舔就好。領地狗們在耳朵被飲血王黨項羅剎咬掉了一隻的大黑獒果日的帶領下，簇擁而來，也像大黑獒那日那樣舔起來，爭著搶著擁著擠著舔起來。

藏醫尕宇陀禁不住笑了，說：「好啊，好啊，百舌救一命，百舌救一命。」父親後來知道，藏狗，尤其是純種藏獒的舌頭，殺菌消炎的作用和特點是各自不同的，如果傷口經過許多藏獒不同舌頭的舔舐，療傷的效果比一隻舌頭的舔舐要好出幾十倍，誇張地說，就是死狗也能舔活了。

領地狗們舔了足足有一個時辰，藏醫尕宇陀才說：「夠了夠了，今天足夠了，我該上藥了，你們的舌頭加上我的藥，傷口明天就能長出新肉來，岡日森格明天就能站起來。」

父親來到了飲血王黨項羅刹身邊，蹲下身子摸摸牠偉岸的身軀，又摸摸牠的鼻息，大喊一聲：「牠怎麼辦？牠還活著。」

白主任和大格列頭人一個用漢話說，一個用藏話說：「讓領地狗咬死牠。」

父親本能地抖了一下說：「別。」說罷，徵詢地望了一眼丹增活佛。

丹增活佛鑾有深意地點了點頭，卻不表示任何態度。父親用藏話喊起來：「藥王啊，你是尊敬的藥王喇嘛，你爲什麼不過來一下？」

給岡日森格上完了藥的藏醫尕宇陀走過去看了看說：「牠是魔鬼的化身，別管牠，就讓牠死掉吧。」

父親說：「治好魔鬼的藥王才是真正的藥王，你就不要吝嗇你那點藥粉了。」

尕宇陀四下裏看了看說：「牠把仇恨的利箭射進了大家的心，這裏的所有人、所有狗都想讓牠死掉。我能給牠上藥，但我不能守護牠。」

父親說：「我來守護牠。」

尕宇陀說：「你為什麼要這樣？你是外來的漢人，你不應該這樣。」

父親說：「你不要管我是漢人還是藏人，我只能這樣。」其實父親也不知道他為什麼這樣固執地希望救活飲血王黨項羅刹，一切都來源於天性。在他的天性裏，他希望所有的狗都是好狗，都是自己的朋友。他是狗的聖母，面對任何一隻將死而未死的狗，他都不會見死不救。況且牠不是一般的狗，牠是一隻雄野到無以復加的藏獒。

在父親的企求下，藏醫尕宇陀給飲血王黨項羅刹上了藥。

藏醫尕宇陀錯了，岡日森格不是明天站起來，而是很快站了起來。當牠又喝了一碗梅朵拉姆端來的加了酥油的雪山清水之後，牠不僅站了起來，而且還朝前走去，雖然走得很慢，卻顯得異常堅定。

大黑獒那日跟上了牠。領地狗們跟上了牠。在場的所有人都驚呼著跟上了牠。父親跑過去問道：「你行不行啊？」

岡日森格用穩穩行走的舉動告訴父親：「你看我不是挺好的嗎？」

狗們和人們都知道，岡日森格是走向牠的主人七個上阿媽的孩子的。他們被送鬼人達赤囚禁在了一個秘密的地方，這個地方人是不知道的，只有岡日森格和牠身邊的大黑獒那日知道，只有這些追隨而去的領地狗們知道。牠們憑著靈敏的嗅覺，已經發現七個上阿媽的孩子就在不遠處的前方，黨項大雪山的一個地下冰窨裏。

父親戀戀不捨地跟著岡日森格走了幾步，又擔心飲血王黨項羅刹被人打死或者被狗咬死，趕緊又轉身回去了。

麥政委走過去對父親說：「你就在這裏守著牠，我讚賞你的舉動，我們打仗的時候，俘虜了受傷的敵人，也是要給他好好治療的嘛。」

父親說：「可是岡日森格身邊得有人，牠萬一倒下去怎麼辦？」

麥政委說：「你放心，我會親自跟著牠。牠對我是很好的，我現在不怕牠，很喜歡牠。」說著大步走過去，走在了岡日森格身邊。警衛員牽著兩匹馬，緊緊跟在了麥政委的身後。

白主任白瑪烏金猶豫了一下，覺得自己作爲西工委的領導，理應陪同在上級領導身邊，也跟了過去。

越來越近的黨項大雪山氣勢逼人，似乎就在頭頂的天上，就要崩潰在眨眼之間。更加逼人的是冰光，它一輪一輪地奔湧而來，試圖穿透所有走向它的肉體，讓污濁的生命冰清玉潔。山裙的闊界裏，已是寸草不生的冰天雪地。一片冰丘連接著一片冰塔林。冰塔林中間隱藏著許多個天然生成的地下冰窖，其中的一個冰窖裏，囚禁著七個上阿媽的孩子。

送鬼人達赤緊緊張張來到這裏，滾倒在冰窖的窖口喘息不迭。突然，他哭了，開始是無聲地流淚，接著就號啕大哭。他用生命的全部激情培育而成的復仇魔王——飲血王黨項羅剎，就這樣死掉了（**他覺得牠已經死掉，復仇失敗了就是死掉了**），他給女人的盟誓——岩石一樣堅硬、雪山一樣剔透的復仇心願，就這樣毀於一旦。

他的心情從天堂直落地獄，他恨啊，恨自己沒有更爲陰深毒廣的本事，恨岡日森格這隻來自仇家草原上阿媽的無敵藏獒，恨這隻無敵藏獒的主人——冰窖裏的七個上阿媽的仇家。

砍掉牠，砍掉他們的手，草原的規矩給了他勇氣，部落聯盟會議的決定給了他權力，他爲什麼直到現在還沒有付諸行動呢？難道一定要把他們押上行刑台，讓他們在大庭廣眾之下驚塵濺血，才

算是合乎草原鐵律的？是的，應該是這樣。除非飲血王黨項羅剎出面，在人鬼不知的時候咬掉他們的手。

本來飲血王黨項羅剎是要這麼做的，送鬼人達赤已經給了牠咬手的指令，而他的指令對牠來說，就是天意的驅動，就是牠自己的意志。飲血王黨項羅剎已經把自己的存在和送鬼人達赤的復仇意念合而為一了。可惜的是，七個上阿媽的仇家喊起了「瑪哈噶喇奔森保」的咒語，而飲血王黨項羅剎居然對這樣的咒語先天就有一種心領神會的恐懼和忍讓；更可惜的是，一代梟雄岡日森格出現在了西結古草原，並且來到了黨項大雪山，不該死的迅速死掉了，該死的一個也沒有死。

送鬼人達赤哭著，恨著，岡日森格已然成了他仇恨的焦點。殺了牠，殺了牠，為什麼不殺了牠？他站了起來，決定要去殺了岡日森格，又意識到自己根本殺不了岡日森格，岡日森格殺了飲血王黨項羅剎，他哪裡是牠的對手？但是，他可以殺了牠的主人——七個上阿媽的孩子，這也是復仇，是更加方便快捷、堅決徹底的復仇。

對，不砍手了，直接要命就是了，絕不能讓岡日森格救了去，絕不能。他的心激動地跳了一下，他的身子也激動地跳了一下，然後走過去，滿懷抱起了一塊沉重的冰岩。他知道，只要他不斷地把冰岩從冰窖的窖口扔下去，就能砸死裏面所有的人。

他雙腿挪動著，來到了窖口。窖口正視著他，有一個人也在正視著他。那個正視他的人不知道他要幹什麼，爽朗地吆喝了一聲。送鬼人達赤身子不禁一抖，冰岩掉在了地上。他抬頭一看，只見牧馬鶴部落的強盜嘉瑪措帶著幾個人，牽著幾匹馬，從冰塔林中走了出來。

送鬼人達赤定了定神問道：「勇敢的強盜，你來這裏幹什麼?難道你不怕我給你沾上一身鬼氣?」

強盜嘉瑪措停下來說：「我當然害怕，怕得要死。但我知道你的鬼氣是有限的，你沾染給了別人，就不會沾染給我了。我聽說你把七個上阿媽的仇家藏了起來，誰也找不著，我今天來找你，就是想讓你再藏一個人。」

送鬼人達赤這才看到他們中間有個人是綁起來的，再一看，認出是已經被丹增活佛逐出西結古寺的藏扎西，便道：「我聽說他已經成了神聖的復仇草原的叛徒，你把他藏起來幹什麼?砍斷他的雙手不就行了?」

強盜嘉瑪措說：「這不符合草原的規矩，草原的規矩裏，懲罰叛徒總是要起到殺一儆百的作用。等外來的漢人一離開西結古草原，我就會把他送上西結古的行刑台，讓草原上所有的人、所有的狗、所有的活物都知道，叛徒的下場是什麼樣子的。我還要讓大家明白，西結古草原復仇的烈火只能越燒越旺，不能燒著燒著就滅了。」

送鬼人達赤說：「英明的強盜，你說得真好，可是啊，可是我這裏已經藏不住人了，那個來自上阿媽草原的叫做岡日森格的獅頭公獒來到了黨項大雪山，牠打敗了我的神聖而正義的復仇魔主飲血王黨項羅剎，正帶著人和一大群領地狗朝這裏走來。」

強盜嘉瑪措吃驚地說：「你說什麼?你說牠帶著一大群領地狗朝這裏走來?」

送鬼人達赤說：「是啊是啊，領地狗們都跟著岡日森格，牠已經是西結古草原的獒王了。」

強盜嘉瑪措說：「這怎麼可以呢？我們西結古草原怎麼能讓一個上阿媽草原的仇狗做我們的獒王呢？」

送鬼人達赤說：「這不是你我說了算的，我親眼看到，領地狗們都無一例外地擁戴牠了。」

強盜嘉瑪措沉重地搖著頭說：「我知道岡日森格是一隻勇敢無私的藏獒，是阿尼瑪卿雪山獅子光榮的轉世。但是牠正在和我們至高無上的復仇作對，我們就無法接納牠了。我不能容忍我們西結古草原的領地狗群裏有這樣一隻獒王。送鬼人你說，我要是打死了岡日森格，人們就找不到七個上阿媽的仇家和叛徒藏扎西了是嗎？」

送鬼人達赤說：「是啊是啊，可是你能打死牠嗎？牠是神奇無限、戰無不勝的。」

強盜嘉瑪措說：「我知道牠是厲害的，但我知道草原上的強盜嘉瑪措也是厲害的。我現在就去打死牠，我一定要打死牠。如果西結古草原自己產生不了獒王，我就做獒王，天天吃生肉，頓頓喝冷水，身上長毛，野地裏睡覺。」說著，取下身上的叉子槍，把自己的大黑馬交給身邊的騎手，朝著冰塔林外大步走去，又回頭大聲說，「送鬼人達赤，拜託你了，你把叛徒藏扎西給我藏起來。」

送鬼人達赤走向了被綁起來的藏扎西。押解他的幾個騎手一臉懼怕地朝後退去。藏扎西恐怖地瞪大了眼睛，喊起來：「走開，走開，別動我，別動我。」

送鬼人達赤哼哼一笑，晃著頭，炫耀著粗大辮子上的紅色毒絲帶和那顆雕刻著羅剎女神蛙頭血眼的巨大琥珀球，兩手摸了摸熊皮閻羅腰帶上一串兒被煙熏黑的牛骨鬼卒骷髏頭，又摸了摸胸前映現三世所有事件鏡上墓葬主手捧飲血頭蓋骨碗的凹凸像，然後張開雙臂，忽的一下抱住了藏扎西。

藏扎西一陣慘叫，就像尖刀戳進了心臟。

天然生成的地下冰窖裏，七個上阿媽的孩子並沒有意識到這是一個生死攸關的時刻，就跟他們在這裏度過的每一個日子一樣，他們根本就沒有想過死亡與自己的關係。他們是流浪慣了的塔娃，自從他們離開了骷髏鬼多多、吃心魔多多、奪魂女多多的上阿媽草原，來到西結古草原尋找滿地生長著天堂果的海生大雪山岡金措吉以來，並不覺得自己吃了多少苦，受了多少驚嚇，還覺得這樣的生活挺好玩的。即使被送鬼人達赤騙進了這個天造地設的墳墓一樣的地下冰窖，也沒有感覺到死神就在頭頂。

送鬼人達赤說：「黨項大雪山的所有冰窖都是通往海生大雪山岡金措吉的，你們從這裏下去，穿過一個地洞，就能看見一條河，沿著河流往前走，走上一天一夜，當太陽出來的時候，海生大雪山就會自動來到你們面前。」

他們相信了，因爲送鬼人達赤不僅用魔變的神跡讓他們心服口服，還招待他們吃了一頓帶血腸的手抓羊肉，吃得他們又飽又高興。等他們歡天喜地一驚一炸地被他用繩子吊進冰窖後，才發現他們上當了，達赤不是一盞神靈附體的明燈，而是一個魔鬼附體的騙子。好在冰窖裏面不冷不熱、有吃有喝，大喊大叫了一陣也就罷了。

活著，玩著，等待著，說不定哪一天，送鬼人達赤懶得管他們吃喝了，就會把他們吊出冰窖放他們走了。

這會兒，他們吃著送鬼人達赤昨天丟進來的一牛肚風乾肉和一牛肚牛奶，嘻嘻哈哈猜著謎語。臉上有刀疤的孩子發問：「外面看，好像一頂大白傘，裏面看，好像佛經摞千卷，是什麼？」大家你一個答案我一個答案，終於由大腦門的孩子說對了：「蘑菇。」刀疤又問：「一隻青鳥進了洞，尾巴留在洞門口，是什麼？」誰也猜不出，最後刀疤說了出來：「刀子插進刀鞘裏。」大腦門搶著說：「我說一個你們猜，石崖上面羊羔跳，石崖下面雪花飄，是什麼？」大家都「哦」了一聲，齊聲回答：「磨糌粑。」大腦門說：「我再說一個。方方正正黑東西，嘴裏吃人，肚裏說話。」大家說：「牛毛帳房。」刀疤說：「你說的大家都知道，我發明了一個，顏色是金子的，長相是獅子的，力氣是野牛的，狗熊是不怕的，是什麼？」大家心領神會地齊聲回答：「岡日森格。」

一說到岡日森格，七個孩子就都平靜下來了，都在想，牠在哪裡呢？牠是不是正在找他們呢？他們也應該去找牠，可是他們窩在冰窖裏出不去，沒辦法去找牠。於是他們就哭了，哇哇哇的哭聲裝滿了冰窖，裝不下的就溢出窖口，被空氣稀釋成微弱的求救的資訊，隨風而逝了。

岡日森格以新獒王的身份，帶領著領地狗群來到了冰清玉潔的山裙之上，黨項大雪山發育著河流和湖泊的連綿冰丘和冰塔林頓時撲眼而來。岡日森格停了下來，一直跟在牠身邊的麥政委和大黑獒那日也停了下來。岡日森格和大黑獒那日都用鼻子使勁嗅著，都覺得眼前的空氣裏充滿了一種異樣而危險的味道。但是危險的味道越濃，牠們就越要往前走，因爲七個上阿媽的孩子的味道以及隱隱傳來的哭聲，比任何味道都更加強烈地牽引著牠們。

再次開步的時候，岡日森格和大黑獒那日一點也沒繞，逕直走向了冰塔林中囚禁著七個上阿媽的孩子的地下冰窖。牠們因爲聽到了哭聲而心急意切，沒看到旁邊的巨大冰稜後面藏匿著強盜嘉瑪措的身影和一杆裝飾華麗的叉子槍。

其實發現異樣和危險的還有麥政委，他當然不是用鼻子，而是用眼睛。他看到在這個冰光四射的地方沒有任何陰影，看到在這個不該有陰影的地方突然出現了一個陰影，就在身旁不遠處的巨大冰凌後面，長短跟人的影子差不多。他馬上斷定那兒有一個人，馬上斷定這個人是危險的，因爲不是危險的人，不會藏在一個可以打伏擊的地方。

他喊了一聲「警衛員」，正要吩咐他注意前面，又看到冰稜後面探出了一根羚羊角的叉子，叉子不是平舉的，而是朝下的，平舉是對著人的，朝下是對著狗的。他望了一眼岡日森格，再也沒想什麼，撲過去一下抱住了牠。

緊跟在他身後陪同著他的白主任白瑪烏金大聲道：「麥政委，你要幹什麼？」抬頭一看，叉子槍就在前面，不禁大吃一驚，喊了一聲「有壞蛋」，就像勇敢的岡日森格那樣跳起來，撲在了緊緊抱著岡日森格的麥政委身上。

槍響了。

世界愣了一下。

最先擺脫愣怔的，是跟麥政委和白主任一起陪伴著岡日森格的大黑獒那日。牠一躍而起，直撲斜前方那個藏匿著陰謀的巨大冰稜。冰稜後面的強盜嘉瑪措一看自己打著的不是岡日森格，而是人，是那個外來人裏官兒最大的麥政委，或者是那個西結古工作委員會的白主任，頓時就傻了。

他是剽悍勇武的部落強盜，是牧馬鶴部落的軍事首領，不是無所顧忌的土匪。他雖然打死過人，但他絕對沒有離開草原的復仇規矩和復仇動機，無緣無故地打死過人。天經地義地懲罰仇家以及叛徒，才是他的職分，可是現在，他怎麼打中了麥政委或者白主任呢？他們既不是仇家也不是叛徒，他們雖然不贊成西結古草原對上阿媽草原堅定不移的復仇，但他們都有一顆祝福草原幸福平安的心是確定無疑的。他們曾經說過：「我是遠方飛來的小鳥，請你相信我。」

丟掉叉子槍的強盜嘉瑪措不知所措地呆愣著，突然看到一隻大黑獒朝自己撲來，驚吼一聲，轉身要跑又沒有跑。

大黑獒那日是西結古草原的領地狗，牠從來沒有撲咬過西結古草原的人，這是第一次。牠認識這個人，這個人是素來受人與狗尊敬的牧馬鶴部落英武的強盜嘉瑪措。但不管他是誰，只要他想打死西結古草原新生的獒王岡日森格，自己就要不顧一切地衝過去。

牠衝過去了，並不希望自己嘴下留情，但當牠看到這個人的喉嚨就在眼前，這個人的手也在眼前的時候，牠還是下意識地做了一次選擇，選擇的結果是，牠一口咬住的不是致命的喉嚨，而是不致命的手。畢竟這個人是西結古草原的人，咬死他是不合常規的。牠咬斷了這隻手，又咬斷了那隻手。

強盜嘉瑪措慘烈地叫著，仰倒在地上。他沒有逃跑，也沒有反抗。他知道按照草原的規矩，打死了不該打死的人，那就應該以命償命，如果不能以命償命，那就意味著你欠下了命債，你招來了仇恨。尤其是外來人的仇恨，那可是不得了的仇恨。可是他萬萬沒想到，撲過來的不是外來人還擊的子彈，而是西結古草原的領地狗大黑獒那日。

更讓他沒想到的是，大黑獒那日沒有咬斷他伸給牠的喉嚨，而是咬斷了他縮回來的手。他的手轉眼就落在雪地上了，不是一隻，而是兩隻。他日夜奔波，一門心思想砍掉藏扎西的雙手，砍掉七個上阿媽的孩子的一隻手，但是到頭來，失去雙手的卻是他自己。他打著滾兒慘叫著，白地上剎那間就殷紅一片了。

牧馬鶴部落的頭人大格列噗通一聲跪倒在了堅硬的雪地上，朝著黨項大雪山惶恐地喊道：「神啊，你有一億個食肉魔環繞，你有十億個血湖鬼陪伴，你有一萬個鴉頭女神牽引，你就讓大黑獒那日咬死強盜，讓他償命保平安吧，是他槍打了這個外來的貴人，不是草原，不是部落。」

對萬年寂靜的黨項大雪山來說，強盜嘉瑪措的槍聲差不多跟一場地震一樣。峻峭突兀的冰峰雪嶺呆愣了一會兒，驀然就崩裂了，那一種驚心動魄的坍塌，那一種天翻地覆的震撼，讓草原和雪山終於反彈出自己壓抑已久的聲音。

父親後來說，這是白主任白瑪烏金的葬禮，如果父親不是因為飲血王黨項羅剎而留在山麓原野上，這很可能就是他的葬禮。

白主任從麥政委身上倒了下去，麥政委從岡日森格身上倒了下去。麥政委很快站了起來，白主任沒有站起來，他再也站不起來了。岡日森格叫著，嗚嗚嗚地叫著，這是哭聲，是藏獒從人那裏學來的發自肺腑的哭聲。

牠邊哭邊舔著白主任血如泉湧的胸口，兩隻前腿像人那樣跪下了。許多人圍了過來，呼喚著：「白主任，白主任。」藏醫尕宇陀查看著傷勢，痛心地搖了搖頭。麥政委和李尼瑪激憤地望著前面，失去雙手的強盜嘉瑪措突然站起來，噗通一聲跪下，悲慘地喊著：「打死我，打死我。」

岡日森格站起來抽身而去，牠要去報仇了，爲了白主任白瑪烏，牠決定咬死放槍的強盜嘉瑪措。但是雪崩制止了牠，牠望著大面積傾頹的冰體和瀰揚而起的雪粉，突然改變想法朝前跑去。牠渾身是傷，在根本就沒有能力奔跑的時候奔跑起來，雪崩的威脅、主人的危險，讓牠溘然逸去的奔跑能力又猛可地回來了。所有的領地狗都跟上了牠。牠們直奔冰塔林中囚禁著七個上阿媽的孩子的地下冰窖。

光脊梁的巴俄秋珠混在領地狗群裏奔跑著，悲憤地喊起來：「獒多吉，獒多吉。」

梅朵拉姆追了過去：「你要幹什麼？你回來。」

他不聽她的，依然沉浸在仇恨的毒水裏，依然希望領地狗們能夠撲上去咬死岡日森格：「獒多吉，獒多吉。」

梅朵拉姆大聲說：「現在所有人都是爲了救人，怎麼就你一個人是爲了害人？我決定不理你了，這次是真的不理你了。」

他似乎聽懂了，嘟囔了一句什麼又喊起來：「獒多吉，獒多吉。」領地狗們不理他，假裝沒聽見，雪崩的聲音太大了，也有可能真的沒聽見。光脊梁的孩子憤怒之極，邊跑邊踢打著身邊的藏獒，愈加瘋狂地喊起來：「獒多吉，獒多吉。」

梅朵拉姆毫不放鬆地追著他：「你不要過去，危險，快回來，冰雪會埋了你的。」他絕對聽懂了，回頭感激而多情地望了一眼他心中的仙女。但是他沒有止步，他越過了領地狗群，來到岡日森格身邊，仇恨難洩地踢了牠一腳。岡日森格忍著，忍著，不理他，不理他，一直往前跑。

祈禱啊，丹增活佛跪在雪崩面前祈禱，幾個鐵棒喇嘛也跪在雪崩面前祈禱，索朗旺堆頭人和大格列頭人以及齊美管家都跪在雪崩面前祈禱。祈禱的聲音如鐘如磬，高高地升起了，是西結古草原人人都會念幾句的《大悲咒》。

剛剛把捆綁起來的藏扎西丟進冰窖的送鬼人達赤呆望著滾滾而來的雪崩，尖叫了一聲，轉身就跑。沒跑幾步又站住了，他看到了迎面而來的岡日森格和牠的領地狗群，他愣著，愣著，突然回過身去，抱起那塊他早就想扔下冰窖的沉重的冰岩。復仇的希望正在破滅，他要孤注一擲了，把冰岩從窖口扔下去，砸死一個算一個。他用冰岩對準了窖口，眼看就要鬆開雙手了。

梅朵拉姆追上了巴俄秋珠，一把抓住他說：「你往雪崩的地方跑什麼？不要命了？我們的白主任已經死了，再不能死人了，你死了我會傷心的，知道嗎，小男孩？」

巴俄秋珠停下了，忽閃著明亮的大眼睛望著他心中的仙女梅朵拉姆。梅朵拉姆又說：「聽話，小男孩，你要聽我的話。」說著就把他抱住了。

她用仙女的姿態、仙女的溫柔、仙女的情腸把他抱住了，這一抱，似乎就抱走了他那已經被她追攆得有點慌亂、有點動搖的仇恨，抱出了他的全部感動，感動得他覺得不聽梅朵拉姆的話就不是人了。他渾身抖了一下，突然掙脫了她的懷抱，回身望了望前面抱著冰岩正要扔下窖口的送鬼人達赤，如同一隻藏獒跳了起來，撲了過去，大喊一聲：「阿爸。」

阿爸？誰喊誰呢？這裏誰是誰的阿爸？送鬼人達赤驀然回首，一眼就看到了巴俄秋珠。

巴俄秋珠在喊他阿爸？他是巴俄秋珠的阿爸？巴俄秋珠從來沒有管他叫過阿爸。他曾經對巴俄秋珠說，跟我走吧，去做西結古草原富有的送鬼繼承人吧，只要你叫我一聲阿爸，我就給你一頭牛，叫我十聲阿爸，我就給你十頭牛，叫我一百聲阿爸，我就給你一群牛。巴俄秋珠始終不叫，堅決不叫。可是今天他居然叫了，真真切切地叫了，為什麼？送鬼人達赤用片刻的時間疑惑著，問道：「阿爸？你叫我阿爸？」

巴俄秋珠大聲說：「阿爸，我要救人了。」說著，他一頭撞過去，撞得送鬼人達赤連連後退。沉重的冰岩離開了窖口，也離開了他的懷抱，咚的一聲掉在了冰石累累的地上。

這時岡日森格跑來了，衝著送鬼人達赤吼了幾聲，然後激動地趴臥在冰窖的窖口，深情地叫著。領地狗們一個個跑來了，團團圍住冰窖，也像岡日森格那樣深情地叫著。冰窖沉寂的窖口彷彿豁然開朗，驚喜地傳出了七個上阿媽的孩子和藏扎西的齊聲喊叫：「岡日森格。」

父親後來說，雪崩沒有掩埋藏匿著七個上阿媽的孩子和藏扎西的地下冰窨，那麼多巨大嶙峋的冰石，那麼多掀天揭地的雪粉，在離冰窨二十步遠的地方戛然而止。這是天意，是黨項大雪山仁慈的雅拉香波山神的保佑，是丹增活佛以及所有來到這裏的草原人念起了《大悲咒》的緣故。

在昂拉山神、礱寶山神和黨項山神的保佑下，一隻來自仇家草原上阿媽的獅頭公獒，經過了九九八十一難的考驗，做了西結古草原的新獒王。美好的故事傳遍了西結古草原，也傳遍了比西結古草原大十倍的整個青果阿媽草原。

還有一個故事也正在傳遍，那就是白主任白瑪烏金擋住仇恨的子彈，用生命保護了麥政委和獒王岡日森格的故事。這樣的故事一傳就傳成了神話——阿尼瑪卿雪山是格薩爾王的寄魂山，白主任白瑪烏金前世是守衛格薩爾王靈魂的大將，而前世是阿尼瑪卿雪山獅子的岡日森格，正是從白瑪烏金那裏借用了格薩爾王的靈魂，才保衛了所有在雪山上修行的僧人。

白瑪烏金和岡日森格原來就認識，他們都住在阿尼瑪卿雪山白玉瓊樓的萬朵蓮花宮裏。這樣的傳說在白主任白瑪烏金隆重的天葬儀式後，變成了一種信仰——當人們面對雪山禱告時，便有了「祈願白瑪烏金保佑平安」的語言；格薩爾王的傳唱藝人也加進去了關於白瑪烏金的故事；寺院的畫家喇嘛在四季神女和寶帳護法神的伴神裏，增添了白瑪烏金的造型，那是一個騎著一隻灰色的天犬藏獒，有著瞬時怒相和熱慾表情的白色神祇。

父親後來說，藏獒就是那隻灰色老公獒，曾經救過白主任的命，可見白主任是不該死的，可是他還是死了，說明黨項大雪山的雅拉香波山神格外成全他，讓他快快地死掉，快快地變成了神，快快地擺脫了人世間的煩惱，走完了所有苦難輪迴的里程。就是不知道變成了神的白主任白瑪烏金，還能不能記起人和藏獒跟他的交情，能不能記起灰色老公獒豁出自己的生命挽救他的生命的悲烈舉動。

白主任白瑪烏金的天葬儀式，自然由西結古寺的丹增活佛親自主持。完了不久，西結古草原又迎來了另一個儀式，這是一個勢必要載入史冊的儀式，自然還是由佛口聖心的丹增活佛親自主持。儀式上講了話的，還有青果阿媽草原工作委員會的一把手麥政委。麥政委不會藏話，由李尼瑪翻譯給大家聽。儘管李尼瑪的翻譯沒有加進去一點自己的意思，但參加儀式的頭人和牧民都認為，是李尼瑪在講話，而不是麥政委在講話，所以他們堅決不鼓掌。因為他們牢牢記得，李尼瑪就是那個用槍打死了鐵包金公獒的人。麥政委講完了話，西結古草原有史以來的第一所帳房寄宿學校就宣告誕生了。

學校坐落在碉房山下野驢河邊秀麗到極致的草原上。兩頂帳房是由野驢河部落的頭人索朗旺堆提供的，裏面的地氈和矮桌以及鍋碗瓢盆等等生活用品，是由牧馬鶴部落的頭人大格列提供的，別的部落的頭人提供了一些牲畜，算是帳房寄宿學校的固定資產。

學校的校長是誰呢？是父親。這是麥政委的意願，也是丹增活佛和頭人牧民們的意願，加上父親自己的意願，那就真正是天經地義了。學校的老師是誰呢？也是父親。父親還想請梅朵拉姆兼任教師，麥政委不同意。父親又想請李尼瑪做教師，麥政委還是不同意。父親問他為什麼不同意，麥政委說：「他們有他們的工作，學校的事兒你就先一個人承擔著吧。」

學校的學生是誰呢？是七個上阿媽的孩子，是光脊梁的巴俄秋珠，是十多個願意來這裏寄宿學

習的西結古草原的孩子。

又有了一個美好的傳說：上阿媽草原的七個流浪塔娃，在西結古草原找到了家。那兒沒有讓他們害怕的骷髏鬼、吃心魔、奪魂女，那兒滿地生長著永遠吃不完的天堂果，那兒可以看見美麗吉祥的海生大雪山岡金措吉。西結古草原之外的人，聽了這樣一個傳說，心裏都有些嚮往時的癢癢。

獒王岡日森格一直在西結古寺裏養傷，藏醫尕宇陀和又回到寺院做了鐵棒喇嘛的藏扎西，給了牠無微不至的關懷。好像是牠的委派，大黑獒那日曾經帶著領地狗來學校看望七個上阿媽的孩子和父親。父親跟大黑獒那日說了很多話，然後摸摸牠的肚子說：「不會是真的有了吧？」

來的那天，大黑獒那日和所有領地狗朝著兩頂帳房之間狂吠了許久，算是一種警告吧：「老實點，別傷害了這裏的人。」兩頂帳房之間的空地上，無精打采地趴臥著眼下父親的另一個影子，那就是飲血王黨項羅剎。

飲血王黨項羅剎是父親用三匹馬，輪換著從黨項大雪山馱到西結古來的。那時候牠昏迷不醒，馱到這裏後的第三天牠才醒來，一醒來就看到了父親。父親正在給牠捋毛，牠吼起來，牠的喉嚨幾乎斷了，一點聲音都發不出來，但是牠仍然煞有介事地狂吼著。

在心裏，在渾身依然活躍著的細胞裏，牠憤怒的狂吼就像雷鳴電閃。父親感覺到了，輕聲說著一些安慰的話，手並沒有停下，捋著牠的鬣毛，又捋著牠的背毛，一直捋到了牠的腹毛上，捋了差不多一個時辰，然後在他憤怒而猜忌的眼光下給牠換藥。藥是他從藏醫尕宇陀那裏要來的，每天都

得換。

換了藥又給牠餵牛奶。牛奶是索朗旺堆頭人讓齊美管家派人給他送來的，每天都送。他捨不得喝，留給了飲血王黨項羅剎。父親知道牠現在不能吃東西，只能喝一點牛奶。牛奶一進入飲血王黨項羅剎的眼光，牠就渾身抖了一下。

牠那個時候真渴啊，渴得牠都想咬斷自己的舌頭，喝一口舌頭上的血。牠看到父親拿著一個長木勺，從木盆裏舀了半勺牛奶，朝牠嘴邊送過來，突然就意識到這一定是一個陰謀，人是不會仁慈到給牠餵吃餵喝的，而且餵的是牛奶。

牠從來沒喝過牛奶，只見過送鬼人達赤喝牛奶，只用鼻子聞到過牛奶的味道，知道那是一種很香很甜的液體。牠惡狠狠地盯著木勺，真想一口咬掉那隻拿木勺的手，但是牠動不了，牠失血太多，連睜圓了眼睛看人都感到十分吃力。牠忍著，把心中的仇恨通過空癟的血管分散到了周身，然後緊緊咬住了牙關：不喝。儘管幾乎就要渴死，但是牠還是決定不喝。

父親彷彿理解了牠。父親最大的特點就是天生能夠理解狗，尤其是藏獒。他說：「別以爲這裏面有毒，沒有啊，我喝給你看看。」說著自己先喝了一口，然後又把長木勺湊到了牠嘴邊。

牠還是不喝。父親說：「如果你有能耐，你就自己喝吧。」他把盛牛奶的木盆端過來放到牠眼前，然後過去抱起牠的大頭，試圖讓牠的嘴對準盆口。

但是牠的頭太重了，厚實的嘴唇剛一碰到盆沿，木盆就翻了過來，牛奶潑了牠一頭一臉。牠嚇了一跳：莫非這就是他的陰謀？他要用牛奶戲弄牠？這個問題來不及考慮，牛奶就流進了牠的嘴

角，感覺甜甜的，爽爽的。牠禁不住費力地伸出了舌頭，舔著不斷從鼻子上流下來的牛奶。

以後的幾天，飲血王黨項羅剎依然猜忌重重，拒絕父親用長木勺餵牠。父親只好一滴一滴把牛奶滴進牠嘴裏。滴一次就是很長時間，因爲必須滴夠足以維持牠生命的分量，況且牛奶裏還溶解著療傷的藥，那是絕對不能間斷的。

父親說：「你真是白活了，連好人壞人、好心壞心都分不清楚，我能害你嗎，你這樣對待我？」

飲血王黨項羅剎聽不懂這樣溫存的人話，只能感覺到這個一直陪伴著牠的人跟送鬼人達赤不一樣。牠完全不習慣，也不喜歡這樣的不一樣，甚至也不喜歡他過多地靠近自己，總覺得人是很壞的，壞就壞在他要帶給你災難的時候，往往是一臉的笑容。虛僞奸詐、笑裏藏刀在牠看來，差不多就是人的代名詞。

但是一個星期過去了，牠預想中的災難並沒有出現。這個人一有時間就圍著牠轉，捋毛，換藥，滴奶，坐在地上跟牠嘮嘮叨叨地說話。換藥是疼痛的，新藥粉一撒上去，就讓牠受傷的喉嚨疼得恨不得自己把自己的脖子咬斷。但這樣的疼痛很快就會過去，過去以後，傷口就舒服多了。

有一次，父親把一些滑膩的疙瘩硬是塞進了牠的嘴裏，牠暴怒地以爲災難來臨了，殘酷的迫害已經開始。但是很快那些疙瘩化成了汁液，牠咂了咂嘴：啊，酥油，是牠聞到過和看到過卻從來沒吃過的香噴噴的酥油。自此，牠每頓都能吃到硬塞進牠嘴裏的酥油了。

有一天父親驚呼起來：「牠張開嘴啦，我一餵酥油牠就張開嘴啦。」七個上阿媽的孩子和光脊梁的巴俄秋珠以及別的學生都遠遠地看著。

巴俄秋珠喊道：「牠張開嘴是要吃你的。」

父親驕傲地說：「能吃我的藏獒還沒有生出來呢。」也就是從這天開始，飲血王黨項羅剎解除了對長木勺的戒備，讓父親的滴奶變成了灌奶。

灌奶延續了兩天，飲血王黨項羅剎變得精神起來，可以直接把嘴湊到木盆裏喝牛奶了，喝著喝著，就在木盆上咬出了一個口子。

父親說：「你怎麼了？你對木盆也有仇恨啊？」說著，就像一開始牠無力做出反應時那樣，順手摸了摸牠的頭。

牠從鼻子裏嗚地呼出了一口氣，抬頭就咬，一牙挑開了父親手背上的皮肉。父親疼得直吸冷氣，連連甩著手，把冒出來的血甩到了牠的嘴邊。牠伸出舌頭有滋有味地舔著。

父親一屁股坐到地上，捂著手說：「哎喲，我的飲血王，難道你真的是一隻餵不熟的狗？」光脊梁的巴俄秋珠迅速給父親拿來了一根支帳房的木棍。父親說：「幹什麼？你要讓我打牠？」

臉上有刀疤的孩子喊道：「不能打，牠會記仇的。」

父親回頭對刀疤說：「我知道，我知道。」他拿著木棍站了起來。

飲血王黨項羅剎死盯著木棍，掙扎了一下，想站起來，但是沒有奏效。牠齜牙咧嘴地吼著，用沙啞的走風漏氣的聲音，讓父親感覺到了牠那依然狂猛如風暴的仇恨的威力。牠仇恨人，也仇恨同

類，更仇恨棍棒，因為正是棍棒讓牠成了仇恨的瘋魔狗，讓牠在有生以來的時時刻刻都在為一件事情奮起著急，那就是宣洩仇恨。

父親並不瞭解這一點，但他知道自己絕不能給一隻沉溺在憤怒中的藏獒提供任何洩憤的理由。他把木棍扔到地上，又一腳踢到了巴俄秋珠身邊，回過頭來對牠說：「你以為我會打你嗎？棒打一隻不能動彈的狗算什麼本事。」說著，固執地伸出那隻帶傷的手，放在牠頭上摸來摸去。

飲血王黨項羅剎覺得他要殺了牠，牠咬傷了這個人，這個人如果不加倍報復，那就不是人了。牠想他這樣摸來摸去，肯定是為了找準下刀的地方，牠再一次從鼻子裏響亮地呼出了一口氣，抬頭就咬。

這一次父親躲開了，躲開後，立刻又把手放在了牠的頭上。就這樣牠咬他躲地重複著，直到牠疲累不堪，再也打不起精神來。

父親在牠的頭上一直摸著，摸得牠有了絲絲舒服的感覺，漸漸放棄了猜度，享受地閉上了眼睛。父親包紮了自己受傷的手，並用這隻包紮的手獎勵似的多給牠餵了一些酥油。

飲血王黨項羅剎大惑不解地想：他想幹什麼？他怎麼還能這樣？

有一天，藏醫尕宇陀來了，看了看飲血王黨項羅剎，又看了看被牠咬成鋸齒的盛牛奶的木盆，告訴父親，這說明牠的身體正在迅速恢復，牠有了饑餓感，流食已經無法滿足牠的需要，最好能給牠餵炒麵糊糊和牛下水的肉糜，這樣牠很快就能站起來了。

父親說：「好啊，藥王喇嘛，就麻煩你給我找一些牛下水的肉糜來。」

藏醫尕宇陀說：「牛下水的肉糜不難找，你讓巴俄秋珠去找索朗旺堆頭人就是了。索朗旺堆頭人一聽說是你的需要，什麼樣的東西都會給你的。我現在擔心的是，如果飲血王黨項羅刹站了起來，你怎麼能看住牠，讓牠不咬人不咬狗呢？」

父親說：「我會約束牠的。我就不信我天天餵牠，牠會不聽我的話。」

又有一天，依然裹著丹增活佛的絳紫色僧袍的李尼瑪來了。七個上阿媽草原的孩子在世代爲仇的西結古草原得到了妥善安排，這是一件很大的事情，連省裏都知道了，認爲這是工作委員會進駐草原後出現的新氣象，通報表揚了西結古工作委員會。

作爲西工委代理主任的李尼瑪十分高興，專門來學校看望七個上阿媽的孩子。就要離開的時候，他看到了站在地上惡狠狠地瞪著他的飲血王黨項羅刹，表情嚴肅地說：「牠好了？這還得了？牠要是把七個上阿媽的孩子咬死咬傷了，我給上級怎麼交代？」

父親說：「不會的，牠現在還不能跑，不能撲，只能站起來踱踱步子。再說，牠對學校的孩子已經習慣了，不再用仇恨的眼光看他們了。」

李尼瑪說：「不行，你必須把牠拴起來，我去給你找鐵鏈子。」

父親說：「找來鐵鏈子也沒用，牠喉嚨的傷還沒有好，不能拴著牠。」

李尼瑪說：「那就把鐵鏈子拴在腰上。」

父親說：「哪裡有在腰上拴狗的？」

李尼瑪想了想說：「那就這樣吧，給牠挖個深坑，讓牠待在坑裏不要上來。」

父親說：「那跟坐地牢有什麼兩樣？你讓牠坐了地牢，牠還能不恨你？牠必須待在地面上，經常看到人，接觸到人，習慣了，就好了。」

李尼瑪說：「什麼時候能習慣？等出了事兒就晚了，你趕緊想辦法，你要是想不出辦法，過幾天我找幾個牧民來，把牠處理掉。」

李尼瑪轉身要走，父親一把拉住說：「你想幹什麼？什麼叫處理掉？」

李尼瑪說：「就是讓牠從這裏消失。」

父親說：「那不行。」

李尼瑪說：「怎麼不行？聽你的還是聽我的？」

父親說：「你是代主任，當然要聽你的，但你也得通情達理啊。這樣吧，我給你講個故事，你聽了，就會理解我爲什麼要這樣做。」

父親的故事是這樣的：一個婦人坐在路邊，一邊抱著孩子餵奶，一邊吃著擺放在身邊的豐盛的食物。一隻饑餓的老狗走了過來，蹲在婦人面前，流著口水貪饞地望著食物。婦人看到這隻老狗又髒又醜，順手抓起一塊石頭扔了過去。老狗流著眼淚離開了婦人。這時，一個牧人走來，對婦人說：妳怎麼能這樣對待牠呢？妳難道不知道，在妳的前世，妳阿爸爲了救妳的命，被強盜殺死了。這隻狗就是被強盜殺死的妳的阿爸，而妳懷裏的嬰兒，就是那個殺了妳阿爸的強盜。

這個故事是父親在西結古寺養傷時，藏扎西告訴他的。後來他知道，在青果阿媽草原，這是一個家喻戶曉的故事。這個故事裏有一種原始愛狗主義的色彩，是宗教理義中崇高的宿命精神的世俗

體現，是人與狗的關係的經典詮釋。

但李尼瑪硬是理解不了，瞪著父親說：「你是什麼意思？你是說飲血王黨項羅刹是你的阿爸？」

父親愣了一下，認真地點點頭說：「很可能是我的阿爸，也很可能是你的阿爸。」

李尼瑪哼了一聲說：「不要胡說八道。你說岡日森格前世是你的阿爸還差不多，說飲血王黨項羅刹是你的阿爸，那你就要承擔責任了。牠是全草原都仇恨的一隻藏獒，沒有人不希望牠死。你現在這麼護著牠，不是要得罪草原上的頭人和牧民嗎？」

父親說：「我就不信草原人都希望牠死。至少藏醫尕宇陀和索朗旺堆頭人不希望牠死。索朗旺堆頭人派人送來了那麼多牛下水的肉糜，難道他不知道吃了肉糜，飲血王黨項羅刹就會重新強壯起來？」

父親不理西工委代理主任李尼瑪的碴，一如既往地給飲血王黨項羅刹捋毛，換藥，餵炒麵糊糊和牛下水的肉糜，不時地拍拍牠的這兒，摸摸牠的那兒，儘量增加和牠待在一起的時間。

飲血王黨項羅刹雖然還是不習慣，但是牠儘量容忍著，好幾次差一點張嘴咬傷父親，又很不情願地把齜出來的利牙收回去了。牠覺得有一種法則正在身體內悄悄出現，那就是牠不能見人就咬，世界上除了送鬼人達赤，似乎又有了一個不能以牙刀相向的人。這個人到底是怎樣一個人？難道他的出現就是爲了給牠捋毛，換藥，餵食？難道他絲毫不存在別的目的？

牠深深地疑惑著，也常常回憶起以前的生活，黑屋、深坑、冰窖、絕望的蹦跳、不要命的撞

牆、饑餓的半死狀態、瘋狂的撲咬。牠對世界、物種、生命的仇恨，就被那些發生在殘酷日子裏的殘酷事件一次次地強化著，最終變成了牠的生命需要，牠的一切。牠從來不知道藏獒的感情和人的感情應該是一樣的，有恨也有愛。

不，愛是什麼牠不知道，如果非要牠從自己的感情裏找到一點愛，那就是咬死對方以後喝對方的血。牠的感情的蹺蹺板從來不是愛在一頭，恨在一頭，而是瘋狂在一頭，殘暴在一頭，天仇在一頭，地恨在一頭，無論哪一頭蹺起來，牠唯一的舉動就是撲過去，撲過去，咬死牠，咬死牠。

可是現在，另一種情況出現了，另一個人出現了。這個人是送鬼人達赤用棍棒和饑寒交迫的折磨告訴牠必須一口咬死的人，但是牠沒有咬死他，因爲這個人用捋毛，換藥，餵食，撫摩，說話等等不可思議的舉動告訴牠，藏獒的生活並不一定是你死我活、腥風血雨的生活，仇恨不是一切，完全不是。

送鬼人達赤鑄造在牠心裏的鐵定的仇恨法則，正在被一種牠想不出的軟綿綿的東西悄悄溶化著。牠莫名其妙，無法接受，卻又不能不接受。牠非常痛苦，似乎有一種巨大的力量正在強迫牠接受一些完全不合習慣、不合常規、不合邏輯的東西，這些東西讓牠痛苦得就像失去了心靈的主宰。爲什麼會這樣?牠想不明白。

一個失去了主宰的藏獒，永遠想不明白心願有時候並不一定是心願，仇恨有時候並不一定是仇恨，撕咬有時候並不一定是撕咬。但一切牠想不明白的，這個人似乎都明白。他明白飲血王黨項羅刹不僅是狐疑的、憤怒的、仇恨的，更是恐懼的。仇恨的根源是恐懼，是由送鬼人達赤深埋在骨血中意識裏的滔滔恐懼。而他要帶給牠的，卻是絕對的安全和體貼，是牠體驗過的所有恐懼的唯一反面。

選擇就在這個時候像山峰一樣崛起在飲血王黨項羅刹的意識裏：是送鬼人達赤，還是父親？牠痛苦地思考著，一會兒傾向前者，一會兒傾向後者，最後還是恐懼占了上風。牠恐懼地覺得如果牠一如既往地遵從送鬼人達赤的意志安排自己的生活，也許就不會有太多的恐懼。因爲送鬼人達赤的存在，就是無處不在的大雪山的存在，峰巒聳峙，巍峨綿綿，而父親的存在像風像霧又像雨，總是輕飄飄的，不知道應該落實到哪裡。

輕飄飄的父親無微不至地關懷著一隻不打算接納他、只打算繼續仇恨他的藏獒，他顯得懵懂無知，就像一個傻子。後來父親說：其實我不傻。我就是一個狗心理學家，知道牠現在怎麼想，以後會怎麼想。沒有一成不變的想法，更沒有化解不開的仇恨，人和藏獒都一樣。

獒王岡日森格帶著大黑獒那日光顧這裏了。牠的身體已經完全復原，無論是斷了的肋骨，還是爛了的胸脯和嘴臉，都跟從前沒什麼兩樣了。父親一見岡日森格就很緊張，橫擋在飲血王黨項羅刹面前說：「快去看看你原來的主人，七個上阿媽的孩子吧，別過來，千萬別過來。」

飲血王黨項羅刹則憤恨地咆哮著——牠已經可以像原來那樣咆哮了：這個差一點要了我的命的獅頭公獒，我一定要吃了牠，吃了牠。

出乎意料的是，岡日森格見到飲血王黨項羅刹後，顯得異常平靜，一點點仇恨的樣子也沒有，坦坦蕩蕩地坐到對方面前，任憑對方又叫又罵，牠只取友善的眼神望過去。大黑獒那日則警惕地望

著飲血王黨項羅刹，一副你只要撲過來我就撲過去的樣子。

父親說：「好樣的岡日森格，你是來配合我的嗎？你真是比人聰明，至少比李尼瑪聰明十倍。」

這時，七個上阿媽的孩子跑了過來，學校的許多孩子都跑了過來。岡日森格和大黑獒那日就去和他們玩。岡日森格站起來，挨個在七個上阿媽的孩子的臉上舔了一遍，然後舔到了別的孩子臉上，舔到了光脊梁的巴俄秋珠臉上。

巴俄秋珠咯咯地笑著，突然又使勁推開了。他還不習慣這樣的親熱，他的意識跟飲血王黨項羅刹有點雷同，忽上忽下的，就在岡日森格舔他的一瞬間，一會兒想到牠是西結古草原的獒王，一會兒想到牠來自仇家草原上阿媽。

他生怕岡日森格再跟他親熱，轉身就跑，跑到了離飲血王黨項羅刹很近的地方。飲血王黨項羅刹咆哮了一聲，嚇得他趕緊再跑，跑到了大黑獒那日身邊。大黑獒那日瞪著飲血王黨項羅刹，用頭在巴俄秋珠腿上蹭了蹭，像是說：有我呢，別怕。

但是大黑獒那日馬上就要走了，因爲岡日森格要走了。岡日森格知道自己現在是獒王，獒王的責任是重大的，大部分時間應該和領地狗群待在一起。父親和孩子們戀戀不捨地送牠們離去，互相一再地抱著，親著，讓飲血王黨項羅刹看傻了眼，迷惑得暫時忘記了仇恨：原來人與狗的關係還有這樣的，我怎麼沒見過，也沒聽說過？牠沒有咆哮，第一次望著兩隻同類遠去而沒有咆哮。

其實有一個更大的變化，連飲血王黨項羅刹自己也沒有發現，那就是牠沒有對著岡日森格和大黑獒那日撲咬。牠是可以強掙著撲咬的，儘管速度和力量遠遠不及先前，但牠的現狀絕不是牠自己和父親理解的那樣：只能站起來踱踱步子，只能原地咆哮。可以撲咬而沒有撲咬，完全是無意識的從獸行到狗性的飛躍，是什麼法則起了作用，讓牠在不自覺的狀態下完成了如此重要的一步？父親後來說，畢竟飲血王黨項羅刹是藏獒，是狗，是狗就得按照狗的規律做狗，而不是按照野獸的規律做狗。

第二天，岡日森格又來了，是獨自來的。牠是來告訴父親：可能有什麼事情要發生了，你要做些防備。牠朝著遠方叫了幾聲，又朝著飲血王黨項羅刹叫了幾聲，然後就匆匆而去。父親知道牠是來說事兒的，但沒搞明白牠要說什麼事兒，愣怔了片刻，就去給飲血王黨項羅刹餵食了。

這天父親熬了牛骨湯，湯裏加進去了幾塊肉，他覺得這樣的食物比炒麵糊糊和牛下水的肉糜更能使牠儘快強壯起來。飲血王黨項羅刹狼吞虎咽地吃著。父親看到肉塊大了點，怕牠受傷的喉嚨咽不下去，伸手從食盆裏拿起一塊肉，想給牠撕碎，沒想到牠張嘴就咬，毫不猶豫地把肉奪了回去。

這是由送鬼人達赤培養起來的野獸的習性，進食的時候絕不允許有任何干擾，任何干擾，尤其是伸到牠嘴邊的手，在牠看來都是來跟牠搶食的。父親的手背——這隻被牠咬傷過的手再次被牠的利牙劃破了，血頓時漫漶而下，流進了牛骨湯。

但是父親並沒有放棄，父親的最大優點，就是認準了的事情絕不輕易放棄。他毫不妥協地再次伸出了手，拿起了那塊被牠奪回食盆的肉。牠的反應還是張嘴就咬，但是沒咬上，父親並沒有躲閃，但牠就是沒咬上。

是牠的撕咬能力不靈了，還是牠有意沒咬上？父親考慮著這個問題，用那隻血淋淋的手，把肉一點一點地撕下來，一點一點地餵牠。牠毫不客氣地吃著肉，吃到最後，奇蹟突然發生了：牠伸出了舌頭，舔了一下父親的傷口。

父親以爲牠是貪饞那上面的血，就說：「沒多少血，你就別舔了。」但是牠還在舔，舔乾了所有的血跡牠還在舔。父親恍然明白了：牠是在幫他療傷，是在懺悔。他激動地抱住牠的頭說：「這就對了，你得學會感動，也得學會讓別人感動。你要學的東西太多太多了。」

丹增活佛、索朗旺堆頭人和齊美管家以及李尼瑪來了。這是四個居住在西結古的重要人物，他們的到來讓父親明白了來去匆匆的岡日森格想要告訴他什麼。

李尼瑪神情緊張地說：「送鬼人達赤來了，有人看見他出現在西結古。」

父親說：「他來就來唄，你們緊張什麼？」

李尼瑪說：「我們擔心的是飲血王黨項羅刹，牠可不能再次落到送鬼人達赤手裏。我跟丹增活佛、索朗頭人商量了一下，準備把飲血王黨項羅刹處理掉，絕了這條禍根。」

父親看看這個，又看看那個，用藏話問道：「你們是不是想殺了牠？」

丹增活佛和索朗旺堆頭人都點了點頭。

父親說：「那不行，那你們就先殺了我吧。」

李尼瑪黑著臉說：「你要知道，一旦飲血王黨項羅刹回到送鬼人達赤手裏，岡日森格就不會安寧，西結古的領地狗也不會安寧，復仇的怒火又會燒起來，七個上阿媽的孩子很可能又要逃來逃去，我們進一步杜絕部落爭鬥、平息草原矛盾、化解仇恨、消除歷史遺留問題的工作就不好開展了。」

父親說：「這些都是大道理，我不聽。丹增活佛，你是我尊敬的佛爺，你怎麼也同意殺了這隻藏獒啊？」

齊美管家說：「牠不是藏獒，牠是飲血王，是羅刹，是鬼，是送鬼人達赤的毒劍，是魔鬼的寄魂物。送鬼人達赤會把牠帶走的，帶走就完了，就不知還要害死多少狗，多少人了。」

父親問道：「丹增活佛，這也是你的意思嗎？」丹增活佛面無表情地點了點頭。

父親又說：「我不會讓送鬼人達赤帶走的，我會好好看著牠。」

李尼瑪說：「你看不住，牠咬死的首先是你。」

父親喊起來：「絕對不會。」

父親的喊聲牽動了飲血王黨項羅刹，牠慢騰騰走了過來，盯著李尼瑪，陰惡的眼睛就像金子一樣閃耀著。李尼瑪不禁打了個寒顫，後退了幾步。氣氛頓時有些緊張。父親趕緊走過去攔住了牠。丹增活佛和索朗旺堆頭人以及齊美管家默默地盯視著飲血王黨項羅刹，好像要從這種盯視中堅定他們殺了牠的決心。

突然，丹增活佛轉身走了，他一句話沒說就走了，好像他來這裏並沒有打算一定要說服父親。索朗旺堆頭人和齊美管家也跟著走了。李尼瑪晚走了一步，告訴父親：「我們不是來徵求你的意見

的，而是來通知你的，一旦有部落騎手來這裏準備用槍打死牠，或者領地狗群來這裏準備咬死牠，你可千萬不要做出親者痛仇者快的事情。」

父親沒有吭聲，心裏說：「誰是親者？誰是仇者？不是說團結光榮，糾紛恥辱嗎？怎麼還分這個？」

他們一走，父親的擔憂就像沉悶的黃昏一樣來到了心裏，越來越暗，越來越重了。他早早地把他的學生趕進了帳房，讓他們趕快睡覺，自己搬著鋪蓋來到了飲血王黨項羅刹身邊。他決定從這天晚上開始，和飲血王黨項羅刹睡在一起，一來，他要看住牠，不能讓送鬼人達赤把牠帶走；二來，他要向李尼瑪證明牠不會咬死他，即使他死屍一樣躺在牠身邊，牠也不可能把牙刀對準他的脖子。

他把羊皮褥子一鋪，把羊皮大衣一蓋就躺下了。飲血王黨項羅刹先是很奇怪，接著就很生氣：從來沒有人敢於睡在牠身邊，這個人居然無所顧忌地睡下了，如果不是對牠的蔑視，那就一定是對牠的誤解。他肯定誤解了牠的意思，牠從來沒想過要如此這般地跟他親近，牠想的最多的是什麼時候撲咬他，什麼時候擺脫他。

擺脫也許是離開，也許是讓這個人在牠眼中永遠消失，那就是吃掉他。牠的全部耐心似乎就是爲了等待一個最最適合吃掉他的機會，這個機會莫非已經來到了眼前？牠看到天黑了，這個人睡了，而且閉上了眼睛。牠緊張不安地圍繞著他轉來轉去，好像在尋找下口的地方。笨蛋，下口的地方還需要尋找嗎？喉嚨就在眼前，就在月光底下放肆地挑逗著牠嗜血的慾望，牠幹嘛要轉來轉去，猶豫不決？牠停下了，不轉了，把鼻子湊了過去，聞了聞，突然張開了嘴，牙刀飛迸而出。

父親靜靜地躺著，他其實根本就沒有睡著，而且知道飲血王黨項羅刹的眼睛已經盯上他那不堪一擊的喉嚨，知道牠的鼻子湊了過來，大嘴已經張開，牙刀正在飛出。但是他仍然靜靜地躺著，連眼皮也沒有眨動一下。

這就是父親的素質，他知道如果這個時候他突然翻身躲開，或者稍有反抗的舉動，那就完了，牠會不假思索地一口咬住他的喉嚨。他讓牠有時間思索，讓牠張開血盆大口的速度慢了一點，飛出牙刀的速度也慢了一點，這兩個「慢」換來了一個快，那就是讓牠飛快地跳了起來。

父親成功了，父親感化飲血王黨項羅刹的成功，在牠的這一跳中顯得輝煌而不朽。愛與人性的力量，穿透了生命的迷霧，在適者生存的定律面前，架起了德行與道義的標杆。張開的大嘴朝向了月亮，飛出的牙刀舉向了月亮。

月亮下面站著一個偷偷摸摸走來的人，這個人想把飲血王黨項羅刹悄悄帶走。可他萬萬沒想到，這隻由他一手打造的仇恨的利器會撲向自己，會把牙刀直接插入他的脖子兩側，速度之快，在飲血王黨項羅刹的撲咬史上從來沒有過。偷偷摸摸走來的人都沒有來得及慘叫一聲就倒了下去，就被飲血王黨項羅刹咬斷了生命的氣息。

父親吃驚地坐了起來，看到眼前的情形後，禁不住異常驚歎和抒情地「啊」了一聲。父親後來說，那是所有詩人加起來才能發出的驚歎和抒情，寫在紙上，就是：啊，藏獒。

飲血王黨項羅刹繼續嘶咬著，直到把那人的脖子咬斷。牠這時一定想起了過去那些非人的折磨，而這些折磨一瞬間變成了一個恐懼的形象，那就是送鬼人達赤。儘管送鬼人達赤的存在，就像黨項大雪山一樣沉重而實在，但飲血王黨項羅刹還是做出了反叛的選擇。因爲愛與友善的力量已經慢慢地堅實起來，讓牠開始在選擇中仇恨，而不是像過去那樣毫無選擇地仇恨一切。

父親站起來，呆呆地立著，抬頭看了看前面，突然激動地大喊一聲：「岡日森格。」

岡日森格帶著領地狗群從遠方跑來。牠們是聞到某種異樣的氣息後趕來保護父親的。但是牠們來晚了，父親已經不需要保護了。那個在牠們看來，一定會跟著舊主人送鬼人達赤加害父親的飲血王黨項羅刹，已經走向了牠的名字的反面，牠不是飲血王，不是，不是黨項羅刹，不是。牠就是一隻正常的藏獒，懂得恨，也懂得愛，懂得戰鬥，也懂得感恩。

岡日森格帶著領地狗，連夜把丹增活佛、索朗旺堆頭人和齊美管家以及李尼瑪叫到了父親的學校。當他們看到被飲血王黨項羅刹咬死的送鬼人達赤的屍體後，吃驚得就像看到了狗變成人的奇蹟。

除了丹增活佛，他好像早就預感到會有這一天，用他少有的燦爛的笑容望著父親，大膽地伸出手去摸了摸飲血王黨項羅刹的頭。飲血王黨項羅刹沒有拒絕，或者說牠顧不上拒絕，牠警惕地望著面前以岡日森格爲首的一大群領地狗，做出了撲咬的樣子，又做出了咆哮的樣子。但是牠最終既沒有撲咬，也沒有咆哮，而是尋找主心骨似的靠在了父親的腿上。

父親蹲下來，抱住了飲血王黨項羅刹的頭，對岡日森格說：「你過來啊，過來舔舔牠，牠是你的新夥伴。」

岡日森格觀察著飲血王黨項羅刹的反應，小心翼翼地走了過去。

第三十四章　藏獒，在夢境裏

兩個月以後，因打死鐵包金公獒而被西結古草原的藏獒牢牢記恨的李尼瑪，一脫下丹增活佛的絳紫色僧袍就會遭受領地狗襲擾的李尼瑪，調離青果阿媽草原，回到西寧去了。

離開的時候，他要求梅朵拉姆跟他一起走，梅朵拉姆拒絕了，這就意味著他們的愛情已是山窮水盡。梅朵拉姆是西結古草原的驕傲，她用自己的美麗和對藏獒的喜歡以及大膽潑辣的做風，讓所有見到她的人和見到她的狗，都變成了她的崇拜者。她在草原人和藏獒們的歡呼聲中擔任了西結古工作委員會的主任。

不久，多獼總部的麥政委親自兼任了上阿媽草原工作委員會的主任。在他的推動下，當年，也就是一九五二年冬天，按照草原的規矩，上阿媽草原的幾個部落頭人帶領著三十多名參加過民國二十七年那場藏獒之戰的騎手，來到西結古草原，賠償了命價。

命價約定俗成的標準是：一個牧人二十個元寶（每個元寶合七十塊銀元），一隻藏獒十五個元寶，因爲死去的牧人和藏獒很多，湊不夠那麼多元寶，在西結古工作委員會主任梅朵拉姆的說服下，西結古草原的頭人和牧民同意把命價折扣爲一個牧人六個元寶、一隻藏獒五個元寶。

怨仇解除後不久，遼闊的青果阿媽草原上誕生了第一個非部落建制的政權，那就是今天的結古阿媽藏族自治縣，縣府設在上阿媽草原。丹增活佛、索朗旺堆頭人和大格列頭人都在結古阿媽縣政府裏掛了個委員的職務。

建立結古阿媽藏族自治縣以後，梅朵拉姆就被任命為縣婦女聯合會的主任。在傳說她就要離開西結古草原的那段日子裏，光脊梁的巴俄秋珠傷心得幾天沒來學校上課。梅朵拉姆是他心中的仙女——白度母和綠度母的人間造型。她用她美麗的姿影佔據了他的心，擠掉了他滿心室氾濫的仇恨的息壤。可是現在，他不能天天看到她了，不能天天聽到她「小男孩」、「小男孩」的叫聲了。

他戀戀不捨地遠遠跟著她來到了縣裏，突然看到她正在回頭望著自己，頓時就滿臉通紅，轉身跑了回來。從此以後，巴俄秋珠差不多每個星期都要穿著那雙羊毛褐子和大紅呢做靴筒的牛皮靴子去一趟縣裏，看望梅朵拉姆，有時僅僅是為了遠遠地望一眼她的背影。直到那雙靴子被他穿爛，齊唰唰地露出了十個腳指頭，他又沒有新靴子出現在她面前的時候，他才中斷了這種飛揚著生命激情的奔波。

有一天，梅朵拉姆來到了西結古草原，送給他一雙她買的新靴子，對他說：「你已經很久沒有去看我了，你還是去看我吧。」於是，他又開始了草原與縣裏之間的奔波。

當這雙新靴子又一次被他跑爛的時候，他留在縣裏，也就是說，留在他曾經極端仇視的上阿媽草原再也沒有回來。傳說他跟梅朵拉姆結婚了，證婚人就是麥政委。

麥政委已經不是青果阿媽草原工作委員會的政委了，是剛剛建立起來的青果阿媽州的州委書記。梅朵拉姆和巴俄秋珠的婚姻是一樁女大男小的婚姻，一大就大出了七八歲，但誰也不覺得這有什麼不好，因為梅朵拉姆是仙女下凡，仙女是沒有年齡的，就像我們常說的：「觀音菩薩，年年十八」。

父親依然待在西結古草原有史以來的第一所帳房寄宿學校裏，自得其樂地當著校長，也當著老師。當又一個夏天到來的時候，他回了一趟西寧，在報社記者部主任老金的撮合下，和老金的女兒結了婚安了家，然後又回了一趟他和妻子共同的內地老家。一個月後，父親告別西寧的妻子，帶著許多天堂果——河南洛陽孟津縣古橫州的花生，回到了他的草原，他的學校。

岡日森格和大黑獒那日在狼道峽口迎接著他。多吉來吧用思念之極的哭號似的叫聲迎接著他。多吉來吧是父親給飲血王黨項羅剎新起的名字，意思是「善金剛」。

父親把花生散給了所有的孩子和看護學校與孩子們的多吉來吧，又讓岡日森格把所有的領地狗叫了來，也給牠們餵了一些。牠們的反應沒有孩子們強烈，孩子們歡呼雀躍，都說香死了，而牠們不鹹不淡地咀嚼著，覺得沒什麼稀奇的，感謝地搖了幾下尾巴，就走了。除了大黑獒那日，牠似乎對花生格外感興趣，吃完了分配給牠的，又跟著父親死纏活纏地還要吃。父親就又餵了牠一些。牠高興得用鼻子哼哼著，是感謝，更是滿足。

牠已經當媽媽了，大概花生吃了可以催奶吧。牠的兩個孩子就跟在牠身邊，黑背、黃腿、獅頭、方嘴、吊眼、眉間有兩輪耀眼的金太陽，是兩隻真正還原了古老的喜馬拉雅獒種的鐵包金公獒，才幾十天，就有了跟牠們的阿爸岡日森格一樣的威儀和氣概。

父親還帶來了一些沒有炒熟的花生，他開出一分地來，種了下去，但是沒有冒芽，兩個月後扒開土一看，還是原模原樣的花生。他把它們撿起來，炒了炒，分給孩子們吃了。父親後來說，幸虧種植花生沒有成功，要不然，他一定會在草原上開出一大片花生地來，那就要承擔剷除草原植被、

破壞生態平衡的歷史罪責了。

多吉來吧，也就是飲血王黨項羅剎，一直待在父親的學校裏。一九五八年，牠被青果阿媽軍分區的人看中，用鐵籠子運到多獼鎮，看守那裏專門關押戰犯的監獄。兩個月後，牠咬斷粗鐵鏈子，咬傷看管的軍人，跑回了父親的學校。不久，牠就把領地狗中最優秀的母獒大黑獒果日帶到了學校，帶到了父親面前。

父親驚喜地問道：「你們是什麼時候好上的，我怎麼不知道？」又摸摸大黑獒果日的頭說，「別忘了，你的一隻耳朵還是牠咬掉的。」大黑獒果日搖搖頭，表示自己不在乎。多吉來吧衝著父親吼了一聲，彷彿是說：別提啦，過去的已經過去啦。

大黑獒果日很快就懷上了，第一胎生下了一公一母兩隻小狗，簡直就是多吉來吧，也就是飲血王黨項羅剎的翻版：全身漆黑明亮，四腿和前胸火紅如燃，就像兩塊正在燃燒的黑鐵。牠們是真正的鐵包金藏獒，是爺爺的爺爺的爺爺和奶奶的奶奶的奶奶參加過橫掃歐洲的猛犬軍團的黨項藏獒，是身經百戰，雄當萬夫，形同天之戰神，建立過讓成吉思汗驚歎不已的「武功首」的巨獒之嫡傳後代。

多吉來吧和大黑獒果日一共生了三胎七隻小狗，第四胎還沒懷上，多吉來吧就離開了西結古草原。建立不久的西寧動物園來人在西結古草原尋覓動物，一眼就看中了多吉來吧，拿出兩千元錢要把牠買走。那個時候的兩千元錢是很多很多的，足夠把寄宿學校的幾頂帳房變成兩排土木結構的平房。父親心動了，他那時候考慮最多的就是如何擴大學校和建設學校。

他流著眼淚，向多吉來吧和大黑獒果日鞠著躬，說了許多個「對不起」，同意了這筆交易。同樣流著眼淚的多吉來吧被鐵籠子運走的時候，學校裏所有的學生都哭了，已經離開學校去生產隊放牧的七個上阿媽的孩子和從學校畢業的許多孩子都來爲牠送行，都哭了。大黑獒果日追著運載丈夫的汽車，一直追過了狼道峽。

但是一年後，多吉來吧又跑回來了，是從西寧跑回來的。從西寧到青果阿媽州的西結古草原，少說也有一千二百公里的路程，牠是怎麼跑回來的？牠吃了多少苦？牠是不是還咬傷過阻止牠逃跑的人？這一切父親都不知道。

多吉來吧回來後，父親生怕西寧動物園的人追來討要，就把牠藏在了黨項大雪山山麓原野上送鬼人達赤的石頭房子裏，隔三差五帶著食物和大黑獒果日去看看牠。石頭房子是多吉來吧小時候接受過磨難的地方，牠記憶猶新，表現得非常煩躁。牠似乎擔心著邪惡重新佔據牠的靈魂，恐懼著仇恨再次鉗住牠的命運。

牠在極度煩躁中勉強度過了一年，然後就流著感激和永別的眼淚，死在一個冬天的早晨父親給牠餵食的時候。父親抱著牠，一聲比一聲急切，一聲比一聲哽咽地喊著牠的名字：「多吉來吧，多吉來吧。」大黑獒果日不哭不叫，在牠的屍體旁邊整整守了四個月，直到冬去春來，屍體完全腐爛，才在父親的干預下，把屍體讓給了整個冬天都在覬覦不休的禿鷲。

多吉來吧在石頭房子裏成長，又在石頭房子裏死去，也算是牠的宿命吧。牠死於心靈的創傷，也死於肉體的創傷。死後父親才發現，牠身上有槍打的痕跡，一顆子彈嵌在牠的屁股上，一直沒有

取出來。

大黑獒那日死得比較早。一九五七年冬天，西結古草原遇到特大雪災，寒冷和饑餓奪去了大部分牛羊的生命，許多牧民困在大雪裏不知死活。獒王岡日森格帶著領地狗群到處尋找活著的人。

當牠們在高山草場找到尼瑪爺爺一家時，看到那裏一隻牲畜也沒有——牲畜都死在遠離帳房的草場上了。兩隻牧狗新獅子薩傑森格和鷹獅子瓊保森格好幾天沒有回來，說明牠們要麼仍然堅守在死掉的畜群身邊，要麼自己也已經死掉了。

蜷縮在就要被積雪壓塌的帳房裏的尼瑪爺爺、尼瑪爺爺的兒子班覺、班覺的老婆拉珍和他們的兒子諾布，已經有三四天沒吃沒喝了。還有四隻看家狗：瘸腿阿媽和瘸腿阿媽的好姐妹斯毛阿姨以及已經長成大藏獒的格桑和普姆，也都餓得走不動路了。獒王岡日森格帶著領地狗群迅速離開了那裏，去尋找救援的東西。

正處在第五胎哺乳期的大黑獒那日則留了下來。牠在自己無吃無喝的情況下，用牠的奶汁給尼瑪爺爺一家四口人和四隻狗，以及牠自己的兩個孩子提供了五天的救命飲食，直到岡日森格帶著領地狗群踩開雪道，給他們叼來了政府空投的救災物資：軍用的壓縮餅乾和大衣。

那時候，大黑獒那日也已經站不起來了，但牠的奶汁還在朝人和狗的嘴裏流著，儘管已經非常稀薄，而且是奶中摻血的。牠似乎把牠的血肉全部變成了奶汁，就從那皮包骨的孱弱的身體裏，源源不斷地被人和狗的求生慾望吮吸而去了。

雪災結束後，大黑獒那日再也沒有恢復過來，牠元氣大傷，身體似乎縮小了一半。又過了一年，牠就死了。尼瑪爺爺抱著死去的大黑獒那日哭暈了過去，全家都給牠跪下了。西結古草原上，超度獒魂的經聲像煙霧一樣瀰漫了一個冬天還在瀰漫。

大黑獒那日死了以後，獒王岡日森格就再也沒有和任何一隻母獒發生過愛情關係，甚至也沒有了一年兩次的正常發情。牠把發情徹底取消了。

獒王岡日森格死於「文化大革命」的一九六七年。古老的草原糾紛和部落爭鬥在一九六七年的青果阿媽草原上突然死灰復燃，迅速演變成了一種新的仇恨方式和仇恨的派別，結古阿媽縣的兩派群眾組織「草原雄鷹戰鬥隊」和「草原風暴捍衛隊」，在爭奪地盤和政權的武鬥中，都驅使了大量的藏獒參戰。這是青果阿媽草原的無極魔鬼無法無天的惡毒驅使，誰也沒有能力阻止，甚至也沒有能力逍遙在驅使之外。

到了老年依然神勇無比的岡日森格，在為「草原雄鷹戰鬥隊」屢屢立下戰功以後，被「草原風暴捍衛隊」的人用十五杆叉子槍打死在西結古的碉房山下。父親和早已不是孩子了的七個上阿媽的孩子一起天葬了牠。

靈魂和肉體升天的那一刻，父親和七個上阿媽的孩子都哭了。父親說：「岡日森格，真想跟你一起去。這輩子不行，就等下輩子吧。下輩子，我也是一隻藏獒，我也是一隻藏獒啊。」

需要記錄在案的是，在岡日森格被打死的這天，也是當時的州委書記過去的麥政委，開始在青果阿媽草原接受巡迴批鬥的日子。那一天，他被押上了碉房山下的行刑台，第一次從批判者的嘴裏聽到了他的罪狀：在青果阿媽草原大肆散佈階級鬥爭調和論，只要和平，不要鬥爭，是醜惡的資產

階級人道主人在草原的代理人；那一天，他被「草原風暴捍衛隊」的人打斷了腿；那一天，他流淚了，有人不准他哭，他說：我現在不哭，什麼時候哭？我不是爲了我自己，我是爲了岡日森格。

當然對西結古草原來說，最大的損失還不是失去了岡日森格，而是岡日森格去世以後，就再也沒有出現新的獒王。岡日森格成了西結古草原的最後一代獒王。沒有了獒王的領地狗群在一九六九年初，遭受了一場毀滅性的打擊。

以上阿媽草原的人爲主體的「草原風暴捍衛隊」，掌握了縣革命委員會的大權之後，對曾經幫助過「草原雄鷹戰鬥隊」的西結古草原的領地狗進行了一次大清洗。許多領地狗就在這場清洗中，被基幹民兵當作了練習射擊的靶子，包括那些威猛高大、智慧過人的純種藏獒，包括獒王岡日森格和大黑獒那日五胎後代中的一部分，那些黑背、黃腿、獅頭、方嘴、吊眼、眉間有兩輪耀眼的金太陽的還原了喜馬拉雅古老獒種的鐵包金公獒和母獒，就這樣消失在了藏獒歷史最後的黃昏裏。

接著就是狗瘟蔓延。爲了不把瘟病傳染給別的狗和人，爲了死後成爲狼食，從而讓狼也傳染上瘟病死掉，避免出現狼吃羊的時候沒有藏獒保護的局面，得病的藏獒包括領地狗、寺院狗、牧羊狗和看家狗，像牠們的祖先那樣離開西結古草原，走進了昂拉雪山，走進了密靈谷。

躲藏在密靈洞裏悄悄修行的丹增活佛，又一次見識了密密麻麻的藏獒橫屍遍野的場面。他和跟他來這裏的忠心耿耿的鐵棒喇嘛藏扎西一起，一連半個月都在冰天雪地中面對著大吃大喝的狼群，祭祀著藏獒之魂。

領地狗群的被清洗和這場瘟疫的發生，也就意味著領地狗群的消失。西結古草原上，奔騰跳躍

的領地狗群——一個偉麗的生命景觀，這麼快就被血與淚的風煙吹進了僅靠挖掘才能顯現一絲亮色的歷史大坑。

父親和七個上阿媽的孩子天葬了所有被清洗的領地狗。同時被天葬的，還有西結古寺專門給領地狗拋撒食物的老喇嘛頓嘎。他看到那麼多領地狗被打死了，就覺得自己既然無力保護牠們，活著也沒意思，於是就死了。誰也說不清他是老死的，還是自殺的。反正那麼多領地狗一死，他就死了。

屬於喜馬拉雅獒種的藏獒壽命一般是十六年到二十年，西結古的藏獒有活到二十三年的，那就是大黑獒果日。

在領地狗群遭到大清洗的時候，父親以看守學校大門和放牧學校牲畜為藉口，把牠跟另外幾隻具有岡日森格血統和多吉來吧血統的藏獒帶到了學校。大黑獒果日以老壽星的姿態一直活到了一九七二年。牠是父親認識的藏獒裏，唯一一個壽終正寢的。

大黑獒果日去世以後，父親就離開了他的學校，離開了西結古草原，帶著一公一母兩隻小藏獒回到了西寧。政府對他這個最早投入少數民族普及教育的人給予了一定的關照，讓他留在了「文革」中青海省最早恢復的省民族事務委員會教育處工作。那一對被父親稱作岡日森格和多吉來吧的藏獒，就依傍著父親，在一座並不繁華的城市裏度過了牠們生命的全部歲月。

父親的母獒多吉來吧死在第一胎的難產中，腹中的孩子和母獒都死了，牠是飲血王黨項羅剎的後代，在離開了雪山草原之後，這隻比石雕更堅強比獅虎更威武的黨項藏獒，就這樣脆弱地死掉

了。

父親欲哭無淚，不住地對家裏人嘮叨著：真是太遺憾了，我的公獒岡日森格和母獒多吉來吧居然沒有留下後代。牠們是最純粹的喜馬拉雅獒種，牠們身上流淌著雪山獅子岡日森格的血，流淌著大黑獒那日的血，流淌著多吉來吧，也就是飲血王黨項羅剎的血，流淌著大黑獒果日的血，可是牠們居然就這樣絕後了。老天哪，哪裡還有這麼好的公獒和母獒，沒有了，恐怕連西結古草原也沒有了。西結古草原一沒有，全世界也就沒有了。

父親的擔憂並不是多餘的，有個懂行的客人（他的名片上印著「美國藏獒協會亞洲分會總理事」的職務）拿著多吉來吧的照片告訴父親，像父親的公獒岡日森格和母獒多吉來吧這樣血統純粹、種源古老的藏獒，這樣體大賽驢，奔馳賽虎，吼聲賽獅，威儀如山的藏獒，他還是第一次看到，恐怕也是最後一次看到了。

父親的母獒多吉來吧死後，也不知從哪一年開始，我們家就不斷來了一些陌生人，他們是慕名而來，是來參觀父親的公獒岡日森格的。有本地人，有外地人，有臺灣的電影演員，有在西寧多巴體育訓練基地訓練世界頂級運動員的著名教練，還有荷蘭人、德國人和美國人。他們留給我的印象是，見了父親的公獒岡日森格統統都會吃驚，然後就是讚美。有個北京人的話是這樣說的：「哎喲，這麼棒，從來沒見過，你哪兒搞來的？賣給我吧？」

許多人來的目的，就是想把父親的公獒岡日森格買走，父親總是搖頭不語，笑而不答。我記得曾經來過一個日本人，帶著翻譯和父親討價還價。最開始，他們說是三千，父親搖頭，漲到一萬，

父親還是搖頭，漲到三萬，漲到六萬，漲到十萬，漲到二十萬，父親都在搖頭。直到漲到三十萬，父親突然不搖頭了，問道：「我的岡日森格真的值這麼多錢？你們不是耍弄我吧？」

人家告訴父親，只要他肯賣，他們並不在乎三十萬。那個時候的三十萬元人民幣對父親、對中國的絕大多數人，都是個天文數字，概念中跟現在的三千萬差不多。父親說：「真的你們要給我三十萬？那我就更不能賣了，我要錢幹什麼，錢越多我越不踏實，還是岡日森格好，岡日森格天天守著我，我就像回到了西結古草原。」

父親始終沒有賣掉他的公獒岡日森格，岡日森格是他的命根子。

父親的公獒岡日森格死於十年以後。在父親六十三歲生日的那天，牠悄然離開了我們。牠是病逝的，牠走的時候，眼睛裏流著傷別的淚，也流著痛苦的血。據說一輩子離開草原的屬於喜馬拉雅獒種的藏獒，死的時候眼睛裏都會流血，那是靈魂死去的徵兆，是拒絕來世的意思，因爲離開了草原，藏獒的靈魂也就失去了靈性，也就毫無意義了。

父親再也沒有接觸過藏獒，他很快就老了。他總說他要回到他的西結古草原，回到他的學校去，但是他老了，再也回不去了。他努力活著，在沒有藏獒陪伴的日子裏，他曾經那麼自豪地給我說起過他的過去。他覺得在西結古草原，自己生命的每一個瞬間，就跟藏獒生命的每一個瞬間一樣，都是可貴而令人迷戀的。

有一天，一個身形剽悍、外表粗獷的藏民來到了家裏，用一雙遒勁結實的手獻上了一條潔白柔軟的哈達，然後指著自己的臉，用不太流暢的漢話對父親說：「漢扎西叔叔，你不認識我了嗎？我

就是那個臉上有刀疤的孩子。」

父親想起來了，他說：「啊，刀疤，七個上阿媽的孩子裏的一個，你是來看我的嗎？我都老了，就要死了，你才來看我？岡日森格怎麼沒有來？大黑獒那日姐妹倆怎麼沒有來？多吉來吧，也就是飲血王黨項羅剎怎麼沒有來？」

那個臉上有刀疤的藏民說：「會來的，會來的，漢扎西叔叔，你要保重啊，只要你好好活著，牠們就一定會來的，扎西德勒，扎西德勒。」

牠們果然來了，在父親的夢境裏，牠們裹挾一路風塵，以無比輕靈的生命姿態，帶來了草原和雪山的氣息。那種高貴典雅、沉穩威嚴的藏獒儀表，那種毫不利己、專門利人的藏獒風格，那種大義凜然、勇敢忠誠的藏獒精神，在那片你只要望一眼就會終身魂牽夢縈的有血有肉的草原上，變成了激蕩的風、傷逝的水，遠遠地去了，又隱隱地來了。

永遠都是這樣，生活，當你經歷著的時候，牠就已經不屬於你了。父親的藏獒，就這樣，成了我們永恆的夢念。

【風雲三十周年紀念典藏版】

藏獒 1

作者：楊志軍
發行人：陳曉林
出版所：風雲時代出版股份有限公司
地址：10576台北市民生東路五段178號7樓之3
電話：(02) 2756-0949
傳真：(02) 2765-3799
執行主編：朱墨菲
美術設計：許惠芳
業務總監：張瑋鳳

出版日期：2023年8月典藏版一刷
版權授權：人民文學出版社
「本書原由人民文學出版社出版中文簡體字版，經由人民文學出版社授權風雲時代出版股份有限公司出版本書的中文繁體字版」
ISBN：978-626-7303-76-4
風雲書網：http://www.eastbooks.com.tw
官方部落格：http://eastbooks.pixnet.net/blog
Facebook：http://www.facebook.com/h7560949
E-mail：h7560949@ms15.hinet.net
劃撥帳號：12043291
戶名：風雲時代出版股份有限公司
風雲發行所：33373桃園市龜山區公西村2鄰復興街304巷96號
電話：(03) 318-1378
傳真：(03) 318-1378
法律顧問：永然法律事務所 李永然律師
北辰著作權事務所 蕭雄淋律師

行政院新聞局局版台業字第3595號 營利事業統一編號22759935

定價：420元

國家圖書館出版品預行編目資料

藏獒 1／楊志軍 著. -- 臺北市：風雲時代出版股份有限公司，2023.07- 面；公分
風雲三十周年紀念典藏版
ISBN 978-626-7303-76-4（平裝）

857.7 112007634